这是造化，这是给世界给生活的

页页情书，

这 是 依 依， 这 是 永 远。

王 蒙——著

GUANGXI NORMAL UNIVERSITY PRESS
广西师范大学出版社
·桂林·

页页情书
Yeye Qingshu

插　　图　何立伟

出 品 人　刘景琳
责任编辑　徐碧姗
特约编辑　淡　霞
责任技编　秦雪虹
装帧设计　刘　静

图书在版编目（CIP）数据

页页情书 / 王蒙著. —桂林：广西师范大学出版社，2020.2
ISBN 978-7-5598-2582-7

Ⅰ. ①页… Ⅱ. ①王… Ⅲ. ①中篇小说－小说集－中国－当代②短篇小说－小说集－中国－当代 Ⅳ. ①I247.7

中国版本图书馆 CIP 数据核字（2020）第 020628 号

广西师范大学出版社出版发行
（广西桂林市五里店路 9 号　邮政编码：541004
网址：http://www.bbtpress.com）
出版人：黄轩庄
全国新华书店经销
北京盛通印刷股份有限公司印刷
（北京经济技术开发区经海三路 18 号　邮政编码：100176）
开本：889 mm × 1 230 mm　1/32
印张：13.25　　字数：250 千字
2020 年 2 月第 1 版　　2020 年 2 月第 1 次印刷
印数：0 001~8 000 册　　定价：49.80 元

序

上世纪的最后五年，我开始了自传三部曲的写作，《半生多事》《大块文章》《九命七羊》，写得酣畅淋漓，顺风顺水，后出版于二〇〇五—二〇〇七年。其时我曾经表示过，写完了这几部书，到二〇〇四年，我七十岁了，估计该告老辍笔，游山玩水，花鸟虫鱼，颐养天年了。

这时出现了一个重要的因素，出版人刘景琳先生动员俺写一部关于老子的《道德经》的书，我畏难，谈到了自己古代哲学史、古代汉语方面没有受过科班教育的短板，刘兄强调的则是我经验、经历、思考、分析、灵性方面的所谓长处。终于他说动了我。于是我开始了对于孔、孟、老、庄的进军，然后发展到列子与荀子的解析与感悟。我读得、活得、写得、想得、讲得越来越充实，打开了众妙之门，其乐无穷。

有点“青春作赋，皓首穷经”的意思了。这个期间的小说创作，主要是系列微型或片段接连的小故事与寓言，一开始叫《笑而不答》，后来叫《尴尬风流》，以启示理性思维为主。也还有点动静。

光阴似箭，生活仍然是浪花起伏，感慨良多，小说情的激发仍然时时冲击着我。二〇〇五年，一次大雾中从天津回北京，乘车走了一夜，一夜听着梅花大鼓，拨动小说之弦，而后我写作了中篇小说《秋之雾》，有怀恋也有叹息，有刻画也有情思。二〇〇八年，太原之行让我回想起当年瑞芳在这里读工学院（太原理工大学）的情景，百感交集，发表了短篇小说《太原》，与早几年写的《济南》堪称短篇姊妹。二〇〇九年，发表了《岑寂的花园》，回忆中涌现了许多新鲜与发展的元素与兴头，有欢呼也有无奈与哭笑不得，端的一面是“逝者如斯夫，不舍昼夜”，一面是“苟日新、又日新、日日新”，是繁花迷眼、热热闹闹的风景。然后在二〇一二年，经历了芳去世的生离死别、痛苦与珍惜、往事与现实、画面与声响之后，我的文学情感的流淌又激荡起来，迅猛起来。二〇一三年，出版了获得新生的尘封旧作《这边风景》。同年冬在澳门大学，我写了散文诗式的短篇《明年我将衰老》，发表于二〇一四年一月号的《花城》，获得了当年《小说选刊》的奖项。一身二任，后来收入了同年舞蹈型新作长篇小说《闷与狂》成为其中一章。一位尊敬的副总理读了此篇专门为此在大年初二给我打了电话。

而与《人民文学》编辑部同志特别是马小淘小朋友的打交道，蓦然助力于再次打开了中短篇小说的创作闸门。我写大城市郊区的农民，我写几十年的沧桑，我写心情里贮存了多半辈子挥也挥不去的记忆与幻想，我写仍然的爱恋、趣味、好奇、记忆、重温与条分缕析，析不明白，就干脆大大方方地留点小说的神秘。二〇一二年是《悬疑的荒芜》《山中有历日》与《小胡子爱情变奏曲》，二〇一四年是《杏语》，二〇一五年四月号，《人民文学》《中国作家》《上海文学》同期发表了我的新作《仉仉》《我愿意乘风登上蓝色的月亮》与《奇葩奇葩处处哀》。然后二〇一六年是非虚构中篇小说《女神》。而二〇一九年，一月是中篇《生死恋》，短篇《地中海幻想曲》与《美丽的帽子》，三月是非虚构中篇《邮事》，十二月则是接近长篇小说的《笑的风》……对不起，俺不仅是耄耋肌肉男，更是耄耋小说狂。所有的日子都来吧，让我编织你们，用生命的甘苦与丰盈的牵挂，用四季的花饰与飘飘摇摇的花瓣落叶编织你们；所有的日子都去吧，我琢磨你们，写下了你们，涨起了不比四十年前乏弱的晚潮。

我终于明白，立正！我向一切显示出安宁与尊严的老作家致敬与祝福！至于自身，管他古稀耄耋，管他生离死别，管他往事如烟非烟，管他老生马谭杨奚式的慢抬快落四方步，管他搁笔者的不平心理，写啊，写！写小说是多么快乐，人生经验了那么多，快乐幸福了那么多，悲伤哭泣了那么多，微笑了也晾凉了那么多……所有的日子又来了！它们铺天盖地，它们四面八方，扑来了，洒来了，涌来了，闹起花灯焰火秧歌与拉丁舞加太极拳来了，你想不写也不可能。写出一篇又一篇小说来，一切经历都不糟践，一切思绪都被反刍，一切逝水都留下自己的波纹与镌刻，这是造化，这是给世界给生活的页页情书，这是依依，这是永远。

目　录

秋之雾 / 001
太　原 / 037
岑寂的花园 / 063
悬疑的荒芜 / 097
山中有历日 / 131
小胡子爱情变奏曲 / 164
明年我将衰老 / 207
杏　语 / 229
奇葩奇葩处处哀 / 239
仉　仉 / 311
我愿意乘风登上蓝色的月亮 / 327
女　神 / 347

附录一　我要告诉你奇葩们的故事 / 408
附录二　怀念与夙愿 / 412

秋之雾

沉睡着的叶院士听到了一点声音。是敲门还是身旁有人翻身？是轻轻的叹息，还是感动的吟唱？他不想醒来。

他又有点怕：假若老是不醒？！

渐渐地变成呼唤，声音越来越强，却不响亮，他的四肢是被什么压死了呢？谁的声音？陌生而又熟悉，遥远而又亲近，隐秘而又坚决。像是久古的往事，像是坠入了深井，打捞哇、提醒啊、催促哇，他自己反而愈陷愈深，爬不上也捞不出来。

我不告诉你。我不说。这是一种最可爱的说法，多情的语言。如果一个女人这样与你说话，那就是说她已经爱上了你。

最后，是不是打更人的梆子，夜里突起的北风，令正在酣睡的他惊醒？微弱的但是凌厉的哨音与窗户的咯咯作响使他不安。他竟然忘记了他最最不会忘记的自己的来历。

现在已经没有打更人的梆子了，现在有的是防盗门、监控电眼、电子报警器与110报警电话。有许多晦气的酸溜溜的文学家徒劳地守护着过去和记忆，而他是工程院的院士，他注视着各种（多半是进口的）最新最好的仪器和技术，运用到临床实践，引上市场。

哎呀，哎呀。曲曲折折、千啼百啭、千娇百媚。叹息、歌唱、呼喊。赔小心、轻柔的抚摸，永远的对于母亲和孩儿的依恋。是宠物吗？难舍难分，终分终舍。

哎……呀……哎……呀……尖尖的下颏，细细的眉毛，擦着白粉的脸，劣等化妆品的气味，玉一样的胳臂与葱一样的手指。指环和镯子，红耳坠和绿发簪……什么？小孩儿，小孩儿。他是一个小孩，最根本的，他不是院士，不是会长，不是委员，他只是一个男孩子。

谁？我怎么会梦见了她？我怎么会那样清晰地听到了她的声音？她是谁？

……后来再也睡不着了。叶院士一次次重温自己梦中听到的呼唤和由声音而不是由色彩和线条构成的形象。他慎重得像是回顾一系列化验、计算、扫描、透视录像的过程与结论。然而，自从梦中听到那声音，他的方向就是明确的，他的结论出现在他进行思考和分析之前，叫作先验指向——是阔别七十余年的桃花和桃花调。

多么奇怪。由于要离开故国这一块热土，所有的陈谷子旧芝麻，所有的尘封与埋葬，所有已经自动或被动删除了的乱码、“非法操作”、被“蠕虫”与“求职信”病毒损坏了的数据……都冒出来了。

但是你不应该那样清晰，你不应该那样牵心，你从来与我无关，我从来没有在乎过你和你的同类，你和我从来没有互相进入，不论是梦、记忆、大脑皮质和灵魂。

甚至，几十年了，一辈子了，我不但没有说起过你也没有想到过你在意过你。我宁愿相信是我杀掉了你。而你突然袭来。像是一个一贯身心健康的、没有到伊拉克也没有到阿富汗、穿着新式防弹衣、保护得无懈可击的钢铁强人中了子弹，从第四维——时间——而非三维空间射来的子弹：难以诊断更难以治疗。

这就不单纯是外科学、伤害学或者战时救护学的问题了。

叶院士有一点怕。

两个小时以后，他打电话给他的助手，说是他决定接受邀请，下午到老家桃花镇去。

助手表示：已经辞谢过了，对方并没有提出异议，也可能原先对方只是礼貌性地邀请一下，所谓让一让的……而且，后天早上七点四十九分，美国西北航空公司的航班，第一站是底特律，转飞多伦多，包括转机等待，他要飞二十多个小时。

我知道。还是去一下。毕竟我小时候生活在那边。我会注意。我知道我已经八十二岁。七十三，八十四，阎王不叫自己去……明年我的虚岁就是八十四……起码还有一年。

就这样。你不要去了，有车就行。你不必陪我。

于是有了去国养老之前的桃花镇之行。下了高速公路有人接待。吃的有海鲜也有山珍。所以那么多人得了脚痛风、心绞痛、糖尿病以及胰腺炎、十二指肠穿孔。然后他听了桃花调。

他弄不清自己的祖籍，这说来话长，干脆就拿桃花镇作自己的祖籍。他小时候住在一个大四合院的前偏院，应该算是“下人”例如车夫住的地方。但那时候已经礼崩乐坏，“上人”“下人”都是贪婪的房东的厚颜的房客。主院正房住着一位军官，穿黄呢制服，一副痞气，与后来他看到电影里对于敌伪军官的造型十分贴近。还有一个瘦小的女子，面色黄中透绿，像是刚刚献过八百毫升鲜血。叶小毛（他小名叫小毛）是被禁止到主院里去的。他常常在主院的垂花门外听这位女子唱桃花调。苍老多病的垂花门油漆剥落，露出了底色腻子与麻刀，像是没有愈合的伤口。桃花调只流行在桃花镇方圆几十里地区，用方言演唱。曲子里不停地用“哎呀”做发语词与感叹词，这像是北方的梅花大鼓，用“哎哪”起始。桃花调听起来比梅花大鼓还要缠绵悱恻，如泣如诉，等到叶夏莽有了夏莽这个官名以后，在中国坚决地走向了阶级斗争以后，他坚信它是靡靡之音，唱多了听多了都要亡国，就像江青说起苏州评弹似的。

叶院士在桃花镇听了由民间文艺抢救组织安排的桃花调演唱，于是越过了叶夏莽，他连接上了叶小毛时代。桃花镇的文化局长告诉他，桃花调已经差不多消失，最近旅游事业突然兴旺，使各种已经消失的东西还魂复生。桃花调依然悲悲切切，获得了苟延残喘的机会。

他仿佛看见了住正房的军官的那位姨太太。假设是姨太太吧，也许连姨太太的名分也没有。姨太太就叫桃花，他听军官这样叫过她。她的声音有一点特别，她的声音太“糯”了，柔软、粘连、甘甜、细粉……其实换一种说法就是嗲贱。尤其是苦情，她的声音好苦。就连她咳嗽一声，你都会觉得她已经嚎枯了嗓子，她的咳嗽是为了得到普天下男人的惜怜。

哎呀，断肠人……红楼紫陌……
凄风苦雨……
哎呀，冰轮乍现……万种闲
愁……落花委尘埃……椽烛垂泪清宵
长……
哎呀，世间只有情难诉……
疏剌剌林梢落叶风，
静悄悄门掩清秋夜……

只是在这一次，在七十多年以后，他通过“抢救民间遗产”用的幻灯片看到了这些文绉绉的词句。这简直是发了疯，在偏僻的小地方，这么土的调调儿，却要唱古曲原文。也许当年的元曲，当年的马致远、关汉卿和王实甫的角色正如后来的流行歌曲歌词作者陈蝶衣、田汉、罗大佑与高晓松，而当日的《西厢记》与《牡丹亭》在人们的心目中正如今日的为数不多的上品电视连续剧。桃花调是一种艺术，一种曲调和唱词的盛衰消长、冷落灭亡、回光返照的见证。现在的口味都变得落花流水、大江西去了。现在的口味不但不接受昆曲、南音、古琴《高山》与《流水》，而且也不接受大鼓、评弹、广东音乐《雨打芭蕉》与《小桃红》。现在最受观众喜爱的是电视小品，最喜爱的演员是赵本山、赵丽蓉、范伟和宋丹丹、高秀敏。

桃花调无法再流传下去了，您哪。

而等他在晚宴后坐在一辆崭新的帕萨特行进在大雾中的时候，他琢磨着这些文词与当年桃花苦苦地哼唱着的曲调，他慢慢地将一些旋律与文词对上了榫。弄不好，他可能是欣赏这些酸溜溜的文词的最后一代人了。

我的悲哀在于作为一个医生，一个工程院院士，我的杂七杂八的记忆力太强。我的情感也太多，超标。好像是毛主席说过，不需要那么多感情。这影响了我的专注，从而影响了我的事业、学科建设、成就贡献直到“政治觉悟”。如果我心无旁骛，我也许早就获得了中华医学大奖和诺贝尔医学奖……或者，我早就当了什么什么级的“首长”。

但是从碧云的观点，我的情感太少，情商太低。吁！

这一切都又有什么意义？正如同一位刚刚过完八十大寿的院士所说：我现在是，谦虚也不能再进步了，而骄傲，也不怕落后了。用同样的格式造一个新句，就是无情也不会惹恼什么女子，多情也不会打动任何芳心了。

桃花镇的主人一再挽留叶院士在镇里过夜，从这天的黄昏始，到处是浓浓的烟雾，少量的几只路灯灯泡摇曳着香烟头似的伪红光。说是这里秋冬之交雾大，估计高速公路已经封闭，电视里说，华北、辽宁、河南、山东和湖北、江苏部分地区都已经沉浸在大雾里，大雾会延续若干天。叶院士坚持当晚一定要走，他只有一天的时间了，他要与自己的城市、祖国告别，他要与自己的儿童、少年、青年和老年时代告别。

当然也包括壮年时期，虽然壮年时期是在另外的遥远的地方。锻炼、改造、拼命，然后是一场梦，是各种笑骂轻薄、大言不惭。他终于得到了肯定，越肯定他就越惭愧。再回来，也许要借助一个平静的精美的骨灰罐。加拿大大致没有那种景泰蓝罐，他给碧云用的。他的不幸在于他还有一个宝贝女儿，女儿在多伦多，女儿非得叫他去。而老人更应该选择的恐怕还是孤独。

再说他一辈子拗脾气，轻易不愿意因外力而改变自己的安排打算。既然明天是同样的雾，他留宿桃花镇还有什么意义？

越靠近高速公路雾就越大，连香烟头似的路灯泡也看不见了。叶院士从来没有见过，他的感觉像是战争中敌方向我方发射了几千几万发烟幕弹，一团团烟雾向我方扑来，连结、撞击、融合、破裂、拉伸、歪扭、爆炸……最后变成了整体的棉花一样更是海一样的屏障。又像是视觉障碍，衰老和病变把一团团的白雾打向他的双眼，双眼因而陷入雪白，变成一团漆黑。汽车如同漂泊在灰黑的泛滥着的洪水里的一艘船，小小泰坦尼克。伸手不见五指，只有偶尔的强灯光照耀下可以看得见一小块灰蒙蒙的雾气，像是已经封闭了的眼帘不知怎么地又睁开了一道细缝，等着你的汽车向它撞去。我……叶院士的嗓子嗞呀了一声。您……汽车司机的嗓子嗡隆了一声。声音都没有发出来，半路上又被自己咽了回去。可能他们两人都已经后悔，这样的雾天是无法行车的，因为你看不见路，看不见前后左右。

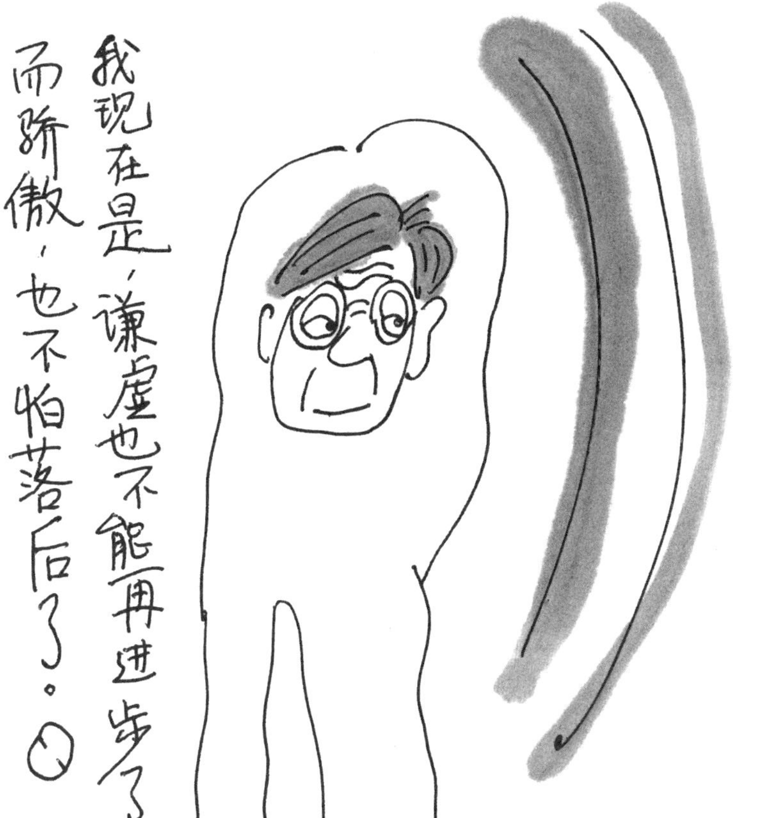
我现在是，谦虚也不能再进步了，
而骄傲，也不怕落后了。

但是你们这不过刚刚开始，还没有开始。既不能上高速公路，也不能上老路上便道上辅路。没有开始便改变方向是可笑的，还有可耻。你也已经无法回头，前后左右已经全都是车辆，同样惊慌严肃，同样被大自然收入罗网，收入陷阱，收入于雾的全面控制之下。不管你是宝马，你是奔驰、林肯还是奥迪，哪怕你带着摩托开道警卫车辆，再无别的办法，没有任何特权。只能试探，紧跟又紧防，慢慢往前蹭。往左一点点，赶忙又往右一厘厘，你不能前进，你不能不前进，你绝对不能跑也不能停，不能溜走也不能回头。

你害怕追尾，你害怕被追尾，你害怕剐蹭，更害怕驶出公路掉在沟谷里。

因为你看不见道边，看不见里程碑，看不见排水沟，看不见任何红线、黄线、白线和交通标志牌。不知不觉、无心无意，你已经把自己交给车流，不怎么流的车流，交给了雾，交给了命，交给了路。你已经无法摆脱，无法选择，无法懊悔，无法潇洒，无法强行，也无法再聪明一次或者执着一次。即使你与汽车司机都是懦夫，你也只能沉着地、专注地、英勇无畏地走下去，继续走下去，似乎是永远走下去。

当然，显然，高速公路早已封闭。你的车开始在老路上行驶，大半是老路上吧，大雾中，又哪里有什么老路与新路的区别，乃至路与非路的差异？已身何处？司机也说不准。如果失去了一切参照物，哪里又能是哪里，或者不是哪里？

十米了，又两米，二十米了，最多是走了二十五米，前面的车的尾灯和刹车灯同时亮起。在这种大雾弥天的情形下，前车的尾灯就是你的上帝，就是指路的北斗，就是唯一的不容怀疑的方向，就是除了你和你的车以外的世界的唯一的存在。前车的尾灯也就是你的界限，你的边缘，你的威严的律条，你的结束。

现在，车停下来了。为什么停呢？没有人知道。

司机轻声说：“要干……”北方的说法，好比英语说well done，做好了，做熟了，天做，雾做，冬做。司机打开车内的灯，显得车外更是黑暗加上了黑暗。司机摸摸索索了一阵子，找出一盒磁带。他一声不吭，打开音响，放进磁带，发出吱吱哑哑的声音，他含含糊糊地说了一句：“新录的……”他猛然开动了车，他慌了神，就在他使用音响的一刹那，前面的车的尾灯不见了：它拐了弯了？它加了速？是雾更浓密了？雾像墙一样，他们只有硬往墙上撞。

哎呀，哎……呀……哎呀……

同时传出了桃花调的演唱。嗞嗞啦啦，沙沙哑哑。

哎呀，娇莺欲语，
眼见春如许……

找到了前车的尾灯了，乌拉，喂哇！前者是斯拉夫人，后者是拉丁人的欢呼。

是杜丽娘，来到这大雾里，这车里，这院士的身边来。声音不好，像佳人犹抱琵琶半遮面，更加娇滴滴，而现在已经不是娇滴滴的时代，现在要的是辣妹猛男，要的是挺胸昂首、大劈叉、长胳臂长腿、野性、厚唇与酷。

哎呀，朝看飞鸟暮飞回，
哎呀，印床花落帘垂地……

靡靡之音。穷极无聊，百无聊赖。他后来对桃花调，对往事就是这样告过别的。解放以来，告别是令他最激动的一个词，与贫穷愚昧告别，与专横野蛮告别，与阴谋恶毒告别，也要与一切的空虚一切的颓废一切的犹豫一切的疲乏一切的顾影自怜与百年屈辱千年历史告别。

因为桃花的脸上青一块白一块，他相信她挨过军官的打。他夜间听到过桃花的压低了的惨叫，而他的家人都说没有听见过。他始终怀疑他们是不敢承认听到过。因为桃花唱得凄凄惨惨，诉说如哭，起调如鸣，过门如抽噎，激昂如救命狂呼……他的少年男子的神经在桃花吟唱时被抽成了细丝，卷起来飘洒天空，丝断了，风筝被狂风吹走，不知伊于胡底。神经丝飘向天外，飘向了没有人类也没有星球的地方。这时歌唱的女人又用一声“哎哟——”抓住了叶小毛少年的心尖，把游丝一点点捋回来，像收回已经把风筝送到了星星上去的麻线，线轴飞速旋转，风筝不见返回。于是低音徘徊、欲哭无泪、欲叫无声、失声失语，只剩下了枕边的抽噎叹息，只剩下了叫天不应叫地不灵的翻滚挣扎，只剩下了总算吐出来一点点的无声的浊气。

正是这似有声似无声的低音区的演唱或者只能算是喘息，这呕也呕不出声、挤也挤不出响的低音，六十余年后回想起来，感动得他涕泪横流，一塌糊涂。

风筝呢？你最后漂泊到了哪里？

于是在一个春天，落花如雨的日子，叶小毛被桃花调的迷人的力量推动，他大胆违反规则，登上高台阶，走过破败的垂花门，下得台阶，经过藤萝架，跑到了主院子里，跑到了军官家的门口。

“小孩，不，小兄弟，麻烦你进来一下……”曲声停了，桃花在叫他。曲终人见，他进到一股令人紧张的香气扑鼻的正房客厅里去了。

他只是被叫进去帮女人换装一个天花板上的电灯泡。他第一眼看到了摆放在房里的鼓架、鼓板，好像还有一个弦子，他不知道那是什么乐器。女人很衰弱，房间里除了劣质化妆品的香气以外，还有一种依稀的像中药，也像蒸煮的莲蓬菱角，又有点像烟油子的气味。长大以后，出门以后，他第一次被人邀到西式的咖啡馆去喝咖啡，那浓烈的磨咖啡豆的气味，使他想起了往事，他并且断定，桃花家里没有咖啡，那么，只能是鸦片的气味。

女人给了他一把杂拌儿，杂拌儿里有糖藕、有脆枣、有桃脯、有花生蘸，还有杏干、苹果干。杂拌儿染了些颜色，令未来的叶院士心怦怦地跳，病恹恹的桃花的手碰到了他的手，她的手冰凉而又柔软得像是死人。

然而她的手的动作非常动人，她的手指像花，她的手腕关节灵活，她抬着手掌，向着小毛，并且自然地弯曲着手指，她的秸秆似的细臂却像白玉一样洁净……

一个女子说话的时候向你变化无穷地展示着两个手掌的掌心，这给那个叫作叶小毛的孩子一个异样的感觉。

回到家就被妈妈打了一顿。

他突然累了，他半闭上眼睛；他自言自语着：杂拌儿，杂拌儿，那是什么呢？像牛皮，像后脚跟，管它叫作桃脯，有杏干，有脆枣，有花生蘸，有甜藕片，有苹果干。杏干是有杏的酸味儿的，酸得好香。桃脯已经远离了水蜜桃。而苹果一经晾成干儿，就软糟得如同棉花。后来后来……这些东西也已经都没有了。为什么？不为什么。现在各种好吃的东西太多了，例如酒心巧克力与泰国盐渍干芒果。一代又一代成长起来的新人对于吃传统食品没有要求，没有怀旧感，没有“不忘本”的自律。说什么忘本不忘本……也许我们应该追溯到周口店的猿人洞穴。就连桃花镇遐迩驰名的泡菜也已经没有什么人做了，科学家已经检查出来，说是那种泡菜如同修红旗渠修得名声大噪的河南林县泡菜一样，含有黄曲霉素。另一种不含黄曲霉素的家乡的羊肠子，也没有人吃了。羊肠子其实是猪火腿肠，为什么叫羊肠子，不详。三年前他回来的时候，地方政府为他设宴，第一道酒菜竟是基围虾，接着上来的是韩式烤日本名古屋牛肉与澳大利亚龙虾，喝的是墨西哥啤酒加柠檬。据叶院士所知，其实墨西哥不以啤酒著称，他们的名酒是用仙人掌做的白酒，吃的时候要舐一舐抹在手心的盐。他们也不在啤酒里加柠檬。一日千里的今天，谁还有童年，谁还有故乡，哪里还有真正的风俗？

噼啪噼啪，他隐隐听到了一些细微声音，奇怪，莫非是雾团撞击到他的脸上和汽车上？他感到浓烈坚实的雾团向他们袭来，被他们撞得粉碎，立即又重新结合成紧密的团块，令人窒息。这时他听到了司机的惊呼："毁了……"怎么了？原来是司机听到了不远处的火车汽笛的长鸣，向他"请示"该怎么办，他当机立断继续前行，那一瞬间，也许一问一答耽误了十分之一或者百分之一秒，这刹那的犹豫，使他们的车再次丧失了前进的目标：前一辆车的尾灯。没有那红眼睛似的尾灯，他们就只能在黑暗中进行真正的盲驶，他们只能根据方才的惯性，不左不右，不动不不动，不打轮也不不打轮，哆哆嗦嗦、颠颠簸簸、慌慌张张，随时准备着驶进大坑、深沟、泥塘、地狱，随时准备着追尾、被追尾、剐蹭、挤撞……

……娇莺欲语，
眼见春如许……

又是杜丽娘？杜丽娘也惊慌失措了？杜丽娘因情而殇进入阴间，

看到了的就是这样一副黑暗中行车的景象吧？杜丽娘哭了，所有的戏中人都哭开了，你和我，他和她，姑娘和少爷，密斯和密斯脱，雷笛斯和坚陀门，都有一些应哭欲哭得哭非哭不可的遭遇和心境，有泪欲雨，眼见春如墟，如嘘、如吁、如絮。杜丽娘如果不是出身名门，会不会沦落到桃花的地步，被包了“二奶”？于是哭得如诗如歌、如泣如诉，如不情愿的爱的喘息与呻唤。桃花调的唱腔好像干涸的龟裂的地面涌出一股清泉，好像麻木和迷茫中激扬起一丝震颤，好像无边的黑黢黢原野上升起了一颗转瞬又被乌云盖住的星星。它有一些些悲伤，更有一星星甜美，有一片片落叶，更有一瓣瓣一朵朵桃花。然后有杜丽娘和崔莺莺，命中注定在盲人骑瞎马的经验中有一个千娇百媚、莺声燕语、风情万种、愁肠百结的多情女子与你做伴，那么，该掉到沟里就掉到沟里吧，该撞到火车上就被火车轧成麻花吧，该粉身碎骨就粉身碎骨吧，人早晚有一个告别，与其这样麻烦那样痛苦，这样折腾那样闹哄，与杜丽娘与桃花调一起安息未尝不是一个美好的出口。

而最最奇特的是，杜丽娘唱了两句，琵琶和四胡、扬琴和三弦的过门变成了周璇的时代歌曲，现在则是“古代”歌曲的旋律《夜上海》，他几乎能和着节拍唱出：

> 夜上海，夜上海，
> 你是一个不夜城……

谁说桃花调不追赶时尚？就像各种大鼓，过门里要加时代歌曲！后来还有邓丽君与梅艳芳的曲子作过门吧？

他们的车刚刚颠了一下，是驶过了铁轨的标志，同时火车汽笛的声音，车轮轧过铁轨的声音大作，震耳欲聋，是不是有哪辆搭载着要人好人贵人的汽车已经被碾轧得粉碎了呢？他不敢断定。是不是有哪辆车为了躲避这样的灾难而引起了一系列追尾和冲撞，反而造成了更大的灾难了呢？他也不敢肯定。

哎呀……
碧云天，
黄花地，
西风紧，
北雁南飞，
晓来谁染霜林醉？
总是离人泪……

又成了《西厢记》？是真的这样唱了，还是他以为是这样唱了？

他想起妻子碧云，她为什么具有一个这样通俗的名字？她的名字大概与《西厢记》无关。五十年前叶夏莽到列宁格勒进行学术交流的时候，碧云是那里的留学生，暑期中她临时被派来做他的助手兼翻译。开始的时候她对待他就像对待自己的父亲，她正为没有前途的恋情而苦恼。她告诉他，她在这一年的新年被邀请参加在克里姆林宫举行的新年舞会，她成了一位特别英俊潇洒的乌克兰青年基里尔的舞伴，他们一起跳了三次华尔兹与两次狐步舞，她说，他们两人成了全克里姆林宫注视的对象。她与叶夏莽一样地重视人的名字，她说基里尔这个名字是费定的著名的三部曲的主人公，在《早年的欢乐》里他的初恋情人是叶李萨维塔，到了《一八年》，基里尔忙于东奔西走地革命……李莎嫁给了一个商人。

碧云说现实生活中的基里尔写过许多信打过许多电话，他们有过

他们一起跳了三次华尔兹
与两次狐步舞，她说他们
成了全克里姆林宫注视的对象。

许多约会，她只有极少的几次赴约。

她说有一次她失约，而基里尔在风雪的莫斯科普希金大街路口等了她一夜。她哭得肝肠寸断。

……后来不是基里尔而是叶夏莽与碧云结婚了。叶院士似乎有几分惭愧，他反省过，他不是夺去那个叶李莎维塔的皮货富商。他的年龄虽然比碧云大十岁，但也完全没有达到令他或任何别人嘀咕的程度。除了……那一次，他们的婚后生活平稳而且安静，没有外遇，没有第三者，没有争吵，没有经济纠纷。他们婚后从来不谈与苏联有关的话题。一九五九年传达了中苏关系事情，他们俩在一起坐了一晚上，只问了一下："传达了？"回了一句："传达了。"就再没有说一句话。叶夏莽曾经想打趣一下，说"幸亏你是嫁了我……"，话到嘴边他咽进去了。

"乌克兰"三个字，他们都不想提起。

他们两人的工资放在一个抽屉里，谁想用谁用，钱少了，就自觉地少用或者不用。只是在出现那次事情以前一年，也就是一九八〇年，她对他说过一句事后他想起来觉得是带怨尤的话，她说："我们这一辈子过得是何等安静呀。"他回答的是："你还小呢，什么一辈子两辈子的！"他根本不同意安静的评语，整天开会、运动、斗争、转弯子……他都乱死了，难道回到家还要热闹一番吗？再说他不是苏联人，他的性格里没有伏特加与哥萨克的因子，他的文化积淀是别样的。

除了那一次，他始终不承认的那一次。

那是一九八一年。他出席颅外科手术研讨会，并当选为颅外科手术学会会长。那天他们听取一个外国专家讲演通过颅外科手术治疗癫痫和脑血栓的有关进展，会后临时被邀参加晚宴。中国人都是这样的，临时告诉你，要去吃。回家的时候遭到大雾，车不敢快开，到家已经十一点半了。

碧云不在家。他到处打电话。他和女儿到处找。焦急中更多的是愤怒：不早不晚，恰好在他的事业刚刚出现了一点点辉煌的苗头的时候；不早不晚，恰好在天降大雾，车都没有办法正常开行的时候……他最后报了警。

警察也没有办法，警察们正忙于处理雾天的交通事故。

第二天凌晨五点多钟，碧云回来了，身上的衣服有破损，脸上身上青一块紫一块。问她什么话，她一句话也没有。她的眼珠发直，绝对属于精神分裂型。虽然叶夏莽的领域不是精神科。

如果她外出不是去自杀，那就肯定是遭到了强暴……天！

只是在碧云回家以后，他才明白，头一天是他们结婚的二十五周年纪念日，西洋叫作“银婚”的。

他想起了两周前碧云向他说过的话：“夏莽，你觉得你了解我吗？”还有一次干脆是：“夏莽，说真的，你爱我吗？”他觉得相当恐怖。愿上苍保佑所有的男人不被自己的妻子或者哪怕是情妇追问这样的令人毛发悚然的问题。

但是他更愿意从医学的角度考量这一切，四十九岁，更年期，更年期精神疾患，可能是抑郁症，可能是癔症，或者只算是更年期综合征，也可能导致一时的或者长期的精神分裂。他已经被提名为院士，最高的学术头衔。既然碧云一言不发，他也就不追问碧云是夜发生了什么事情，除了道歉以外，他不想说什么。他文明而且谦和，他事事严于律己，宽以待云，常常自我批评而不是批评对方。在家庭生活中，他觉得他的表现堪称圣人。

他平静地面对了那个不幸的雾夜。他是医生，病人和病人家属可以激动，但是古人是怎么说的？叫作“医心如水”。

碧云整整一个多月没有与他说话。碧云瘦了，一天比一天瘦。他这才发现，消瘦的碧云长得特别像当年的桃花，她的淡眉毛和尖下颏，活脱脱又一个。虽然一个是百无聊赖的寄生虫，一个是留苏的无线电通信专家。他的院士的事情愈来愈有眉目。就在这当中他为碧云找来了最好的西药与中药。他还带着碧云扎过一个疗程的电针灸，治病的人此后先于叶夏莽列名工程院院士。后来碧云好一点了，他带她畅游三峡。

他们在重庆吃火锅的时候坚决不要辣椒花椒，因为刺激性的东西对于神经科或者精神科病人不适宜。他还带她去了黄山，整个黄山沉浸在浓雾里，导游介绍说，这是黄山的最美。

十三年后，她得了癌症。她在生命的最后一个月，坚持不再住六个人一个房间的医院病房，回到家里。为了在最后时刻满足她的愿望，叶夏莽特意为她买了台式音响系统，到处寻找录有苏联老歌的“盒带”。他们一道听了好多苏联老歌。

而她死前不久做了噩梦，她的噩梦是她起床自己放了三次苏联老歌的盒带，结果播放出来的不是《喀秋莎》，不是《山楂树》不是《灯光》也不是《海港之夜》，放进苏联老歌带子，放出来的却是她最不熟悉最不爱听的北方曲艺，曲艺唱的是秋风、黄叶、孤坟和归雁。

一个小小的悲哀，她不喜欢他曾经不喜欢，其实特别喜欢的例如梅花大鼓、京韵大鼓、河南坠子、单弦牌子曲，更不必提桃花调。

为了安慰，他亲自为她在性能先进的 SONY 音响系统上放歌曲，却发现了真正的骇异，一盒夹带着手写的字迹《莫斯科郊外的晚上》说明纸头的带子放出来的是梅花大鼓《黛玉焚稿》，他愤怒得几乎喊叫起来：“这是谁搞的鬼？”

他没有喊叫出来，却听到了类似影片声音效果的不绝回声：“谁搞的鬼？”“搞的鬼？”“鬼……鬼……鬼……”

那天他吃了强力安眠药片。碧云病重以后，他更加确认，碧云病中的那个样子，纯粹是那个桃花的克隆，那个叫他“小孩”，给他吃杂拌儿的桃花。他身上阵阵发冷。

后来当然播放了苏联的老歌，碧云上气不接下气地给他解释，那是卫国战争期间的一首歌曲:《雾啊，我的雾》。夏莽点点头表示自己知道，他还说:“是查哈罗夫作曲。”他随音响唱道：

啊（哎呀！），雾啊，我的雾，
弥——漫——的雾啊，
游击队的战士要出征……

后来费了好大劲才听懂碧云的意思，他费了同样大的劲找到了带子，是碧云想听的话剧《保尔·柯察金》的主题歌：

在乌克兰辽阔的原野，
在那清清的小河旁，
长着两棵美丽的白杨，
这是我们亲爱的故乡……

在莫斯科，他们一起看过这部话剧。没有放完一盒带子，碧云去了。碧云死后许多年，他在碧云的笔记本里发现了一张照片，从照片背后的俄文字迹上，他知道，那英俊潇洒的青年人是基里尔。他十分理智地断定，二十世纪五十年代，和这样一个乌克兰青年约会过，在克里姆林宫共舞过的碧云，在与他结为夫妻以后，理应折磨自己和她的丈夫叶夏莽一辈子。

不是她而是他反而惊奇，她与他一起生活得那样安静。金子一样的安静。

在问他是不是爱她与了解她的那一次，他没有正面回答，他只是深刻地沉痛地说了下面的话：

……我们生活在一个粗犷的时代，我们常常来不及擦干我们头上的汗珠身上的血迹。颅外科学也好，无线电通信技术也好，甚至于爱也好了解也好家也好，都与我们面临的决死的战斗，一场旷日持久的常规战争，或者干脆是一场核战争有关。云，我们的神经纤维，没有权利那样纤细呀……

可能是他太激动了，他毕竟参加过土改。虽然他自己也没有弄清他的话的含义与逻辑，他还是打动了碧云，碧云向他道歉，说是自己也不知道为什么要向他提出那样傻乎乎的问题。是的，正如叶夏莽表白的，自从他们两人成婚以来，他再没有多看过任何女人一眼。这样的男子打着灯笼也没有地方找。碧云问他两周以后是什么日子，他突然聪明无比地回答是他们结婚的三十周年纪念。回答正确，加二十分！他们两人拥抱在了一起，他们的热情和缱绻，呻唤和劲力使五十九岁的院士回想起来还不好意思。

然后仅仅过了两周！该死的金婚银婚木婚纸婚的狗屁西俗，该死的雾！

这次他决定违背一贯想法，打破自己生活的秩序去加拿大，也是为了亡妻碧云。他坚信，如果碧云在，会希望他去多伦多的。到女儿身边，毕竟似是离碧云更近一点，他终于明白了把一个家的日子过得那么安静是一种罪过。他终于明白了，打从“文革”结束以来，自己的日子过得那样规律，那样科学，每天半斤牛奶，每天七两西红柿，每天一个半鸡蛋，每天步行五千六百至一万步，每天记日记二百个字，每天不管睡得着睡不着躺七个小时……这本来不是不能改变的。

安静，除了那件事他和妻子安静得像是生活在雾里。有限的亲热，有限的说话，大部分都是事务性的："我那双在日本买的皮凉鞋怎么找不着了？""这个月的电费怎么一下子多了二百多块？""有一种新式的电饭煲，要一百六十多块钱，咱们买还是不买？"

有时候他觉得要做点什么，她推开了他。有时候他们刚刚躺下，刚说了两句平平和和的话，他一阵睡意袭来，发出了轻鼾。除了一九八一年银婚前两周那一次，不知道猴年马月，他们靠在了一起，他们俩总是把门锁了又锁，把灯熄了又熄。到现在他想不起妻子的容貌，更想不起碧云的身体，他们的生活一直沉浸在大雾里。直到六十多岁了，他赶上了开放，他去了一些国家，特别是去了一趟印度，他去了克久拉霍，参观了那里的以性崇拜为特色的寺庙，他笑了，对于夫妻的事情，也可以有另一种观点和热情。而他，从四十多岁他就认定自己已经老迈，认定自己形势严峻、任重道远、课题艰难，三头六臂不够使，他早就彻底地安静下来了。

他也明白，医学可能戕害了他，医学分不清一个有灵气的女子的生态与病态，医学对于爱情、性与家庭的解释足以摧毁人生的一切神秘、羞涩和欢喜。太浓的雾不好，一切都裸露在无影灯与手术刀底下呢？

这是桃花对他的报复吗？直到这次行驶在大雾里，他忽然得到了这样一种灵感，也许叫作顿悟，这样一种灵感和顿悟使他一头冷汗。

我枪毙了她。

他说出了声。

"您说什么？叶老师，您说什么？"

“没有什么。”他推托其词。

一九五〇年，刚刚获得解放的他，被大学选中去新解放区参加土改，多少羡慕的目光追踪着他，去以前他已经完全明白：土改土改，说下大天来要的就是站稳立场……地主富农压迫剥削农民几千年，谁为农民说过话？土改当中稍稍收拾一下地主爷地主婆，国内国外吵吵些什么？有多少共产党员革命干部因为土改中立场出了毛病被永远地清除出革命队伍。他为之悚然奋起，壮心如火。

在离桃花镇约一百公里的P镇，他出席了当地为土改工作团举行的欢迎晚会，除了各种讲话和呼口号以外，还有一些文艺节目的演出。这中间意外的是有一个中年女人演唱桃花调，全部改了新词：

> 哎唉哟——
> 红旗飘舞鼓声扬，
> 解放大军无阻挡，
> 三座大山全推翻，
> 当家做主最荣光，
> 哎唉哟——
> 土改挖掉封建根，
> 幸福生活万年长……

桃花调的发语词本来是“哎呀……”“哎呀娇莺欲语……”“哎呀那个离人泪……”现在也变成了“哎唉哟”“呀呼唉”，稍一调整，娇滴滴的嗲气变成了劳动号子的豪气，真是虎踞龙盘今胜昔，天翻地覆慨而慷。女人演唱的动作也变了，不断挥舞着小细胳臂像是呼口号，一会儿又扭动臀与腿，像是东北大秧歌。

由于晚饭时喝了一点地方政府招待的劣质白酒，叶夏莽有一点头晕，对于站在台上表演桃花调的穿着当时最时兴的草绿色列宁服的瘦女人他没有注意，只是从她的手指的动作和眼角的动作上他觉得有点似曾相识。他的兴奋点完全在听领导讲话和跟着喊口号上，他很注意喊得响亮干脆，表达说一不二的阶级感情和坚如磐石的阶级立场。那一晚上的文艺节目，除了陕北风味和少量东北风味的革命歌曲以外，他什么也听不进去。

……他经受了土改的红色洗礼。他悟到，正是斗争的严酷性培养了革命人的忠贞和彻底。没有烈火，哪有真金？而如果文文雅雅，舒舒服服，Ladies and Gentlemen，谁能在中国取得胜利？

在进入了收尾阶段以后，他被调离村里的工作组，叫到县上工作队部去整理一名女特务的材料。他没有见过这个人，他从一些个前后矛盾、语焉不详的招供与揭发中得知，这个女特务，名叫栗桃花，又名小桃红、胭脂红，原是一名国民党军统少校的姘头，解放前夕该少校奉命潜伏，不知去向。栗某遂离乡背井，隐姓埋名，混入革命文艺队伍，伺机变天，破坏人民政权与土地改革……

是不是那个桃花呢？叶小毛在还没有命名夏莽以前就随父母去到大城市，他以为早把那个桃花镇的院落忘了个一干二净。如果是那个“桃花”，就更危险，更是对他的立场的严峻考验了。没有觉悟的他吃过她的杂拌儿啊，与敌人界限不清啊！无论如何，那个桃花理所当然地是一个旧社会的殉葬品，一块自应被革命的拖把揩洗干净的污锈，一件发出了旧社会的恶臭的秽物，一个含脓的肿包。有了这样的定性，她参加没有参加特务组织，她领受没有领受上级特务机关的任务，她有没有代号、暗号和密电码……并不重要，她应该活还是应该死呢？她应该不存在。不管你是否从身体上将她消灭，她注定了是要被历史与人民消灭的，历史的巨轮注定要轧过、粉碎和抛弃她的卑微的渺小的与肮脏的肉体（与军统少校一起睡，能干净得了吗？）与灵魂，这难道还有什么怀疑吗？

他整理了一份不但立场坚定而且激情洋溢的文字材料，处理意见是公审批斗后枪决。

由于这份出色的材料，他被认为是一个很好的“笔杆子”，思想进步，德才双馨。书记要他到文工团去写歌词和剧本。他大惊。幸亏他及时发现确诊了书记妻子的胃下垂与肠套叠，带她到专区医院，为她做了手术，开了处方，找来了免费的药品，治好了病症，并以此说明他更适合，他本来就是医生，才避免了去文工团的厄运……最后还混成了院士。一九九七年春节，一位国家领导人到他的“寒舍”来给他拜年，他上了中央电视台的《新闻联播》。

而一位为他“顶缸”，从医疗单位调到文艺单位的仁兄，几年后就没有过得了“整风”与“反右”的关，再往后，“文革”中，他自杀了。脆弱的小布尔乔亚们啊。

……然而那只是一份材料，只是纸上枪决。当时所有的关于地主恶霸保甲长匪连长更不要说军统中统特务的材料了，都是建议公审枪决的。他没有决定权，他没有瞄准过谁举起枪口。他不知道这个现在想起来未免可怜的女人的下场到底如何。她早已经消失在大雾后面了。

再说，如果院士自身没有发作什么精神疾患，他应该明白：这个被他起草材料上报枪决的栗桃花就是那个给他杂拌儿吃的瘦桃花的可能性其实很小很小。虽然，她们可能是一样的卑微、渺小。

哎呀，可怜我孤身只影无亲眷，
则落的吞声忍气空嗟怨，

……再不要啼啼哭哭，

烦烦恼恼，怨气冲天……

戛然止住了，是磁带不够长，没有让窦娥把冤苦诉完。

汽车的音响发出了沙沙声，停了那么几十秒钟，身外心内，都是浓浓的雾。叶院士在这几十秒钟内半醒半睡，他似乎看见一个精瘦如鬼的女人，她向他惨然一笑。

院士身上冷得不行，脖子、背和腰都窝囊得要死。汽车，除了赶路，看来并不适合充当别的用场。

哎呀，娇莺欲语，

眼见春如许……

磁带循环播放到第好几次，又回到了最初的《牡丹亭》，一切重新开始。

哎呀，骨冷怕成秋梦……

翦西风泪雨梧桐……

恨苍穹，

妒花风雨，

偏在月明中。

这又是哪一段呢？

重复是伟大的力量，重复有一种威严，重复是不可抗拒的，重复使他快乐之中又有些胆战心惊。看来也是天意，是命。他本来就应该好好听一下久违了的桃花调。桃花调的味道好极了。像是桂花糯米藕，像是即墨老酒，像是陕北石榴，像是西湖莼菜，像是致幻的神秘果。由于年轻，由于天翻地覆，由于外力和自身的幼稚天真，他与桃花调一告别就是——别梦依稀咒逝川，古音六十九年前！

一声桃花曲，双泪落君前！他终于得到一个机会在去国以前听一听，听完，就告别啦。外国什么都好，假使都好吧，就是没有故乡小调。中国什么都好，故乡小调也式微了。不微也没有多少缘分了，听东西只能在孩子时候，大了，一边听着梅兰芳哪怕是帕瓦罗蒂，也同时会分心想到下一次会诊的方案或者下一年度的预算。像一部旧电脑，他的数据库装的东西太多，岌岌乎自爆。他也只有在雾里，在无法快速行驶并且完全无事可做的这几个小时，做到了专心聆听。听了还要再听，听了还要再听，既疲劳又甜蜜，既伤心又满足，伤心也令人得到满足的快感。好比是还债，还债的时候你感到解脱，也感到惭愧和痛惜，不是痛惜钱财，那钱财本来就不是你的，痛惜的是你为还债用了那么长时间，还清欠债，您也老啦。

他要在一个晚上，在公路上，在大雾里还上他儿时欠下的、青年时期欠下的一种说不上是什么感情的感情债、曲艺债、艺术债、少年与青春债、家乡债。还有所有的男人欠下杜丽娘们崔莺莺们的债。古往今来，男人们欠下的风月债还少吗？

多少个夜晚，他是握着手术刀而不是握着女人的手度过的。

那么雾呢？雾的形成是最简单的物理学。没有风，没有蒸发，空中的气温没有能够比地面的凉，形不成对流……那么雾的消除呢？它需要日晒，它需要风，它需要气温的急剧改变，或者，很简单，却是很难操作，只要好好加一下温。

那么乌克兰呢？乌克兰、俄罗斯，也有许多大雾。乌克兰在大雾里，有许多苏联的歌词为证。库奇玛、亚努科维奇、尤先科、基辅与顿涅茨的选民，他们将怎样破雾起航，决定自己的命运？大雾总会散去，那么黑海舰队的出海口呢？疯了，真是疯了，他并不是基里尔呀，他叶夏莽管那么多干吗？

一九九四年，十年以前，他经历了丧妻之痛。当年年底，他收到了一个搞外事工作的朋友转来的一封厚厚的乌克兰来信。他吃力地读下来了这封用俄语写的信件，是基里尔的，他寻找碧云已经许多年，信件这么厚，是因为包括了自从苏中关系正常化以来他为寻找碧云而写过的一共十多封信，前面的信都原件退回了。

他回了信，寄去了他们的全家福和碧云的丧礼的照片。

从此基里尔多次给他写信，叶院士因为俄语不好给他回信很少。头几天，可能是由于他告诉基里尔他要离开中国了，他收到了基里尔寄来的一套碧云在莫斯科摄的照片。复制的照片发黄，摄影技术今非昔比，其中大部分是与基里尔的合影，也有几张碧云自己的留影。美丽的碧云使他大哭了一场。青春是多么美好，而光阴多么无情！为什么碧云在莫斯科就能那样神采飞扬，那样沉醉幸福，令他甚至在碧云去世十年以后，仍然嫉妒得心痛！

他也收到了基里尔的近影，一个挺直了腰板的老人，须发皆白，目光深邃却又十分阴郁，他像是有严重的眼科疾病。当年的英俊潇洒了无痕迹。

……司机叫苦不迭，他一直跟随，偶然失去却又迅速找回来的前面一辆车，他指望可以把他们带到目的地城市的那辆车突然停下了，似乎是犹豫了一下，它拐弯了。叶院士的车一怔，也犹豫了一大下，狠心跟着拐过去了。前面的司机真好，他做手势，他喊叫，他阻止他们。他的意思是：他是因为到了自己的家才停车和拐弯的，他的终点并不是叶院士要去的大城市。他们第三次失去了追踪的前一辆车的尾灯，他们失去了自己的轨道，他与司机努力辨认，他们判断，他们现在是在一个简陋的汽车加油站附近。事不过三，三次失去跟随的目标，他大概当真完蛋了。

那就等一等吧，我们就待在这里吧，打开所有的灯，怎么停了？接着放桃花调吧。

他的语气显出了从未有过的顺应与平和，他甚至有一点秘密的欢喜：这样的雾夜桃花，此生不会常常遇到。他还要再听五百遍桃花调唱曲。就这样西去了，也值。

他希望和着跟着录得并不好的沙沙作响的桃花调唱几句，却是意想不到的艰难，最熟悉的也是最牵心的，仅仅这一夜已经听了无数次的——却又是最陌生的。

一切都不能强求。

哎唉哟——
红旗飘舞鼓声扬，
解放大军无阻挡，
三座大山全推翻，
当家做主最荣光，
哎唉哟——
土改挖掉封建根，
幸福生活万年长……

这是怎么回事？叶夏莽骇然，怎么在文绉绉的曲词之后出现了大改良的革命高呼？就和那个被他至少是从纸面上处决了的“女特务”

唱的一样？

司机解释不出来，他说这是旁的“师傅”给他录的。

那么头几次反复的时候为什么没有这支曲子呢？

他们俩分析起来，可能是老带子没有洗干净，可能是太久没有听用的带子，到了带子的一端有点粘连，头几次反复的时候，机器没有力量放出来而忽略过去了。也可能不是这样，他们俩都不是家电音响方面的专家，在科技事务上隔行如隔山。再说现在盒带早已经落伍了，新型的轿车都只设 CD 盘的播放器而没有插盒带的口子。然而叶院士仍然感到了一丝丝欣喜，对于“盒带”的讨论转移了一下失去道路与跟踪目标所带来的恐惧，颠簸的疲劳，夜雾的茫然，腰痛背痛颈痛，还有听桃花调带来的莫名的伤感与无力感。这就是科学技术的好处，你永远可以专心致志地却又是心平气和地去讨论它，说对了可以教导旁人，说错了可以学到知识技能；于是不再揪心，不再含泪，不再惶惶不安。

在这危难的关头，过来了一位交通民警，敬礼，你们怎么了？为什么停在这里？

……谢谢你了！民警坐上了副驾驶员的座位，他在无路中帮他们找到了路。当你什么都看不到的时候，他却仍然能看到一些。不论什么时候都有人为你操心，你太受不起了。

平静中他估量起自己到达加拿大之后的生活来，他忽然有点急躁，他想，一个人如果没有死，那么他就一定得算是一个活人，这是最最重要的真理。一个活人，和青年壮年一样的活人，他拥有一切活人的体征与功能，他或她的腹腔胸腔脑腔和消化循环呼吸生殖运动系统，肌肉神经骨骼皮肤毛发感官……就都存在，都运转，哪怕是半运转。“到死”而绝对不是“等死”，就是生活，生活得好才能结束得好。那么，他到多伦多究竟是干什么去呢?

女儿。女儿。女儿是他的宝贝。女儿名叫启明。妈妈既然是碧云，女儿就是启明星。女儿最终应该帮助父母穿过云呀雾呀风呀雨呀的。他至今忘不了女儿开始走路的情景，那一天难得的是他看护着她，她已经一岁零七天，她还是被牵着手扶着腰学走路，他叹息那个年代的北方的孩子差不多个个缺钙也缺少维生素D，没有足够的阳光也没有足够的蛋黄或者鱼肝油。这一天，他领着启明学走路，他“天才地创造性地”（后来这个副词短语变成“文革”中专用于一个人的了）发现女儿的腿脚有了一点力气，他灵机一动忽然撒开了手。女儿有点怕，有点要哭。一刹那女儿也感到了自己腿上的力气，她轻轻地小小地挪了一步，不，不能说一步，只能说是一下，又一下。她看看自己，再看看爸爸。爸爸做出鼓励的手势，发出鼓励的声音，这是唯一的一次，爸爸相信自己是一个真正的爸爸。终于，女儿迈出了真正的第一步，不是在地上蹭，是抬起左脚，向前迈了一步。女儿再看看爸爸和地面，看看自己的脚和鞋子。女儿又抬起右脚向前迈了更大的一步，成长的一步更是创世的一步。女儿渐渐加快了步伐，女儿渐渐趋于兴奋，她走得越来越快，她干脆跑起来了，她绕着圈跑。他惊呼不要跑不要跑，没有用，女儿听不懂他的话。女儿已经踉踉跄跄。他着急地大喝了一声，把女儿拦腰抱住，女儿只顾了前行，并不理会他的大吼。但是小人儿的力气毕竟太小，爸爸的两只铁臂死死地箍着她，她像被捕获的无望地扑腾着的小鸟。她这时才迟到地意识到了爸爸的大喝，她惊吓地大哭起来。

他想，他就是从这一次学走路得罪了女儿的，否则一切都无法解释。女儿一直和他有相当的距离，最明显的就是女儿上学做作业碰到问题只问她的妈妈，从来不问爸爸。当然，他也忙，他多数时间无暇过问女儿的学习，他不像一般人那样每天晚上陪着帮着孩子做作业。有一天，他很有兴致，他想要女儿的作文看看，女儿断然拒绝。这使他与其说是恼怒，不如说是狼狈与尴尬。作为一个受过良好教育（他知道这是外国人的说法，他当初可能不是这样想的，但是现在他是这样追忆的）的父亲，他有权利有义务关心与指导女儿的学习作业。他脸都憋红了，他努力沉默了将近三分钟。女儿似乎也略感不快，她等待着父亲的下文，没有下文，她准备离去。这时父亲颤抖着声音说："对不起，我过去对你的学习呀作业呀关心不够。"

"我小时候作文还是不错的，也许能贡献给你一点意见。也许我贡献不出什么意见，可我是你的爸爸呀，我应该知道女儿作了些什么文呀……"他尽量说得天真活泼可爱，尽量蹲下来与女儿平等地说话。那年女儿是十一岁，小学五年级，长了一个高个子，一米五九了。

"我不给您看……"女儿说。女儿反而有点激动了。

"我必须看，我有权利要求看，你还没有成年，我是你的监护人，你上学，你吃饭，都是靠我和你母亲的供应，每个月要好几十块钱……"可能还有别的蠢话。

"我给我妈看过了，那还不行吗？"女儿也摆出了决战的架势。

他最终没有看成女儿小学五年级的一次作文。

他突然大吼起来，像一只受了伤的狼。

从此他对女儿有点敬而远之、远而思之，他是一个失败的父亲。而当他后来在女儿长大以后，与女儿谈起这件事情的时候，他们父女重演了一遍类似鲁迅的《风筝》里的情节，他说起看作文不成的故事，女儿哈哈大笑，女儿问："真的吗？"

他的结论是女儿离他很远，现在反复来信要他去，可能是由于碧云的嘱咐。

嘱咐，咐嘱，能不能叫咐嘱呢，既然素质能够叫质素，介绍能够叫绍介，那么……他睡着了，边睡边发抖，他好像落在了冰窖里。

哎呀，世间只有情难诉……
疏剌剌林梢落叶风，
静悄悄门掩清秋夜……

睡梦中他听到的是当年的桃花唱的类似这几句词，醒过来以后，却是另外的段子：

可怜我孤身只影无亲眷，
则落的吞声忍气空嗟怨，
……再不要啼啼哭哭，
烦烦恼恼，怨气冲天……

桃花已经拿不定主意唱什么给他听了。

他发现，车行走得还不错，他知道大雾你也是能够渐渐习惯一些的。又是一团一团的雾气，一团一团的浓烟，一股一股的硫黄气味。他学着北京胡同里的人的口吻，安慰司机说："不怕慢，就怕站，蛄蛹（北方土话，指像虫子似的蠕动）就行。"他又没话找话地说起雾天空气污浊，不适合户外健身，感冒指数与取暖指数会提高。爱情指数呢？他悄悄地想。原来什么都有指数。生命指数和快乐指数呢？

他细细品味，与故乡故国北方戏曲的高亢激烈不同，桃花调的特点是温柔与软绵，是一种低声下气的问候，像是下人哄着老少爷儿们玩，曲艺在这一带被叫作玩艺儿，是哄着主子玩的。不论唱得多么凄凉苦情，唱的人要一会儿入戏一会儿出戏，出了戏就必须是一副眉开眼笑、低眉顺眼的听喝的丫鬟样儿。声调是婉转的而不是直截了当的，音质与音量是磁性的柔软的而不是响亮的，吐字是生怕听不清楚的而不是追求风格与表现自我的。旋律是无尽的重复，却又每一次与上一次略有不同：像是风筝，它停止在天上却又不住地变动位置。像是呼啦圈，它旋转在少女的腰肢上却没有固定的轨迹。难学，你永远会唱，你永远唱不对，你永远听着它像，你永远找不准。民间的东西，最简单也最没有准头。像在唱，更像在说，在絮絮叨叨，絮叨却是不敢放肆，小心却是不敢畏缩，不敢寂寞也不敢吵闹；不敢煽情也不敢无情，不敢娇媚也不敢死眉瞪眼，不敢热烈也不敢冷清。哭但是不能哭出来，笑但是不能笑大发了。文艺伺候就像戏词上县太爷喊的“大刑伺候”，是那么容易的吗？

哎呀，娇莺欲语，
眼见春如许……

这就是桃花调。他大概已经听到了第十几次了。一晚上听了十几次桃花调，他也算对得起桃花调了吧。这就是桃花镇的即将绝种的演唱，像娇莺之语，像春情春水春意的有节制的泛滥。地球上每一天都有物种消失：语种消失、民族历史消失、文物被破坏、民间文化样式消失、曲种消失。随着人的告别，他们会带走许多过往、许多珍贵、许多挂记。

……也许能吹起一阵清风，也许至少明天早晨会出现一个鲜红的太阳，也许浓雾会完全散去，也许他重新考虑远行多伦多的决定，也许虽然八十了也仍然可以去去再来，也许他还会回来听桃花镇的桃花调和再考虑一下颅外科手术的刀剪用具的改进。

也许他还能再来一次黄昏恋。十年来，不是没有人要做他这个老家伙的媒。有一个女诗人，他很有些喜欢。后来他读了女诗人的作品，她的特立独行、她的狂叫激愤与蛮不讲理令他战栗惊服，他终于望而却步、临阵脱逃。有一个女经理，他思而生怵。有一个女领导，他自惭形秽。但是他在碧云死后没有少与一个个的并非没有吸引中国工程科学院院士的魅力的女子一起喝咖啡喝可乐。说一些人家与自己有时候有兴趣，有时候找不出词来的话。

他甚至偷偷想过：最好与一个农村来的保姆结婚，他喜欢这些质朴和勤劳的女人，她们当中有许多人读过高中，她们现在也都挺胸、健康、爱打扮，有一个邻居家的家庭服务员眼睛像影片中的“小花”，陈冲饰演，他想入非非了一两分钟。她们和医生都是天生的务实派而不是某某精神派。把文学说成人学好生奇怪，他觉得医生、体育运动员与保姆才是，至少同时也是人学家。“爱情”这个词，是“五四”以后，才传进来的。爱情像鲜花开放，像电光火石，像小提琴华彩乐段，像大雨后现出的彩虹，像解冻时分的桃花汛。没有经历过爱情的人很不幸。整天唱抒情曲小夜曲盼望花开电闪彩虹横天冰雪融化汹涌澎湃的人则是上了“爱情”两个字儿的当，也许是俄罗斯乌克兰文学的当……自找苦吃，还要旁人的命。

当然，娶一个三八服务公司介绍的家庭服务员——他羞于启齿。

就这样思忖着，一年过去了，又一年过去了，花儿开了又谢了。没有开的也谢了、枯了。还有什么可说？

是他而不是别人，落伍了。时代不同，人人都可以像诺贝尔奖得主科学家一样地挑战极限，为了爱情，为了青春，为了上天的恩典：还活着。

……眩晕……晕……晕……这不好……

第二天早晨五时半，他们到达居住的城市，进了城，雾稍微淡了一点，能看出个十来米。平时两个小时的路途，他们走了十个半小时，谢天谢地，没有出任何事故，司机师傅等于是盲驶而归。师傅说：“叶老师，到家了。”

师傅叫了几次，没有应声，再一回头，不好，叶院士已经出溜到座底下去了。

司机师傅吓得脸色骤变，他掏出手机，颤抖的手指拨了半天才拨对急救呼叫，两分钟后，叶院士躺在了红十字急救车上。

……没有人解得开叶院士的最后遗言，启明回国被医生与司机告知，叶院士最后说的是两个字：“真——好——”还说是，叶院士的遗容上有美好的表情。

二〇〇四年十月三十日，中国工程科学院院士、著名医学家、颅外科手术学一代宗师叶夏莽同志，含笑逝世。

学报上，也是这样发布了讣告。

启明的飞机遭遇了大雾，在多伦多，飞机因大雾晚点六个小时起飞。在目的地，大雾延续到了第五天，幸亏是大城市的机场，有三套极先进的进口价格天文数字的盲降导航装置，这里的飞机降落得平稳安全，落地以后，有的人在画十字，有的人在合掌，更多的人鼓掌称贺。

叶院士的助手在机场迎接了启明，向她诉说他劝告院士不要去桃花镇，院士不听的经过。同时偏偏院士不要他陪同一起去桃花镇。他喟叹良久，忽然抬眼看了一下启明，启明也在看他。他们谁也没有说出来，但是那相互一看的含义彼此心照不宣：与其在美国西北航空公司的波音机上犯心脏病，还不如在自己的地面、自己的汽车上。

启明不知道该怎样表达对父亲的哀思，除了有条不紊地举丧火化装入景泰蓝骨灰盒，并且与母亲合葬，向新立的墓碑三鞠躬的部署以外，她反复询问了那一夜大雾中行车的细节。她要来司机录制的桃花调盒带，只听了一句就惊异得要命：太难听了。但是为了纪念父亲，她耐心听完了所有唱段，听完以后，对桃花调的感受稍稍好了一点。父亲听着它走完最后的路程，她流出了眼泪。

她为父亲设立了灵堂，遗像前摆有鲜花和她能找出来的她的小学、中学、大学时代的作业。灵堂里的鲜花放不下就放到了楼道里。她又想起来那次不让父亲看作业伤了父亲的心了吗？她伤心落泪然后痛哭号啕了老半天，最后下跪磕了头。哭泣起爹来，她当然是真正的中国传统文化。她在灵堂里反复播放嘶哑的桃花调，亲戚朋友尤其是长辈们在灵堂里听到“哎呀哎呀，娇莺欲语，眼见春如许……”与看到堆放如废品收购站的作业颇感莫名其妙。尤其是启明在回答一位长辈的抗议性质问时说，爸爸喜欢这个曲调。她看到：播放这些曲的时候，爸爸的遗像眼里，涌动着泪水。人们悄悄议论，在灵堂里这样出幺蛾子、说疯话，是由于她定居国外，并且据说是与一位来自科索沃的塞尔维亚或阿尔巴尼亚裔的加拿大公民同居，坐下了病。她把盒带还给了司机，之前把录音数码化存贮到 U 盘。她也许以为她还会在地球那边听一听古老的桃花小曲，如果真的听出点味儿来呢？赶上了阴历十月初一，她烧掉了自己小学、中学、大学时代的作业，为父亲“送寒衣”，算是代替烧纸衣。她给司机留了一些加拿大元，感谢他对于老爹的最后十几个小时的关照。她顺便搭这个司机开的车去公证处办一些证明文书，是加拿大移民当局指定需要的。

（二〇〇五年）

太　原

男：老陈醋？

女：果子红。

女：柳巷。

男：迎泽门。

男女合：太原！太原！太原！

春天来了，他推着一辆轮椅，行走在山西太原的街道上。

他的头发已经花白，气色不错，腰板挺直。坐轮椅的她则是满头银发，她非常认真地为自己化了妆，打扮得停停当当、雅致清秀，叫人在同情她的轮椅代步的同时又愿意多看她两眼。她的五官搭配得完美和顺，她的鼻子和嘴，堪称至善。她多半是快乐的，她的跨越了苦难的深远镇静的笑容，比一切廉价的喜乐都更动人。

见到他们，你会遐想，你会猜测，他们应该有一个美丽如画的青年时期。

两个人的年龄加起来超过一百五十岁了。

他们不停地说着话，但句子都不完整，莫非他们不甚通华文？声音倒还好，男的还能唱帕瓦罗蒂的《我的太阳》与《重归苏连托》，女的还能含含糊糊地哼哼芭芭拉·史翠珊的《当女人堕入爱河》与《记忆》，后者是音乐剧《猫》中的主题曲。也许含糊的呻唤更加动情。

而比所有的歌曲更珍贵的是：湖北民歌《嚯咚嚯》，还有山西梆子的高腔。

怎么可能把山西梆子与湖北民歌掺和到一起去了呢？

提起太原，想起我写过的小说《济南》。作为旅游，太原似乎赶不上济南，济南有很多泉水，有大明湖，“海右此亭古，济南名士多”（大明湖景点上的一副对联），有黑妞白妞——《老残游记》的妙笔生花的描绘。

首次到太原，一下火车，我们的主人公闻到的是煤烟——硫化物的气味。从前是这样，现在还是这样。

二十一世纪的一个早春。在老火车站的西面不太远的地方是新火车站。一下火车，你又闻到了二氧化硫与可吸入颗粒物。

有点雾蒙蒙。是不是烟雾反而使气温多保持住了一点点温暖？不冷。是春寒料峭的季节。他们谢绝了一切可能的公关接待，他们悄悄地溜到了太原，略带诡秘。

原来的火车站在五一广场。郎若漾第一次来太原的时候，一下车就被山西口音所包围：《大众电影》，两毛一本儿书玉茭子来。

亲切的，与谁都是零距离的山西口音，梗梗的，把粗犷、娇媚和精明混合在一起。《大众电影》的发音像是“答纵颠映儿，两（读阴平）帽医勃儿”，玉茭子的发音像是“鱼轿子”。

“我不喜欢。”刘霞说，她的眼睛里含着泪花。

不喜欢什么？是“醋味儿”的方言？是太多的一道道水来一道道山带来的阻隔感？是离开了北京？

半个多世纪后，虽然细心查找，却只能找到极少的说山西土话的音声了。伟大的普通话呀，你会不会消灭山西？一旦山西人不说山西话了，上哪里找山西去？

“其实，我喜欢太原。”刘霞说。她见了郎若漾与郎若漾见了刘霞一样，他们说话都会颠三倒四。

二十三岁的郎若漾看不得刘霞的泪花。郎若漾在一篇苏联诗人（是不是苏尔科夫？）写的文字里读到“是斯大林擦干了人民脸上的眼泪”的字样。而这个时候的一个老延安，一个女性老革命，一个杂志的主编撰文，说是等到农业发展十二年纲要实现以后，中国人民将不再懂得什么叫泪水，除非是由于喜庆而笑得窒息。几十年后，天真的与无用的她却变成了有家难归的流亡者。

他感动得要死。他没有想过擦干所有的受苦人的眼泪。但是他至少为了擦干心爱的女孩的眼泪，愿意献出自己的生命。

他想起了第一次听到刘霞的声音的情景。从话匣子……广播里他听到一个女声，世界上从来还没有这么一个天真无邪而又无限甘甜的嗓音，有一点糯，有一点辛苦。由于善意和操心，她的嗓子并不锐利和响亮。由于谦逊和忍让，她的声音不会一下子引起轰动。她的声音里有温和却没有足够的自信。有忙碌却没有骄傲和洋洋自得。有顺从却缺少足够的警惕与自我保护。有太多的情感却不想全部表达出来。

那时候还没有半导体。话匣子的声音里含有太多的电流声响。交流声像云霞，而朗诵像是月光。月光因云霞而更加美丽。

她在诵读一首关于青春的诗，青春而一点都不咋呼。只有在那个时候的中国才有这样万众二心的、好指挥的与信任一切、接纳一切、洁白无瑕的青春。后来，青春被“武装”到了牙齿。人们乃知道青春也可能变得无赖、无知、无耻，同时自吹自擂，当青春劫掠了或者被劫掠了自己的底线。

再以后，有的被娇惯坏了的青春任性任得成了小霸王，纨绔得像一碗猪油，浅薄并且愚蠢蛮横得像一头驴子。

只是在听了三行以后，说的是一九五六年，郎若溱才听明白，这位朗诵者朗诵的是他郎某的处女作《青春放歌》。他一下子闭住了气。他几乎晕了过去。他的前后修改了几十遍的诗句，以意想不到的温暖，对不起，他要说是带几分愁苦与犹豫的音色，渐渐地渐渐地震响起来了，终于接近于黄钟大吕，不过是刚刚靠近，她又平静了下来，余音袅袅。

这是谁的诗？我的？怎么可能写得这样好！

他听到了刘霞的名字。他当天晚上立马梦到了刘霞，不是梦到了这个姑娘、这个演员，他不知道也没有去想象她到底长得是什么样儿。电台介绍说，她是青春艺术剧院的青年演员。他梦到的只是一种好听的声音。声音里有一切温暖与纯洁。他猜测，只要有一颗足够善良的心，有一双健康的耳朵，盲人也会感受到，也许是更多地感受到这个世界的幸福。他的梦好听，像话剧独白与对白，像唱歌与行吟，像海浪拍岸与涌过来又涌过去的诗歌朗诵。

“我看到了你，我的星星……”

似乎涌去涌来老是有这样一句话。

我的星星，我的星星。

人的一生会做许多许多的梦，然而梦到诗，梦到歌曲与乐曲的机会并不多。梦到音乐与声音的机会甚至比梦到数学难题与化学分子式，梦到思想汇报材料与汇单支票的概率要少。

五十年代的太原市，还是有星星的。那时候北京也有星星。那时

我看到了你
我的星星

候的夜晚，灯光还很稀落。城市的街道上，也还听得见人们在唱山西小曲。

想亲亲想得我手腕腕（那个）软，
拿起个筷子我端不起个碗。
想亲亲想得我心花花花乱，
煮饺子下了一锅山药蛋。
……

刘霞说那是西山的矿工，他们晚间在大街上走路时候带着电石灯。

进入了新世纪才知道，采一个煤会死那么多人。

听完对于自己作品的广播，一连许多天郎若漾睡不着觉，与刘霞见一面的思想像九级风一样把他的内心吹得什么也没有剩下。

他至今无法判断自己的行为。他想起了那个时候《人民日报》全文刊载的斯大林著的《马克思主义与语言学问题》，该文的最后，批评一个斯大林不喜欢的学者“具有赫列斯达可夫的气味”。赫列……是果戈理戏剧里的假钦差大臣。郎若漾的一位朋友甚至断定那位被斯大林定性为骗子的人应该被很快处决。那是那样的一个时代，若漾和他的朋友认为好人都是战斗英雄与劳动模范，而坏人差不多都应该被就地解决。

他激动地、偷偷地给刘霞写了一封信，他说他听到了话匣子里的她的朗诵，他就是那首诗的作者……

他害怕他的信带有赫列斯达可夫的气味，那个时候他轻易地充满着神圣感（对于时代）与罪恶感（对于自身）。他还是写了，说明越是关键的事情上，他越是义无反顾，敢于创造自己的人生。

他写上“刘霞”两个字并且为这两个字温暖不已。突然，一个“刘”字让他觉得好听、单纯，像溪水涓涓，像一幅绸缎，像星光更像歌声，让他想起水流，想起刘勃夫卡、刘德米拉与刘芭，还有岁月。她们都姓刘……流。流水落花春去也，子在川上曰，黄河之水天上来，都是。而霞是一道光辉，是旭日和近晚，他喜欢“近晚”两个字超过了“傍晚”，是湖边——那时候他还不会梦到大海。湖水映射朝霞。“霞”令他头晕目眩、光芒万丈、沐浴狂喜。

流霞像山呼海啸一样地倾注在他的身上了。

读者，你还记得你第一次写下你心爱的，却是还不相识的名字的时候从心底涌上的波澜吗？你咀嚼过品味过某一个美丽的神奇的名字吗？那种涨潮的汹涌澎湃，那种燃烧的飞扬异彩！美丽的梦与姓名一道，后来又与地名歌名一起保存在心的深处。

而刘霞说郎若漾的名字使她天昏地暗，狼？像羊？怎么会拥有这样的凶恶中带有调侃的姓名。你的名字太刺激了，刘霞后来对他说，我笑，我怕。

她——你，立即回信：“想不到这样荣幸地与作者认识了。”你说是认识了，其实咱们还没有见过面呢。你甚至说“您有一个不一般的名字”，这样写信像是老友。

“作者”两个字令我升腾飞翔，“认识”两个字使我落泪。“我、认识了、你”，这像一句话剧台词，十分多情，我要说简直是上苍的恩宠。同时我感到恐惧，因为我立即想起这句台词的可能的不祥的下文：然而我错过了你。整个台词似乎是：“我认识了你，然而错过了你。”

人生的公式是多么悲伤！

你知道两个小时以后我想的是什么吗？太不好意思，我突发奇想，我想用我的《青春放歌》的稿费给你买一辆天津产飞鸽二六坤车，我想，我真想送给你一辆飞鸽自行车啊。车把上要安装化学（那时还没有塑料一说）把套。配上洁白的劳保线手套。我还想与你一起在夏天喝信远斋冰镇桂花酸梅汤，在冬天喝浓香热烂的年糕张小豆粥。

我想拉一下你的手。

然后是我们夜走北京城，我们在参加完保卫和平的集会之后去吃了夜宵馄饨和烧饼。是那一次集会使我第一次听到了巴拉圭和乌拉圭的国名。此前我们熟悉的和平人士多是法国人，约里奥·居里、法齐、阿拉贡、毕加索。北京集会上有一位巴拉圭诗人在和平集会上朗读了他的诗。我想以后也许我会被邀请作类似的朗诵。

巴拉圭至今没有与中华人民共和国建交。

然后我们走路，一路我都在唱歌，你的倾听，你的眼皮与人中的轻微抖动与对于歌词的轻声默诵，比我的歌声更迷人。那时候我“认识”许多爱笑的女孩子，然而她们的笑太肤浅。你的笑是不一样的，你的笑承担了太多的分量。我们互相讲述着不幸的童年，父母、家世。你甚至于告诉我，你的皮肤的特点是冬暖夏凉。这使我觉得亲得要死。我们走过了地安门和后海，我们感觉到了微风与水香和柳树新枝的芬芳。我们走过了银锭桥，走过了北海后门与养蜂夹道，甚为窄细的养蜂夹道也让人感到那么安全，那个时候中国的词典上“犯罪”两个字消失了。西单、天安门与前门……那时的路灯稀疏而又飘摇，昏黄而又沉静。可能是我们走路走得饿了，走过饭馆的时候我们闻到了菜肴的香味。你说你最喜欢吃烧饼，包括芝麻烧饼与马蹄烧饼。一旦餐饮，香甜永远。一过八点，所有的饭馆与商店都打烊。开始入睡的伟大城市含情脉脉，略带神秘，无限流连，休养生息，准备明天，流行的口号是要与时间赛跑。偶尔有几辆汽车驶过。我们觉得坐汽车的人都是伟人与准伟人，都是钢铁一样的英明领导与救世英豪。而大街上的行人似乎只剩下了咱们俩，咱们俩代表着青春、新一代，亲爱与抚摸咱们的城市。甚至于“城市”两个字也是解放以后流行起来的，带几分苏俄味儿。解放前我们知道市、城、闹市、街市、古城、城郭，却很少讲“城市”。解放了的人们都重视唱歌与听报告，从歌曲与报告中我们学会了“城市”一词。而如果唱了歌、听了报告还一起走了路，一起欣赏了喜爱了自己的城市……那就是，那当然是爱情。

我问你，你喜不喜欢“城市”这个词？你的回答是愈来愈喜欢。

这些单纯与阳光，是从什么时候改变的呢？为什么会改变呢？这是郎若漾至今闹不清楚的。

然而确实是改变了、消失了，对于这样的改变郎若漾是迟钝的，他以为光明压根是永远的。终于他无情地、冷淡地、傻子一样地接受了改变的无所不在。

改变了的所有的人的命运。人无百日好，花无十日红，社会没有千日的太平。

一把扇子哟，呀呀咿儿哟，
竹骨子编哟，哟儿哟哟喂。

这两句像是一只欢乐的鸟儿，扑棱扑棱意欲飞向蓝天，紧接着落到了田舍。

嗺咚嗺呀金扇哟，
嗺咚嗺呀银扇哟，
金扇银扇海棠花……

响起了欢呼，敲锣打鼓，彩绸飞扬，底下的三句像是过年，人们甚至说曲子源自劳动号子。共产党让你天天过年，天天劳动狂欢。歌词里的金扇变成了金梭，银扇变成了银梭，海棠花变成了海棠梭。民歌歌词是天生的后现代。

这样的动情女声齐唱，怎么能够没有呼应？小女子的声音散入天空。

> 嗺咚嗺咚嗺呀嘛呀儿哟，
> 等你等在我家门嘛呀儿哟……

痴情。你想念吗？你相信吗？二十世纪的五十年代，连“那天从你的门前过，你端着一盆水往外泼”这样的滑稽歌词都令我热泪盈眶。我相信在美丽的女孩门前，接受自己心爱的女孩泼过来的一盆凉水，是天大的幸福与温暖。多泼一点吧，把我浇成一棵树、一根花草，让我长出根须、绿叶和骨朵来吧，我亲爱的。

有一些声音和特定的时间、心绪、经历与人，上苍赐给你相逢的伙伴，上苍赐给你美丽的姑娘，密不可分。它与她们糅合在一道。久远的，似乎已经遗忘了的歌曲随着心跳涌起，就像一条条深水里的鱼，它感到了湖面的清风，绿草出芽，桃花结蕾，哪怕还有渔人的饵……它开始上浮。年代久远的鱼儿已经没有气力，却仍然活泼。

半个多世纪过去了，就是说已经五十二三年了，别来无恙。人生易老歌难老，老歌依旧，而且有新的，让老人不尽适应却也无法是好的唱法。例如把民歌唱成摇滚，唱成 RAP 洋快板。老人喜欢老歌，老歌全靠老人。每个老人的离去，都带走了那么多歌曲。

竹骨子编哟，哟儿哟喂，
抬手丢在，呀呀咿哟，
小妹妹面前呐，呀儿呀子喂。

唱成了情歌。情歌与号子的结合，成为五十年代这首或者不只这首歌曲的特色。而二十一世纪呢，人们更习惯于将拳击音响效果用到床上。

《嗺咚嗺》是五十二年前那个月他在太原度过的那个星期的“每周一歌”。对于他来说，那首先是太原的歌而不仅是湖北的民歌。那个时候的广播，那个时候的中央人民广播电台与《每周一歌》节目影响非常大，《茶花女》里的《祝酒歌》就是靠《每周一歌》节目普及的。为什么是湖北歌？带点天真，带点傻气，像唱，更像呼喊，无限真情，几乎喊哑了嗓子。像长江的波浪，涌过来再涌过去。像江南的秋千，荡过前面再荡向身后。什么呀呀咿哟，哟儿哟喂，呀呀咿哟，嗺咚嗺呀，呀儿呀子喂……唱得人销魂忘我，唱得人真想痛痛快快地大哭一场。

啊，青春，你的痛哭也是那么甜蜜而又酣畅！你的痛哭也是那样充盈而又响亮！

这些声音对于他和她带来了老陈醋与刀削面、杏花村与玉茭子的味道。

这些都是偶然，历史上发生过的，一经发生，便已千古不易，便已混为一谈。一经宿命，便成为诗，成为心爱，成为神祇，成为此生的辙印和纪念，无比珍重，颤心触肺。

他年轻时候第一次出远门，其实后来看是最近最近的“门”，便是太原。到太原要坐一夜的火车，进入山西境后要穿过那么多山洞、隧道，经过那么多河流、桥梁。火车经过钢桥的时候击打出震天动地的声响。地势分割了北京与太原，使本来靠近得不得了的太原变得遥远。走着 L 形轨迹，也才有六百一十七公里。他喜欢数字六百一十七。一道道水来一道道山，没有比《刘胡兰》歌剧的这句词更能描绘山西的了。那时候的音乐人马可，已经渐行渐远。激越的车轮撞击着铁轨。太原之行是一次金属乐器的打击乐。湍急的河流，也急于唱出自己的歌儿。为什么不是在平地上流淌，而是急急地自上而下地赶路？河流到了中国也变得急如星火，热切难耐。深夜。那个时候他还不习惯于坐卧铺，他宁愿走到最后一节车厢，观看列车的尾灯飞速前进。在一夜的汽笛声中，在铿锵有力的行进声中，在光影交织、忽明忽暗、星月灯火混杂的山洞与铁桥的交替中，度过一个漆黑的夜晚，迎来一个似乎是从远处靠近的黎明，包含着一个伟大的古老的工业与文化的历史的城市：太原。

不仅太原是无比亲切的，阳泉、寿阳、榆次，这些地名也让我那样受用。那时的太原铁路局列车上的广播员将普通话中的“您”读作上声，“请您（声调如读紧）下车”的广播令人忍俊。她们是按读“你”的第三声读第二声的“您”的。

坐在火车上，想着刘霞的好听的声音与笑容，想着他要好好地安慰一下刘霞，不当演员又有何妨？郎若漾如饮罢好酒。

夜走北京的大街与胡同是一次激情的爆发。而三年后这次与刘霞的夜走太原更像是一种深潜的灵魂的冒险。灯影萧疏，凉风习习，不无陌生，毕竟还没有睡去。谁也不知道究竟为什么，在他们认识了一年多以后，刘霞突然被上级认定不宜于在“中央”的文艺单位工作。“中央”的灵魂工程师，应该有政委或者准牧师的修养、威信与纯洁。在批判完了胡风以后，绝对与胡风没有一点瓜葛，连胡风的一个字也没有读过的刘霞转业调离，变成太原的一个见习出纳了。

刘霞有一个叔叔，据说是在香港，是不是因此刘霞不宜于做灵魂的工程师了呢？与她谈话的“组织”向她保证不存在这样的考虑。让她到太原去，完全是为了她的好，为了人民，为了刘霞，为了革命。美好的用心也会使人们离开真相，自欺欺人。

往事总是有一点糊涂，糊涂是一种慰安。我再也不愿意在小说里写到过往的政治运动了，兴味索然。

五十二年前，第一次来到了太原，我与刘霞走了一夜太原城。郎若漾一直想告诉太原百姓，他与刘霞为了太原市街道的结实稳定做出过自己的贡献，那时的散步，是被称作“轧马路”的。

那天我们在柳巷的上海饭庄吃了西餐。为什么叫柳巷？明朝开国皇帝朱元璋的大将常遇春在这里受到柳大妈的掩护，这样的故事倒好像很现代，令人想起我们的八路军众多拥军故事。后来是由于清朝光绪年间的一次大水，淹没了南城商业区，萧条的小街柳巷就这样变成了商业繁荣的太原的核心。

我们沿着迎泽大街走进了柳巷。沿着大街的说法令我想起了俄罗斯民歌《沿着彼得大街》。男高音的独唱最后是对于马匹的吆喝——噢依噢依喂依。彼得大街是莫斯科的一条街道，所以我没有能在彼得堡旅行时找到它。虽然彼得堡有彼得一世的青铜骑士雕像与永远的涅瓦河。彼得堡这里并没有在酒醉的马车夫眼中变得那样神奇的彼得大街。这像一个绕口令里的句子：彼得堡没有彼得大街。太原城却有迎泽大街。迎泽大街有迎泽门与迎泽公园。迎泽门其实已经拆除。没有拆除的是人们对于迎泽门的记忆……绕口令永远是神秘的，有启发也充满活力。

迎泽大街是解放后的一条崭新的街。迎泽宾馆是太原最重要的宾馆之一。五十多年前的迎泽公园还显得非常原生态，那只是挖出来的一个大坑。它位于古城墙迎泽门的附近。我们从西郊出发。我说，不好，风有点凉。我们走过迎泽大桥，我又说风小一点了，好了。你说那是因为桥栏杆挡住了风。几根稀疏的栏杆能够挡住风？我为此笑得落了泪，为此笑了也哭了几十年。爱哭的女生甚至男生，其实都是爱笑的。我们有过爱笑的年华。爱笑的年华何其短暂。

从迎泽大街拐向柳巷。柳巷号称太原的王府井大街。由于有王府井大街的虚设与比拟，我更感觉到柳巷的亲切、亲爱与寒碜。就像小时候去阔绰的同学家里，看到他或她的珠光宝气的母亲、挺胸腆肚的父亲、娇惯任性的兄弟姐妹与势利眼的下人，便更加体会到、感觉到自家的亲爱与珍贵。越是贫穷寒碜，越是亲亲宝贝。“咱们穷人”四个字感人至深，力透地壳。

而上海饭店是一幢中式二层楼，有一个亭阁式的屋顶与外貌。依栏杆，倚危栏，独自莫凭栏，李后主凭依与吟咏哭泣的就是这样的楼阁。在二十世纪五十年代的中后期，在反右派斗争即将开始的时刻来到这样一个地方吃西餐，这本身就有点不协调、不搭调。五十年代，它的西餐大致风味与北京东安市场的国强餐厅类似，是古老的法式大餐的中国化，而与风头正健，同样也在走向反面的俄式老莫（莫斯科餐厅）颇异其趣。它有奶油鸡茸与洋葱蘑菇汤，可惜做得有点腥，也缺少鲜奶油或者酸奶油的调剂。它的猪排太肥，我吃了不到一半就剩下了。你要了一块鱼。我劝告你不要点鱼，我告诉你鱼虾并不是西餐的强项。你不听。为此我有点别扭。我已经知道没有一个漂亮的女孩是虚心的。你们只要有了错，宁可自己吃亏，也要毫不犹豫地坚持下去。

他们一共没有在外面的餐馆吃过太多的饭，但是郎若漾有一个强烈的印象，她进了饭馆非常挑剔，不愿意坐在离门、离柜台、离洗手间近的地方，不愿意坐在近旁有形象不良的客人的地方，不愿意坐在近旁有暖气，有电扇，有广播，有脚印或者衣架、报架或者有人吸烟的地方。她点起菜来更加麻烦，只要是郎若漾向她推荐的，她都表示异议。有时候不想吃海鲜，有时候不想吃肉，有时候不想吃辛辣，有时候不想吃酸甜。最使郎若漾无地自容的是她常常向服务员提出某某菜好吃不好吃，某某材料是否新鲜，某某菜肴是不是做得好的问题。郎若漾认为向服务员问这样的问题简直是智商出了差错。当服务人员尽力吹嘘这种菜肴的时候，显然，那是推销；当服务人员冷冷淡淡不置可否的时候，郎若漾觉得自己也算是受到了冷遇。

在北京，他们一起在北海公园的仿膳吃过一顿饭，那时候的仿膳顾客绝无仅有，在仿膳用餐的经验近于寂寞萧索。他们的菜烧得非常慢，使他们俩颇为不快，那个时候他们不知道也不具有吃高级餐馆时应有的“资产阶级”式高贵的耐心。

这次的柳巷上海饭店的西餐也吃得不舒服不畅快，他压根就那么爱吃西餐？从哪里受的这种影响？疙里疙瘩，花了将近二十块钱，他们出来了。那时对于二十块钱的感觉与当今对于一千元钱的感觉差不多。他们买了一点蛋卷，柳巷里的可怜的“西点”，装在洋铁罐装里的蛋卷，香、酥、脆、甜，已经是那个时候的点心的极致。然后，一拐弯就是山西大戏院，他们立马买两张戏票，看丁果仙的《鞭打芦花》，他真奇怪，这出取材于《二十四孝》的故事竟然令郎若漾感动得热泪盈眶。

半个多世纪后，他们已经知道，丁果仙艺名“果子红”。其实他们对于戏剧已经忘记得差不多了，但是记住了大名鼎鼎的晋剧表演艺术家的姓名。他们奇怪果子红的艺名，如何与她苍凉泼辣的唱腔相配。

他们也遗憾于如今，丁果仙的接班人似乎还不是那么成熟与公认。山西梆子成为首次太原之行的符号，而且从此他们与晋剧、与山西风味的民歌建立了浓厚的感情。那种多情，那种山西的酸曲，那种小锣和脆生生的小梆子、葫芦子、二弦和三弦四弦，伴奏的断断续续、弯弯曲曲、滴滴溜溜，欲说还休……怎么人可以这样质朴而又动人地表达？怎么人可以这样不由得应声而感应声而泣！

但是他们并没有看完丁果仙的整场演出，本来《鞭打芦花》之后还有正戏。他们的愿望过分充盈，他们的兴趣过于广泛，他们的青春过于躁动，他们静不下心来。与看完一场演出相比，他们更愿意走出室外，走在太原的大街上，感受城市、感受夜晚、感受与自己心爱的人儿的挽手散步，感受青春、感受五十年代、感受爱情、感受生活。生活就像清爽的夜风，无限美妙却又现出了凉丝丝。

凉丝丝。事后想起来真是荒谬呀，到太原去看望自己心爱的姑娘，使我总觉得不那么踏实，我似乎觉得自己太个人，太离群，太拉开了与组织的距离。而我从小就那样地习惯于与组织在一起，与群体在一起，组织组织还是组织，群体群体还是群体。

五十二年后他们争着说五十二年前那天晚上的情景，你记得吗？那时候这里也有一个盛锡福帽店。你记得吗？我们在这里站立了一小会儿。不，那时候这里不会有一个旅行社，那个时候咱们这里不兴说旅行。现在，让我们怎么说现在呢？现在这里有肯德基和麦当劳、家家乐和东方快餐。然而那时候这里同样是口腔医院。不，口腔医院也是新的，早先这边是许多小小的牙科门诊部，醋多了牙容易受损。你别拿山西人开玩笑，都说是阎锡山的兵打了败仗可以缴枪，就是不能缴醋葫芦。

多么有趣，人可以活许多年，踏遍青山人未老，中国成语叫作“记忆犹新”。人老了，记忆却是新的、年轻的、鲜活的。我们已经活得太久。活了很久后你仍然是你，我仍然是我，你的笑容仍然有一点点苦相，对不起，你的笑容常常引起的我的泪水而不是欢笑。我们说的我们年轻时候的事，仍然是你与我的昨天，不过是昨天。仍然是你与我的感动，你与我的见证，你与我的往事与生命的证明。只有你能与我共享这对于昨天的记忆了。

江山依旧，人事全非，城郭半非。惊涛骇浪之后的人仍然长久。岁月无情之后的人仍然有情。当年的太原记住了的，山西的太原记住了的，不但有当年的地名也仍然有当年的韵味、当年的情绪。最最惊人的是情绪如新，如昨，如旧时，如我们年轻的时候。

我们确信。

地名是重要的。海子边、钟楼街、鼓楼街、侯家巷与滴汾桥。还有一座什么文庙？说是曾经在这里公布科举考试的名次榜。包括各地都有的新华书店，然而柳巷的新华书店最动人。地名比人更永久，比面貌更靠得住，人来了又去了，建筑修建了又拆除了，街道扩宽了又改线了，火车站从五一广场边缘改到了东面，它离凌霄双塔寺更近了。年轻时候他们去双塔寺觉得很远，现在觉得很近。年轻时候觉得双塔寺很荒凉，无人管理。以至于那里发生过情人野合的生猛故事，而且是刘霞那个单位的同事。这样的故事当年他们仍然觉得青春，有点丢丑，毕竟仍然麻辣撩人。现在双塔寺很热闹，是正式的旅游点，来人要收门票，人们讨论怎么样与铁道部门协商让出一条路来，方便游客乘公交车前来。这里有了各种装修与古物。不但有来观光旅游的还有长期固守在这里研究文物的。

地名中出现了那么多陌生，现代给人以陌生感，尤其是老年人。华宇超市，贵都百货，可笑的加州牛肉面（怎么会出来一个加州牛肉面？），万事发与红宝绿宝。这样的名字无法了解与记住二十世纪的五十年代，二十世纪的五十年代更不可能想象这样的商号名目。

数十年如一日。虽然太原已经美丽了不知凡几。古老的历史，美丽的发展，堪忧的污染。

然而我们的日子并不平坦，半个世纪前的一夜环绕太原而行以后是悲伤的离别，是绝望，是永远的分手，是误解却以为是为了对方。热衷于前途与未来的你却放过了现在，热衷于对方的人却伤害了对方。

郎若漾无法想象“后来”发生的一切。他想起了刘若英的歌曲《后来》。他接受刘若英，但不是周杰伦。他宁死不愿意承认是自己害怕了“海外关系”的威力。他相信这以柳巷为中心的环绕太原的一夜，才真真是他们的生命之诗的高潮。围绕北京的一夜是他们的序诗。这样的序诗与高潮，一个人的一生最多有一次，否则是连一次也没有。这是一夜激情，一夜歌唱，一夜交响，一夜朗诵。

然而后来的结果是分手。

为什么？为什么要问为什么？因为我太爱刘霞了。你可以不信。但是我说的是真。

你把扇子扇一扇呀　呀儿呀咿哟
凉风吹来呀嘛　呀儿哟
别人嘛要买扇　呀呀咿哟
几多钱我都不卖它　哟儿哟喂
小妹要是看中了哇　呀儿呀咿哟
我天天都送你一把　呀儿哟

A. 是哥哥没有把扇子“抬手扔在地上”。

B. 是小妹妹没有弯下腰，捡起扇子。

C. 是情哥哥与小妹妹都太胆小（歌中唱道“几多情啊……”）。

D. 是他们只顾了听歌。迷恋于听歌与唱歌的人，不一定真的有金扇银扇海棠扇子，更忘记了及时把扇子扔过去与捡拾起。

你将怎样回答这道选择题呢？

是初恋茫定了不可能成功，是热火熊熊时刻的未能如愿。他们本来应该去双塔寺，本来应该在那里结合，天似穹庐，地是毡毯，一座塔是见证，一座塔是勇气，天上布满了星星。如影片《阿娜尔汗》里唱的：“星星月亮，我们客人，红柳沙丘，我们陪伴……”然后，他们应该双双殉情自尽。

……五十年代在北京的剧院他们观看过印度诗剧《沙恭达罗》，那是初次的中印蜜月时光。刘霞在剧中饰演一个配角。郎若漾到得太早了，他在开演前五十分钟，从休息室买了一本许地山翻译的印度故事《二十夜问》。一位公主给她的求婚者二十个夜晚，让求婚者提出能够难倒她的问题，否则，求婚者将被杀掉。这一关键情节令人想起《图兰朵》。更合乎逻辑的、带有高等数学中所讨论的说谎人悖论与理发师悖论的答案出现在这本书里。应该承认，它比《图兰朵》高明得多。白马王子问道：“我应该向这位美丽而又无情的公主提出什么问题呢？提出什么样的问题才是这样的公主所无法回答的呢？”其实中国古代早就有这样的思辨，叫作“以子之矛，攻子之盾”。这也正像“我说谎”的言说，算不算是谎言？只给不给自己理发的人理发的理发师，应不应该给自己理发？对于这一类的问题，你无法做出合乎逻辑的回答。

然后许地山翻译的书里出现了红唇、秀发、玉指、肥臀、乳房、腰肢、媚眼等词儿。由于来自印度，它减少了被指责为不雅的可能。

五十年代的中国，一个二十郎当岁的男孩子，他读了这些印度字词只如五雷轰顶，烈火泼油。

是的，那个夜晚他们本来应该把山西点燃，把太原点燃，把柳巷与双塔寺点燃。他们本应该在那一夜像原子装置一样地爆炸。

《二十夜问》的结尾是王子与公主的酣畅淋漓的结合，在最最幸福的一刻，天神接受了他们的祷告，满足了他们的愿望，用雷电结果了他们俩的生命。

牛虻，是的，何况那时候他们的灵魂里恰恰有一个钢铁的革命偶像亚瑟——列瓦雷兹，笔名是“牛虻”。爱情与青春伤害了牛虻，牛虻狠狠地报复了嘲笑了爱情与青春。为什么卓娅和保尔·柯察金都迷恋于牛虻的自虐与凶狠？而这样的牛虻，不仅在意大利女作家艾捷尔·丽莲·伏尼契的小说里有，二十世纪五十年代的郎若漾同样沉醉于车尔尼雪夫斯基的《怎么办》，书中的主人公罗甫霍夫，甚至伪装自杀把恋人“让”给另一个革命者基尔萨洛夫。而罗甫霍夫用碎石子铺在床上锻炼意志的方式，也流行到一批中苏共青团员当中。

还有胡志明、甘地。他的夜游太原之后的决定，正像是睡在石头上的决绝。

然后超过这一切的是，他被告知，在五十年代的太原之行后，他发作了一次严重的抑郁症，他陷入了黑夜，他几乎毁灭。他只有感谢碳酸锂与百忧解。

五十二年后，他却既不那么忠实于弗洛伊德，也不拘泥于车尔尼雪夫斯基和丽莲，时髦的抑郁与躁狂病症更已经成为早早与国际接轨的证明。海外关系？我们昏头昏脑。

之后他很快就与一位体育老师结了婚，至少那位老师有健康的肤色与完美的腰身。她一气仰卧起坐可以完成八十八次。体育，这个词让他想起来觉得有点幽默，当婚姻变成了体育——也许应该命名为垫上运动——以后……真解嘲！不是从前那样，不是想的那样，不过就是这样。甚至也谈不上有什么操作操练。不好意思，不无野蛮与无耻，手忙脚乱，然后惘然若失。他常常在梦中哭醒。他常常将妻子称作刘霞。“刘霞”两个字隔离了他与体育老师，他一辈子想着的是刘霞而不是体育。现在更时髦的叫作把爱、性、婚姻全部剥离开。看到一个皮皮毛毛地宣扬着廉价的一知半解的性解放的年轻人，留起了一点远远比不上洋人的胡须，并从而趾高气扬的样子，郎若漾不免失笑。

他常常苦笑着告诉自己，在那个太原之夜以后，青春从此一去不复返了。

“我的青春小鸟一样不回来。”

我的青春小鸟被我自己处决了。

赞美青春与处决青春，哪一桩更吸引你，令你起兴欣然或者——只是当时已惘然呢？

等到再见到刘霞，她已经轻微偏瘫、坐轮椅和半失语。然而她把自己收拾得那么美丽细腻无瑕，例如眉毛鼻子与嘴，比年轻时候还漂亮。

他推着刘霞的轮椅在太原的街道上慢步行走，他们二人的笑容融合在一起。他沐浴着春风、稀疏的春雨、焕然一新的街道和永远不能磨灭的记忆往事。

你们走在一个几乎是崭新的城市太原的大街上，你们依旧轧着马路，接续着五十二年前的散步。你们看到了一切新成就新风景新气息，你们看到的同时却是往日，是青年时代，是你们的初恋，你们的与时间的疯狂，还有永远的悲哀。

现在的太原恢复了青春？包括青春的无赖与危机、野心与冲动。小煤窑主背着麻袋到北京来炒房，包二奶三奶与四奶，并且建立和谐的“奶”际关系，正像当年辜鸿铭所自豪地宣扬过的中华文化的独有“奇葩”。

这里有无比地丰富多了的道路、宾馆、房地产，穿着入时的青年、酒吧与咖啡馆。还有从世界范围来讲便宜得令人发疯的商品，虽然质量不一定靠得住，但是大致可以说，巴黎与米兰、香港与纽约能有的东西，太原也有。

然而我们仍然喜爱山西的刀削面、拨鱼、荞面饸饹。在山西做饭更带有儿童游戏的趣味。山西的面食更像玩具。我们也喜欢这里与湖北民歌《嗺咚嗺》混合起来的带有悄声哭泣与自私自叹风格的山西梆子。喜欢山西人的那股子土坷垃式的精明与劲力。喜欢太原的古老感、历史感、朴实感与厚重感。世界上有多少美妙的与醉人的城乡，享受的与欣赏的地方，然而，它们都没有太原的沉甸甸与亲热热。

还有老陈醋，一股浓厚的麦芽糖的气味，比糖更甜，比酒更厚，比茶更芬芳，比酱油更乌黑锃亮明光，老陈醋还具有一种扫荡一切歪风邪气病毒细菌腥膻异味的威严。太行山，因了历史与歌曲而永远崇高神往；民歌与郭兰英，《妇女自由歌》唱出了多少泪水；杏花村汾酒，醇厚结实，对于饮用它的人永远忠心耿耿；海子边公园，亲切宜人，公园前的人民饭店服务极好。海子边公园当中有一个小得可怜复可笑的动物园，五十二年前那次他们买了额外的动物园门票，看了那里的一只老虎。而后来说是老虎咬了人，动物园干脆撤销了。晋阳饭店、并州旅游、太原王氏、太原张氏……

难忘永远的与古老的晋祠，圣母殿与难老泉，水母楼与千年古柏参天。这里的圣母不是玛丽亚，而是唐叔虞与周成王的母亲。“晋祠流水如碧玉，微波龙鳞莎草绿。”五十年代那次，他与刘霞为了去晋祠在五一广场等了一个半小时的汽车，那时候的公共交通是多么不便啊。来了车，挤上了那么多人，而从车站到公园又走了近一个小时，等匆匆走完一遍晋祠，再跑回车站，最后一班车发车的马达已经轰轰作响，开车已经迫在眉睫，再晚两秒钟他们俩就会被抛弃在荒郊野外的晋祠了。那时的晋祠是那样荒凉，似乎除了收门票再无任何维修与管理。那时人们以遗忘掉历史为时尚，就像如今以言必称历史为时髦。在新的世纪，坐着方便的公交车过去，才知道它原来离太原城区近在咫尺。它变得太鲜艳太热闹太红火了，拥挤的游客破坏了晋祠的古老与幽深，商业的无孔不入的服务冲淡了晋祠的文化色彩，人们已经愈来愈难于感觉去晋祠与去购物游乐中心的差别了。

啊，历史，你是寂寞一点、破败一点好呢，还是牛市一点、闹闹哄哄一点好呢?

霓虹灯、汽车流、巴黎的化妆品与港台的游客使回忆不那么合乎时宜。进入二十一世纪后的再游太原使郎若漾宁可保守自己的秘密。怀旧之旅，悄悄默默，老气纵横。面对着把玩煤价与印花税，关注着谭晶、阎维文、戴玉强与阿宝（这些歌唱家都出自山西），盘算着地产开发与绩优股，出国签证与北京航空与铁道快线的新太原人，追忆往事者另类得有点像间谍，他只能保密，保守自己的特殊使命，不为人知，不得人知，不与人分享。他这个间谍的上司是“五十年代”，是往日、旧事、旧情难舍。他于是接受了“二十世纪五十年代”的派遣，到二十一世纪的第九年的太原，前来搜寻往事痕迹，核对旧事旧情的消失或者依稀保持。同时他顺便了解新的符码、新的信息，不是为了掌握新东西，做新东西的文章，而是为了，仅仅为了张望和叹嗟。他的“情报”将写成一篇新的短篇小说。他们的接头暗号是问：“老陈醋？”……在时尚如火如荼的新世纪的中国，在昨天已经古老的迅猛发展的山西，老年人的不合时宜的回忆，属于另类的精神间谍游戏。

呵，我为什么说不明晰？

这天晚上刘霞与郎若漾讲了不少的话。第一次听到刘霞含糊不清的语音的时候郎若漾几乎哭了起来，一个早年的话剧演员，一个把说话变成了艺术生命的温柔美丽的女孩，为什么出现的却是黏黏糊糊、不清不楚的声音？

然而刘霞的声音慢慢发散了，舒展了，变成了梦里的音乐。在五十年代的太原夜游之后，刘霞说是嫁过一个上海人，她去了江南。一年后，他们离开。之后刘霞一直是一个人。后来她确实去了香港，没有多久，她回来了。她说她回来因为她坚信总还要见到你。你听了这句话泪如泉涌。在体育老师因病离去以后，郎若漾千辛万苦找到了刘霞。他与刘霞的新世纪的重逢用的就是前述的暗号，在上海古老的西餐馆“红房子”，他约了刘霞：

郎若漾问：“（你还记得）老陈醋？”

刘霞答：“（你还记得）果子红？”

然后是刘霞问：“柳巷？”

郎若漾回答：“迎泽门。”

他们同呼：“太原！太原！太原！”

太原的呼声使二人热泪如注。

他们计划了新世纪的太原游，半是往事温习，半是望新兴叹。重圆旧梦？你怎能忘旧日朋友？我们怎可见面又别离？

虽然有一点障碍，他们还是说了不少话。见了面之后才知道原来有那么多话等着说……才知道原来有许多话不一定再多说。

再游太原之后，刘霞说："我想起了我一生最快乐的事……"

什么？

刘霞的脸上现出了异样的表情，她好像喝下了美酒，她好像见到了天使，瞬间的美丽甚至使她的魅力超过了青春时光。

刘霞清清楚楚地，像唱歌一样地说道：

"是不是我们那天在五一广场跳了一夜的舞，从远处传来了《嚯咚嚯》的舞曲，我们俩，一夜探戈……多么快乐，多么美丽，我这一生并没有白活……后来，梦……"

郎若漾心悸了。他一刹那间怀疑的并不是刘霞而是他自己。我已经失却记忆了吗？《嚯咚嚯》不是《鸽子》也不是《彩云追月》，它能伴舞探戈吗？为什么在郎若漾的脑子里完全没有这回事？他知道刘霞喜欢跳交谊舞。他觉得对不起刘霞，因为他不会跳，那个年代他未免教条而且枯燥，他羞怯甚至于保守。相爱了一回甚至于没有搂在一起跳一个完整的舞曲。他记得有好几次机会，他们共同参加一个活动，有一次还有一批苏联专家在场，刘霞怂恿他一起下池跳舞，他没有去。而他的在场使刘霞也谢绝了他人的邀请。他是多么可恶！

然而刘霞的回忆是热烈的、坚决的，你不能忘旧日朋友。而且，毕竟那是一个青年人拥有无限的跳舞的自由的年代。

梦？他肯定了，此生最快乐的事，是陪刘霞在二十世纪五十年代，在太原市中心的五一广场跳了一夜《嚯咚嚯》。说是跳了，就是跳了么，谁说没跳呢？他就像扇子，刘霞像海棠。爱情就像情哥哥，舞蹈就像小妹妹，青春就像"呀儿呀子喂"，太原就像"呀么呀儿哟"。他问："也许我们现在仍然可以再跳一曲？"

在过往年代的许多个醒来凄凉的梦境里，他早已与刘霞的探戈舞步默契。他必该是能跳的了。

他听到：

情哥哥 / 小妹妹，
呀儿呀子喂。
嗺咚嗺咚嗺呀么，
呀儿哟。
嗺咚嗺呀金扇哟，
嗺咚嗺呀银扇哟，
金扇银扇海棠花……

在太原的夜空飞动着许多美丽的扇子。

他轻轻地将刘霞从轮椅上扶起。他们俩小声唱起了《嗺咚嗺》。

给我们一个雷电吧。他本想默默地祝祷。

他没有这样祝福，没有这样祈求。过去了，什么都永久地过去了，包括做这样的祈祷的年纪。老人应该平和，老人应该随缘。他们只是祝福太原好，晋剧好，山西的煤矿、环境与旅游好。如果刘霞病愈，他们也许将最后的岁月会迁移到——迁回到太原来。

（二〇〇八年）

岑寂的花园

这些房屋好像是一夜之间冒出来的。连同它们旁边的澄明的湖水与树林。是无端出生的私生子？过去这里只有烂泥塘，有歪歪扭扭、东倒西歪的芦苇，有因为水太多被泡得半死不活，又因为水充足，一部分树冠长得特别茂盛的垂柳。听说过去这烂泥里能够突然出生许多青蛙和甲鱼。按照中国的文化传统，应该想象烂泥才是青蛙与甲鱼的母体。据说这里的青蛙与甲鱼间具有特别与众不同的血缘，以致这里的青蛙常常呆木无声，失语与性冷淡。而甲鱼会突然发出鼓噪——维权、示威与抗议。

连房地产经营人也说不清别墅们的来历与父母身份，说不清这个被称为“湖鸥别墅”的高尚住宅区与青蛙、甲鱼、水鸟和泥地的关联。现在还活着的人，在国家将这边定为重点保护的湿地之前，很少有谁在这里看到过湖鸥。至于平地而起的高级住宅，更是做梦也没有想到过。你拿不出住宅们的出生证明与不违背计划生育的有关规定的文书，没有户口本。你会怀疑房屋的存在的合法性、可信性乃至于正当性。是的，当泥塘更改了芳名称为“湖鸥湿地”，当湿地得到了国家的注册与保护以后，最突出的变化是大量湖鸥的重新出现与聚集。湖鸥应湖鸥之命名而归来，是天我合一的例证。湖鸥成群结队地飞行着，满不在乎地俯冲向水面与道路，有时甚至冲向汽车，又有时栖息在沙洲与小岛上，以致开始到这边来钓鱼的人抱怨湖鸥的讨嫌。不知这里边是否也有同行是冤家的含义。

当滑倒过不知多少行人的绿苔逐渐被条石铺成的湖滨路堤岸路所代替，当夏日的蛙声时断时续，当衣不蔽体的农民渐渐穿得囫囵和光亮，当时多时少、湖鸥之外的众多水鸟，鹭鸶也有鹈鹕，还有野天鹅与野鸭，还有闲云与野鹤出现以后，当钓鱼人、购房人，乱丢啤酒瓶子和食品包装袋、专门在写着“请勿停车”的牌子下面泊车的无政府主义男女逐渐涌现以后，新世纪的风景出现而且成了事儿啦。

现在这里成为城市的首屈一指的高尚别墅区。写到这里，电脑软件将“首”字的UTH输入五笔码显现成“瘪”。真有趣，我输入“说法”——YUIF时它出现的是“廉洁”。而输入“恶心”——GONY的结果是出现了“事业心”。如果不改，它就瘪屈一指了。

它的“首”是由于它是欧式豪宅，四面花园，复式错层两个主层、半地下室与阁楼。面积与格式，地板与墙壁，石材、木材、涂料与雕塑雕刻楼梯和门窗，尤其是草坪、花园与阳光室、阳台都比较讲究。

那么它的“瘪”（可以读成第三声和第四声）呢，则是由于它的雷同、整齐性、排列性、小小批量性。整个小区分为甲乙丙丁四种格式，四张设计图，打造出百十套房屋。每种类型房屋大致一个样子，而且排列成一队如同出军操，如同营房，这样的“高尚”住宅，他处少见。

但是我说的这幢有着特大的花园的甲级别墅独具一格。它临湖靠路，四面都留出了更大面积的花园绿地。它的门前由吊车安顿了一块太湖石。高过两米五，石洞曲折相通，总体又显得婀娜窈窕、挺拔峻峭、奇崛脱俗。这样的石头不像来自此一世界。这样的石头永远不会整齐划一，批量出现。太湖石的底座也是专门砌成，三条腿颇显虎威。

太湖石对于自己脱颖而出摆设在这里满不在意，你看到这样的太湖石你就会想到应该把“春风得意马蹄疾”的诗句改成：“春风已意尽，何必扬马蹄？”纹丝不动的太湖石比奔跑的大马还牛——还“马”。是的，这块太湖石如果平放，观感确实像飞奔的马，除了它已经在快乐中削去了自己的马蹄。

绿地外缘的向阳的正面直接栽了四株高大的银杏，矜持而又含蓄，自命源远流长，自吹自擂却又并无把握。四株同样高大的中国梧桐，丰腴却不失爽利。我有格调，它们说，却忘记了真正的格调绝对不劳表白。两侧栽种的是微笑的合欢与骄傲的玉兰、喜悦的丁香与随俗的栀子。它们都心甘情愿地供你观赏与品头论足。花园中光照不太尽兴的那一大块绿地，栽种了幽雅的樱桃，偶尔艳丽，终于从俗的石榴，俏皮的山楂与和平欢乐随众的桃李梨杏枣。你可以设想，住在这里的主人，无事时走在柔软的绿油油的草坪上，踩着齐整的不断修剪的绿毯，仰脸欣赏各种观赏树与果树时，并寄情于进度表停栖着的，或即将歇息在枝头的鸟儿的欣悦心情。

什么是寄托？有几株树劳你惦记。什么是生命？小苗眼看着长成大树。什么是忧愁？虫害与干旱。什么是美丽？花开万朵。什么是哲学？树木花草，荣枯往复……什么是主体？无言而又生生不已。

在最大的一株银杏树（人们估算，栽种这棵树的成本应该不少于五万块钱）上挂着一个管风铃，风大的时候发出呜咽、颤抖，却毕竟从容大度的乐声。风急或者风向乱变的时候，完整的声音就被击碎了，一切变得飘忽不定、神神经经，失落得像是流星雨。

同一株大树上常常停留着一两只麻雀，快活地交谈或者孤独地徘徊，争辩真理同时挑逗情欲。你无法判断它们是双双对对、夫唱妇随，还是时有歧义，冲动地分手，出现抱怨敌对与各自诉苦。

春深以后，麻雀换成黄鹂，还有燕子，还有云雀。而盛夏以后天籁的主角换成了虫类大乐队，叫作虫海战术，以数量与规模胜。

然而声音在这一家还不是最主要的，虽然不断有西洋哲人指出，对于人类，听觉比视觉重要，语言比直观重要。这里与众不同的是花。除了花季的上述的木本花盛开时分以外，你在园子里还会看到早春的郁金香。主人把郁金香培植在围绕房屋的四面木槽里，槽里置放着专门培养郁金香的油润得恰到好处的泥土。已经连续几年了，在朦胧与开始温暖的四月，郁金香的盛开像是众位欧洲贵宾一起举起的酒杯，那么高贵、那么明艳、那么滋润和纯净，如玉如脂如珠如葡萄泼醅。郁金香主要是红色的，但也有几株黄色与特别高贵的黑色紫色的花种。还有几株郁金香，同株异色，既长黑花也长粉红与紫蓝，似乎在一个集会上，你不但看到了快乐绽放、热烘烘的美女，也看到了旁观的、忧郁与冷淡，但仍然自我感觉高人一头的几位可能是年长一点的单身女性。

在正面，当郁金香凋谢以后会开放一排牡丹，然后是芍药，在这里芍药比牡丹要丰满与咋呼得多，自以为得了大奖。如果你盯着芍药看，你会感觉到花朵的膨胀直到爆发。然而毕竟旁边有豪华的大别墅建筑，有偌大的草坪，有许多大树和中树，有木制秋千摇椅，有不怕风吹雨打日晒的石茶桌、石墩石凳，有石条案与摆布在石条案上的盆景，给你以神仙用过、仙洞里摆过、世上千年的山中七日中出现过的感觉。这样，芍药也就不那么抢眼了。

奇怪的是绿地上还有东南亚的大象木雕与欧式的人体雕塑，令你增添了许多踌躇：它的主人来自新加坡还是马达加斯加？

以及虽然不如芍药等的个儿大但是比它们要名贵许多的花草。这样，芍药与牡丹成了被驯服了的宠物，摆正了自己的位置，开在那里是为了你的愉快而不是为了它的显摆。它们开放得恰到好处，使你对它们的俗艳略而不计，满意于它们的忠诚服务。

还有蔷薇，在欧洲因为歌德的歌词而显得高贵的花儿。在这里却开放得这样亲和随意，水一样地流淌着闪亮着与渗漏走失着，不拘一格。

还有修竹，自己秀美，因秀美而自恋，因自恋而寂寞，因寂寞而清高，并因清高而更加瘦削和寂寞。

还有波斯菊大丽菊满天星鸡冠花与大叶子的美人蕉。如果是一个喜爱契诃夫的小说写手从这里经过，他一定会批评这一处花园的品位，它缺少精纯，它不像一滴晶莹的露珠，它太铺陈太泛滥太无所不包，它不像那些专事小品小令小段子的精写家。它本来可以专门突出一种花草树木，例如樱桃园、蔷薇园、竹苑、芭蕉院、兰圃……而如今，它什么都有，什么都美，如入海市，如入植物园。它自己成为一个世界，反而在世界上失去自己的位置了。

……所有的这些描写或者叙述，都通向一个悬念：这个花园的主人是谁？这幢别墅、这个花园的主人为什么会这样经营种植？

没有几个人看见过它的主人，据说他偶尔回来，一个人开一辆原装进口七座别克商务车，匆匆地侍候花草，像一个商务繁忙的孝子，"百忙中"匆匆来尽孝心。更像一个被雇佣的园林工人，他锄草施肥剪枝浇水除虫移苗，同样匆匆地离去。然后，这座花园保持住井井有条，寂寞杳然，各归各位。

开发商那里与物业公司那里当然有一个业主的姓名。但是在这个别墅区，这样的姓名有与没有并无两样。流传开来的说法是，它的房主似乎拿着某个太平洋岛国的护照。说是它的主人高高大大，帅酷兼备，他从来不在房间里居住，说是统共他来这所别墅过过两次夜，但是两夜都是在花园中搭起一个小小的帐篷，他坚决住在室外。这样的特立独行已经更接近虚构的文学而不是置业的商务现实。有一个电工据说进房间处理过供电跳闸的小小事故，他吞吞吐吐地说房间里到处挂着一些模模糊糊的女人照片，再问什么他是绝对不吐口的了，为什么这个素日对业主们评头论足的工人对于这一家却守口如瓶呢？他被叮嘱过吗？他被收买过吗？他被恐吓过吗？没有什么人包括他自己能说清楚。

有一个新搬过来的与此处花园相距七百多米的丙户型业主，她是一位女画家，婚姻状况离异，作品销路忽高忽低，眼珠时亮时暗，服装与众不同，养着一条貌似公山羊的带须黄黑狗。她的相貌与动作都会令人联想起一只活泼可爱的猿猴。她坚持说去年冬天的一个夜晚，她由于失眠而半夜出游，她听到了引起我们的兴趣的这座花园中传出来的哭声，她说她甚至于走近了这一幢建筑，但是走近了，哭声就消失了，拉开距离以后，哭声传出来。画家还说，走近这幢房舍以后，她看到了窗帘上映照出来的一个黑影，那应该是一个绝代佳丽的影像，只是形象有一点模糊。既然模糊怎么能说是绝代佳丽？这个问题她说不清楚，并从而损害了她的关于哭声的说法的可信性。

一位据说是写过很红的小说从而退了学，并且在博客上常常愤世嫉俗，尤其是喜欢骂同性别的年长作家的青年才女，到这个高尚别墅区的朋友家暂住。她的奇特颀长的脸孔显得资质不凡，她自己的说法是，自从受到了旅美学者夏志清先生的影响，大陆上出来一批张爱玲迷或者应该叫作“爱丝”的读者以后，她的长脸便叨光而变得大有品位起来。她的脸能让人想起张爱玲、台湾远景出版公司的讨版权官司，还有《色，戒》与《金锁记》以及梁朝伟与汤唯。看到了这处岑寂的花园，听到了女画家的有关夜半哭声的故事，她立即“我为卿狂”，她立即为公羊型黄黑狗购买了大量美国原装冠能康多乐狗粮，“不速”地前来造访画家。她张开特大的张牙舞爪的眼镜下面谦虚地紧闭着的小口，提出了许多问题。知道不可能得到要领之后，反正也搞不清哭声与剪影的究竟了，两位姊妹或画家阿姨与作家外甥女改谈男人。据说她们谈得深入具体开心。画家说她原来的男人只热衷于性拳击，他的撞击力与撞击声音，使画家觉得十分乏味，还不如听啄木鸟剁木头。她的感觉与其说那是什么爱情，不如说是一个粗俗的不解风月的傻子对摇动橡胶靶子练习拳头。单调的音响，使她发作了忧郁症，而这次忧郁症发作期的创作，使她获得了二百一十六平方米（地下室与阳台在外）的丙户型置业资金。

而具有爱丝或干脆是爱玲的脸型的年龄不到三十的才女小说写手，则讲到了男人的虚恭，英语叫作破风或者法尔蒂的。她有过一个情人，第一次用声响、第二次用气味使她大哭了一场。她说男人由于心虚，常常在快乐恩爱以前过食。此后，她真正爱上了一个人，却因为这个人爱吃炸油饼就大葱蘸芝麻酱而与他坚决分手。她说她不理解，一个现代人，一个受过高等教育的人，一个信奉西（方）马（克思主义）法兰克福学派的人文学者，一个在南北两家“新左”杂志发表过文章的人，而不是阿 Q 的嫡长孙，怎么能够改不掉这种喜食落后垃圾食品的恶习？

小说写手指出：怎么能够批判启蒙主义呢？只有最需要启蒙的人，才坚决抵制启蒙的啊。

画家很喜欢才女说话的到位性，她称之为听你说话真解恨。但是才女的化妆有点过分，小眼睛上画了一个大墨绿色圈圈，她的大镜片也有点发绿，倒像她不是来向山羊狗献殷勤，而是来摄像做节目的。

画家打了一个哈欠，流了一点清鼻涕。

说完吃炸油饼就大葱的问题，小说写手气愤得喘息起来，画家阿姨差一点要给她喂硝酸甘油片。

其后，这里物业管理公司说是保安人员反映，说是临时借住在这里的长脸才女屡屡深夜出现在那座岑寂的花园与它的空空荡荡的房屋附近，有一次还推开栅栏门进入草坪，坐到了梨树下，隔着树枝树叶看月亮。散乱的月光洒在她的身上，使保安人员吓了一跳，以为是殉情少女的诈尸或者玉面小狐狸。保安人员要求她离开，她根本不予置理。她的脸孔上显现着不可企及的悲戚与不可一世，吓退了保安人员。

物业保安部门为此颇感为难。干预还是不管？“这是一个问题。”相信这比哈姆雷特的提问务实得多。为此，公司层层请示小中大老板，并找了每月有高薪酬的法律顾问咨询，最后结论是可能有问题，也可能没问题，如果说有问题，就当然有问题，如果说没有问题，也当然没有问题。

说是这是典型的中式思维，灵活、随意、虎变难测，怎么来怎么有理。

如此这般，画家一次与作家一起到岑寂的花园这边来，她们看到了拿着锄头正在辛勤从事园艺劳动的别墅主人的半个脸，夕阳照到老迈却是极富才华与个性的脸庞上。然后，两个女人都晕倒了。

画家从此足不出户，闭门作画，她用两年时间画了一张大幅油画。底色是有光泽的蓝黑的夜空，这种蓝黑色寓恐怖于艳丽之中。有几道稀疏的聚光灯光柱，略将蓝黑色点缀与分离。画面左上角有一只白色的鸟形。这个鸟形由于形象不甚确定，也许会使另外的人联想到新型轰炸机。偏下过了中区，大约至底边与至顶边的距离是二与三之比处，是一个无头的人，人的两臂向左右略偏上分开，像是把一个V字向左

画面左上角有一只
白色的鸟形
这个鸟形由于
形象不甚确定
也许会使另外的人
联想到
新型轰炸机
11

右打开到夹角一百二十度的样子。由于无头，脖子上的两根筋显得突兀而且恐怖，似乎这两根管子（食管与气管）之所以生长在那里就是为了提供切割的方便。有自命的解人解释说这两根管子表现生命的暴露与无助，有管子就可以切断，有头颅就可以割掉，有器官就可以阉除，有生命就可以杀戮，这才是世界的本质。而两臂的夸张的伸展长度已经包揽了你我。没有头和脸，但是有一点红色，细看近于心形，兼具热吻与忽悠的嘴唇表象。右上方有几根金黄色的鬃须，是头发吗？更像是狮子的颈毛，抑或是象征黄金，是暴力与金钱的双重意象。无头人的双臂上方，是一具女尸，面貌不清，但是黑色的长发披落下来，令人心酸。无头人似乎是用气功擎举着女尸。女尸的胸前乱乱糊糊，是弹痕也像是匕首，有暗影也有红色的血滴，有反光也有被撕裂了的心。举手无面人与女尸四周，还有一盒火柴和一根火柴在点燃，有一条绿色的小蛇，有一大摞钞票，整个画面都追求模棱两可、模糊混沌，然而这一摞钞票虽然看不清是人民币还是美元欧元，却有清晰可触、鲜美诱人的坚硬轮廓，令你相信造币纸就是要比一般纸张坚硬得多。画面的右下角是几株郁金香，左面是一把剑，剑尖指着一个小巧玲珑的骷髅。右偏上是一群人的漆黑的背影，挨着背影的是一条路，通向一个坟墓，墓碑上的文字看不大清。有好事者强为解读，说是画家在墓碑上写着的是改过的北岛的诗："高尚，是卑鄙者的通行证；卑鄙，是高尚者的墓志铭。"

北岛的原诗是："卑鄙，是卑鄙者的通行证；高尚，是高尚者的墓志铭。"

原诗充满了悲情的愤激，改版后更加悲情和愤激，咀嚼多了，反而多出了点滑稽。

画家拒绝证实或证伪这个说法，也不对画的内容做任何说明。她宁愿谈论此画是超级摄影现实主义与拼贴手法与结构主义的结合体。她还以毕加索的反映西班牙内战的名画《格尔尼卡》来说明此画的构思。

说是此画被重金购去收藏，画家卖掉了丙户型房，虽是二手，卖得的却是她当年购房时的房价的两倍。画家搬到了超巨超豪华住宅，从此少有音信。

时间将近过了一年，一家文化艺术小报上发表了一个有点头衔的评论家的严厉的文章，以此张画的高价为例，说明美术市场混乱无序，乌烟瘴气，指出全球化已经杀死了艺术，拙劣、幼稚、模仿、照搬、假冒、迎合、低俗、无耻已经彻底埋葬了天才、高尚、经典、精纯、宏伟、风格……当前的艺术市场上的作品已经越过了人文精神的底线，它们在污辱自己的土地与母亲，挑战文化，抹杀历史，背叛人民，亵渎真善美……情况不但比共和国建立以来的任何时期都更危险，而且比旧社会、比日伪时期、比“文革”时期都更恶劣。

文章义正词严，可惜没有为受众所注意，也没有被领导部门采纳，其效应是一片寂寞。这是什么世道了啊？

才女在晕倒后住了半个月医院，出院后五个月，她完成了一部中篇小说。小说是以第一人称写的：

> ……我一眼就看出来了，他是我的爸爸。正像我的长相像张爱玲，他的长相像天才的与晚境潦倒的爱尔兰作家奥斯卡·王尔德。他的脸长成长方形，骨骼硬邦邦，同时却又充满肉的丰满与欲望。

她的小说描写一个叫作鞠冏觚的男孩子，他具备了一切令人羡慕的元素：健康、外貌、聪明、举止、声带、身高与身材。像黑暗与贫困中的一颗明星，像荒凉和破烂中的一块玉石。没有几个人有这样的被上天也被人世所娇宠的经验。在黝暗中，他变成了明灯。在粗糙中，他拥有将一切锉平磨光的利器。在艰难与封闭面前，他获得了神赐的打开一切关卡的钥匙。他从小有两项武器：聪明与可爱。他从小就是人见人夸、人见人爱。周围的一切都是丑陋与平凡，而他熠熠生光。他被选送到法语学校读书。那个时期，即二十世纪的六十年代，说是鉴于我们需要自己的即无产阶级与人民大众的知识分子，特别是涉外工作人员，决定选择一些根正苗红、忠诚可靠、德智体文理全优、没有港台海外关系的孩子从初中就上寄宿制的外语学校。鞠冏觚被选中了。被上苍选中了的孩子，自然也被一切所选中。

他占全了一切美好，他像是破岩而出的钻石，光洁、锃亮、闪耀，成色是天成，珍贵无挑剔。

同时，一度更使他自己激动的是他显示的声乐才能，他的声带和他的大脑一样精彩。他喜欢唱歌，他得到一位音乐女老师的喜爱，他常常到此位胡鸥老师家里听唱片。那时还没有盒装录音带，更没有CD。就是在一台手摇的、转速有些快慢不稳定的老留声机上，鞠冏觚第一次听到了帕瓦罗蒂与意大利神童的歌曲。青年时代的帕瓦罗蒂的歌声太响亮了，每逢唱片运转到歌者高唱“O solomio”——“啊，我的太阳”的时候，由于声音过大，超过了留声机的摩擦负荷，转速发生失常，就会发出一种鬼哭狼嚎的怪声。而神童唱歌更像是哭泣。小鞠会不由得随着神童的歌声而落下眼泪。

同时他首次听到了《茶花女》，是意大利原文，老师将大意告诉了他。五十年代张权和李光羲在北京演出过《茶花女》，但是鞠冏觚的学生时代这个歌剧变得布尔乔亚起来。在鞠冏觚上中学以后，茶花女也变成了危险人物。

在寻找《茶花女》老唱片的时候，他发现了胡老师年轻时候的一张舞台照，穿着白色连衣裙，开口很大，不但头脸而且颈部与肩部都露在外面。这使鞠冏觚一怔，好像在大米粥里发现了一根奇怪的草，像是在饮水里发现了一丝阴影。

老唱片与老照片，在一个时期，它们曾变得神秘——可疑而且悲惨，直到刺激。

然而老旧又曾经是那样迷人。鞠冏觚常常梦见他的老师与老师的歌声。

即使那时的音响设备是如此不如人意，他还是迷上了男高音。他找到了当时引起轰动的《外国民歌 200 首》，模仿着现时所谓的美声唱法，学会了用中文唱拿波里民歌《我的太阳》与《茶花女》的对唱《饮酒歌》。于是，一直红里透紫的鞠冏觚面貌变得可疑起来。他得到的是《我的太阳》与《茶花女》，失去的是在共青团与学生会里的“官衔”。

一位惜话如金、绰号叫瓷娃娃的女生顶替了他成为学校领导的最爱。她名易永红，五官完美，但是没有表情。其实自古以来，人们就喜欢讷于言而敏于行的人。敏于行并非时时可以考察，讷于言便成了最高美德。而表情丰富，言语滔滔，如果不是演员的话，则仅仅意味着浅薄外露轻佻。

……到了那个黝色的，却被忽悠成血红的年代。突然风云变化，突然天翻地覆，突然颠倒再颠倒再再颠倒，突然严丝合缝暗无天日。紧接着是万丈光芒，阳光刺眼，四顾却更加天昏地暗。叫作玩弄于股掌之上。而他的爱唱洋歌眼看带来了灭顶的灾难。

这位天之骄子，这位四面八方的宠儿，这位一帆风顺，叫作一直泡在蜜罐子里的甜蜜的娇哥儿准人形蜜饯，完全崩溃：他的天堂正在摇晃，正在裂缝。他已经得到的一切似乎转瞬间将化为乌有，他已经完全不知道他是谁、谁是谁。而且，更恐怖的，《外国民歌200首》被指责为什么什么主义的货色，一位以亲切关怀文艺工作而著名的慈祥万状的高级领导说是这本歌曲书出得不好。

慌了神，应该说已经分不清东南西北的少年鞠冏觚，慌忙中抓住了一根稻草：他咬紧牙关，要灭掉一切脉脉含情，要立即处决一切自己的最爱，要敢于硬起一颗心，必须要刺刀见红，他的家乡话是“白刀子进红刀子出”，这是不是一种绘画的现代与后现代风格……要敢于说自己不想说的话做自己不想做的事。

鞠冏觚“站出来”了，却兀立在那里像一个等待瞄准的靶子，他的腿发抖，他的舌头发木，他的脸发僵，他的面色发绿，他流泪了。

鞠冏觚，考验你的时候到了！鞠冏觚，你到底走哪条路？

鞠冏觚发不出言，出不了声，他一阵眩晕，暴躁的喊叫中他突然向胡老师冲去，扬手给了胡老师一个大嘴巴。他的手指上立即沾满了胡老师的血与汗水。他的右手立即变成了他的敌人、他的克星、他的背叛者、他的奸细。

他的魔鬼！

是你？胡老师呻吟了一句。全场欢呼，靶子在欢呼中变为射手，亡命的兔子一秒钟就变成恶犬。不知道趁机抡起了皮腰带的是谁人的右手。然后是反过来抡着皮带把钢铁的卡头挥舞到了胡老师的脸上头上，鲜血立即流满了胡老师的面孔……

三天后，胡老师死去。

胡老师是鞠冏觚的右手杀死的。

从此，这样一个念头跟随着他的一生。

在嗜血的疯狂中，只有一个人沉默无言，她也受到了极大的攻击与嘲笑，她就是顶掉了他的“官职”的瓷娃娃易永红。

他到了内蒙古兵团插队，他几乎天天梦到胡老师，他一次一次地给胡老师跪下。他常常梦到一群群的窄翅的白鸟在天空飞，而地上是泥泞的沼泽。后来他在草原的湖泊上看到了类似的鸟。什么鸟？有人说是海鸥。没有海哪里来的鸥？后来当地人告诉他这是湖鸥。窄瘦的身体，没有海鸥那样肥。湖鸥湖鸥——胡鸥，他惊呆了，他听到了湖鸥的嘈杂、嘶哑、错乱的叫声。他无法自持。他从小失了母亲，梦中胡老师就是他的母亲，他只想伏在胡老师的怀抱里，他只想让胡老师打自己的手心。而所有的梦里梦外的湖鸥，都是胡老师的使者、胡老师的精灵的负载。胡老师已经幻化为无数的湖鸥。

牧马的时候，他给水面上飞翔着的湖鸥跪下了。他趴到了草地上，痛哭失声。

他把自己的脸孔与右手打出了伤。

他挑选最苦最累的农活，他申请去炸山修路，炸石烧石灰。他请缨去处理万分危险的“臭”炮，在暴风雨中登山寻找牲畜，他扛起三百斤重的麻袋，他跳下去用身体堵水渠的漏洞……他渴望着炸死砸死累死淹死跌死……他没有死，却在一次抢险中伤残了自己的右手。

他成了上山下乡的知青标兵。

鞠冏觚的右手是他早有蓄谋、故意加害的？

这样一个念头也要求着占领与覆盖权利。

从此他在梦中常常梦见老师，还有一只血淋淋的右手抓搔着他的脸孔。然后，或多或少，或隐或现，梦里梦外，不祥的湖鸥跟踪着他飞翔。

他被派去参加讲用（学习毛著经验）会，讲稿是“秀才”们替他写好的，把他的一不怕苦二不怕死的优良表现归功于“文革”与北斗星。抬头望见，心中想念，红心不变，海枯石烂。就在上了台开始讲用了三句话以后，他看到了一只贪恋湖水的湖鸥飞进了干巴巴的礼堂。他晕过去了。

另有一说，他在听众中看到了胡老师的女儿。或者只是他认为是胡老师的女儿。对于男子与领导，他的认为比她本人是谁更重要。说你行你就行，说你是谁你就是谁。

底下的发展甚至于使人们想起单口相声艺术家刘宝瑞讲的黄蛤蟆的走运故事。“文革”后鞠冏觚的没有将讲用完成的记录被解释为对于“文化大革命”的英勇抵制，他的事迹被传说得完全合乎要求，而一切故事的合乎要求比细节的真实要重要。为此会有各种的巧夺天工的安排。他成了英雄榜样，他从此青云直上。他又想起了胡老师给他的纪念册题写过的字：飞翔。署名是“湖鸥”。仅此一次，音乐教师将自己的签名写成湖鸥。他当时想问老师，她的名字到底是湖鸥还是胡鸥。后来自己解答了自己的问题，胡鸥就是湖鸥。

就在一片看好、飞黄腾达有日的时候，他突然辞职。

在一九八三年、一九八四年，“文革”后的一次整党当中，他自己揭发自己属于准“三种人”，即造反起家的分子、打砸抢分子还有一种什么“坏头头”分子。何况他还有男女作风问题，这个问题后面再说。他同时也揭发了参加殴打胡老师致死的其他几个现在已经混成了官员的人。那些人与鞠冏觚的看法不同，他们宁可以教义或原教旨来解释他们的青少年时代，美化自己的无怨无悔，唯独不愿意联系真实的历史。鞠某的行为堪称疯狂，他伤害了差不多所有人：器重他的、将他培养成为抵制“文革”的标兵的人；他的同伴，和他一起参与过疯狂的年代的一切事件的人；他的朋友，有求于他或愿意帮助他也期待与他联手做成一些事情的人；巴结他讨好他以求借光照亮自身的前途的人……

他离开了公职，传出了他患有精神疾患与几次自杀的消息。

所有的人都找得到使自己不发作精神病的办法，所有的人都能对自身进行心理调理。除了疯子。

你总得活下去。你总得常常现出笑容。你总得盛米饭、涮火锅、结婚生子、挣人民币、听相声看小品和转发各种无奈的笑料段子，有时候还人五人六，穿西装、打领带、用微笑掩盖自己的尴尬与卑鄙。

高尚，是卑鄙者的通行证。

卑鄙与疯狂，是高尚者尤其是承担者忏悔者的墓志铭。

可以想象鞠囧觚的墓碑："终于为自己的卑鄙付出了代价的忏悔者。"

自责，归根结底是一种病态。

十年后，他出现了，他在海南岛做房地产生意，大获成功……据说还"买"下了太平洋上的一个岛国的护照，然后照旧在国内投资经营。

迄今，他并没有去过那个以香蕉与木薯为主食的岛国。

小说里有这么一段：

我在追捕我的影子。

我的心里有一块石头，我的身上有一条绳索，我的喉咙里有一团毒火。而我的右手上是一道血腥的疤痕。每天都有白色的轰炸机向我丢炸弹。我的影子狡猾灵活，它拉着我跑得无影无踪。它的聪明，它的快乐，它的永占上风，它的无往而不胜，使我也不能不佩服和惊叹。

而我的右手永远流淌出黑色的血。

这一天我抓住了影子，我扼住了它的咽喉，这是唯一的一个日子，它不敢奔跑，它的遁身术无法发挥效力，它的隐身法也不工作。甚至于，它一见到我就低下了头。

这是八月十九日，胡老师的祭日。

它说：“我们的一生中会有许多难过的事。世界没有承诺过使你永远开心的义务。一阵大风吹过，许多花朵凋零，如果是龙卷风则会造成船车倾覆房毁人亡。然而大风是无法避免的，没有风就没有雨雪，没有降水，没有气候与季节。历史也有时候刮风。天地无情，以万物为刍狗。历史无情，尤其以青年人为刍狗。你算老几，你能做什么，你能改变什么，你能负什么责任？人只不过是狂风吹过来再吹过去的沙砾。”

它又说：“你为什么对我赶尽杀绝？也许我做得并不比别人好，我不是英雄，不企图用自己的脖颈去阻挡挫钝历史的利刃。我不是智者，不可能在人海如沸的时候保持孤独和冷静——我要说，这样的智慧其实是冷血的谨慎与自私。我究竟做了什么？有哪一句话哪一个举动是我自己独断专行的？哪一件哪一句没有听命于……我的绝对权威的主人！那么对不起，不是我而是我们，我们与十几亿同胞有多大的不同？如果说不是优于百分之九十九的人的话，至少不会低于劣于百分之九十八的人！”

它又说：“你怎么可能，尤其是我怎么可能，当时就知道十余年后这些都变成了四个坏人之罪？我们相信历史有历史的逻辑，导师有导师的神机，蓝图有蓝图的宏伟，代价有代价的无可避免。我们相信了，我相信了，你能让我怎么样呢？有的人到现今也宁愿相信这一切的伟大辉煌，相信自身的峥嵘岁月与那鲜红的标帜！”

它还说："哦，有多少推诿过失的无赖左右逢源，有多少妒贤嫉能的废料高举虎旗，有多少不学无术的混蛋接受桂冠，有多少以蹬踩为看家本领的小人一路青云，有多少落井下石的流氓转眼变成趋炎附势的宠儿，有多少血迹斑斑的右手在那里书写慈悲与博爱，你不懂吗？健忘才能健康……而你，你究竟怎么了？你有什么可亏心的？"

我嗫嗫嚅嚅地回答："我接受你的雄辩的无懈可击……我并不想起诉你。我其实无言以对，我不能控告，不能倾诉，不能——甚至不能忏悔，不能当原告，却又不能当被告，不能投案自首。只是你杀死了我的善良，或者任何力量通过你的手杀了我，你杀死了我的相信与开心，你杀死了我的青春、爱情、歌声。你杀死了一只洁白的湖鸥。在一个从来没有罪责与忏悔意识，也就不可能有真正的怜悯与宽恕的空间，告诉我，你还能洋洋得意？你还能无往而不利？你还能保持着你的成功者的身段吗？"

但是我们的辩论没有能够继续下去，一只带血的大手，一个巴掌把我与我的影子打得满地打滚，然后是我、影子、湖鸥与右手的四重唱：

我：黑糊糊黑黢黢黑黢黢……

影子：轻飘飘轻哒哒轻沥沥……

湖鸥：嗄嗄嗄嗄啦嗄嗄嗄啦……

右手：血淋淋淋淋血血滴滴……

很奇怪，已经在网上的写作中颇有成绩并且不无效益的"70后"才女，这次突然想上一上平面的，却是主流的媒体。审读此稿的资深主编说，通篇作品中，这一段令人一怔。

周主编已经许久没有读到这样的作品了，他更多地被迫去阅读遗忘，欣赏星巴克与FRJJ，欣赏金光闪闪，欣赏伪奢侈与装颓废的口水，欣赏直逼欧美的中国新一代，民族特色剩下了的只有丫的脏话你妈X。

小说继续磕磕绊绊，有时候是捉襟见肘地在荆棘与泥泞中前行。它叙述着鞠冏觚的故事，人们不明白这个主人公怎么会起这样一个莫名其妙的姓名。贫乏有助于精巧，而充实与大度自是挥霍。顺畅的小说像风，像海潮，卷起沙石烟尘，粗粝而且散漫，推动虾蟹龟鳖，污浊乃至腥臊。难产的便秘型小说像挤干的柠檬，沾上一粒水，像泪，酸涩的珍珠，稀世珍奇，它们往往被称道为纯美晶莹、玲珑剔透。小令小品小段子小玩意儿当然比长卷巨制更容易接受和把玩。

小说还写到，鞠冏觚想起了音乐老师的女儿。老师结过两次婚，单独带着一个女儿过日子。批斗老师的时候女儿不在场，但是老师除了窝藏《外国民歌200首》的修正主义书籍以外，还被辱骂为破鞋。原因只在于胡老师结过婚，又离过婚，而现在家里没有男人，家里并且常有男客包括男学生出现。有红卫兵当场用铁锤砸烂了她的一双旧皮鞋，然后用鞋带把两只鞋拴在一起，挂在她的脖子上。

影子多次试图说服它的主人，是人嘴里的脏言比右手更能摧毁老师的生命。

人们变成凶恶比变成仁爱要容易进行得多。

那个所谓的鞠冏觚在下乡插队期间与瓷娃娃易永红分配在同一个生产队劳动。那位老实得使你觉得她并不存在的女生，听话得你觉得她根本没有个人意志的“文革”前的模范“干部”，下乡以后却完全受不了那种寂寞与无望。新的一批所谓头上长角身上长刺的人物已经取代了她。她已经被造反派们贬低得一文不值……下乡三年后说是易永红爱上了他们的生产队长，她怀上了队长的孩子。一天凌晨，鞠冏觚因为梦中的湖鸥聒噪而无法再睡，他出门漫步，在湖边的枯柳树下发现了失魂落魄的易永红。可能是易永红正要寻死。

当时正赶上那股子风潮：福建的一位投诉的家长，得到了毛主席的关注，老人家指示要做好知青下乡的工作，包括严厉打击染指女知识青年的农村人。当时此事如果发作开来，那个生产队长极可能被抓了典型枪毙。而这对易永红也将是极大的恐怖与耻辱。

是鞠冏觚在关键时刻应那位女生的要求站了出来，把腹中的孩子认下，由于他已经被三级领导树立为“活学活用”的标兵，他与易永红被批示为“需要爱护”，各方面得到招呼，不可再追究易永红肚里的孩子的源起。孩子，易永红回老家生下了，一年后，鞠冏觚与易永红正式结婚。自然，那个时候人们还没有关于DNA测试的概念。赎罪？鞠冏觚未必想那么多。易永红的痛不欲生竟然使鞠冏觚感到了一种巨大的庄严和温暖，甚至是伴侣感。请与我同行。她在殴打胡老师时候的一声不吭也使鞠冏觚对她有一种感激之情。你不能指望人们都像张志新一样去饮弹，却可以像易永红一样变成瓷人木头人。陷于悲伤与混乱的青年人并不仅仅是鞠冏觚一个。一个模范的眉目端庄与平静绝顶的女孩却比他还易于身败名裂。他，正是他，有可能帮助这位绝望的好学生——共青团副书记。

他庄严地举行了与易永红的简单的婚礼。新婚之夜易永红伏身哭泣。他搂住易永红，过了好久，易永红转过身来，哭着问鞠冏觚是不是觉得自己是坏人……易永红突然从一个最难以接受的角度看到了他的伤手，易永红吓了一跳，她发出了一声惨叫……而鞠冏觚似乎同时看见了房间里飞翔着一只湖鸥。湖鸥飞入了他的新婚洞房。

……

“文革”结束，他们回城，易永红把孩子从家乡接了来，完全推给了假爸爸，越是老实人越会下斩钉截铁的决心。他们始终没有办法建立共同的生活。又过了一年，她与这位鞠冏觚离了婚，出国学艺术史去了。鞠冏觚时时奇怪，为什么国人的百分之七十在需要时都能够证明自己出自贫下中农，而换了人间时，他们也都能找到海外关系的鼎力资助。同时，中国人的戏路子之宽令人瞠目，演什么像什么，他们时时能演成令你晕菜的角色。

非婚生女孩后来成为一名小说写手。她的长相令人想起爱玲张。她崇拜和爱恋她的后爸爸，从七岁就对爸爸说长大了一定嫁给“爸爸”。她有特强的伊莱克特拉情结，再说鞠冏觚一年有五分之四的时间不在家，他无法照顾孩子。头几年将她托付给一位保姆。他在孩子九岁时将她干脆转移给一位无子女的古汉语教授，自己再不肯见她。她只能使他的混乱和闹心的生活更加混乱闹心。他也许可以胜任许多社会与政治角色，但是饰演不了伪爸爸。孩子开始则根本不知道自己的妈妈与亲爹爹是谁，而且后爸爸避她如避虎狼蛇蝎。虽然她知道，爸爸常常会汇来钱。后来老教授干脆拒收后爸爸的汇款，以免将来在愈来愈显出聪明与美丽的女儿的监护关系上出现纠葛争夺。

而亲妈妈的无情是她所无法想象的。出国二十多年，易永红更名为易素蓝，她成了一位外籍学者，回国讲学频繁。女儿从古汉语教授养父口中得知了有关自己的一切。有一次她闯到了生身妈妈所住的一个外国专家招待所，她见到妈妈，流出了泪水。而妈妈却充满警惕与怀疑。妈妈的脸上只有加固了的马其诺防线。易素蓝绷着脸说，她的对于孩子的正常的情感已经被拆那（China）尤其是“文革”的语境所摧毁。她严正声明：“我已经被杀死了，过去的我并非一个活人……”易素蓝现在与一位比她小五岁的洋教授同居，外国人可能看不清华人的实际年龄。她不能认下个子比妈妈还高，作品已经写得相当红火，更加显示了妈妈的老大与平庸的小说写手做她的闺女。她并且强调，自己只是虚名在外，她其实没有几个钱，在纽约停一次车也要缴十几到几十美元，她的信用卡由于没有及时付账而面临被吊销的危险……

才女没有等到妈妈说完，鼻孔里冒出了吭吭的冷气，转身走了……以此为素材，她写了她的应征网络小说，得了头奖。是她在她的获奖小说中首先写出：对于孩子来说，没有谁比父母更虚伪。

成为鞠冏觚一直自责的原因的不幸的音乐老师，她的女儿继承了上一代人的音乐细胞，她在许多年后的国际声乐比赛中获了奖，她被一个欧洲的歌剧院所聘用，成为那里的主要演员之一。在她回国演出的时候，鞠冏觚与她相识并且成为热恋的一对。那时候歌剧演员并没有用自己的真实姓名，她的艺名是安琪娜。

小说写道：

《茶花女》的第一幕，已经为了阿尔弗莱德与薇奥列塔的二重唱、脍炙人口的《饮酒歌》而如醉如痴的鞠冏觚，为接下来的薇奥列塔的咏叹调《我灵魂的渴望是他》而热泪盈眶。

薇奥列塔唱道：

多么奇怪，
他的话在我心头燃烧……

这两句像是从天外落下来的闪电。

也许他触动了我的心，

我是多么孤独。

想哭。

鞠冏觚多么想说：我也是孤独的啊。自从那次不成功的赎罪婚姻以后，他更认定，自己没有权利做男人，自己没有权利爱与被爱，天理昭昭，他不能，他不配，他应该承受这样的耻辱与惩罚。

她接唱：

也许他正是我偷偷地幻想过的人，
他使我患上了新的疯狂的热病，
这令人心跳的爱情与宇宙一道呼吸受用。

自问自答，沉醉却又恐怖。

鞠冏觚问自己，究竟什么是爱情，究竟有没有爱情，在歌剧与小说以外？宇宙的呼吸与一场又一场的热病有什么区别，又有什么关联？而患过热病的罪人，还有没有权利舒畅地呼吸？

荒唐荒唐，这儿是男人们的巴黎，
我只能疯狂地自由寻欢作乐。
无论晨昏我只能这样活着……

荒唐，荒唐，当年张权唱的是“不可能，不可能……”

宁愿是荒唐，不愿是不可能。荒唐的是梦，是艺术，是

对于孩子来说
没有谁比父母更虚伪

游戏，而不可能的是零。

这是不是薇奥列塔与她的影子的对话？可请问，谁又是影子，谁又是主人呢？那个寻欢作乐的交际花，难道不是她自身吗？那个善良的、高贵的、钟情的、为爱情情愿献出生命的女子，接受了乔治·杜瓦的恶魔的劝告，难道不是一个软弱和灰白的影子吗？一个人的影子有可能比本人坚强吗？如此的不堪一击的爱情，难道不是泡沫，不是影子吗？而即使没有乔治·杜瓦的破坏，在巴黎，在浪漫的法兰西，他们的爱情在与宇宙同呼吸上两三年以后，不会像影子见了光一样无疾而终永远消失吗？

小仲马也不否认，高尚，是卑鄙者的通行证；卑鄙，是高尚者的墓志铭。

……舞台上的薇奥列塔穿着开口很大、露出肩颈的白色连衣裙，穿行在欧洲式的雕花精美的沙发椅之间，用她的纯净如水、响亮如铃，而又是神妙入云的声音，唱着这首富有圆舞曲的潇洒与泣血的伤痛的激动人心的歌儿，庄严而且疯狂，陌生而且亲爱。一刹那间，鞠冏觚的灵魂突然翻了一个身，影子消失了，右手也掖进了口袋里。我究竟是为了什么，我究竟是为什么要活活杀死我的自己，我的身体和灵魂，我的情感和快乐，我的亲人和朋友？我为什么不能活不能爱不能疯狂又不能正常如他人？这个世界上有屠杀也有背叛，有暗箭也有毒药，有欺骗也有愚蠢，有沉冤也有屈死，然而千千万万的人仍然在生活，仍然在亲吻，在做爱，在唱歌，在种花和赏鱼赏月，在订购生日蛋糕和积累钱财势力。我究竟是怎么了，非要将自己变成活尸，变成十字架下的厉鬼！

鞠冏觚为饰演薇奥列塔的那时并不年轻也谈不上如何貌美的女歌唱家而倾尽了全力。他的公司包了一家鲜花店，连续三天在演出期间为安琪娜献花。他通过公关手段包括慷慨地使用钱财，使三家传媒一家网站下了大力气宣扬这位歌者。出现了这样的报纸通栏标题：此曲只应天上有，人间哪得闻几回？音乐学院举行了声乐论坛，论述安琪娜的演唱中体现的中西文化的交流和融合。

鞠冏觚相信，他半生蹉跎，疯魔苦痛，这些都是一种等待，人活一辈子，其实就是为了等待另一个人。有了这个人，生命才真正成为生命。我在等着你，等着安琪娜。我的人生就是这样一次苦苦的等待。这个想法使他泪如雨下。而他的爱得到了正面的回应，他期待着也相信着自己的新生。

然而在成婚前一天他看到了她随手拿着一本出自菲律宾的华文小说《湖鸥》。他几乎晕倒。惩罚总不至于成为永远、天意？

他们的婚姻仍然不成功，他们仍然无法获得上苍赐给一个男人和女人的相爱恋的缱绻温柔、销魂沉醉。歌者仍然对他极好，只有中国的女性才能做到这样体贴和宽容。他满心愧疚地向她叙述了自己少年时代的经历与心结……他说他要给她购买一所湖滨的别墅房屋，那里经常有白色的湖鸥在飞翔。他知道她爱花草树木，他要为她栽培建造不但在祖国，而且在整个亚洲太平洋地区难得一见的美丽花园。

这时候，鞠冏觚才知道，安琪娜正是胡鸥老师的女儿。

我终于等到了，我果然等到了。鞠冏觚恶狠狠地对自己说。没有谁能拯救我原谅我。

她去欧洲演出，一次自驾车从荷兰到比利时去，她出了车祸。鞠冏觚认定，安琪娜也是他杀死的。

周主编对这个故事不无兴趣，同时提出了请作者修改使之更匀称和精致的意见。显然还需要进一步的推敲与打磨，使读者对人物与情节更加信服……后来没有收到修改稿，说是作者移民到澳大利亚墨尔本去了。

过了一些年，显赫的文学刊物主编结识了湖鸥别墅区物业管理公司的美丽女秘书。不幸的是或者说是幸运的是，女秘书醉心于写诗，虽然她的诗其实乏善可陈，她还是得到了主编的忽悠夸赞。身材姣好的秘书是前面提到过的那位因数次惊世骇俗之作而赢得了荣誉、金钱、嫉恨与辱骂的画家的女儿。这位女孩因为只热衷于写诗，几门功课不及格而被勒令退学。她根据母命到这家房地产物业管理公司做事。

考虑到演艺界的据说的潜规则，她摸不着文学的海洋的底，用顾盼的美目与铜铃一样的笑声解释着自己的诗心诗魂诗艺诗情，她说是要邀请主编到后海边上的一个酒吧喝一点东西。她说要请主编喝“血玛丽”。主编知道喝一点东西的说法表现了全球化时代的汉语的窘迫。汉语或者说是喝酒，或者说是喝粥，而如果说是喝饮料，则更像是医学乃至兽医用语。

出乎女诗人的意料的是周主编相当正人君子，按照女诗人的理解老男人应该是渴望年轻的女性的，她在某个卫视台的节目里看到一位年轻的才女追问一位老学人，死乞白赖地问老教授是不是有一种对于少女的渴求，称之为“洛丽塔”情结。少女追着老头儿问这个，女诗人有点不安，或者用香港人爱说的话，叫作感到困扰。那么此位主编的无动于衷只能解释为生理心理上的同步缺少自信。周主编听了她的一阵子关于别墅房的交易的忽悠以后，给她讲起了他收到过的那位移民墨尔本的女小说家的稿件。

女秘书亦女诗人大喜，她说，这个故事是真实的，发生这个故事的这所别墅就位于她新近供职的社区。我妈妈为它画过画，我为它写过诗：

花朵的星星就像是你的夜空，
花园的沉默就像是你的畸零，
花草的繁茂就像是你的隐藏，
花瓣的凋谢就像是你的平静……

女诗人向周主编讲了她妈妈的那张画，虽然没有见到绘画原作，青年女诗人的讲述还是征服了周主编，他相信那是传世之作而不是堕落与垃圾。他委托女儿诗人向她的妈妈画家致敬。

主编问道：小说写手的小说里提到，她与画家见到这位所谓鞠冏觚的半张脸，两个人同时都晕过去了，这只是故弄玄虚吗？有什么道理吗？小说写手好说，她是鞠某的继女，那么画家呢？

青年诗人思忖了一下，她说，您可以这样想，但是我不想告诉您这是事实还是构思。有一位神经质的画家，这一年由于爱情上的打击，陷入精神恍惚的状态。她在游览绍兴东湖的时候失足落水，你可以解释为是她企图自杀……一个男子英勇地从游船上跳入水中，他就是鞠冏觚。他成了画家的救命恩人。他没有留下姓名，更没有留下地址。从此就玩起了追捕的游戏，女画家要找到自己的恩人，要嫁给他；活雷锋则千方百计地躲开谢恩兼求爱者。为了找到没有留下姓名，却留下了自己的不凡的形象的他，妈妈跑了十三个省，二十几个市，六十多个景点，一百多个新建社区……

主编忽略了及时褒奖那首关于花园的诗，也没有特别称颂她的关于画家与她的救命恩人的故事的神奇与魅力。这使诗人觉得此老人乏味。

一个连洛丽塔都没有了的老男人，活之何益？

女诗人不屑地、不无打击这位已经落在生活后面的主编的意图地说，您所说的这篇小说其实早已经发表在网上了，不久前在海外正式出版，书名《岑寂的花园》，获得了不少小说奖项。女诗人想说的其实是：现在都什么时候了，您老还想提意见，请作者打磨？现在的作者，谁还有耐心遵照编辑的一般般老掉了牙的破意见去批阅修改增删？现在的编辑的功能已经改变，现在的编辑的任务只在于选题、选人、包装、炒作、促销。这里的卖点是清晰的，写手的相貌宛如张爱玲嘛。何必管其他？现在的编辑一般连校对都不做，连错别字都不改，以免将原来的对字改成错字。可怜的连新鲜事物也不知道的老男人啊，你们早该歇菜了。

主编说他想去这座花园和它的房屋看看。诗人说，这是不可能的。主编想，为什么不说这是荒唐的呢？诗人以非常务实与专业的态度解释：在房屋售出以后，房门钥匙只有业主掌管，开发商与物业管理人员绝对不允许也不可能继续掌握钥匙。再说一般业主购房后为了安全防盗防贼，多半会更换自己的全部门锁。像这种高尚的住宅，业主应该拥有三百至五百多把钥匙，每一扇门至少三把，还有电器与落地式大衣柜，还有各种抽屉……也各有自己的钥匙。

新时代不但有信息爆炸、知识爆炸、性爆炸，也有钥匙特别是磁卡爆炸。这些，都是数字数据爆炸。

诗人说，据她所知，这所别墅的主人已经有三年没有出现过了，倒是一位自称是业主的外甥女的人，来过几次，整理花园草坪，缴纳有关费用，修理过供电跳闸和一处阳台由于导雨管被泥土堵塞造成的局部漏雨。

说到这里，诗人兴奋起来了，她说是了是了，她进过一次这一家的房屋。业主的外甥女要求物业协助修好造成漏雨的阳台与被雨水泡得变形的屋顶，外甥女忙于离开，便把房门钥匙暂时留给了物业，物业为了负责，要诗人带着工匠进屋查漏修漏。她进了这一家的门。

诗人说，他们家的家具全部是欧式的，听说是叫什么巴洛克式的。

谁说的？主编问。

诗人摇摇头。

继续说，座椅面罩的色调包含了紫红、土黄和金色，而木器用的油漆偏于褐色。扶手和椅子腿都啰里啰唆，像是几条蜿蜒欲动的蛇。有许多椭圆形平面与立面和弯曲的线条。有凸凸凹凹高高低低的墙柜。有夸张的螺旋形楼梯。

她说，给她印象最深的是大厅里的一个壁炉，壁炉旁整整齐齐地码放着劈得大小均匀的松木柴块，材质真好，都是金黄色的。

她说，他家的楼梯装置得特别不同，它位于大厅的正中，孤零零蜿蜒而上，乍一看，你会不敢上这样的楼梯，你会相信你走到楼梯上以后，会无助地跌下来。

请问，他的墙上是否有什么女人的照片？他的房间里，是不是有什么人体的雕像？

诗人想了半天，是可能有几张女歌唱家的剧照。

歌剧？《茶花女》？周主编迫不及待地问。

女诗人已经无法再作回答。

后来她补充说，人唱歌的时候是不好看的，太用力，嘴张得太大，筋绷着，鼻子左右的纹络太深太显……

她又补充，屋里的墙壁上有一些鸟类的摄影作品。也许是湖鸥吧。主编几乎跳了起来。

主编去了一趟女诗人供职的物业小区，去了这一处难见业主的房屋近旁。他在这一处岑寂的花园边徘徊了良久，他忽然想，连同这花园也是巴洛克式的……富足了，浪费了，堕落了，没有一定之规了。从前，我们知道我们要什么，祖国要什么，人民要什么。现在的事如入十里雾中。人的生活也渐渐难以理解。他也老了。何必要他理解呢？他说好了以显著版面刊登女诗人的诗，女诗人将会在这家文学刊物的封底刊登别墅楼盘的广告，广告费用的百分之三十将会奖励给拉到广告的主编老先生。他的所作所为无懈可击。

啊，你的夜空就是我的星星，你的星星就是我的夜空……

老主编竟然在退休九个月以后收到了天才的网络写手寄自澳洲的书，她的第二次印刷的新书里，增加了一个结尾：鞠冏觚晚年皈依了佛教，他把他为老师的女儿买下的别墅赠给了他千方百计寻到的老师的一个外甥女。

她写道：

这一天的阳光是这样干净，一片片树叶反射着晶亮的光辉。春天的繁花由于盛开时间的短暂而显得可疑，显得如梦非真，显得似喜实悲，显得韶光不过是一闪一霎，片刻的流连与沉醉，丢下的是永远的怀念与失去。也许这种对于失去的怀念与终不可再，比没有沉醉还遗憾。为什么经过了漫长的严冬，经过了瑟缩与萎靡，才给人们这样短暂的快乐……你才眨了眨眼，一切又失去了。

返青的、尚未均匀的绿草上置放着尼龙半躺椅与半透明的塑料面长桌。四面是可以调节的轻金属架与帆布遮阳伞。白发苍苍的老者坐着轮椅来了。他的面孔与皱纹早已过时而且江郎才尽。性急的新人类也许抱怨他为什么还不肯自杀。他说话嗫嗫嚅嚅，不知道是不是得了脑血管疾患。当然，失语也是一种美丽，一种略嫌深沉的“秀”。可以设想每一个人包括最新最新的人，都有失语、才尽与嗝屁着凉的那一天。天地苍苍，何等公正，夫复何言！

随他而来的是一个黑衣女子小乐队，和他请来的一些青年人。据说这个小乐队是艺术企业的一个典范，演出场次多，服务灵活，节目健康，不劳文宣部门操劳费心。她们十三个人演奏了许多老歌。她们曾多次出国访问和演出获奖。她们或奏或唱，或齐奏或分部和声。她们的曲目有云南民歌《小河淌水》。有《毛主席来到咱们农庄》。有长亭外古道边也有花露重草烟低人家帘幕垂。有《大悲咒》与《般若波罗蜜多心经》。有《鸽子》和《美丽的哈瓦那》。有《我的太阳》也有《梭罗河》。还有歌剧《茶花女》的一些咏叹调与对唱。当然也有女声的《今夜无人入睡》。用女声唱图兰朵的这首男高音咏叹调，是她们的一绝。她们当中有莎拉·布莱曼式的细嗓。有女花脸的雄伟。有史翠珊的浑厚。有迪·卡纳娃的惊天动地。也有才旦卓玛的甜甘。她们的演奏演唱吸引了许多湖鸥飞来又飞去。有几只湖鸥更像是定格在天空，一动也不动，陷入了终极深思。她们的歌声惊落了许多花朵。有些花瓣随风飞舞，如阵阵小雨。她们的歌声抖动着一些树叶。有一棵细细的翠竹低了一下头。老人一直满眼含着泪水。他的泪水流在他的脸上，他不让旁人擦干他的眼泪。他慢慢地向下出溜。他的头渐渐垂下。

这时刮起了一阵阴风，风笛呜呜地哭叫着，野餐烤肉开始，烟气升腾。红白葡萄酒与黄黑啤酒一听一听地打开，泡沫的香味在空中升腾。岑寂的花园变得吵闹而且俗气。

然后是一声惊呼……

鞠冏觚醒来了，他咕咕哝哝地说："生活……"

周主编反复琢磨，他相信，小说的结尾只是洛丽塔情结严重的小说家、鞠冏觚的继女的一场梦。周主编宁愿相信，鞠冏觚也已经变成了或者即将变成一只湖鸥。飞着，飞着。绕湖三周，无渚可栖。周主编还不无幸灾乐祸地想，这位小小年纪的网络宠儿也已经落伍了：按照"80后"或者三岛由纪夫或者干脆是只活了三十六岁的天才德国电影导演、同性恋者法斯宾德的路子，也许结尾写成这所别墅与这座花园突然在一个深夜起了熊熊之火，会更精彩。那将是怎么样热烈的火势啊。

（二〇〇九年）

悬疑的荒芜

二〇〇八年十二月八日，照理应该是快乐的一天。天晴气朗，精神饱满，打一睁眼就有点“恣儿”——美滋滋儿的。已经很久很久了，老王找不到太认真的不快乐的理由。一位访友对他说：你各方面已经达到了极致，你还想要什么？

他答应了CCTV9接受一次英语的访谈，作为纪念十一届三中全会的特别节目，收入这个节目的还有吴建民、龙永图与何振梁的谈话。他与节目主持人田女士已经排练了一次，比预想的效果要好。这么大年纪了，他喜欢接受这种新的挑战。他仍然不能摆脱小小的显摆心理。他的英语主要靠四十六岁后的自学。而头一年为了去俄罗斯参加中国语言年的闭幕式与书市，他前后用三个月时间学会了原文唱《遥远啊遥远》。口语对话时，他发不好俄语的卷舌音，唱歌的时候，他完全可以蒙混过关。莫斯科的书市上有他的小说集、有关他的评论集与他和他人的散文合集的俄语版同时发行。他的新著《老子的帮助》已经出了样书，新华文轩集团准备将它做成二〇〇九年的重点产品。几天前的沉重的雾霾已经散去，空气污染指数已经从400降为40。早晨他接收电子邮件，跳出来一条网上的信息：一家网站公布了二〇〇八年作家富豪榜，他忝列第24名。两年前，他似乎曾列为第12名。虽然，做文学而谈收入，这滑稽得近乎拧巴。

其实是第一名。一位老熟人这样说，理由不赘。

有许多写作人声明自己没有挣那么多钱。老王从来没有统计个人收支的习惯，年轻时他几次与太太下决心要记账，记过若干次，没有一次能坚持得下来。说明他其实没有为糊口操过太多的心。他的经验是越穷越算，越算越穷。他认为网上的列表八九不离十。写家——老舍的说法，不叫作家叫写家——的收入比较难于隐蔽，出了多少书，卖了多少，版税率按百分之十上下计算，差不多。有些书籍的版权页上没有印发行数，或虽印了，有水分，也没有关系。现在的诚信越来越没有保证。现在的谎言，越来越容易揭穿。因为现在有专门的网上业务，负责统计各种书籍的发行情况。这个网站与全国数十家大书店、购书中心、书城的电脑终端联网，这数十家的售书量约等于全国售书量的三分之一，就是说以此网站提供的数字乘三，再乘书的码洋（书上明码标的定价）再乘百分之十，应该是该写作人的收入。越是名家，则会越多，他们的版税率有达到百分之十五到十七乃至更高的。实话实说，榜上列举的收入只可能低于、不可能高于作家的实际所得。当然也有另外的作家，在补贴的支持下出了书，然后一年过去了，没有卖得出一本。说是一本也卖不出去的书，占全部出版物的百分之十以上。

好长时间了，生活的频谱与节奏、音质与对比度、底色与伴音、后景与前台，都差强人意，都其实相当不错。尤其是老王个人，他应该知足惜福，应该心满意足。已经有不止一个人嫉妒他：不知他为什么能亦情亦理、亦效益亦艺术、亦文亦官、亦虚亦实、亦浪漫亦随缘、亦保守亦开拓、亦土亦洋……而且，找不到谁像他这样屡败屡胜，因败而胜，大败则大胜。

用庄周的说法，这是靠近了“道枢”，是迫近天道的圆心。你距离失误有多远也就是距离成功有多远，你距离贫困有多远也就是距离财富有多远，你距离诽谤流言有多远也就是距离挚爱与知音有多远。用港报与网民的说法，老王早已经成了精。

老王这一天的下午到魏公村的凤凰会馆录《锵锵三人行》节目。“三人行”一半是在香港、一半是在北京录制的。会馆偏于简陋，男厕所尿味臊然。凤凰台事业爨爨发达。老王喜欢“三人行”而不喜欢“大讲堂”，“大讲堂”的一位年轻人居然对老王说，他们设立“大讲堂”栏目的目的是为了给学人提供公益性平台。不知是不是意谓没有多收学人们的广告费用。

而“三人行”没有谁来对老王进行公益义工教育。老王实在没有想到，那样一个信口一说、常常跑题、蜻蜓点水、点到即止，极像茶余酒后闲聊的节目，能有相当高的收视率和全台各栏目中最长的寿命。

一位全国政协副主席（中共党员）对老王说：“我不放过‘三人行’，因为我想多听到一些真话。”

“锵锵”节目上说的话的真伪，不一定一听就能鉴别与证明。有人即使是普通聊天，也要注意礼貌，注意不要伤害谁得罪谁，注意说的话要对自身有利；即使是貌似扯闲篇（四川人说是）、吹牛，也还要注意讨好强有力的能够掌控自己命运的人物。但是闲聊天的方式至少有一个好处，哪怕掺了某些水分的话语，也毕竟是自己的话语，是自己掺的、属于自己的个性的水分。如果水也要掺人家的，掺得惨点。“锵锵”的谈话绝对没有稿子，绝对没有念稿子的路数。而现在各种说话、发言、报告，尤其是上传媒的节目，朗诵化、书面化、诵吟化、表演化已经成了惯例。主持会也照“主持词”的稿宣读。有些工作，照本宣科已经越来越成了定势。

老王夏季与几个老伙计一起吃饭，一位领导的孙女，据说是重点学校的高才生，还是班干部，前来给老人们敬饮料。女孩子说的是：

“我敬祝各位爷爷奶奶身体健康、精神矍铄、发挥余热、培养后辈、生命不息、奋斗不止！”

老王还没听完就傻了。

老王也在视听媒介中欣赏过一次据说是最成功的讲演：

“朋友们、同志们，春风送暖，阳光明媚，风景这边独好，江河日夜奔流，灿烂的前景在向我们招手，英勇的前人在向我们注视，危机也是机遇，难点更是热点，困难的后面是奋起腾飞，坎坷的后面是阳关大道，我感谢你们的包容也感谢你们的厚爱，我赞扬你们的辛劳也赞扬你们的奉献，没有付出就没有美好，没有辛劳就没有丰硕，没有曲折就没有成功，没有理解也就没有拥抱……”

老王几乎晕了过去。

老王梦见一位男青年向女孩求爱，读道：

“啊，我爱你，我想念你，我思考你，你不仅有美丽的容貌，你更有美好的心灵，容貌会衰老和变异，心灵却永驻青春。我们的结合会带来圆满，我们的温存会滋润生命，我们的和谐会经营宁馨，我们的热烈会燃烧激情，我们的相爱是我们生命中的火把，我们的火焰是暗夜中的光耀。你是我的奇葩，我是你的雄鹿；你是我的小雨，我是你的晨风；你是我的追求，我是你的给力；你是我的黄羊，我是你的马驹；你是我的朝霞，我是你的雷电……”

这位青年很可能获得了演讲比赛的冠军，很可能被邀参加电视节目。电视节目正在涵盖人生的诸方面：择偶、治病、烹调、司法、升学、就业、婆媳与妯娌关系，都已经成为收视率高、广告收入好的良性节目了。在电视节目生活化的同时，反过来整个人生也学到了节目化、作秀化的路子了。

……总会有一天，哪一天？人们会自自然然地说话。你是谁就是谁。你怎么说话就怎么说话。你本来啥模样就是啥模样。困难在于，倒胃口处在于，你本来是方块3，却一定要以红桃A的样子与词汇、逻辑与口气发声；你本来是黑桃Q，却硬要以梅花老K的谱儿来发言。你越来越不像你自己而像别人，甚至不是像别“人”而是像一架别的录放机与扬声器了。

这其实是让老王捡了便宜。他有什么卓见真知？未必。他不过是没有完全忘记怎样拉拉家常，怎样不必戴上面具，怎样亲切自然、本来面目。他确实缺少做一个非老王而是老李或老陶的勇气与脸皮。他有时甚至佩服那些明明是老侯老朱，却以老马老吕的角色出现在地平线上的哥们儿姐们儿。

老王在“锵锵”节目中也还是有所把握的。但他听到人们信口说话，随机搭茬，就像听到了民歌小夜曲或情人枕边的喃喃低语一样由衷喜悦。他无法想象谈情说爱的人们会准备发言稿。真情无稿。然而真情是不完美的，真情一定不会完满无缺。当他自己能够随意地本色地说话的时候，他感觉到的是他的任意说话，竟然被抬举为帕格尼尼范儿的小提琴演奏。

“锵锵”的貌似随意任性的机灵至极的主持人，其实也不是不注意应该注意的颜色。二十世纪八十年代后期，有一位年轻的地市级领导，提出某个会议上说话可以“肆无忌惮”，后来很快受到了白发高龄、德高望重的老马克思主义理论家与领导人的公开批评。

谈了两个小时，相当于四套节目。老王在领取了少量劳务费用并与有关合作人士愉快告辞以后，助手对他说：“您的别墅那边出事了，进去了贼，可能偷走了东西……”

什么？老王首先是产生了一种滑稽感。网上刚刚将他名次大大靠后地勉强列入了富豪榜，他的生活从来没有像现在这样舒心，他的事业从来没有像现在这样兴旺发达，他的形象从来没有像现在这样人五人六，伟大中华从来没有像现在这样芝麻开花，一年一小变，三年一大变。怎么会这样地缺乏安全感呢？怎么刚刚“行”得、谈得那样驾轻就熟、举重若轻、游刃有余而又天衣无缝，自己硬是想为自己鼓掌，紧接着却是这样低档的安魂终曲：滑稽后面不无恶心，遗憾当中充满庸俗。作为一种经验，拙劣得近乎穿帮；作为一种遭遇，更像是对自我感觉不赖的王某人之流的讽刺嘲笑……噫吁！

这是什么？曲终人不见，江上数峰青。君莫舞，君不见，玉环飞燕皆尘土。劝君莫猖狂，后边一队一队的白眼狼！天若有情天亦老，人间正道是仓皇！

三年前，老王在孩子的鼓动下，预支了一些著述费用，倾全力在威尼斯小区购买了一套三百多平方米的单体二层楼房，另有地下层与阁楼不计米数。他有点惭愧，有点拿不定主意，有点觉得对不起自幼受到的艰苦朴素教诲，也对不起现在常住的公寓单元楼房。国管局帮他解决的建筑面积达二百多平方米的房子似乎是他的明媒正娶的原配夫人，那么别墅房就成了他的新欢。人怎么能做喜新厌旧的薄幸之事呢？别墅的“威尼斯”与户型的“文艺复兴”的命名也使他难为情。北京郊区的一个住宅区，怎么成了意大利的威尼斯与文艺复兴的化身了呢？他住进这样的小区，是不是有些观感上影响上的问题呢？

嗯嗯。老王有点乱，有点冷笑，是自己笑自己。

他决定，先吃晚饭，再去查失窃的别墅。他应该做镇静状。

荒唐！《红楼梦》的说法是“反认他乡是故乡；甚荒唐，到头来都是为他人作嫁衣裳”！或者，按让－保罗·萨特的存在主义的说法是

老王有点乱 有点冷笑
是自己笑自己

“荒谬”。或者按时尚，他应该说是陌生乃至诡异、吊诡、悬疑。

想不到，他的饭食居然没有吃出任何滋味。他不是很豁达从容、高瞻远瞩的吗？他不是清高壮丽、宠辱无惊，从来不在乎鼻子底下的小事的吗？怎么为一点低俗的琐屑，竟然饮食无味起来？世上诸事，端的是知难行易，还是知易行难呢？

他接到了孩子的电话：

“爸爸，您别着急。下午三点邻居给我来电话，说是见到了您的别墅的房门大开，情况奇怪，他怀疑有什么人进入了房间，希望咱们有人回去查看……”

“……物业怎么说？”

“物业根本不起作用，他们都是白吃饭的……我连忙过去……进去贼了，翻得到处乱七八糟，为了保护现场，我没有往里走……我现在在派出所……噢，所长说想和您说话……”

换了一个人，男，有相当的阅历与见怪不怪的从容，略沙哑，京腔京韵，淡定地说：

“我是 LL 派出所的所长，有人进您家里盗窃了，您的孩子来报警。我们考虑到您的身份地位什么的，请您考虑，您这样一个级别，这事要不要报到刑警大队？如果报告他们，他们就要来全面调查取证，做笔录做分析，且得折腾一顿……那样的话您觉得方便吗……如果这里头有任何不方便，那么这个事就不报了，也行。我们要请示王老，请您自己定吧。”

所长的声音很友好，很体贴，很义气。说话中打了一个哈欠。

所长的语调，与演讲比赛冠军还有模范少年等完全不同，他的亲和贴心的调子尤其是那一声哈欠其实最适宜参与《锵锵三人行》。窦文涛君可惜了，他的“三人行”节目中还没有派过哈欠的角色与软感动的用场。

老王似懂非懂，非领情其实已经很领情，连忙同样用友好合作与淡定又不无趣味的“三人行”声调说：“多谢，多谢。还是报啊，报吧，报！欢迎他们来调查取证，我这里的一切都可以公开，欢迎欢迎，没有什么问题。”

高堂明镜悲白发，朝如青丝暮成雪。萧瑟秋风今又是，换了人间。永忆江湖归白发，欲回天地入扁舟。君子坦荡荡，小人长戚戚。

当然人家是好意。已经听说过不止一次了，小偷是反腐的先锋，小偷一进屋，才发现某某人家里有那么多来路不明的金银财宝现金现汇。说是很多大案要案都是由于失窃报警才暴露的。

是段子还是真事？

他想起了一位领导，在面对各国记者的时候悲壮声言自己的愿望是完成任期后能被百姓认定是一名清官。这未免太沉痛也太刺激。

老王当然谈不到那些。他只祝愿所有的人五人六失窃后敢于立即如实报案。

偏偏这一天老王常用的那辆车禁行，找了朋友的另一辆车，老王先赶到了派出所。

天色已晚，派出所的几位领导等着老王，脸上显露着遗憾与无奈，还有永远的责任心与疲劳。他们脸上的褶子超过了他们的年龄。他们从淡定到淡漠的面部肌肉的分布也盖过了刑侦的既定程序。他们向老王说明，这个派出所管的地面太大，人口太多，尤其是一些新开发的社区，秩序混乱、管理松懈，不安全的因素比比皆是。派出所领导还指出，你们那个威尼斯小区，本来是BU物业，管理得很好，后来你们的诸位业主，为了每平方米节约五毛钱，换了现在的AD物业，结果……所长很有分寸，他可不想介入业主与物业的矛盾中去。

改革开放以来，房地产业是中国的一项新兴产业，蓬蓬勃勃、乱乱哄哄，带着几分异己的邪门歪道，带着人民币的芳香，满足了多少人的需要，勾起了多少消费与挣钱的渴望，多少新富暴富可疑之富浮出了水面，形成了多少钱与权的结盟、正与邪的共舞，也支持了多少地方财政，支持了高档餐饮业与酒水业。同时诞生了一大批新鲜名词：物业、置业、业主、开发商、按揭、月供、首付……老王对这些本来知之甚少，但是他去看朋友、看孩子，去到一些新的住宅小区，他印象最深的是，一看保安人员的身高与形象气度，就基本上可以判断这处小区的成色。平均身高一米八，个个俊俏文明，衣装平整清洁，气色健康，面带笑容，手套、对讲机、身份标志等配备齐全，说话也口齿清晰、文通字顺者，是一流高档社区；保安队伍歪七扭八，胖的胖，瘦的瘦，高的高，矮的矮，老的老，小的小，面带倦容，眼睛睁不开，值着班睡觉，衣冠不整，扣子系错或有的系有的不系，从脸上到身上都显得脏乎乎，说话龇牙咧嘴，牙床上黏黏糊糊，当然是末流社区，或是业主正在与物业管理方面进行意气用事的混战的社区。混战的特点不仅是保安的形象风度丧失，混战的社区还会停水停电停燃气停绿化停停车管理，能够使小区化为地狱，化为对社会主义市场经济的声誉的败坏。当然在一流与末流间，会有大量的游走与中间地带。

老王置了业的威尼斯小区，应该属于超一流社区。地大房稀，周边有山有湖，有全市罕见的面积不小的湿地，有国务院有关机构对此湿地进行保护的盖了印的公文。社区的绿化也是第一流的。林带是柳树、枫树与梧桐，种的花主要是月季、美人蕉、扶桑、玉兰与一些牡丹芍药，果树最多的是樱桃与冬枣。是个好地方。

老王在此置业时，BU 物业的保安人员，要个儿有个儿，要条儿有条儿，要五官有五官，要谈吐有谈吐，要做派有做派。小区里不止一名年轻的保姆倾心、暗恋于这里的保安，并且有一对有情人终成眷属。不久，老王看到了社区内部的小字报与抗争标语，内容是反对不合理的收费。购房时，只算一、二层面积，地下室与阁楼算是免费赠送，当然免费云云，也只是一种促销手段，不可当真。但物业公司收取暖费时，考虑到地下室是安装了暖气设备的，便要求业主们按一、二层的取暖面积加上地下室的取暖面积交费，一部分业主反对，贴起标语口号乃至告邻居书，号召起来抗争。

在这样的贼人面前，所有可以半夜轻易地打开的房屋都是平等的。它们的区分只有两条，就是可窃性的高低与风险性的大小。可窃性的高低取决于你有多少现金多少珠宝放在可以轻易进入的房屋里；风险的大小，取决于你与你所在的小区，有多少反盗窃反犯罪分子的自我保护措施与能力，与你们的小区的物业管理状况，也与你本身的防范意识和防范措施密切相关。窃贼，是目前社会上极少数没有将级别与财产、名望与荣辱、地位与层阶、一切的资产阶级法权放在眼里的人，是真正做到将人看成天赋平等、生而平等的人，是当真做到了与许多旧风俗旧观念旧成见旧习惯彻底决裂的人。我们早就知道了在真理面前人人平等，在法律面前人人平等，现在我们还知道了：比前两项平等还生动具体的是，在盗窃面前，就像在玉皇大帝与阎王爷面前一样，人人平等。他不是撒旦，但是他带来魔鬼的冲击；他不是造反者、反叛者，但他带来颠倒的畅快与倒立的特技。

老王一阵头晕。

老王知道这已经是脑梗阻的某种表征。老王知道自己的前庭器官已经随着年老而走向式微。这时家务女工前来诉说，她的一千七百块钱丢失了。头几天老王给她开了月工资一千七百元，她放在这里，随老王到城里去了。老王知道，这是此次唯一丢失的现金。他安慰着变颜变色、一脸苦相的女工，说：“我会给你补上的。”

是的，窃贼没有阶级路线，不懂得劫富济贫，不懂得照顾自己的同命运的打工姐或打工妹。

老王连忙晃晃悠悠地来到一层半自己的工作间。首先，他发现自己的 IBM 笔记本电脑原地安然无恙，他大喜。幸亏窃贼也不会用电脑，没有对于 IBM 的兴趣。可能最戏剧性的事情还有待未来，今后，也许一位电脑迷上网迷选择了盗窃生涯，也许一位电脑迷窃贼在满足了现金盗窃以后帮你修好了运作迟缓的电脑。但此刻，他看到，书柜、写字台、底柜，所有讲究的木器家具，不管你雕着什么样的美丽的花纹，都被打开抽屉翻了个乌七八糟。是的，这里的木材品种与质量，管你黄松也好，花梨木也好，水曲柳也好，哪怕是紫檀也好……也不管你经过怎样的大师级的加工，用了什么样的工具与油漆，雕龙描凤也好，百花图案也好，一切文化与艺术并不属于窃贼。窃贼也就不属于文化，不属于国学，不属于西学，不属于儒释道也不像基地组织，也不属于真善美，从而一切的文化不属于他自己。当然温饱更是不属于窃贼，户口不属于窃贼，职业不属于窃贼，工资不属于窃贼，居住权与居住条件不属于窃贼，八荣八耻与他老或他小无关。难道还有什么人间的美丽的文化艺术是属于他们的吗?

还好，窃贼并没有怀着多么愤激的仇富心理。匆忙地也许是如入无人之境地搜索，目的明确：找现钱！此外并无破坏的冲动，并无打他个稀巴烂的红卫兵激情。满地扔着 CD、VCD、DVD 等国内外光盘唱盘，有帕瓦罗蒂、迪丽拜尔、芭芭拉·史翠珊、莎拉·布莱曼的歌曲，有获得了奥斯卡奖的故事片专辑，有本国的获奖电视连续剧专辑，还有籍薇、王哲的梅花大鼓与一批京剧、地方戏曲的唱盘光盘，还有一大批交响乐与俄苏歌曲……虽然满地狼藉，却没有被故意踏毁。

也许只是由于他的匆忙？由于他的目标的单纯与明确，他无暇做进一步的破坏？

也许老王根本不应该这样想，也许老王不应该称他为窃贼。可以假设他入室行窃，可以假设他理应依法判处徒刑，可以假设他不止一次盗窃，被称为无耻的与危险的惯窃，但是不是用一个窃贼的称谓就能概括他的全貌，仍然是一个问题。哈姆雷特说，存在还是不存在，这是一个问题。老王则糊里糊涂地想着：窃贼是窃贼还是不完全是窃贼，这也还是一个问题。

老王决定，从此，他只用“他”来称呼这个擅自进室与拿走了一些东西，更严重地扰乱了破坏了这所房屋与它的住户的秩序的人。就像宗教信徒用“他”来代表上帝，而忠臣孝子用“他”来代表父皇一样。

可怜的他。唯一的唯一，老王的妻子曾经将一点打小麻将的零钱放在卧室，是42.25元，包在一个小手绢里，手绢放在一件风雨衣里，风雨衣挂在壁橱里。零钱手绢包外边是一只线手套，属于工人阶级的劳保用品。左右两个衣袋，分别装着左右或不分左右的两只手套。他已经掏出了两只手套，差两厘米，他已经能够够着那个烂手绢与四十余块钱了，不知道为什么，天意呀，他戛然而止。老王甚至为他顿足，如媒体上提倡的换位思考：怎么硬是功亏一篑啊！

卧室的地上乱扔着纸头、水电费收据、挂号费收据、揉皱了的面巾纸、收款条、便条、不知何人的电话号与不知哪儿来的人名，还有许多报纸与杂志也扔得满地都是……

这时一位刑警队的同志上来，告诉他们已经查清了进室者的入室路径。人们一起来到了地下室，一路上开了好几盏灯，经过了榻榻米室，进入了地下主厅。地下室的上方实际处在地层上面，地下室的采光靠的是位于地平线上方的一排小窗户。他们的这间地下室主厅的窗户的方向是向南与向东。向东的两个窗户的关窗用的别棍，莫名其妙地搞了一个裤裆里放屁——两叉里走。左边的是捅入插销向上一别就锁上了，而右边的窗户必须是捅入插销，向下别才锁得上。老王曾经不止一次来到地下室，看来看去老觉得这两扇窗户别扭，扭过来，扭过去，扭得整齐了，必然有一扇窗户没有关好；扭得不整齐了，则可能是两扇窗户都关好了，也可能是两扇窗户都没有关牢。究竟为什么要把关窗户的别棍做成这样地不合逻辑呢？除非当时已经策划了不可泄露的天机。这次呢，显然是一扇窗户没有关牢，“他”只需轻轻一推，身材如果不是十分庞大，一出溜，神不知、鬼不觉，一点响动都没有，“他”进了地下室，第一步脚踩在哪里，第二步脚踩在哪里，一步一个脚印，清清楚楚，不费吹灰之力。地下室的房高是比较矮的，从窗户中向下出溜太方便了，简直是天造地设。老王只好承认，当初修建这间地下室的时候，命运已经做好了迎接不速之客的周到准备。这是一个命中注定。

第二个命中注定，这一套别墅房，正面一扇门，还有冲西方向的一扇侧门。侧门本来就没有安装结实，勉勉强强，只要用力一摇就可以将侧门卸下来，老王是用一根捆行李卷用的线绳将侧门勉强固定住的。老王太大意了。他竟然相信这里是高级住宅区，是精英的住宅区，港台的说法叫“高尚住宅区”。住宅区里使用众多的监视器，有数量不少的保安，保安人员时不时地还闹点军训，一二一，齐步走，立正，向后转，甚至还叫喊过“一、二、三、四”！作秀。当年 BU 公司管理物业时，进来一辆车，也如临大敌，左一个呼号，右一阵报话机，追踪汽车动态，管制汽车停泊。这里应该是多么安全的地方！老王的孩子先期搬入，孩子说，他们的捷安特轻金属造自行车从来都是放在户外，从来没有加过锁。那大概是开初，这个小区是个管理得井井有条的地方，万物莫不如此，虎头而蛇尾，美好的开始与混乱的后来。然后是不知所终。

别墅房正门号称安装的是日本门锁。民间有所谓锁头“防君子不防小人”一说。这个日本门锁的特点是锁舌很长，可以转两圈，牢牢地深深地伸入锁槽。但是，这种门锁，从外面开虽然不易，只要进入了房间，用手指一拧再一拧，两圈，则是要怎么打开就怎么打开。这种锁头的特点是只要入室便是全权的主人。一旦有不速之客从另外的路径进入了室内，一切的一切就听从他的调遣了。

房屋与门户的布局是第二个命中注定。第三个命中注定呢，就是物业的每况愈下。从最早的反对不合理收费，终于发展到欢迎盗窃、来去自由的地步了。

最后使老王实在压不住火的是一楼半层原来汽车房改建的妻子的书房。这里很奇怪，高等户型本来各户都有可以容纳一到两辆汽车的车房，但大多数都没有做车房用。老王这里，将价格不菲的德国进口金属卷门赠给了装修工，改成了落地式大玻璃窗，挂上一层白色纱布帘，把原来向外开的门取消了，另外打开了套房内的侧门，再将墙壁与屋顶加工修缮，形成了一大间很好的书房。正墙上是装在镜框里的大大的拓印大唐高力士墓志书法，两侧有波斯诗人莪默·伽耶的诗歌配画的挂毯，还有老王夫妇的近照。他们头一年度过了金婚，五十多年，真正做到了执子之手，与子偕老，不但曾经拥有，而且天长地久。他们走出了命运坎坷遭难的阴影。地上还放了些色彩绚丽的瓷瓶陶罐。这是一间很享受的屋子。

恰恰这间屋子遭到了最彻底的洗劫，两瓶五十年茅台陈酒，一本货币纪念册，一件国际名牌的刀具，被“他”掠走。还有一些国际纪念邮票与一支美国金笔。可能，这是窃贼的最后一站，他偷得比较尽心尽力。

最最惊人的是，在这间书房里，老王的太太隐蔽了一些她准备的纸钱，是为她的享年一百零二岁的亡母坟墓准备的。每年入冬，她会悄悄地去昌平的一个义地，为亡母“送寒衣”，烧掉这些上书十万、百万、千万元的冥钞。而窃贼洗劫当中，把这些纸钱全部散扔到了地上。他没有拿走冥钞，却仍然侵害了亡者的尊严与生者的悲哀。

问题在于，此时此屋内的吊灯、壁灯与环灯还都亮着。老王没有忘记幼年时家住大杂院，一间屋子里只有一盏15瓦白炽灯照明的日子，那时的夏天一个月用不了一度电。现在呢，只此间书房，吊灯至少有300瓦，环灯至少有200瓦，壁灯也在上百瓦。看了这样的照明情况，你会判断是他在这里进行录像，是在拍摄一个CCTV的法治在线节目。

问题不在于“他”没有考虑盗窃也应该遵守节能省电低碳的原则，问题是这间房经过大落地玻璃窗与威尼斯小区区后门斜对，老王在这间屋能够看到后门的昼夜值班的保安人员，保安人员当然也绝对地看得到这间房舍的大玻璃。“他”，对不起，老王走到这里又不能不称他为窃贼了，窃贼只能是夜间入室的，不可能是大白天。不然，谁开的灯？夜间，这间房子漆黑，他只能是开着大灯来寻找搜刮翻腾挑选的，他不可能来到盗窃现场苦练夜老虎的本领。他能判断出五十年茅台价格高于连战主席赠送给陈云林会长的金门高粱特曲，说明他不仅具有饮酒的ABC，也有良好的视力与现场照明条件。即使他的效率神速，老王认为，他至少在此屋“作业”了半个小时。半夜三更，这里灯火通明，窃贼大张旗鼓、得心应手、拳打脚踢、左挑右拣，要什么拿什么，想什么干什么，真正做到了以我为核心，当家做主。好的，可以设想，只能认定，后门的保安人员正在打呼噜，正在好梦方酣。老王对此并不怀疑，因为他早就发现，AD物业的最大特点是保安人员的嗜睡性，何须半夜，大白天，各处保安都在睡，不睡也睁不开眼。

问题还需要往更深处想：窃贼他怎么知道此处的人员善睡嗜睡？他怎么这样有把握，他怎么胆敢打开总共五六百瓦的照明灯具，深夜独明光，肆意翻个忙？只能有一条解释，是他与保安里应外合、上下其手、联手作案！

萎萎恧恧的一个物业方面的管理人员似乎猜到了老王的心思，他过来悄悄地对老王说："看样子可能有内鬼，您的工勤人员当中，有没有这样的靠不住的人物呢？"

老王不想理他。

然后公安人员分成了三部分，一部分科学取证，用现代科技手段留鞋印，留指纹，留现场照片……一部分找老王一家包括女工谈情况进行笔录，第三部分则另行与物业方面谈话了解有关情况。

是的，很丧气，很没劲。但是老王毕竟是个老实人，得了病他只会找医院和医生，他只知道听大夫的，他从来不信什么偏方、发功、刮痧、拔罐子。进了贼，他也只知道找公安，虽然他知道，对于公安来说，这只能是小事一桩，最后丢了两瓶茅台，是茅台酒协会朋友送的，可能价值一万多块钱，这太小意思了，这根本不值一提。

老王感谢这个事件，使他体会一下老百姓的触霉头的境遇和滋味。如果在别处，他被欢迎、被认可、被接待、被安排、被介绍、被保护也被照顾。如果是别的事，他有助手，助手替他处理各项事务。但是在威尼斯小区，他只是一个业主，他是花了钱买了房来居住的一个人，是一个面对或背对窃贼，没有什么自卫还手能力的老头子，是一个面对公安只能求官来助、求他们为小民做主的人。他是受害者、弱者，而且是由于自身的粗心大意麻痹而造成了个人的损失也给国家添了麻烦的人。他必须从头说起，姓名、性别、籍贯、曾用名、所在单位、何时来过（威尼斯小区）、何时发现被进入、丢失了哪些东西、价值价格如何、家庭人口、直系亲属、务工人员……然后一一核对，签字画押。老王想，自己从十四岁就当了革命干部，除了二十多年的特殊遭遇，他其实离老百姓已经有了距离。这回好了，感觉不一样了。失窃使老王狠狠地接了一回地气。老王惭愧的是，闹了半天，没有丢失真正像样的东西，没有丢失机密文件，没有丢失一笔够在银行开一个理财金户或财富户、办一个金卡或白金卡的现款，没有丢失任何像样的金条、钻戒、玉镯、宝石、玛瑙、珍珠、象牙哪怕是碎银两。他惊动了派出所、区与市一级的刑警刑事侦查单位，他增加了公安部门的行政成本，他显出了一副窝窝囊囊、糊糊涂涂、生活无能、添乱有余的讨嫌相。他此事做得不漂亮也不生色。

老王还不死心，他一不做二不休，他请本单位的保卫处室与市刑警部门联系，请他们关照，请他们尽可能地破案。他还到处分析，原车房的电灯大开是一个问题，想提醒有关领导考虑这种在深夜大放光明的环境下作案的可能性与蹊跷性。

一小时后老王接到了媒体的采访电话。他十分惊讶，中国已经飞速进入媒体时代了吗？他老王已经如此先进地公开化、会展化、八卦化乃至明星化了吗？他老王的一举一动、一饮一啄、一得一失，已经有这样大的传播学社会学意义，已经受到这么多人民群众，或者干脆叫受众的关切呵护了吗？他毕竟不是章子怡，不是韩寒，不是小沈阳，也不是为中华民族拿到过好几次田径金牌的刘翔选手啊。他真是对不起媒体的朋友们啊。

……然后靠的是劳动，老王明白了什么叫重建家园。这是一个经过盗贼的咀嚼吐出来不要的家园。家务女工的辛劳使这里大体恢复了被进入以前的样子。想不到的是第二天来了一位来访者，提供了本来应该与老王没有关联，但也可能关系甚大的老王未曾想到的信息。

来访者说，这个别墅的文户型中有两户比较出色走光的业主。一位是周先生，是全国的少数巨富之一，他购得了文1号别墅，给他的一位女友居住。女友是一位诗人。女诗人有点像利比亚的革命领袖卡扎菲兄，不喜欢住在房间里，而多半会睡眠于花园里搭起的帐篷中。她怎么防蚊子？三年过去了，女诗人安稳地、悄悄地、我行我素地住在文1号，除去有一次据说是一位富态的女士来到这里与诗人大吵大闹了一番，而女诗人居然做得到一声不吭，可见她有多么好的内力与定力。

顺便说一下，威尼斯小区的房屋分文、艺、复、兴四种户型。文户型房屋，全部向阳，处于小区的最南面，面对湖泊水域，面对两座石桥和水葱、莲藕、菱角和芦苇。原来还常看得见野生的水鸟飞来栖息，《北京晚报》为此发布了消息，算是北京郊区环境整治的一项成绩。不久由于前来垂钓的人过多，野鸟早已经被吓得无影无踪。艺户型，位于从南向北数的第二排，也是全部向阳，同时透过文户型房屋的间隙看得见水域、植物和南面的远山；同样也保持了对于乍会面便远走高飞的野鸟们的生动怀念。其他地方，依势而修的，单体别墅算是复户型，而一双双联体的是兴户型。老王是由于孩子住进了兴户型，而拿下了一幢艺户型房屋的。

再顺便说一下，说是周先生“文革”当中曾经在自发性文学刊物如《今天》上发表过令一些领导如临大敌的现代派的诗歌，八十年代后期他为自己找过一些麻烦。只是在彻底放弃文学以后，弃文从商、弃暗投明，顺风顺水、一通百通，他最后走上了人生靓丽、事业发达的光辉之路。

有人说数年前（老王搬入此别墅之前）来到文1号问罪的富态女

士是周先生的夫人，有人说不是，而是周先生的另一位女友。有人说周先生抗议物业方面未经文 1 号的女诗人同意就擅自放人进来骚扰女诗人的灵感。更多的人表示对此不感兴趣。对邻居兴味盎然，这是自然经济小国寡民前现代性的特点，不是商品经济生活方式的城里人，更不会是拥有豪华别墅的、提前实现了现代化的业主们的习惯。

老王倒是远远地见到过女诗人，好像还文静，有点孤独和忧郁，或许还有苍白的贫血。今年春天，女诗人的后花园里移栽了一株大银杏树，还有一株极大的梧桐，两株大树都是用大卡车运输过来，再由起重吊车将树吊起种植的。这两株树显得很威风也很高雅。另外有一棵没有人知道它的种姓与到底怎样来到这里的更大的树，说是周先生从刚果购入的，这株巨树身上吊着许多滴注吊瓶，为巨树输营养液。而此户的四周，种植了大量黄杨树条，作为自我保护的篱笆。

然而就在三棵大树栽好了成活了不久，一过五一，说是女主人走了。不要问我从哪里来，不要问我走向何方。会不会是周先生帮助女诗人去了刚果？大陆的女诗人与前现代派诗人现企业家联手，PK 台湾的三毛，也有一拼。

如果老王猜测，老王没有那么牛的想象力，他虽然已经走过了那么多地方，却没有去过刚果，他想的不是刚果（布）或刚果（金），他首先想到的大致是寂寞。寂寞使女主人无法再在豪华别墅的后园帐篷中生活下去。人除了食色性也的不可更易的要求以外，人还有一个要求，就是打破自己的与他人的硬壳，在交流哪怕是冲突中转移自己的寂寞感与孤独感。革命的发生学研究中，应该有这样的思考。

来访者说的另一家，文户型 2 号，老王没有什么印象。文 1 号的西邻是文 2 号的郑先生。郑先生什么时候都是衣冠楚楚、纤尘不染。郑先生似乎有着港台或者东南亚的背景，说汉语普通话不带轻声。据周先生说，最初他们两家邻居相处甚好，但是郑先生的文化背景不同，常常不能接受周先生的友谊与情义。周先生并不常常在此，有时候来了，带着厨师，做好一桌席，招待友人，并且临时去请郑先生赏光，郑先生一律辞谢。有时候周先生做了烤乳猪、小米粥炖海参、冰糖燕窝银耳，叫下人给郑先生家送去，却遭到拒收。来访者的口气，这方面他们对周先生不无同情。

问题出在六月，说是郑先生在自己邻居周先生家的东侧，靠近周先生住房的地方，修了一间简易棚子，也可能不是新修的空间而是原来自己的西侧洗衣房中，安装了一件估计是空调压缩机类的电机。电机工作起来噪音不小，周先生对此提出异议。郑先生不拟改变。周先生乃在自己的住宅的西侧大兴土木，组织了一大批建筑工人，准备兴建一个三层楼半高的隔音层，名义上是阻挡来自西侧的噪音，旁人看着也可能有点震慑与示威的含意。显然，这座别墅小区里，没有谁的财力能够与周总相比。

郑先生很认真，拿起法律的武器维护自己的利益。他到法院告了周先生：违规建筑，损害小区环境与邻居利益。同时郑先生还广招媒体记者，通过舆论向周施压。

后来法院判决郑先生胜诉，要求周先生限期拆毁违规建筑。但周先生不准备执行判决，他的理由是全社区自己额外扩张地盘搞建筑的多了去啦，从来没有人管过，法院管这种事，管得过来吗？

老王想起了在物业布告栏里常常看到的告示：有关部门要求物业清查小区的违规建筑，经查：某号某号某先生，有某类型的N平方米的违规建筑，处理办法是与业主沟通。这样的告示如同废纸，根本无人理睬。

老王这才明白，他散步时从文1号门前经过，不但看到了许多工人，还看到了一张字纸，上书："未经本户主人同意，任何媒体人员不得进入此屋，否则一切后果自负。”

到老王这里的并非喜欢搬弄是非的来访者，完全以为艺术而艺术的纯洁心态提醒：第一，数十名农民工居住在这里，这是一个不安全因素。老王的房舍被进入被盗窃，很可能与这些人有关。第二，不要光骂物业，物业有物业的难处，物业说话等于放屁，拖欠物业费用的业主达百分之四十九，至今数年未交物业费用的有七户。拖欠水电煤气费用的业主人数也居高不下，电业局多次威胁本小区要全部停止电力供应，实际又不好停。总之这样的小区，根本没有起码的规则与秩序。第三，业主委员会的工作也很难开展，谁对业主委员会的工作认真过支持过？物业则对业主委员们可能多少来点政策倾斜……谁还愿意再得罪人？第四，威尼斯小区的优点是人少户少，威尼斯的致命伤也是人少，二百多套房舍，卖出了一百九十多套，经常在这里住宿的，不过七八十户，这样一切公共设施都门庭冷落，吃不饱。搞小卖部，无交易；游泳池，无光顾；搞班车，无乘客；烧热了一大锅炉热水，走不了几个字儿，闹什么什么赔，全部奄奄一息，最后是无疾而终。

来访者估计，老王家失窃的事件那么快被媒体得知，也可能是郑先生的活力所致。

老王虽然听得一头雾水，但他还是渐渐品出点味儿来：威尼斯小区，其实是一个无政府主义的民主自由王国，比意大利的威尼斯自由多了。有人到法院去告状了，法院可能过问一下，不告则不理。中国是一个离开了领导至少一半人无法无天胡作非为的地方。中国人最不习惯的就是自律自行自觉自由。中国人最不习惯的最不擅长的就是当真由众人管理众人的事。在中国众人管理众人的事就是无政府主义，就是自我戕害到自我毁灭。中国人最不接受的就是公共管理与管理公共的概念。威尼斯小区哪儿来的领导？这儿没有党的书记，没有民政长官，没有公司老板，也没有驻军；一句话，这儿没有主子。大家都是主子，自然就没有了主子。开发商在售出了所有别墅之后，早就成了众矢之的，他们当初推销房屋时的一切的一切的承诺，全落实不下来。游泳池，歇业了；小卖部，关张了；班车，减了一半；会所，停顿了……物业，就更甭提啦。

老王还有一件难过的事：以他的身份和性格特点，他应该热烈地拥抱勤劳朴实辛苦无限的农民工。但发生了什么坏事，人们首先会想到的是农民工的危险性。理念与现实总是有不小的距离，从前是这样，现在是这样，将来也还是这样。老王已经早就超过了酸酸地爱恋理念与痛惜生活不完全符合理念的图纸的年纪了，他有些哭笑不得。

而他不能不与有关方面谈到来访者的说法，请他们注意这些五湖四海、乌合之众、身份证不知真假，不被太多的人信任也很少有被信任、被关爱、被照顾的经验，甚至常常不能得到说好了的工资的民工。除了人民币和老家的几间房屋，老公老婆孩子，他们还能相信谁？

人们告诉老王，刑警队的公安们，已经采集了周先生会集的民工们的指纹与鞋样，他们中的一些人已经神经紧张要求退出这个工程，而包工老板可能已经以老王家里发生了窃案为由，不肯与他们结算工资，也不放他们走人。

同时老王在网上读到了自己别墅被盗的报道。有许多跟帖，证明网民们的同情在窃贼那一边。许多人为之顿足："傻 ×，怎么不多拿几样值钱的东西！"还有人说："既然进去了，怎可以善罢甘休！"还有一个帖问道："难道老王已经这么阔气了吗？"也有人干脆为盗窃者叫好："凭什么让那些家伙享福，让我们受苦！"

跟帖的人士是谁？是人民吗？他老王已经与人民拉开了那么大的距离了吗？"为人民服务"。"为人民服务"的人很难被人民承认，被人民认可。“为人民服务”的人生活水准比一般人民高得多，口袋要鼓得多，房子要大得多，银行存款要多得多。“为人民服务”的人的住地人民是很难进去的，除非采取那位“他”的特殊方式。

而且人们看到的是，人民为“为人民服务”的人服务，至少不比“为人民服务”的人为人民服务少。

但是毕竟“为人民服务”是一个非常好的口号，目前还没有比它更好的口号，“为人民服务”的口号毕竟比“谢主隆恩”的口号，比“万岁万岁万万岁”的口号好一些。

所以老王前十几年就说过，在中国不可能放手地搞资本主义式的自由竞争。中国的许多人并没有从事自由竞争的起码本钱与习惯。在中国搞资本主义式的高度自由竞争，只能是少数人的暴富与多数人的愤懑仇恨，只能是由多数人组织一个比共产党更“左”的党，批判中国共产党的改革开放与市场经济，把中国重新带进仇富仇官仇名人的、每三五年搞一次的无产阶级专政条件下的继续革命里去。

这就是社会主义的核心价值。其实没有比社会主义的核心价值更容易表达、更容易讲明白的了。社会主义的核心价值就是社会主义。就是选择社会主义、维护社会主义、发展社会主义、搞好社会主义，拒绝绝对的与不加任何限制词的资本主义。

老王深信，“他”与“他”的同情者们，如果弘扬民主来决定中国的事情，他们中的某些人肯定愿意搞二次土改、房改、斗老财、除恶霸、杀灭贪官污吏及其衙内、富二代、拼爹集团，用极左的口号再来他一次“红旗卷起农奴戟，黑手高悬霸主鞭”！

没有办法，没有办法。这一切，网上的几个帖子，其实比一次或者一百次一千次并非为富不仁的人的别墅的无端或有端失窃，情势与危险要严重得多。

跟帖的人士是谁？
是人民吗？

从此，两年过去了，关于这个算不得案件的案件，杳无音信。小区管理，日益没落。湿地环境，正在由于超量的钓鱼游客而恶化。烧烤的臭烟在小区也在湖面上飘散。入室盗窃事件连续发生，有增无减。开始，老王通过内部关系与权力系统打问过一两次，无回应。算了。老王一辈子好多事是靠“算了”二字保护了自己的心情与平衡的。生活照样进行。岂止是这样一个两瓶酒的失窃事件，即使是发生了战争，发生了“9·11”恐怖袭击，发生了汶川大地震，发生了冤屈与迫害的人命关天事件，然后，也是该吃还得吃，该做还得做，该风头还是风头，该苟且还得苟且。

亡羊补牢，破釜沉舟，孩子们与至交们为老王设计了各种自卫防盗的方案。比较有点情趣的是养一两只大藏獒，大体量、大脑袋、长鬃毛、忠诚而又狠毒，胜过专门配备的保镖班子。说什么有什么，一位山东的共患难的老友，他的电影学院表演系毕业的女儿，改行养殖藏獒，愿意慷慨赠予老王两只价值近千万元的藏獒。

不久，传出了兴户型的一位老大姐在复户型散步，被复户型某某家养的恶犬伤害的消息。老王乃将豢养藏獒的故事当作小说材料暂先储存到自己的心里。

老王找了门窗师傅，做了精心的策划与施工。他安装了高级仿铜防盗门，外有三乘以四的加长锁销，内有同样的加长锁销另加手动的二乘以四的加长锁销。如果从里边锁上了手动锁，外面的人即使有全套钥匙也打不开门。如果从外边锁上了钥匙支配的锁销，即使进入了房间，如果不是执有钥匙，你也开不开防盗门。

所有的窗子外面，都安装了铁艺护栏，原铁的黑褐色，有梅花与葡萄枝蔓图案。原来老王对于自制铁窗生活觉得很晦气，安装上以后才知道并没有那么糟。倒是在“新左”的网站上，看到了旅居美利坚合众国的新左弟兄们对于改革开放的抨击，说是改革开放提高了人们的个人收入，结果社会秩序恶化，人们自己为自己建造了铁窗牢房。

只有二层半高的阳台大玻璃窗外，没有卡边，没有安装铁艺护栏打铁钉的地方，也就没有安装护栏。工匠师傅说，那里是直上直下，位置又高，企图往那里爬，除非不要命了。如果谁谁，真的不要命了，靠门窗工匠，也没有办法好想了。老王想想也是，如果他架着坦克车来呢？你的防盗门，你的墙壁，你的铁艺，又算得了什么？毕竟你住的是别墅，不是要塞，不是马其顿或者敦刻尔克防线，你预备迎接的不过是顺手牵羊的小蟊贼，不是敌军的敢死队。

防盗门安装在室外，又发生了新的问题。先是防盗门内的原门洞，一到夏季潮湿异常，墙皮脱落，惨不忍睹。于是安装气窗。接着是防盗门的锁孔里进了雨雪，生锈，开关不好使了，结果一次扭断了门柄。就又在门的上方架设了拱形的小棚子，还好。老王计划很久了，想干脆在绿地四周也架设起护栏来。

一位朋友忠言：你们也不要封得太严密喽，太严密，如果本室发生什么火灾之类的情况，会自己把自己封锁死的。老王唯唯。他已经做好了准备，有了紧急情况就砸没有安装护栏的那一处窗玻璃。

几个月后威尼斯小区里出了一件大事：FF 区人民法院，宣布将强制执行法院关于文 1 号的违规建筑的拆除。那一天来了执法人员，驾驶着起重机大车，用铁爪抓住已经盖得与阁楼一边高的隔离层的房顶，晃荡两下，把房顶抓了下来。再抓墙壁，稀里轰隆，噼里啪啦，五十分钟后，隔离建筑化成了废墟。

老王不想凑近了去看热闹，对于他人可能不甚愉快的事，他没有旁观欣赏的兴致。但这件事仍然令人兴奋，第一是它体现了法律、国家、政权的力量，体现了我们的社会生活中的某些强制性，这种强制性一般并不张扬，但必要时不会含糊。第二，它表明，虽然威尼斯小区众业主当中，没有书记，没有组长，没有权威的领导，然而这里并不是化外之区，区人民法院的布告中明确指出，此区尚有不少的违规建筑，它们应该由责任人自觉地予以拆除。法律还在，规则还在，管理也没有完全摒除。

老王在自己家中，实际上是兴趣盎然地注视着人民法院的强制执行判决的行为。他看到了烟尘的升起，他听到了起重机的嗡嗡声与墙壁被撕扭，然后迸裂、倒塌、撞击发出的刺耳的声音。这种声音平时是很少听得到的。

老王的住房的汽车房改造的书房，它的落地式大窗，正好在保持距离的同时可以比较清楚地观察到这一进程。

晚报上刊登了这一强制拆除的画面。郑先生的形象也在其中。

老王匆匆地离开了“威尼斯”，忙自己的事去了。一周后再来到这里，他大吃一惊，周先生的房屋全部门窗都卸掉了，变成了大小不一的若干个黑洞，一片狼藉的拆除现场上，除了被拆除的建筑体，原来备好的建筑原材料包括水泥、石灰、涂料、麻袋、纸袋、钢筋、木材与砖瓦外，还增加了新从主体建筑上拆下的窗框、门框、碎玻璃、铁钉、木屑、墙皮、壁纸等。把原来的精心布局与整护过的草坪、灌木丛、花卉压的压，挤的挤，一片乱七八糟。

老王大惊，出了什么事？又不便乱打听。写作的行当使他按捺不住自己的好奇心，各种清规戒律又不允许他刻意打探。他不会忘记老作家周而复的教训，他以写作《长城万里图》的需要为由在日本看了靖国神社，为此，他受到开除党籍的处分，直到死前不太久，才改为留党察看，临终前恢复了党籍。

辗转听说，有道是周先生请国家承认的专门机构来检查过被拆除违规建筑后的文 1 号主体建筑的受损情况，因为原来兴建违规建筑时，已经用水泥等材料将新旧建筑粘合在一起。检查的结果是，主体建筑已经受到严重损坏，主体建筑已经成为货真价实的危房。危房就危房吧，为什么还要拆光门窗呢？不知道了。

据说有媒体追踪到了周先生，打听有关事项。周先生说，一年前此房已转售出，他对后来发生的事既无了解，也无责任。说是周先生的样子很潇洒。

就这样，文 1 号成了真正的废墟，整个房舍与前后花园都破败荒芜不堪。绿茵干枯、花卉委顿、树木半死不活，门窗宛如被挖掉了眼珠子的空眼囊，房屋如同一具干尸。几场雨雪过后，建筑材料也变得污秽坚硬，令人痛惜。遥想当年一位孤独的女诗人在这里住帐篷的日子，遥想当年突突突地响着栽植大银杏与巨梧桐尤其是那棵来自兄弟非洲的奇异巨树的日子，遥想当年宾客们在这里吃烤肉与痛饮茅台的日子，你不由得回想起当年在延安黄炎培与毛泽东的交谈，黄先生引用《左传》与《新唐书》上的话说：“……其兴也勃焉……其亡也忽焉……”

固然说，“人间正道是沧桑”，沧桑得忒快了，也有不胜其忧的感慨啊。

第二年秋天，废墟里长起了好几蔓牵牛花，大部分是老王最喜爱的紫黑颜色，它们表现了自然的秋天与秋天的自然而然。难道从凝固的水泥堆中也会长出花花草草吗？

又次年的新春之际，一直不下雪的北京突然大雪连连。在雪后初霁之时，老王散步，看到了废墟的钢梁上的两只小麻雀，难道死硬的建筑材料与建筑垃圾之中会有谷粒或者小虫提供给宜人的小鸟们吗？

老王还有一个恍恍惚惚的印象，春夏间文 1 号的废墟上，有过一只灰溜溜的松鼠跑过。废墟为小区带来了难得的情调，尤其在这个急于开发、急于挣钱、急于效益的浮躁的年代，在这个赶制垃圾、媒体忽悠、领导出数字、数字出领导的时代，在一个被机遇、创新和品牌追得上气不接下气的年头，一个这样迅速形成的豪华废墟，真是打着灯笼也找不着的金不换的景点啊。

当然也有另外的分析，说是周先生就是要这样，干脆牺牲文户型1号，用这荒芜的文1号，为文2号的郑先生添一点点堵。能添堵吗？如果郑先生很艺术，如果郑先生喜好这一口呢：秦时明月汉时关啊，西风残照汉家陵阙啊，庞贝古城与楼兰古城啊……如果能坚持几百至千余年，也许威尼斯小区的文1号废墟能够申请联合国教科文组织的世界文化遗址名录呢？

又过了一年，说是周先生或周先生转卖的文1号的下一任业主反诉郑先生的违规建设成功。郑先生在封闭自家的阳台的时候，向外有所扩张，不完全符合原貌。人民法院显示了自己的不偏不倚，也派来了强制执行工作队，稀里哗啦，把那座已封闭的阳台，拆了个不亦乐乎。

这也会演变成一个冤冤相报的过程吗？

与此同时，别墅小区许多家，大兴土木，任意扩张、肆无忌惮。有的把门厅接长接宽，有的把阳光室扩大，有的在大客厅外面另接出一片风雨走廊，有的给房后连接出了花卉温室。拉砖的拉砖，卸木头的卸木头，堆玻璃的堆玻璃，扛钢筋的扛钢筋，堆涂料桶的堆涂料桶，煞是热闹。认真执法原来是邻居不和，相互咬着不撒嘴的产物，而其他诸业主，发扬和为贵的优良传统，你好我好大家都好，能退步时便退步，得饶人处且饶人，睁一只眼，闭一只眼，与人方便自己方便，谁吃饱了撑的管那么多？

小区的面貌已经不知伊于胡底了。其实暂时小区的面貌依然美丽，老王七十岁以前，不但没有住过、没有拥有过，也没有见过想过这样的惬意的小区噢。

几道思考题：

一、老王购买这样的豪宅，是不是违背了君子固穷、安贫乐道、先天下之忧而忧、后天下之乐而乐，劳其筋骨、饿其体肤、清贫才是无价宝的古训，也违背了艰苦朴素、壮烈奉献的红色传统了呢？他的失窃，正是上苍给他的黄牌警告啊。他应该做的是深度忏悔，他应该写的是自我检讨而不是别的啊。

二、说是中国有长期的封建专制主义传统，是不是同时也有无政府主义、一盘散沙的传统呢？中国缺少的究竟是民主自由还是强势领导与严刑峻法呢？

三、国人喜妥协，重关系，喜欢捣糨糊与和稀泥，不喜欢动辄诉诸法律，追究个水落石出，这是不是值得弘扬的美德呢？

四、有人说，这样的物业小区，完全证明了没有党的领导中国只能是一团糟，必须要求各住户将党的临时关系转入小区，必须在各小区建立党小组党支部党总支党委，否则，中国的房地产业与物业管理将陷入万劫不复的困境。这像是认真的建议吗？

五、也许更可行的是成立由中华人民共和国住房和城乡建设部监管的房地产业公会特别是物业管理全国公会，制定规则，给以政权方面的支持引导，结束各房产小区的无政府状态。同时也要建立起工会来，让全总也发挥起作用。

六、也有人说，这样的小区本来就是畸形的。要不就彻底地私产化，各人购各人的地盖各人的房，像国外的“house”一样；要不干脆盖公寓楼，谁也甭想还能有什么发展扩张。现在弄成高尚住宅小区，怎么得了？高尚者谁愿意小区化？小区化了谁还能高尚得了？

总而言之，言而总之，那时候没自己的住房，没有城市里喂养的藏獒，没有电视机和洗衣机，没有地沟油也没有掺了敌敌畏的茅台，没有信用卡也没有什么存款，没有见过只有间谍才会有的外币，当然也就没有炒汇，没有小康，没有福布斯榜，没有置业与物业，没有市场经济，没有听说过什么效益，没有防盗门也基本上没有入室盗窃，没有拐卖人口，没有“鸡”呀“鸭”呀的，没有多少贪官污吏，没有艾滋病，没有农民进城打工，没有星级宾馆与“迪斯科”，没有留学与情人节，连“的车”也没有，连足够的口粮也没有……然而那时候有大海航行靠舵手、抬头看见北斗星，有斗争的哲学，有超英赶美的三面红旗、三十面三百面三万面红旗也有的是，有雄心壮志冲云天、上九天、冲破天、冲霄汉，有蚂蚁啃骨头、鸡毛上天、穷棒子精神、两参一改三结合、小土群、帽子拿在群众手里、敌我矛盾按人民内部矛盾处理，有红得不能再红的如火如荼的歌曲大繁荣和动不动的忆苦思甜与热泪盈眶，也有不少的乙肝与浮肿……想一想吧，人生长恨水长东，道是无情却有情，问苍茫大地，谁主沉浮？

又过了一年半，位于完全另一方向的远郊区的公安机关，给老王的孩子打了电话，说是曾经进入老王家的窃贼已经落网，为了量刑的需要，需要请老王对一些情况进行核对，以做到事实清楚、证据确凿、量刑准确。

老王等到了另一方向的区公安机构的到来，他们所问问题有限，没有浪费老王太多时间。问题是老王对此事兴趣未减，他向公安同志提了一大堆问题：他是在威尼斯小区干过活的民工吗？他认识原 AD 人员吗？他进入这个小区很多次吗？他是开着大灯作案的吗……公安同志一声不吭，也许这需要保密？也许那一区的公安没有回答这一区的失窃问题的义务？那么报案者与受害者做证者，有没有知情的权利呢？

老王仍然闷在闷葫芦里。他希望本中篇小说发表后，《中国作家》杂志帮他联系本市公安部门，给他获得一个与强行进入者见面与沟通交谈的“准三人行”的机会……也许《中国作家》的读者与《锵锵三人行》的听众对于下文不是完全没有兴趣。

噢，这毕竟只是一篇小说，一篇虚构得跟真的一样，实录得小说一样的作品啊。

还有那位女诗人，她的近况如何？她的忧郁的眼神与淡淡的笑容中有某种动人的东西。中国的，我要说还有世界的各大洲的女作家女诗人，有几个人生活是幸福的呢？数年来老王与女诗人只说过一句话。那天她从靠近艺户型的她的后门送一个客人，老王正在自己的门前收拾花盆与盆花，他还拿着剪枝剪子煞有介事地剪掉四面冒尖的新竹笋。她送完客走向艺户型这边来，对老王说：“您在吗？刚才我送的客人是李二白啊。”老王本来与李二白很熟悉的，李二白是一家有名的文学刊物的主编。后来经过了那一年和那件事，说是李二白改行做生意去了。他怎么会到威尼斯小区这边来看望女诗人呢？他现在在周总的麾下？

老王还感到了一种极其小儿科的得意，没有人介绍他与诗人相识，但是女诗人还是一眼就认出了他老王就是王老。

而李二白对于文学，当真仍是不能忘情吗？

老王对女诗人不无思念。他从来不接受类似“二奶”类的浅薄分类学。她是朴素的，朴素证明了她并非流俗之辈。而废墟的诞生也给了老王好感与遐思。一位富商，照样可能有自己情感上的隐痛。也许废墟是为了纪念今后难以相会的女诗人吧？就像在西班牙的格拉纳达，有一座驰名寰宇的阿拉伯花园，是当时统治了西班牙的大部的一位阿拉伯王，为他的爱妃修建的。那座阿拉伯花园，让老王感动得沉醉得灰心丧气，他偷偷地哭了。

不好意思的是，老王的一次梦里，他看见一个长脸的、有点面黄肌瘦的，然而眼睛很美丽而且忧伤的女人，她的风采已经不再，她的年华已经老大，她的灵感正在消退，她的记忆渐渐茫然，她的秀发已经小有干枯，她的身材仍然秀丽挺拔。那眼眶里的一点点泪痕与老态化的泪囊让老王蓦然心动。她轻轻读了一句诗，那是咒语、祷告、密码一样的诗，梦中令老王如此感动，一醒就忘得杳无痕迹。她是谁？她是谁？她究竟是谁呢？

只是在醒来十几分钟以后，老王想，她是不是那位女诗人呢？在读到这篇虚构的实录小说以后，她也许会给老王写一封信？老王想，将来，就以这封信作为小说《悬疑的荒芜》的附录。

附记：关于此次失窃的物业管理方面的问责问题，也许有一些读者对之感觉兴趣。老王曾多次提出希望物业总结经验、追究责任，物业方面的反应与理解接近于零。与物业对话的经验是广东人所说的鸡与鸭对话的经验。物业方面提出，为了表示他们的歉意，他们可以少收老王的一个月的管理费用，老王说一个月太少了，据他所知，此小区的类似问题，受到损失的业主是一年不缴物业管理费用的。考虑到各种因素，老王可以接受停缴一个季度的管理费用的方案。物业方面大喜，于是就这样处理了。

听说老王丢了茅台，不止一位好友给老王带了飞天商标真茅台来压惊。老王在此郑重声明：谢绝茅台，有欲赠茅酒的伙计，敬请一律免开尊口。

（二〇一二年）

山中有历日

一

这个山村里头一个引起老王注意的是一个九岁左右的个子不算太高的小女孩。她眼睛很大很活，眼珠黑得刺目，块儿不大，但是显得紧绷结实，而且有一种准备好了起跑或者出击的待发状态。有一回她抹了红嘴唇，穿了一双半新的高跟鞋，走起路来左右晃荡。她说话的时候有一脸的毫无顾忌的笑容。有时候她还参加大人们的说话，说到深山里酸梨峪做豆腐的老郭，说老郭的儿子有点傻，三十多了还没有娶上媳妇。在老王的童年时代，没有哪个女孩能这样不怵窝子，能够这样大模大样地与城里的大人们说笑交流，说什么也不选择题材。

人们说，白杏喜欢城里人，喜欢与城里人一起，听城里人的口音、词汇、腔调。

白杏常常义务地充当城里游客的向导，带着他们爬山进谷，带着他们到村民家中东张西望，寻摸树根、怪石、土特产。她的左腕子上戴着一只景泰蓝镯子，就是一名城里的游人送给她的。还答应她再送一只戴到右手腕上去。送镯子的城里人给她留下了电话。

也许更主要的是她有一个特别端正的、几乎像是雕刻出来的鼻子、鼻梁。迄今为止，老王只在三个人脸上看到过这样端正的鼻梁，一个是维纳斯雕像，一个是 CCTV 的一位女节目主持人，一个是这个小孩子。

她们的鼻子端正得让你落泪，让你觉得有一点害怕。人不是雕塑，人的鼻骨怎么能够长得这样精准合度？

老王过来后不久，一次让自己的两个孙子随这位名叫白杏的小丫头到村口去登山，一直走到与河北省 ×× 县交界的山顶，走到了山顶的水潭，看到清水中小鱼儿游动。一位村干部悄悄向老王打招呼："怎么能让您的孙子跟着她去玩？（她）太野。我们的孩子都不允许跟她一块儿玩。我儿子跟她说话说多了，回家就让他妈一顿暴打。"

别人当着白杏的面，指着这女孩告诉老王说："她现在就是跟着她爸过，她只有爸爸，没有娘了。她妈跟了别人。"

老王问过白杏："这个，你母亲……"白杏一声冷笑，超出了她这个年龄的负面情感表达可能到达的程度，她说："我没有妈，只有爹。"

白杏咬了一下下嘴唇，说："我爹最疼我了，天天给我烙饼……"

这个山村，认为烙白面饼是食品的极致，天天吃白面饼是人生的极致。这种共识一直延续到二十世纪末。

老王的两个孙子向爷爷讲述了与白杏一起登山的故事，他们走了很远的路，穿越了巨石，穿越了山洞，走过了窄洞，走过了羊肠山径，走过了一处下面是万丈深渊的天然条石桥。在大太阳底下走过了碎石沟，又在阴山背后沐浴了凉风。近处他们看到了放牧的羊群与迎面而来的牧羊狗。远处他们看到了一只山猫。白杏说，那就是野兔。大孙子说，那只山猫个儿很大，顶好几个兔子。二孙子则认为那是一只獾。二孙子为什么提出獾的名称？因为老师最近刚刚给他们讲过与獾有关的故事。

老王相信，这里的山景确实非常好。大量的石头，同样大量的泥土与植被。有野生的荆棘与榛子、槲树、橡树，有农民们栽植的白杏、柿子、板栗、山楂、京白梨，也有历年绿化种植的油松与侧柏。这里的山景是李可染式的，而与元代王蒙和黄公望的山水不大相同。大杏子峪的山脉，不像王蒙的山水那样坚硬、威严、突兀与浑厚，又不像黄公望的《富春山居图》那样秀美、温柔、忧伤与葱郁。大杏子峪的山谷，把巨石的桀骜、树丛的亲和、野草的疯狂、山峰的陡峭与山势的连绵，尤其是地貌的对比与参差汇聚到了一起。

孙子们说，从顶峰上看村口的大水库，只剩了一个亮点。

水库是这个山村的骄傲，是山村的灵光巨大的眼睛。从京城进山，先见水库，再见山村。水库又像一组串联起来的大镜子，反射着山光云影、草色林荫。水库里有放养的鱼苗。水面时不时地颤动着梦幻和愿望、感受与温存。这个水库能与你交换目光、使眼色、轻轻地说话。老王几次走到水库旁，他注视着也奇异着，不知道水波的颤动是来自水体还是来自天心，要不就是来自他的对于山水与天空的沉迷。他仰天长啸：

“呵……呵……呵……”

这里说的白杏与大杏子峪的情况是指一九九六年初秋。

二

这是北京郊区的一个山村。山村属于紫李子峪乡。紫李子峪的地势总体上看很像一个大写的X，上北下南，乡政府所在地是X的左下端，说是开始进入了山区，其实还很平坦，四下一望仍然开阔敞亮。往上即北面走一段蜿蜿蜒蜒不无惊险的傍山公路，就是大杏子峪了，由宽而窄，山势引人入胜，水势则可以从大水库寻根溯源到上游的一些涓涓细流和点点山泉。山势最险峻的地方是到了酸梨峪与老鸹窝，也就是X的中央两条斜线的交叉处，四面皆山，舍山无地。而中央点的最高处叫黄金岭，据说半个多世纪前大跃进当中，在这里采过金沙，至今仍有黄灿灿的细沙堆积。后来可能由于成果不理想，淘金云云随着时过境迁而停止。近年全国淘金成梦，有些人又重操旧业，很快受到了政府的禁止。

再往北走，经过一处隧道，地势渐渐走宽，到了大柳树地界，而后又是与白杏水库相呼应的大柳树水库，连接着另一个乡的七星峪与棋盘村。在新农村建设高潮中，那里推倒了所有的旧房，按照统一图纸建成了千篇一律的兵营式农民住宅，吸引了许多参观者的眼球，有的啧啧称奇，有的鼓掌叫好，有的则认为实在不能恭维。

大杏子峪只有三十几户人家，一大半人家都是包产到户生活改善以后分了宅基地，盖起了院子，盖起了砖瓦向阳北房，而且是南北前后开门，便于运输与夏季通风。电灯电视，早已安装好，电视信号暂时只能收到CCTV诸台、本市BTV诸台，河北、山东、浙江、湖南、江苏等一部分卫视台。自来水每隔日晨六时至八时供水两个小时，各家都有大缸伺候。厕所则还因陋就简，有的家根本不设厕所，需要时到住家对过野地处理，取之于地，还之于地，充分发挥地势坤、厚德而载物之美德。全村格局大致住房偏东，中间是一条铺了沥青的柏油马路，西面则是碎石河滩。夏季，山洪暴发，大大小小的山壁上都会流下一行行、一道道、一幅幅的瀑布。用村民的说法是河开了，浪涛滚滚，一条大河波浪翻，直接注入水库。其他时候，或有潺潺细流，多数情况流水转入地下，在矿石细沙下形成暗流。地下的暗流经过了天然的过滤，刚出山的时候还是浊流杂乱，水含木片、树枝、石子、沙砾，尤其是水呈现着金沙的金黄色，等进入水库了，已经千滤百洗，清纯至极了。怪，这里不是古人说的“在山泉水清，出山泉水浊”，这里是“在山泉水浊，出山泉水清”，更正确的说法是，“刚刚出山泉水浊，出山不久泉水清”。

小村四面环山，春天石山现绿，山岭系上了一条条碧绿腰带。夏天，草木葳蕤，巍峨与葱茏、坚毅与活力并举。秋天，绿黄红紫、斑斓丰满，到处飘着香蒿与酸梨的酒香。冬季则经过了大自然的删节，群鸟飞翔、羊群散落、炊烟扑鼻、人踪寥寥。

提到飞鸟，老王的感受是进了山，常常会被成群结队的飞鸟所感动，为天空与山岭所感动，有时面对群鸟有迷惑不解的感觉。而在夏季，离开山进了村，鸟鸣则远不如虫鸣的规模宏大，虫鸣是山村的交响乐团，气势磅礴、涵盖辽阔、和声丰富。虫鸣村更幽，虫鸣山如潮，虫鸣如海、虫鸣天籁，虫鸣给世界增加了活力，也给自己增加了困扰，虫鸣得这样苦，鸟飞得那样高，人心快乐却也艰难。

毕竟它离着北京整整一百公里。这里空气新鲜，透明度好。尤其是秋天明月升起，全村都浸在如水的月光之中。你不能不承认，月亮为山村而清辉如洗，月亮为山村而水银泻地。

常常能在大杏子峪的月光中好睡一夜，这才是人生的极致，是与山野人吃白面烙饼一样的享受的极端！

老王来这个村的时候，生活的新契机还在酝酿之中，山村呈现出来的更多的是朴实和浑厚，说话带着浓浓的京东味道，第一声读成第二声，第二声读成第一声，要说“把枪挂在墙上”，别人听着却分明是“把墙挂在枪上”，到供销社“买盐”，售货员听着分明是“买香烟”。二十世纪九十年代，这里的多数农民盖起了新房子，但收入仍然很低。主要一笔是深秋对于柿子的收获。一般是家庭的一男一女上阵，男子爬到树上，女子拿着一个布单，两侧绷上木棍，手持木棍将布单抻平，等在树下。男人从树上摘下柿子，投下来，女人用布单迎上去，乒的一声，柿子完好无损地收下来了。那时候，一个农家，柿子的收入两三千元人民币，此外的杏仁、核桃、酸梨、桃子、板栗的收入有一千块钱左右人民币。山里红就看怎么处理了，去掉核，弄利索了，用剪刀剪成薄片，放到屋顶暴晒几天，就成了山楂片，是中药也是泡水喝的佳品，其效益也还不错。

在二十世纪末的时候，开始有城里人假日到这个小山村一游，爬山，钓鱼或游泳，吃点菜团子、干南瓜与干豆角，放放鞭炮，也算开怀一乐。那时城里彻底禁止了鞭炮，于是一些农民摆起摊来卖山货，包括卖用蚕屎做的枕头芯，说是桑叶变成了蚕屎，大凉，枕着可以去火。其实蚕屎并非本地所产。

白杏也在村口卖过山楂片与蚕屎枕芯。卖东西的时候，她像个大孩子。很快她学会了京片子口音，她的摊档前总是堆满了人。

三

白杏的父亲名叫白大梁，是大杏子峪个子最高的人之一。据说他原来姓柏，过继给大柳树地的白家姓了白。他个子太大了，心眼差点——这儿的人都相信身高与心眼是成反比的。白大梁就是个典型的傻大个子。谁家盖房也不敢请他帮忙，砌砖他一准砌斜，上梁他一准上歪。购物他常常算错价钱。栽白薯，他打的垅曲曲弯弯。二十大几了，还没有娶上媳妇。

赶上了改革开放的大好时代。他的一个堂兄，当过村长，比较见过世面，一九八五年，为他在《中国妇女》杂志的封三登了一则征婚广告：

> 北京市AA县紫李子峪乡大杏子峪村农民白大梁，身高1.82米，有北房五间、西房三间，院落0.8亩，手扶拖拉机一台，三马子（作者按：农用柴油三轮运输车）一台，现年二十六岁，身体健康，不嗜烟酒，高小毕业，征求初婚女子，希望女方二十岁至二十八岁，热爱劳动，革命持家，身高1.5—1.8米均可……

征婚的结果令全村振奋快乐。杂志社前后转来了四十九位附有照片与身份证复印件的应征信函来。还不仅是按照征婚词约定的方法前来应征者十分踊跃；一名来自江西的大学毕业生，五官端正，皮肤白皙，戴着眼镜，为了幸福与爱情，竟然不远千里来到了大杏子峪村，吓得白大梁咻咻地喘不上气。幸亏他的堂兄原村长，出面接待，向学士女士讲述了大梁的不堪厚爱，请学士女士吃了小鸡炖蘑菇，还送了学士女士一袋山楂，也收了学士赠送的两瓶“四特酒”，据学士说“四特”的命名出自周恩来总理，周总理曾经指出此酒的四个特点。大杏子峪村民与江西学士女士，互相留下了美好的印象，最后堂兄恭恭敬敬地将她送走了。

成功了的是一位湖南女性，高挑个儿，面色红润，来山村后皮肤变白，大眼睛，双眼皮，开朗美丽，姓赵名丽华。她说她想到北京，她家那边也是山区，太贫瘠了。她其实年龄刚过二十三，但她的家乡认为她已经是婚嫁太迟了，她受到了某种关心式骚扰，她下决心把自己嫁出去，为自己争取一个美好的前途。

大杏子峪村的一些男人看到大梁的艳福自天而降，羡慕得流口水，并且警告自己的老婆说：“咱们是北京，就冲这一条俺想娶谁就娶谁，你要是再犯倔脾气，小心我休了你再征他一个婚去！”

“你敢！再不想想你才一米几呀？比武大郎高不了多少……”

“他白大梁不识数呀，我起码知道个七八十五，七九六十八！”

“什么什么？”女子一听一阵头晕。

“哄你玩呢，这都不懂，你比白大梁还笨！”

如此这般，在中华乡村生活务实主义的指导下，一九八六年初冬二人登记结婚，阴阳好合，一年半后生下了白杏。白杏的相貌继承了父母二人的优点，白杏的身材却与父母二人都不相像，从生下来就属于短粗型。

事情是如何往下发展的，渐渐不可考了。村里的另一个大个子杜铁栓，外表看憨厚恰如白大梁，苦干与专心学技术还有膂力则远远比大梁好不知凡几。他是个会开拖拉机、汽车，会供电维修与各种家用电器维修，长年照看隔日供水的水泵，基本会黑白铁匠与瓦匠木匠油漆匠，会泡豆芽也会做豆腐的能人巧匠。他时任乡农机站站长。他与赵丽华产生了感情。与此同时，大梁的某方面“不行”的故事传了出来。一年半后，一九八九年白杏的弟弟白钢出世，全村的人一致判断，白钢长得绝对与杜铁栓一个模子，而与白大梁毫无共同之处。

流言与各种猜测推理分析满天飞，在山村没有比议论不能上台面的男女之事更过瘾也更出火的了。白家密云欲雨，暂无动静。杜家闹开了锅。杜铁栓与老婆闹离婚，老婆不干，村支部领导批评身为党员的杜铁栓。杜铁栓回到家往地上泼了汽油，又往自己身上泼了汽油，只需一根火柴，家灭人亡的惨祸立马发生。他的执着压倒了全家全村，最后，居然以将房屋给了原本的夫人为代价，他的离婚办成了。比起来，这边的赵丽华没有费太大的劲，也与白大梁散伙，白大梁的条件只有一个，女儿归他，儿子请赵丽华带走。从此白大梁、白杏与赵丽华再无瓜葛。这从民法上看并不对，这种说法是不可能受法律认可的，但是斯时赵丽华离婚心切，与杜铁栓结合要紧，白大梁的一切条件她都接受。

从此，杜铁栓与赵丽华过着无家可归的生活，他们从道义上与生活条件上，等于被开除了“村籍”。他们二人住在一大间当年公社化时期存放农机具的竹板房，与一些废旧农机具在一起，闻着刺鼻的机油气味。尤其是冬天，他们用一条电热褥子暖和着两条壮实的难舍难分的身躯，度过了十个冬天。杜铁栓为此还丢掉了乡农机干部技术站长的身份，付出了太大的代价。当杜的亲友为他的代价而唉声叹气的时候，两个人一起说：“我们也要幸福……”这是京东与湖南口音的男女二重唱。中国的农民学会了用“幸福”两个字，学会了呼号与践行对于幸福的追求了，一旦有了能给自己带来幸福的认定，便与对方以命相许。

村民们一开始，一致谴责他们二位的不守夫道妇道，人人摇头，人人不齿。后来开始叹息他们的狼狈困窘，可怜他们的寒冬岁月。而二人的宣扬幸福，使人们刮目相看。村民们终于同情他们艰难的爱情了。虽然他们看过的电视连续剧水准有限，但是广播电视的发展与改革开放的大气候，毕竟拓宽了农民们的思路，带来了许多新观念。

在二人为幸福而大吃其苦期间，紫李子峪的电视收看实现了宽带宽频有线化大跃进，村民只需要缴很少的钱，便可以收到三十九套清晰度很好的电视节目了。县电视台在紫李子峪乡还设立了记者站。时为一九九五年。

四

当然，村民们更加同情的是白大梁与白杏父女俩。当初，在堂兄弟们的帮助之下，也是在湖南俊俏麻利的女子赵丽华应征下嫁的鼓舞之下，白大梁的房屋盖得很好。其实他们在《中国妇女》杂志上刊登征婚广告的时候，五间北房啊，三间西房啊，不无水分。那时候的北房只盖起了两间，但是留下了地基，也留下了墙砖的茬口，为了设想中的另外三间预留了各种条件。而西房当时只有一间堆柴火的石棉瓦搭就的棚子。赵丽华的应征感动了白家，应该说是感动了大杏子峪，白大梁的堂兄弟、三亲六友、全村人都来为白大梁补功课，落实许诺，变愿景为实景，在白赵新婚的前夕完成了基本建设。院子里除了两株山楂和一小畦菜地以外，也铺上了洋灰地。唯一的缺点是，为了省钱，窗玻璃挑的都是小块，大小也不尽一致，显得零碎寒酸。省钱省钱，这是农民最大的硬道理。稀奇的是，有不止一只苍蝇飞入没有安装细密的双层玻璃夹缝里，出不来了，用自己的遗体为白大梁的窗户增加了风景，而窗户的主人也完全没有办法将这些不速之客再请出来。

两个人成婚的时候放了上百元的鞭炮。

一九九〇年两个人去乡政府办离婚手续时，民政干事问离婚的原因，赵丽华眼睛眺着白大梁说："他自己知道。"而白大梁所答非所问地念叨着的是："我娶她的时候，光买鞭炮就花了一百块钱。"

走了媳妇后，对于大梁白杏父女，院子与房间显得过大。大梁第N次回答关心他的生活的提问了，对于别人要再给他"说"个媳妇的好意，他的回答是："她妈走了，她还在，我们爷俩还是一个家。我要是再娶一个吧，也可能容得下我这个孩子，也可能容不下她。如果她们两人互相容不下……我连现在这个家也没有了，连现在这个亲人也没有了。"老王听过他不止一次讲这个道理了。老王怀疑村里人说他傻的话的可靠性。这个大个子也许有点孱弱，不一定傻。干活质量不好也不一定是傻，比如可能是懒，可能是精神不集中，可能是由于他的生活不幸福。

相依为命。许多人包括城里来的观光旅行者，都对这一家父女产生了这样的印象，都从他们的大院子里体会到了“相依为命”四个字的深挚与动人。“相依为命”四个字字字带血、带泪，也带着一切的艰难困苦。人生最难最幸福的就是能够与亲人相依为命了。

小小的白杏像一个大孩子一样无情地咒骂着她的妈妈。她说：“我才两岁，她抛下我们走了，拿走了我们家许多东西，连炊帚与筷子笼她都拿走了。她是最不要脸的坏人。她根本就不是人。我根本不认识她。去年她跑到小学去找我，我说，我不认识你。她说，我是你娘啊。我说我哪里有娘，我有爹，没娘。从两岁就没有娘，我娘早死了。”白杏说这些的时候眼睛里没有泪水，只有轻蔑与仇恨。她还说：“谁让我爸爸老实呢？应该去告他们，应该给他们判刑，送他们去劳改，要是我说，枪毙了他们也不冤！”

枪毙？老王听了一阵冷战。小小的孩子已经是苦大仇深了啊。

不知道与她的婴儿记忆有什么关系，九岁与十岁的白杏已经常常穿戴上她从城里来的游人与在这里买下了所谓“小产权”的农家房舍的城里人手中得到的高跟鞋、连衣裙、胸罩、遮阳帽，擦拭上胭脂、口红、香粉，画上眉毛与眼线，自我娱乐了。她像个小人精。她未免早熟。她想突破山村，突破大杏子峪，突破她的父母也突破她自己。也可能只是寂寞的童年的一点嬉戏。你会觉得她的打扮太凶狠过度了。她还走不好高跟鞋，她不会走那种袅袅婷婷的步子，不会自然地扭动自己孩子气的腰身，她穿起高跟鞋来有点像踩高跷，试探着与寻觅着陌生的激动。同时她脸上常常出现一种生猛与吃力的表情，一种满不论的要报仇的杀气。

后来提起老爹来小白杏常常是眼含热泪，“我爹太老实了，是人就欺负他……”小小的她如是说。听了她的话的人不由得一惊，“是人就……”那包括着听她说这个话的人。人于是不由得先反省自己有没有对于白大梁的瞧不起乃至欺负……

而且白杏蛮有劲。一次老王在山村吃午餐，他打不开他带来的密封酱菜广口瓶，又是找改锥又是找刀子，小白杏过来，用她的相对于她的身体未免发育得偏大的左手，一拧，再拧，憋红了脸庞，生生把瓶盖拧下来了。

五

白杏一天天长大了。她在上行爬坡才能到达的酸梨峪小学读完了从一年级到六年级。她是有名的一位铿锵玫瑰。白大梁经常被老师找去谈话，老师控诉白杏如何上课说话、传纸条、骂同学也骂老师，捉了一只青蛙放到同学的课桌里，吓得那位同学尿了裤子。还有一次在期终考试的时候，一开课桌抽屉，飞出来一只小鹰，全班一阵鼓噪，老师气得立马回了备课室，老师说是没法再给他们班上课了。

白大梁的最大优点是他的容受性——耐训斥性。大个子，一脸的可怜加上麻木，哪怕校方指出他的女儿是土匪是黑大姐大，他也只是听着听着再听着。他一抬眼皮，两只眼睛里都是全然的无奈。有时愤怒中的教师乃至校长指责大梁的女儿长达一个小时，大梁仍然是只有“嗯、哎、嗯、噢……”他只会说语气词。只是在教师或者校领导说得口干舌燥之后，他抬起眼皮翻翻眼，他得到了一点暗示，或者他也没有得到什么暗示，他给老师鞠了个躬，醉步踉跄一般，回头走了。

走的时候他似乎是在自言自语：“没有娘的孩子，没有墙的屋子……”

回到家，他开始和面，给白杏准备烙饼。

而白杏的功课并不差，虽然她多次声称，她不爱学习，她觉得学习没有用。

一九九九年，上不上中学？父女俩拿不定主意。正赶上区县里抓九年制义务教育的落实。白杏去到走路约需一小时四十五分钟的乡里，上了紫李子峪中学。那是一座改革开放以后民办公助的寄宿制学校，有一些城里的老板子弟送到了这儿上学，有一些优秀的退休教师高薪应聘来到这里执教，高考升学率一直很不错。由于学校占用的是乡里的集体所有制土地，对于本乡穷民子弟的入学他们采取特别优惠的政策。

白杏上中学了，住了校。虽然具有一系列真实的优惠，每年还是要缴上一两千块钱，等于他们家的一半柿子收入。

六

从三岁到十三岁，白杏从幼童到成了中学生，白大梁已经一以贯之打了十年的光棍。赵丽华与杜铁栓过了十年的住竹板房的生活。十年以后，一九九八年杜与赵回到大杏子峪村子的生活中来了，分到了自己的宅基地，盖起了新院新房，糊上了当时时兴的人造大理石与花瓷砖贴面，还使用了冒着刺鼻的甲醛气味的、不合乎环保要求的墙壁涂料。

人们开始关心起白大梁的生活来，怎么也得有个堂客啊，你烙饼是烙得不错，可也得择点菜啊，腌点萝卜啊，连连衣扣啊……

白大梁又硬是坚持了三年，二〇〇一年，就在为白杏上不上高中而拿不定主意的时候，一桩婚事接近成功了。

关心他人的婚姻，这是国人的一个习惯，也被认为是一种仁义美德。再说得雅一点，叫作“君子有成人之美”。为傻呵呵的白大梁说续弦媳妇的人络绎不绝。也有一说，就是大杏子峪的四周，特别是河北内蒙古一带，贫困人口太多，而大杏子峪这边，毕竟隶属北京首善之区，山水明丽，已经开始有城市人口假日前来旅游，村民们有机会卖点山楂片、用硫黄熏过的显得白净透亮的核桃与蚕屎枕头，能见上点现钱。这里有它地理上的吸引力与凝聚力了。这也证明了经济是基础。再有就是，从白大梁说亲的状况看来，咱们这里的中年离异或丧偶、嗷嗷待再嫁女子竟是这样大大的有。虽然人口专家连年来警告的是：重男轻女习惯势力下单婴政策已经造成了男多女少，中国男人正面临娶不上老婆的危险。

被认为有谱的是内蒙古邻县吕家村的沾点蒙古族血统的吕二凤，与大梁同岁，身大力不亏，方脸，有几粒麻子，会做饭，自称有四级厨师证书，虽然没有人看到过。她与前夫生了两个女儿，离异，她带着两个女儿过日子。白大梁换了一身西服，打着松松垮垮、歪歪斜斜、领带夹晃晃悠悠的一条领带，由他堂兄开着一辆上海桑塔纳代步，到吕家村相亲。不知道为什么，白大梁一见吕二凤就被震慑住了，他一句整话也没有说出来，出了一身冷汗。回家路上对他的堂兄说："我哪儿敢娶她，我哪儿敢呀……"

但是吕二凤对白大梁却是一见钟情，绝对满意。堂兄再一分析，二凤加两个女儿，三个女子的家庭仓满圈实，柴堆于院，煤砖砌成小山，锅灶方圆，光洁整齐，干菜鲜果、猫羊猪鸡俱全，肯定吕二凤是一个持家劳动的好手，是一个不让须眉的干活练家子，是大梁这里最需要的人，是大梁后半生幸福的钥匙，是白杏的比亲娘还中用的真娘。连每年选不出妇女队长来的大杏子峪村，缺少的也正是这样的女中豪杰。

吕二凤的青睐使白大梁如同抱住了一兜子热饽饽，汗流浃背，幸福得哆嗦。堂兄与随后的听说了情况的全村头面人物的高度肯定与撮合使白大梁不再有自绝于人民的勇气，只能接受与投入吕二凤热气腾腾的怀抱。但他还是没有忘记说一句话："得疼我闺女，我闺女得上高中！"但他说得闷声闷气，口齿含混，可能无人注意也未必得到了首肯。

吕二凤就这样娶过来了，她果然不俗，不是等闲之辈。

七

白吕结婚第二天就听到了吕二凤恶声恶气的声口。表面上是在争论白杏要不要上高中，实际上呢，所为何来，只有他们两口子知道。

然后吕二凤的全部精力扑在劳动上。她上山砍柴，一次用背子背大体积的百十斤柴火下山。她挖掉白大梁庭院里的洋灰地，全部种上了菜。她一面经常上山采蘑菇，一面在家开始做生产蘑菇的营养炕。一到大杏子峪村白家，她立马成了主事的统领。凡是到白大梁处的人都得到一个印象，从成亲第二天起，白大梁低声下气、细声细气，吕二凤颐指气使、主导万事。

但是吕二凤的气势越盛，干活越强势，白大梁对于白杏要上高中的坚持就越不可动摇。他蔫蔫的，说话旋律带点曲里拐弯，一声紧，一声慢。但是他说来说去就一句话："孩子得上高中，上高中、高中、高中……"

吕二凤可以主导一切，气吞山岳。大梁则只求守住一点：他有他的贴心闺女，被狼心狗肺的亲娘抛弃了的闺女。为亲闺女上高中，他甘愿付出一切代价，有条件，要上，没有条件，还是要上。在强势的二老婆没有进门以前，白杏上不上高中他还拿不定主意，老婆进了门，反对孩子上学，声气高高在上，他白大梁反而下死了决心。一息尚存，白杏上高中就没有商量。他恍恍惚惚地估摸，女儿又聪明又敢干，功课一直不差，她的前途无限光明。

父亲为白杏缴纳了上高中的费用，吕二凤得机会就发牢骚，甚至当着白杏的面指着白杏的脸说："我们家能怎么办呀？你爹的钱全花在你身上了。上高中？还上大学呢，还当干部呢。上得成吗？当得成吗？你有那个命吗？你考得上吗？考上了，有那个钱吗？供一个大学生，就咱们这里，那是活活要一家子的命啊。"

八

白大梁在那里度过了童年的大柳树地，二十世纪八十年代中期被区旅游局承包，转移了大部分村民，开辟了龙潭泉眼、人工瀑布、半月湖、盘山栈道等。白大梁就是在此时被疏散到大杏子峪村来的。

旅游局的承包与经营以失败而告终。一家房地产开发商转手再包，将此地更名为"山吧乐园"。在大柳树地修筑起一些游乐项目：天梯、缆车、滑车、滑草、套圈、电子手枪打靶，还修筑了些休闲设备：石桌、石几、安乐椅、茶室、小卖部、果皮箱。一时反映不错，来客日多。大家叹息，为什么这样的事，政府机构来办，办不好，私商来做，反而很快就能扭亏为盈、面貌一新。

这天白大梁没有什么事，来到山吧乐园这边。随着改革开放的发展与国家对于环境保护的重视，地方政府确定整个紫李子峪乡为退耕退牧还林还草地区，按照原耕地面积，政府给补助。老实巴交的白大梁被任命为护林员，每天他要巡视各地山岭，不准本乡与外来的羊群牲畜侵入毁坏林草。再有这里还有一说，英文里的"吧"到了中文译成了“酒吧”，人们按照中文的语法与构词规律，便将“吧”理解为一个房舍、一个地点、一个空间，而将“酒”理解为一个功能界定。把一个单纯的英语词Bar，变成了“酒”功能与“吧”实体的复合词。再从“酒”与“吧”的组合按汉语法则繁衍出“书吧”（一个比较温馨的卖书租书的地方）、“话吧”（公用电话服务间）、“氧吧”（氧气充足的空间）……因而大柳树地的凭票入场的山林公园就被称作“山吧乐园”了。这样的词，华人是越听越糊涂，外籍人是越看越头昏。然而，既然谁也没有提倡过这种时髦名词，这样的词条的出现并非有意为之，也就无从限制或减少这种名词了。

白大梁由于原来是大柳树地的人，对那里的情况有些关切，同时，他知道本村人进“山吧”看看，管理人员是不会收门票的，而这种自然风光转变成的收费公园，门票比颐和园的还贵。北京来的人买张门票是八十多块钱，他一直没有进去过，觉得自己有点冤，如果他去玩过三次呢，等于得到了二百四十元的好处，明明可以得到二百四十元的好处，却不去获得，岂不等于损失了二百四十元吗？

二〇〇二年九月二十二日，白大梁这次进“山吧”去了，他觉得挺可笑，他完全不明白好好的一个山沟，加上些鸡零狗碎的设备，为什么就值八十元看一回。有意思的是在这里，他看到了久违了的赵丽华。

赵丽华回到村里的正常生活中以后，一直忙于挣钱还盖房所欠下的债。她在山吧乐园的大门口卖零碎东西，脸色红扑扑的，看着精神很好。她一眼认出大梁，立马进入主题，说：“白杏上高中，我可以出一半钱。”

显然赵丽华听说了关于白杏上高中问题上的白与吕的歧见。她退出大梁与白杏的生活十年了，现在，吕二凤上场了，她也准备出场。不知道是偶然碰巧还是处心积虑。

这可不是小事。为了上高中，白大梁的预算是要花四千块钱的。学费杂费一千，住宿伙食一千，置办行李一千，供孩子日用的零花钱一学期至少也得一千。赵丽华出一半，那就是两千块钱。谁敢小看了它？他模模糊糊地听说过，问题不在于赵丽华的练摊，问题是杜铁栓在区里农机站恢复了工作，月收入一千多元，有时候加上奖金能三倍于正常工资。

白大梁与赵丽华的见面和赵丽华愿意出两千元协助白杏上高中的消息，大梁第一个告诉的是女儿，很奇怪，女儿在大梁再婚以后，对亲娘的态度生了转变，两千元的许诺立刻使白杏流出了泪，这与后娘一进门先阻挠她继续上学的对比太鲜明了。没有等泪落下来，白杏硬是挤挤眼皮，使泪水消失了踪迹。她接着又咬了几次牙，她说："让上就上，不上就不上，上不上，一个样，心可是不一样……反正我还是没娘的舍女儿。"她捏了一下拳头，忽然满脸都是泪花。

第二个知道的是吕二凤，她立即破口大骂："不要脸的婊子，现在又来勾引你个不中用的窝囊废来了……她出钱？什么钱？还不就是卖 X 的钱吗？她用她卖 X 的钱给你女儿，不就是教给你女儿接着卖吗……"

白杏喊了一声："说话干净一点！"摔了一家伙设在北房正厅北墙的后门，出门走了，直到夜里十一点才回来，没有吃饭。吕二凤的说法是，果然，开始卖"期货"了。

九

中国人民从小就经历了风风雨雨，懂得内外有别的道理。白杏自己可以用世界上最难听的话骂亲娘赵丽华，但是绝对不允许吕二凤置嗦。随着吕二凤粗口的升级，她的反击也逐步升级。从说话干净批到嘴巴太脏，然后是闭上你的臭嘴，然后是臊嘴，然后是X嘴，然后是茅坑。其次从干净到刷牙，从刷牙到冲洗，从冲洗到掏茅坑与消毒。吕二凤以长辈的身份动手，被举动灵活的白杏闪避成功，二凤不知是真是假绊了跟头，摔破了额角，大吵大闹。大梁说了女儿几句，女儿立马走人，当晚住进了紫李子峪中学。白杏还没有注册，没有缴费，没有领到学生证与宿舍门卡，却想住就住了进去。而大梁也及时为女儿补交了有关费用。

从表面上看，吕二凤来到白家，气势如虹，白大梁糊糊涂涂窝窝囊囊，白杏小淘气一个，但大梁有大梁的极明晰的原则。面子上二凤第一，闺女第二。实际上供闺女上学是天经地义、雷打不动。而与人民币相比，什么都是第二；命都可以往后靠，该要的人民币，当然不能放弃。

于是吕二凤频频哭泣起来。

一个月后又出了事：一天晚上，已经过了紫李子峪中学住宿生的熄灯时间，白杏住的女生宿舍突然停电，校方总务处以已过熄灯时间为由，拒绝派遣电工前来维修。别人只好拉铺盖睡觉，不甘心的白杏拿着手电筒，扛着一条破板凳，前往楼道入口处的自动电闸开关匣子那边检查。她发现，电闸盒盖子不知为何脱落了，一条小蛇爬到电闸盒里，将保险丝咬断。生性狂野的白杏接上了保险丝，又捏住小蛇的头，将它拿在自己手里。回宿舍时经过她最讨厌的一位女班长的宿舍，宿舍已经熄了灯，白杏顺手将小蛇从没有关严的窗子扔到了女班长床上。女班长发现了异动，也发现电灯已经通了电，她拉开灯，看到了小蛇。当然，她也并非窝囊之辈，她冲到白杏的屋与白杏全武行大战……白杏打折了她的左臂。

学校大怒，召见白杏父母，指出殴打班长的问题不属于一般同学打架性质，并称如处理不好就将白杏送入公安机关，按刑事犯罪处理。白大梁与吕二凤一说，就是劈头盖脸的一通臭骂，不但骂了白杏——赵丽华的祖宗八辈，而且卷了白大梁的祖宗先人，然后一直骂到紫李子峪与酸梨峪，当然不能不骂大杏子峪。白大梁无法，同时预计凭自己一人无法保住闺女，便约了赵丽华同赴学校。到了学校，吕大梁只如木头疙瘩一般，一个屁也不放，全凭赵丽华，答应赔偿五千元，并且接受了学校党支部、董事会、校长、教导主任、班主任、宿舍管理员，还有受害方即女班长的父亲、母亲、哥哥的轮番长篇批判训斥，连连赔罪。最后由乡领导做了总结，并给予白杏记大过处分一次。好不容易，在白老爸的慈爱执着与赵亲妈的明哲和泱泱大度下，他们平息了一次白杏危机动乱。

爹爹流下了泪，对闺女说：“好好学吧，爸爸忒笨啦，爸爸指着你……”

赵丽华掏了五千块钱为闺女买来了平安以后，面色苍白地对女儿说：“你能叫我一声妈吗？”

同样面色苍白的白杏，低下头，说：“五千块钱我早晚还你……”她哭了。她不叫赵丽华“妈”，赵丽华也哭了。

十

按吕二凤的逻辑，白大梁与赵丽华二人去乡里，前后用了四个多小时，路上一个半小时，还有两个半小时，两个半小时二人什么做不出来？谈谈话，说那么长时间干什么？她本人前后三次结婚，每次谈婚事谈条件谈聘礼谈嫁妆，也没有用过那么长的时间……这还了得，

于是吕凤频频哭泣起来

这边占上了她，那边并不断线，她成了什么人了？她们吕家哪里出过这样的窝囊女子？

尤其是，白大梁居然认可赵丽华骚货赔偿五千元的许诺，并且准备分摊二千五百元的义务。这叫什么？那个年代，许多农户，一年也挣不上二千五百元啊。

吕二凤根据自己的经验，她判定，白杏不是等闲之辈，杀人放火，谋杀亲夫，卖大烟倒赃物、小孩儿将来都干得出来。如她所料，嫁过来前她已经判断白大梁她完全能管得住，所以她才满意这项婚事，没有预料的是，小屁孩子白杏的能量，远远超出了她的想象。

她与白大梁大闹了一顿，白大梁一声不响，使吕二凤的语言艺术、声乐艺术、朗诵艺术、表演艺术乃至手舞足蹈的造型艺术全部白搭。

世上没有比无言无反应更令人撮火的了。吕二凤一不做二不休，拿来了敌敌畏药瓶子，一面喊着叫着哭着闹着，一面做出开怀痛饮的感情深、一口闷的壮举姿势。

白大梁临危不惧，临乱不惊，只拨了一下电话座机，他的堂兄加几个村干部就过来了。

这些人对于处理家庭矛盾寻死觅活、喝药上吊跳井抹脖子似乎蛮有经验。进了大梁家的门，不问不听不言语，只是一副抢救的架势，停车，掉头，抬担架，抱人，抬人，盖被单……完全进入程序，完全符合专业标准。一开头吕二凤未知其意，乐得把事情闹大，等抬到汽车上，她忽然明白过来了，他们这是把我往医院里送，弄不好弄假成真，对自己未必有利。她一边说："药我没有喝多少，瓶子里没有什么药了……"一边准备下担架下车。白大梁的堂兄如何允她自便，堂兄两手像铁钳子一样将她的全身按倒在担架——车后座上，一面从塑料袋里掏出木炭渣粉，说是"要不咱们先灌活性炭……"吓得吕二凤不敢乱动，只是紧紧咬死牙关，怕是被灌了干面子，活活噎死。

一辆小“面包”拉着“服毒”人员“看护”人员，一辆夏利拉着村支部组织兼保卫委员，一起到了医院，医生也完全进入程序，下令用肥皂水然后是生理盐水冲洗肠胃，注射阿托品，并用探喉压舌木片放入吕二凤的嗓子，探喉压舌催吐。吕二凤抗拒挣扎，人们便七嘴八舌地说要采取更严重的强制麻醉与医疗措施。总而言之，感谢我国农村合作医疗的成功，这次是把吕二凤治了个三魂出窍、二魂涅槃。在医院把她折腾了几个小时后，吕二凤服服帖帖了。

十一

表面上看，在大杏子峪村老少爷们心照不宣的合心合力的默契与合作下，吕二凤已经彻底被摆平了。重点转移，从此吕二凤主抓经营了。这个期间，农家乐旅游在大杏子峪村渐成气候，都市一批画家记者来到此村暂住或长住，带动了一批又一批城里人假日前来旅游。一些条件好的农家，腾出高级房间，搞好清洁卫生，安装上下水道（全村的自来水系统完成，从隔日供水两小时改为昼夜不间断常年供水），安装空调设备，修厨房火灶，尤其是兴起了土法烤全羊的热潮。过去一年到头见不到几次现钱，现在都是明码交易，现款结算。农村标准间居住，加一天三顿饭，每天每人五十块钱。要一只烤全羊加二百元。酒水在外。凡是经营了农家乐旅游的，家家时时见钱。见钱眼开，见钱眼开，大杏子峪村人总算开始尝到了见钱眼开的快乐滋味。

白大梁只能眼馋地看着别人挣钱。他没有财力装修房屋、增加客房、安装卫生设备、雇用服务员与厨师，他做不到现场结算、见钱眼开。吕二凤这时显出了足智多谋。她将自己住房的西南方的墙打开，拾掇拾掇，弄成了一个小卖部，进货包括啤酒、白酒、香烟、打火机、面包、饼干、果汁、可乐、雪碧、黏豆包、火烧、蝇拍、万金油、花生米、糖果、油盐酱醋糖茶、酱菜、腐乳、香肠、火腿……刷刷刷地进钱。真是无商不富，钱滚钱，货增货，白大梁的家境马上变了样了。

吕二凤的这一项实绩，不但令白大梁佩服欢喜，连白杏也不敢造次了。

白杏上学陆陆续续用着钱，白大梁没有预备好钱等着白杏花，就只能向老婆乞讨。吕二凤边冷笑边讽刺，指着咱家白大小姐上大学做大事发大财吧，好日子全在后头呢。伸手的人如何能直得起腰来！

到了上高中三年级的时候，白杏那边的花销越来越多了。多数同学来自城里的老板家庭，开学的那一天奔驰宝马凯迪拉克雪佛兰雪铁龙凌志日产一大片，公路都为之堵塞了。白杏是坐着爸爸开的三马子来的。同学们的衣装名牌炫耀，女生们的化妆品，她不但没有用过也没有听说过。而学校里又是秋游又是运动会，又是艺术节又是大联欢，又是书法比赛又是补钙补锌与一些商人联手推销营养与国家的未来——一些营养食品与饮料的推广词是："为了国家民族的未来"，样样活动都没有说要缴纳多少钱，但样样活动都是孩子们显示自己的家境与慷慨程度的平台，在这样的学校生活里，白杏每天感觉到的都是屈辱与憋气。

那时候还没有发达的互联网，没有"拼爹时代"一词，白杏也远远不是有爹可拼的一族。但是，在紫李子峪中学，拼爹的实际已经摆在了白杏的面前。"拼爹"一词的终于诞生，证明了存在决定意识，生活先于语词。

一个周末，为了需要做新衣服参加国庆歌咏大赛的事情白杏痛感到没有钱的委屈、向继母要钱的丢份儿、继母面孔的难以忍受、父亲的舐犊之情的终无大用与随着年龄渐大再也无法和有钱人家的子女混在一块儿了的自觉的痛心疾首，她大喊起来："你们不用为难，我对不起你们，我花钱太多，我不上学了……"她突然带着青春期的歇斯底里，变音变色地大叫。

同时，她抄起面前的一个搪瓷茶杯，照着玻璃窗砸去，咣当，哗啦，吱嘎，玻璃窗受损了。

接着是白大梁给了闺女一个大嘴巴。

白杏愕然。长这么大，爹爹从来没有动过她一个手指。她看了爹爹一会儿，白大梁一副傻呵呵、糊涂涂、茫茫然的样子。白杏没出声，回到了自己住的西厢房。原来白杏和爹爹住的是北房，从爹爹再婚，她下调到西厢房去了。北房是土木砖瓦结构，高大宽敞明亮，厢房是预制钢筋架子，临时浇灌水泥，冬冷夏热，五面洋灰，不通气，无毛细作用，居住不适。

等到第二天一早，大梁与二凤发现，闺女已经不在了。

十二

离现在的居民点三公里，有一座孤立的山头，山顶被铲平，方圆不过几百平方米，上面盖了几间茅草房和一个大院子。这是本村仍然保留的少数几处老房子之一。歪歪斜斜的院墙上还依稀看得出大跃进年间的标语："鼓足干劲，力争上游，多快好省地建设社会主义！"由于早已无人居住，院子里一片杂草和厚厚的几层羊粪蛋子。正房的房檐下，有一处电灯开关，说明早在近半个世纪前，憋足了劲却颇有些蛮干的干部群众已经在践行农村电气化之梦。列宁说过嘛，苏维埃加上电气化就是共产主义。靠泥和干草搭起来的屋顶，由于没有防水材料，修成两面的大斜坡好走雨水。还有室内仰望，看到的裸露的梁柁椽子和破洞多多的苇席，比此后的民居还更有文化意蕴。如果你是个画家，你会视此房为珍宝。一出院门，居高临下，到处都是密密麻麻的位于你脚下的果木丛林、灌木荆棘蒿草，也很给人美好的感觉。老王他们在这里生活的时候，将此旧房命名为“小庙”，没有常理或考证上的根据，他们自然而然地觉得在二十世纪末叶，这样的房舍更像一座小庙。

白杏挨了爹爹一个嘴巴，悄悄离家的第一夜，传出来是在小庙度过的，而且吕二凤援引一二三四，四位乡亲的话说，那天晚上待在小庙里欣赏享用新鲜羊粪蛋气味的不只白杏一人，而是有另一男青年在。人们甚至传出了二人在小庙里发出的响动，说的人、听的人，包括转述的人吕二凤，一提到这响动就二目放光。

“放屁！”白大梁二目圆睁，怒火中烧，吕二凤还从来没有见过他的这副神情，她不说了。同时，她对全村广播了大梁给了白杏一个大嘴巴的铁的事实。

别人谈起此事，白大梁一言不发。许多年以后，大梁才说了两句话，第一句：

“我不就是图她上个学嘛……”

第二句：

“我当时要打的不是她……”

关心者问道：“你要打谁？你要打吕二凤吗？你敢吗？”

白大梁低下了头，又是一声不响了。

十三

白杏一走就是半年。学校通知白大梁与赵丽华，白杏的学籍已经注销。白大梁气得咬牙切齿。他在守护山林的时候对着大山嗷嗷地大哭几次，一边哭一边诉说他为了女儿的学业与前程付出的艰辛，而女儿的一切使他全然无望。“白杏，你狼心狗肺！”他冲着大山喊，村民中甚至有人说，几个月过去了，人们在村里家里，在床上炕上，夜深人静之时，月圆月缺之夜，仍然听得到白大梁痛苦呐喊的回声。

还有白杏的同伴，说是白杏承认，在城里，在梦里，她听到过她爹向着山岭大哭与对她大骂。

村妇女队长告诫大梁：你得积极寻找你闺女的下落，你是监护人，你与赵丽华的离婚协议当中包括了白杏的监护权在你这里的条文。白杏尚未成年，她有个什么闪失，你必须负法律的责任。白杏有个三长两短，赵丽华有权起诉、追究你的监护责任。

白大梁才不在意民法的有关规定呢，爱怎么着怎么着，白杏让人强奸了杀害了，活该，我去坐监狱，那敢情好了，省得我在家憋气。把我枪毙，那尤其好，一了百了，全舒服了。

难以理解的是从此小庙的名誉越来越差，有说这里头闹鬼的，有说这里头有敌特藏匿的，有说这里头有可怕的无名病毒的，后来许多年过去了，在美国“9·11”事件以后，还有山村的农民说，这个小庙其实可以充当本·拉登临时使用的指挥所。农民看电视，与城里人一样，新闻节目里喜欢看国际新闻，觉着看国际新闻过瘾，而且常常自发地在村头讨论中东与独联体的局势。

终于，进入二十一世纪不久，小庙临时卖给了城里一家，他重新大兴土木，把这里盖成一个鹌鹑蛋生产基地，修起了大铁丝笼，许多鹌鹑在笼里飞，像是新加坡的飞鸟公园。又过了若干年，鹌鹑蛋生产基地无疾而终，但基地留下的破败景象冲淡了人们对于少女白杏即白杏的少女时期的温情与伤感的纪念。此是后话不提。

直到挨嘴巴出走一年后，二〇〇五年，白杏年近十八岁了，她回来了。她言说，她用两天时间，蹭公共汽车加步行到上百公里外的北京，根据多年前留下的地址，她找到了当年送给她景泰蓝镯子的游客，游客留下了她也帮助了她。她一年来经送镯子者介绍，在一家成衣铺打工，她学会了一点使用缝纫机的技术。她说，这期间她多次给老爹写过家信，未获答复。对此，白大梁断然否认，他说是绝对没有收到过女儿的信。女儿则指天画地，说是写过许多信。她怀疑是继母没收了她的信。为了证明她写过信，她甚至于说，她给亲生母亲赵丽华也写了信，在信上，她叫了赵丽华“妈”，为此赵丽华给她的三页的长信浸满了泪水。这么一说白大梁与吕二凤又大哭大骂起来。吕二凤说白杏给她栽赃，并找了乡邮递员来做证，证明一年来从来没有投递过任何人给白大梁的信件。白杏则立即指出，邮递员是内蒙古与他们相邻的 ×× 县吕家村人，与吕二凤是同乡，他的证词根本无效。中华文化的特色是重视关系，重视后果，重视息事宁人，躲避锋芒，而绝对不管事情本身的青红皂白是非曲直。白杏学历上是上到高中二年级，而在生活经验上她早就是博士后的水准了。她对此已经深有体会。

当然，这样的争执、这样的讨论最后的结果肯定是不了了之。事情一旦经过，随着时间的逝去，事情本身的意义就向零方向变化了。白杏是白大梁的女儿，她给他写信，是女儿，她不给他写信，还是女儿。她与他相依为命，是女儿与父亲，她与他发生口角，动了手，也还是女儿与父亲。那么，赵丽华与白杏的母女关系，赵丽华与白大梁的原夫妻关系，吕二凤与白大梁的现夫妻关系，杜铁栓与赵丽华的现夫妻关系，乃至于你如果愿意说吕二凤是白杏的继母，而杜铁栓是白杏的继父，又有什么可以争执、承认或者否认的呢？承认又怎么样？否认又怎么样？

靠一个十年前的景泰蓝镯子在北京混了一年？村民中有人提出怀疑。白杏则解释说，当年给她这个镯子的时候，她岁数小胳臂细。镯子本来是可以打开的，由于她对于那位北京客的良好印象，同时她害怕摘下镯子会丢掉镯子，她一直老老实实地戴着它，以至于镯子的开口也锈死了，她也胖了壮了，她根本打不开镯子了。城里人好，城里人觉悟高，城里人文明，她找了他们。

当然，吕二凤的版本别样。她讲的故事比较肮脏，儿童尤其是少女不宜。

十四

回来后有一段时间白杏的生活谁也摸不清。你问她本人，她说她在自己的即白大梁的家里。你问白大梁，他说，不知道。再问，说，有时候在，有时候不在。再问，说是在就在不在就不在，吃饭时有她，就一块儿吃，没有她，就自行吃。吃完了她回来了，有剩东西，自己热一热吃掉。没有剩东西，做一点吃。没有做，就不做也就不吃。做了，吃了，还剩下了，就第二天接着吃。没有什么东西好做，也就随她便了。

老王有一次听大梁讲这么一套意思，觉得很有哲学味道。人生不过如此，人生大体如此，是问题就什么都是问题，不是问题就什么也不是问题。本来嘛。

还有人说看到白杏住在小庙里，与她的男朋友在一起。她毫不避讳，她给全村看过她的男友。

夏天，有一次老王看到白杏与一青年亲密同行，白杏搂着男青年的腰，男青年搂着白杏的脖子，那个姿势与北京王府井大街或者上海外滩上的情侣没有两样。男青年的一个特点是留着披头士式的头发，使老王一阵阵以为自己到达了统一前的西柏林。老王觉得大杏子峪的村民思想观念更新得十分迅速。老王反省自己，过去以为国人的观念陈旧、前现代化、保守因循，恐怕都是错的。他认识的墨西哥女汉学家白佩兰讲得好：中国人其实是最能追逐时尚、求新逐异、一日千里的。原因之一是国人没有那么严厉苛刻的宗教信仰，中国人最懂得无可无不可，此亦一是非，彼亦一是非：两岸猿声啼不住，轻舟已过万重山；山重水复疑无路，柳暗花明又一村……中国什么没有见过？中国人什么没有经历过？谁能难得住中华儿女？

白杏有一回还对老王发表评论意见，说是为了发展旅游，大杏子峪的村民们纷纷拆旧房盖新房，拼命向城市靠拢，这失落了山村特色，不对，早晚城里人会另行寻找真正的山野旅行景点，到那时候大杏子峪的人肯定会叫苦不迭的。

老王甚至觉得白杏的参与议政水平快跟上县政协委员啦。

十五

又过去了两年半，白杏与一外省青年结婚，老王一直没有辨清楚的是，此人是不是那个披头士。成家立业以后，她再也不去白大梁那里了。人们说，他们彻底分道扬镳，互相见面竟谁也不搭理谁。至于吗？老王不解。她管杜铁栓名正言顺地叫起了爸爸。爸爸回到村里的正常生活来以后，诸事顺遂，当了村干部与技术管理人员。爸爸带着人不但给女儿盖了房，也修了路。女儿卖山货效益也不错，外地来的新郎买了一辆二手捷达车。爸爸的亲儿子白钢上了高中，功课不错，考上了大学。现在麻烦的是虽然上了大学，毕业后工作难找。杜铁栓声言他已经准备了八万块钱，打点各方，只求给白钢找个城里的工作。

赵丽华在村口开了一家“辣妹子湘菜馆”，招揽顾客，常有斩获。她的生活幸福美满。春节快到了，她准备带上老杜与俩孩子同一趟湖南。

吕二凤的奔小康事业也是成绩斐然。她把自己原来的一个娘家弟弟的两个女儿全带到了大杏子峪村，又从家乡雇了几个人，扩大经营，管吃管住，干菜野菜，靠山绿、木磊芽、山蘑菇，使家庭面貌一新。她的农家乐餐厅翻修以后，扩大为“二凤风味馆”，不但北京来的游客，连区县领导招待市里来的领导与各种关系户，也时而拉到二凤风味馆来尝鲜。

一家辣妹子湘菜馆，一家二凤风味馆，增添了大杏子峪的旅游吸引力。更巧的是，吕二凤与赵丽华都参加了电视台举办的农家乐烹调大赛，两个人都上了电视，都得了奖。谁的菜烧得更好，到现在难分轩轾。人们意见比较一致的不是炊艺，而是容貌，相差实在太明显。

只是白大梁的堂兄等人，对吕二凤的印象仍然不佳，常常传出来她把在大杏子峪村挣的钱倒腾到吕家村去了的消息。

幸福的生活里也会有各种龃龉与曲折，幸福与龃龉的轮番作业使白大梁的头发过快地花白了。在大大小小的女子面前，他自惭形秽，觉得自己是一事无成。在村里，在自己家里，他都在边缘化。农民而不好好地种地，开饭馆开旅社卖杂货，这使他若有所失。而不论是赵丽华，是吕二凤，是白杏，是白钢，都比他强。大家都说白钢其实是杜铁栓的孩子，但是他跟着赵丽华走了之后，没有改姓。既然姓白，他白大梁就对他有父子之情。每每想到这里，他会怆然泪下。他又不敢承认自己对白钢的感情。他惹不起吕二凤，他在自己的家更像是一个打工佬。他也惹不起杜家，他谁也惹不起。唯一使他有些骄傲的东西，是他的红袖标，红袖标代表的是国家，封山育林，育草，要改善首都的环境条件，他有他的任务。

又一年，二〇〇九年，白杏生了个大丫头，又白又胖。白杏说，一定要让她好好上学，她要天天给女儿补功课，等女儿考上了大学，会带着她去找姥爷。如果那时姥爷不在了，就去给姥爷上坟，弥补她这个不孝女子给老人带来的遗憾。

白杏还说，她相信她的女儿一定比她更幸福、更出息。光阴去得太快，转眼，白杏也到了把自身未能实现的梦想寄托到下一代身上的年纪了。生命延续着，对于幸福与出息的希望也在延续着。

十六

老王到这个村来居住已经满十五年了。这次走过吕二凤开的杂货店，与二凤闲聊了几句。在二凤的热情邀请下，他走进他们的店铺看了看。有一套体量不小的风铃引起了他的兴趣。风铃其实不完全是铃，应该叫风铃兼风管或风笛才对。大小不同的五个金属管子，稍稍有风，管壁发出的是叮叮咚咚的清脆撞击与呜呜嗡嗡的悠长之声的和鸣，管内的空气发出的是 CDEGA 五个闷音，或者也可以说是多瑞米骚拉。五个音无序地或因无序而似乎有序地参参差差地响了起来，忽然一声像《紫竹调》，忽然一声像《梅花三弄》，忽然一声像京剧过门中的《夜深沉》，忽然一声像《小放牛》。忽然随着风力的加大风笛激越起来，它挑动得你泪眼迷离，世界如何会这样眼花缭乱，悲喜莫名。一会儿又因为风力的减小而淡漠了下去，它抚摸得你万念俱空，山沟里竟如此淡淡浓浓，终于失落。来无影，去无踪，似有意，更无情，没有所谓，却是心惊。而金属管壁的碰撞，清清脆脆、零零碎碎，如水，如波涛，如滚动铁环，如春汛破冰……

山野的人也是这样，碰碰撞撞、起起停停。风起了，声起了，动人得心醉心软，撩拨得你无比动情。原来会有这样散漫与游移的旋律，诉说着捏不成个儿、画不成形状的喜怒哀乐，自己也不知道自己究竟要诉说什么。风要停了吗？在你刚刚摸着了一点脉络，体会了一点天籁的时候，慢慢地，声音渐趋收起，共鸣余震仍然长远，再长远它也渐渐卷起来了，一直是若有若无，若无若有。你感到的是留恋与失落，既空虚又充实。你忽然想为山风与风铃、风管与风笛浅哭一场。

终于，你笑了。

笙管本无律，清风顾盼闲。哀哀稚子意，眷眷亲人怜。岁月悲华发，流光爱少年。山中有历日，年尽不言寒。

（唐诗有云："偶来松树下，高枕石头眠。山中无历日，寒尽不知年。"）

幼小便失亲，山深自本真。几行逝水泪，一片朝霞洇。或有野村梦，岂无花蕾心？春夏秋冬后，情仇过眼云。

"山吧"样样宝，处处闻啼鸟。游客沟沟至，大巴路路跑。现钞结现场，新妇抱新小。惜取花开日，曲吟"金缕"好。

曲唱金衣缕，歌吹杨柳枝。情人应有泪，父老岂无持？鸟散伤秋晚，虫集苦夏迟。山光日日好，愁心淡如丝。

（二〇一二年）

小胡子爱情变奏曲

一

小胡子老二钓上了一条十好几斤重的大鲢鱼的消息传遍了紫李子峪全乡。说是他洗澡（游泳）的时候看到了这条大鱼的出没，当时就想抓住，结果不但没有抓住而且喝了几口水，差点没让鱼钓得沉了底。此后下定了决心，要引它上钩，光鱼饵他就预备了二斤牛肉，手工剁成了馅，加了引鱼的作料。小胡子前后来垂钓过九次，用了无数时间，终于，达到了放长线、钓大鱼的目的。

他自村口的一家农家餐饮店请来了厨师，做出了他们的店的招牌菜“汆花鲢”：先泡制，再煮，再制作臊子，再向鱼身泼浇那一碗火热、浓烈、香爨、酸辣、咸甜均达于极致的臊子。那时才是二十世纪的后期，咱们这个山村的收入水平有限，小胡子居然花了这么大力量烧菜请客，而且老王也在被邀之列，甚至被视为“主宾”，又推到主位上——许多国人无法接受洋规矩，由主人大模大样地坐在正中，而请客人两边陪衬。就冲这条特大的汆花鲢，也让老王对小胡子刮目相看。何况那一碗令人跳起来，令人休克，也令人销魂的臊子。

（但是老王还是接受不了“spice girl”——辣妹子——的说法，汆花鲢的此种臊子，约等于英语里的spice。一个好好的妹子，全身浇上了佘花鲢的臊子，可能惹你垂涎，可能让你磨利牙齿，再龇出一嘴的虎牙犬齿，可能让你产生野兽的饥饿感与掠夺占有的欲望，你还能产生出万种柔情与千般缱绻吗？）

在大快朵颐吃花鲢的时候，老王得知，随着国家财政力量日益雄厚，对于农村的支援力度也在增加，其中就包括对于村级党政班子成员的误工补贴。于一个往往劳动一年，见不上几次现钱的山村，每月几百块钱补贴，不是小事。

但是前几年换班子，小胡子老二一再谢绝了出任党支部委员的提名。

五年后即一九九七年，老王来到了大杏子峪，在欣赏佘花鲢的同时，言及此事，觉得处在一个官本位的生活气氛中难得有这样的同道。小胡子的诨名也令老王极感兴趣，他想到了索尔仁尼琴的成名作《伊凡·杰尼索维奇的一天》，那篇小说里，被送到西伯利亚劳动改造的犯人称呼斯大林同志，就是用“小胡子爸爸”这一亲切的昵称的。开头，这个说法有什么幽默生动的含意老王是不理解的。后来他到了新疆，学习了维吾尔语，知道了维吾尔语中将长在上唇的小胡子称为布鲁特，而将长在下巴上的大胡子称为萨卡勒；同时，维吾尔族喜欢将领导人——尊长人物说成自己的大大——爹爹，举维返俄，他懂得了“布鲁特大大姆——小胡子爸爸”（姆是第一人称的词尾，全文翻译应该是我的小胡子爸爸）的说法有多么亲切与无奈。他只是想，把爸爸译成爹爹会效果更好。至少对于北京人，“爹爹”比“爸爸”更带有装嫩装嗲卖萌的自嘲意味。看啊，爹加上口，就是嗲嘛。

大杏子峪这里的小胡子当然不是“爹爹”，而是“老二”，村里人对他的全称是“小胡子老二”。可惜老二对于老王，似乎具有某种猥亵意味。人的思想是不能肮脏的，一旦肮脏过一回，且洗不干净呢。

打一开始，老王只称金胜强为小胡子。

小胡子的姓名是金胜强。他个头中等，肌肉发达，眼睛不大，但堪称炯炯有神。说话听话时他有一种罕见的聚精会神加深思熟虑的紧张，答话的时候他常常会慢四分之一拍，显示出了他的山村农民的淳厚与质朴，外加深沉与谋略。而在老王的经验里，说话速度与官职是成反比的，就是说，像小胡子说话这么慢的，是国字辈的四副三高级领导。他对老王解释说，一九九二年初，由于邓小平的南方谈话，全国的改革开放掀起了新的高潮，他应运去做五金电料买卖，他在城市近郊租了房子，辛苦经营了三年多，没有太亏本，更没有什么赚头，他急流勇退，打算改辙了。

“我喜欢自在。”小胡子说，很有点原则，而又是极平常心地这样解释他的“辞官不受”。

“得等着下一个高潮了。”小胡子立马回到当前，要言不烦地总结，“咱们中国，只要有大领导，就会有高潮。”

小胡子说话，像凤凰台的时事评论员，也像哈佛费正清中心的编外教授呢。老王想。

是的，老王的老伴的一个同学的机灵儿子就是在这小平南方谈话、春潮滚滚之时去海南岛大干了一年半房地产，从此全家不愁，光给双亲他就买了几处房产，本人移民到了新西兰，又转移到澳大利亚的墨尔本。

回过头来说花鲢，老王深深感到，吃东西吃到汆花鲢就牛栏山二锅头这个份儿上也就差不离了。再往稀奇古怪与奢靡浪费上走，那就是罪过，那是造孽：

人生得意汆花鲢，莫使牛二空眼前。

毛豆笋豆亦常乐，何必穷怀悲万年？

在生活比较艰难的时期，这里的人弄上一小瓶牛栏山二锅头，就一点五香煮黄豆，更好的是毛豆即嫩黄豆。鲁迅那边的孔乙己则是就五香煮蚕豆：茴香豆。

关于笋豆的说法，老王兄曰：疑此种大量加花椒八角酱油的煮黄豆法来自江南，本是要加进笋煮熟的，北方做的则是无笋之豆。南方笋豆，有名有实，名实相符。在北京，笋豆笋豆，有豆无笋，有名无实，名实不符，就更要坚持传统的名称，以正视听。

二

然后小胡子连年来试验了各种致富与自在之路：开小巴，每天凌晨四时起床，六时从乡里出发，八点半开到城市二环的一个大站，九时再从二环出发，十时半回到乡里，十二时回到白杏村。尤其是冬天，又冷又辛苦。实在挣不上多少钱。老王坐过一回他的车，过张各庄的时候，小胡子特殊奔跑了一回，发动机突突突突，老王的身体心脏屁股上颠下颤，不亦乐乎，比坐马车或者二等（搭自行车）快老鼻子了。

不理想。金胜强他改为谋求驾“的”。困难在于刚刚公布了政策，郊区农村户口的人不准参加出租汽车公司征聘工人的考试。不知小胡子采用了什么样的办法，他硬是克服了这一政策关卡。接着的困难是到城里当“的爷”需要过英语关，面向世界嘛，而小胡子的英语确实没有底子也没有多大希望。这一类的硬碰硬的麻烦，到了历史悠久，天下无难事、只怕有心人的中国农民手里，也总是逢凶化吉、遇难呈祥、化硬邦邦为绕指之柔。个把月柔性处理后，小胡子的“的”照，拿下来了。

一位奥地利友人对老王说："在中国，没有做不到的事情——走这条路你做不成，你换一条路嘛。"他眨了眨眼，补充说："其实在欧洲，只有我们奥地利人也跟中国人差不多。"

后来有多次，老王一见小胡子就想起了约翰·斯特劳斯和他的舒畅奔流的蓝色的多瑙河。约翰·斯特劳斯也有这样的小胡子，但是没听说他考过计程车驾照，那时有没有汽车特别是计程车也还待考。但是这位圆舞曲的旷世奇才为了婚姻的"可领照性"，也柔性斗争了许多许多年。

领照后小胡子又在城里租起了地下室住房。当年出自朱元璋的谋臣刘伯温的名言是"深挖洞、广积粮、不称王"。"文革"中我们的口号是"深挖洞、广积粮、不称霸"。那时候的粮是不是积得够多，老王不详。洞是挖了不少。那时代的人防工事，为小胡子之类人物改革开放年代"城漂"闯荡生活留下了方便。

小胡子在城里夜以继日地跑车跑了两年。他拉过大款、老板、小姐、老外、涉黑人士、醉汉、斗殴中受伤者……一次是一个醉汉到了目的地，给了他一百块钱却坚持那是五十块钱。一次是凌晨三点，上来一个摇摇晃晃的大汉，而且此人一登车就问小胡子："这个点儿你拉出租，不害怕吗？"

"怕啥？"小胡子明知故问。

"做了你呢？"大汉说。

小胡子哈哈大笑，说："我带着一万五千伏的静电警棍哪！"说着，他还晃了晃身边的一把收拢起来的雨伞，昏暗与匆忙中他估计会收到八万伏电压的效果。

告诉老王："我过去一直以为我是一个胆小的人，这次，要是不遇到那人，我还不知道我真个是足智多谋、从容镇定……"

走这条路你做不成
你换一条路嘛

小胡子还说："听人家说，尿人一见狗就怕，一怕就分泌出一种气味，最招狗们狼们发火。见怪不怪，其怪自败，王老，正不压邪，不不不，是邪不压正！您信不信？"

老王说："如果你有机会，也许你能当上个副总理。"

小胡子哈哈大笑，老王后来觉得自己说话有点过于随便，本来不应该讲这种会引起误解的话的。

当老百姓，和老百姓混成一片，这感觉真好。老王想。

不知道是不是受到老王的阿谀式忽悠的鼓励，小胡子兴奋起来了，两只眼珠上火星闪射。

他说："伞其实也不是我的。那天半夜上来一个女子，我看是'鸡'，一张口全是洋酒气和法国香水气，说是叫苏格兰威士忌。一上来就夸我长得性感，说是想摸摸我的胡子。我说，您猜我说什么？我说，我可是有艾滋病……她说她服了。你黑我更黑，你油我更油，你野我更野，你红我也不含糊。有一位老同志上车来了，我干脆给他讲我爸爸是革命烈士，我是党支部委员。您知道，提名了，我没干。"

"那伞呢？"老王问，小胡子不接茬了。

小胡子仍然谈香水，他说，一位什么不太小的官，男性，常上报和上电视的，身上发出来的香水气味与宾馆里的男厕所里的香料味道一样。

"我怀疑他从人家厕所里顺了一瓶香水。"

"不要瞎说。"老王制止了他说涉嫌不敬的话语。老王提出质疑，如果人家是大官，就不可能坐你的"的"车；如果他坐你的"的"车，他就不是大官。对此，小胡子挥了挥手："那您得问他去呀。您问我我怎么知道，又不是我把他拽上来的，您想想，也许打'的'更方便？"

那天晚上老王与小胡子到湖边吃了烧烤牛蹄筋，喝了燕京啤酒，那时候查醉驾不像后来那么严。吃完晚饭，将老王送回村里，小胡子驾着新夏利，走了。

“的哥”仍然是好景不长。说是城里原则上不允许开自家车跑出租了，要跑出租，也得把自己的车卖给出租公司，然后按天给公司缴“份”儿。“的哥”的日子越过越紧，不好再干下去了。老王知道自己不了解情况，没有发言权。此后许多年，当代女作家张抗抗当了政协委员以后，多次在政协小组会上为出租车司机说话，说是他们的车份儿太高；说是车份儿一年收三百六十五或三百六十六天的，他们从来没有休息，也没有加班费用；说是他们没有工会，享受不到工人阶级的主人翁地位与主人翁待遇，等等。听到张委员的恳切的发言，老王感动得想建议出租车司机们今后免费为张委员服务，后来一想，要是那样，更是只能减少出租车司机的个人收入了，他只能苦笑。

小胡子改行变成了饲养肉鸡专业户，是泰国一家企业经管组织的。小胡子从报纸上看到了他们的招聘合作者的广告，算计了半天觉得还行，订了合同，领了鸡雏，在自己承包的板栗林地里盖起鸡房，白天黑夜，与上千只鸡同甘共苦，同呼吸共命运。那段时间，不论什么时候见到小胡子，或者说是不等到看到他，已经闻到了他身上飘散出来的浓烈的鸡食、鸡室与鸡屎气味。老王去过几次鸡室，其味道实在难以忍受。

在小胡子养鸡期间老王也做出了自己的微薄的贡献：废报纸，他给小胡子提供了许多。用那么多废报纸做什么，老王就不知其详了。

小胡子一个堂弟，养猪养得挺红火，小胡子也跟随着在养鸡的同时养了几头种公猪。不仅兼养猪，期间利用成鸡上缴、搞清洁、等待下一拨鸡雏的机会，小胡子让老婆领着一个外地的女子清理鸡场，自己跑到东北，购买了数只梅花鹿，说是还要经营鹿茸、鹿血、鹿肉；说是吃了鹿身上的东西，老王可以返老还童；说是老王回城市不必坐车，而是可以推着一辆桑塔纳，从大杏子峪推到长辛店。

为了保护自己的饲养事业，防盗防偷，小胡子豢养过一条大狗，威风凛凛，有模有样有好响动。

一年后，养鸡事业无疾而终，又半年后，公猪与公鹿都不见了。大狗也不知所终。小胡子说，第一是挣不上钱，条件太苛刻，不能指望外国的公司会给农民留下挣钱的余地。继续给公司养鸡的人也有，那是在赤贫地区，那是在三个月挣不上一块钱的地区，三拼两打，毁了自己的地，毁了自己的身体，毁了自己的生活，能混几个活命的钱。

第二是一个地块饲养家禽家畜，一时半会儿的可以，时间一长，该地点就会积累一大堆病毒病菌，狂长急升，专门整治你的此类家禽家畜，消毒也不行，搞卫生更没有用，不但他的养鸡玩不下去了，连本村的养猪首富、上过农业中等专业学校、在县里当过猪场领导的他的堂弟，也正在考虑中止养猪，改行。

过去老王知道种瓜是“臭地”的，西瓜甜瓜，都不能连作，连作就会使瓜染上病毒。这回才明白，饲养也照样臭地。人啊人，人的需要怎么会给田地带来这么多问题呢。

小胡子的行止老王也不完全明白，进入新世纪后，他一次出去三个月，说是做矿石去了。还有一次说是为朋友做变压器与太阳能热水器推销。二〇〇四年，小胡子对老王说：“改革开放以来，我什么招都试过了。我没有失败，可我也没有成功。我说这个话你别介意，你们城里人是有各种机会的，我们只能在土地上死受。过去是这样，现在路子宽多了。只要让我们进城打工，我们就饿不着了。要想有点大出息，比登天还难！我已经快五十岁的人了，我想不出什么别的招儿来了。我还有四五万块钱存在银行里。爷们儿，我算了，我只想拿这几万块钱出趟国走一走，我只是想看一看，这个世界到底是怎么个样子。

你说行吗？”

小胡子的话让老王很感动。他不知从何说起。他东一榔头西一棒子。他说到小胡子的活力与奋斗精神。他说到人生的不容易。他说到中国城市农村的二元格局正在变化与需要变更。他谈了自己在国外对于人家的城乡格局的感受。他也谈了小胡子对于家庭成员与对自己的渐近老年的未来思考。他声明，他不反对小胡子的出境旅游计划，而且为他的志气与勇气感动。他唯一想着的是，如果小胡子出去走了一趟，花掉了所有的积蓄，却又大失所望，嘛眼也没开上……毕竟现在音像节目这样发达，有时候出国旅游还不如观赏外国旅游影像DVD的感觉爽呢。

老王有气无力地说了几句：近年来，也有不算太少的农民企业家崭露头角，例如张三李四王二麻子郭大姐李老太，卖瓜子卖酥糖崩玉米花烤羊肉串，最后发展到了买飞机，买大楼，造船修桥，进出口开发生意做到五大洲四大洋南北极……

小胡子笑了。小胡子的略含诡异的笑意使老王觉得惭愧。怪事，说泄气话你倒从来没惭愧过，怎么一树标兵反而心虚了呢。

他的这些话是不是最后起了阻挡至少是推迟小胡子的出境旅游心愿的实现，老王的说话是否合适、是否妥当，他始终闹不清楚。吾日三省吾身，“省”多了又实在是脑仁儿疼。

三

老王为小胡子的奋斗历程而深深感动。他应该写一部小胡子奋斗史。

这不是一个一般的农民；不是杨白劳式的，不是周立波的《暴风骤雨》上的赵光腚式的，不是柳青的《创业史》上的梁生宝式的，也不是赵本山和他的朋友们所饰演的东北尖、熊、贫、逗、忽悠的能人式的。在他身上躁动着城市、改革、开放、现代化的肾上腺激素，也积淀着胜败乃兵家常事的沉着乃至木然的老成。他其实确实认为，也确实证明，没有什么是不可能的，老爷、少爷、款爷、人五人六……宁有种乎？

但更大的可能则是一事无成。然而，无成即有成，老了以后，回顾此生，小胡子也能酸不溜秋地哼一句："我奋斗过啦。"

老王对小胡子的出国意愿也不无感动。他相信小胡子们有权利也有必要考察考察全个地球。

在小胡子在城市日夜两班地开出租车的时候，给家里买回来一套电视、音响、卡拉OK设备体系。小胡子的老婆白超英自称找了一批"育龄"姐妹，常常大声演唱《真的好想你》与《路旁的野花你不要采》。初夏，昼永，蛙鸣，蝉嘶，老王在这个季节常有的缺觉引起的疲倦中，多次相隔老远就听到了白超英与众育龄姐妹的歌声。她们为了凉快通风，大开院门房门后门侧门，歌声如吼如潮。老王在夏日即景的诗中有句云：

树下闲蹲无话奇，
长空云淡逝依依。
咔啦哗嘅嗷嗷叫，
农妇欢歌亦解颐。

另一首诗曰：

浓荫郁绿映山光，
树盛苗肥草亦香。

雨雨风风全自若，

生生已已总奔忙。

其中“咔啦咔嘅嗷嗷叫”句，老王追求的是一连七个带口字偏旁的字的众口齐张的视觉效果。汉字的妙处在于除了表音还有它的可视性、多媒体信息性。可惜初次在报纸上发表的时候此句被编辑规范成了无任何特点的“卡拉欧开”了。老王深感，君临一切大陆出版工作人员的《现代汉语词典》，有时候真是扼杀文学与语言创意的刽子手。

而“育龄”云云极有情趣，颇性感、生命感、强壮感。一次金夫人白女士从老王家出来，谈到老王的山居门前有一大块空地，老王花了几个钱将它抹上了水泥，平整洁净，白超英说：“嗨，您这儿都能举行舞会。咱们商量个时间。我通知全村育龄妇女，让她们都来跳舞好不？”看来白超英参加过不少妇联、计生委基层组织指导计划生育的会议，张口闭口都是说“育龄”妇女如何如何，以致找跳舞的也要找育龄妇女；把跳舞与生育联系起来，未免有点哏儿，有点令人心猿意马。

除了育龄妇女们的歌声以外，大杏子峪的山洪也是此个夏天的最动人的景致。这一年才刚六月，蓦地一场大雨，次日，处处瀑布，面面水流，稀里哗啦，滴滴答答，从三面山上，落下水来，流入西面山谷，轰隆轰隆，咆哮前行，噼里啪啦，此溃彼陷。头几天，枯枝败叶、垃圾秽物、浮土泥巴，还有被冲垮的不合格建筑的断壁残垣，吐着泡、冒着气，冲决扫荡、气势磅礴，不分青红皂白。几天后，水开始自然变清，声响渐渐单纯化常规化，而各种脏东西冲到边缘，沉到水底，不见了。

这里的农民对于山洪，干脆用的是“河”字，山洪暴发曰“开河”了。凭空出现了一条玉带一样的河，显示出山村的活力，令人赞美。

好啊，这里的夏天男人在拼命挣钱，育龄女子在集合唱歌，大河在一个晚上形成了波澜壮阔，鸟虫在每个晚上尽情高歌，犹有余力，又从不声嘶力竭。

白超英浓眉大眼，膀大腰圆，说话声音偏于憨厚与直不愣登，自有一种大大咧咧的做派。他们夫妇有一儿一女的龙凤胎，令人羡慕。但与母亲相比，两个孩子体型略显瘦小。

白超英告诉老王的老伴："上学的时候，我们同班。金胜强是全班功课最好的优秀生，我是全班最漂亮的女生……现今儿还说什么呢？女人一过四十，您还有什么说的？"

老王这是第二次听到农村女子兴青春苦短之叹。一次是在二十世纪六十年代，灾害困难时期，在通州的记乐店，一个不过二十七八岁的女性，说是生罢孩子，觉得自己也就"老"了。

然而在小胡子那边，他从来没有用这种语言讲过自己的婚姻与妻室。当别人谈起白的时候，金胜强脸上会显出一种半似谦虚、半似厌烦的表情，使老王印象深刻，窃自心惊。

有趣的是白超英的母亲自动来拜访了老王一回。那是小满才过的初夏时节，老王由于被城里人吃饭按点儿而不是按老阳儿的规矩主宰，常常能享受很长的一段晚饭后天色缓缓变暗的过程。这个过程使他感到悠然而又散落，惆怅而又空飘。他还得了几首写山居初夏的诗：

初夏闲咏

老王作

其一

向晚山益静，

轻食腹自闲。
育龄思漫舞，
萌子难成眠。

其二
奔波闹市中，
更喜深山里。
落尽残阳时，
吟风待月起。

其三
何事栖青山？
风铃为我喧。
无心多酣梦，
朝日染群峦。

其四
向晚山益静，
心平意自安。
抚今无胜负，
忆往岂哀怜？

进来一个利利索索的老太太，见面熟，说：“我是白超英的妈妈。”

老王正在那里咀嚼初夏的向晚，第一个反应是：“不速之客乎？”同步的反应是：“老王果然与乡亲零距离也，老王者真正人民的写家也！毛主席当年的教导言犹在耳欤！”然后是：“密切联系群众的人的生活节奏常常容易被打乱呀。”

没有想到的是超英娘说上几句闲话后就骂开了小胡子：一个是“花”，一个是家庭暴力，一个是太精明，“我们家超英根本不是个儿，我们家超英，让他耍笑白玩儿……金胜强他城里包养了小秘，回过头来还欺负人……是这样……”

超英娘拿出了份县法院的判决书，却与小胡子无关，原来是他们家即超英娘家与邻居发生了斗殴，说是他们家打伤了对方，被告上了法庭，原告胜诉了，要道歉和赔钱。超英娘听说老王当过官，便来找老王帮忙，不用说，超英不让她来，小胡子更不必说，她自己闯上来了。

许多在边远与贫困地区生活的人相信官员无所不能。老王的老家的一位乡邻的后代，哥哥由于偷牛被关了班房，弟弟硬是来找他放人，当老王解释他做不到时，乡邻的后代则不停地重复说：“我们都知道，你能，你能，你能……”

还有一位新疆小伙子，来北京找老王介绍他去美国经商。他带着几十万现款，使老王极其担忧。老王找了在北京工作的维吾尔族与哈萨克族干部，给小伙子讲明情况，帮助他找了廉价而又安全的旅馆，他终于弄明白了原委，没有进旅馆，当天乘车返回了南疆，有点乘兴而至、兴尽而返的“世说新语”之意。临走的时候此人说，在我们那里，一个大干部没有做不到的事情。

一面听，一面品味超英娘的口齿的伶俐与吐字的清晰和速度，同时观察着她的四面扫描的目光的锐利与脸盘上的变化不定的神态，“这是个人物呢”“农村里的人才多了去啦”，老王作如是想。

他好不容易吞吞吐吐、黏黏糊糊、窝窝囊囊地打发走了超英娘，而没有做任何许诺。对于超英娘带来的干豆角干南瓜条，他则回报了一筒精包装的信阳毛尖茶叶，没有造成被单方面送礼的窘境。想到他面对超英娘无言以对的狼狈，他想起了孔夫子关于邦有道则智、邦无道则愚的教导。他这一辈子吃亏就亏在了硬是做得到智却做不到愚，与孔子说的一样，他也是其智也可及，其愚也不可及。想不到，古稀之年，他终于在山野人民面前变得有些个愚的意思了，真是活到老、学到老，群众是真正的英雄，而我们自己往往是幼稚可笑的啊。

有点不那个。就冲小胡子的丈母娘的这轻轻一点的说辞与官司记录，他觉得小胡子虽然自我感觉良好，处境未必有那么佳妙。

小胡子有小秘？绝了。时代不同了，城乡都一样，现代化一化，哪儿都能化，官员与大款们明星们还甭臭美，拥秘包二，平等自由博爱性解放至少是性宽松，人人都赶上好时候啦。

四

这年入冬以后，果然传来了消息：金胜强与白超英离婚了。

小胡子不想谈这个话题，白超英也不太想谈这个话题。而且，两位的情绪都还正常，不像老王与老王的上一代人，离婚听起来做起来都很恐怖，不似割断喉管，胜似卸走骨节。

恰恰是次年春季，这里的农家乐旅游发展起来了。老王的小产权农家院隔壁，是一位瘦高的女子，名叫红莲，但乡亲们都叫她婉婉。老百姓说，她小时候老是端着一个碗，盛饭盛菜盛汤，也把一切玩具如石子、桃核、荷包放在碗里，乡亲们叫的是碗碗，老王死活听着是婉婉，有几分雅气。

都说是矬老婆高声，但是婉婉的亭亭玉立型身材也常常发出震天动地的巨响，略略有些沙哑，这儿的说法就是有点劈，可能是个子过高引起的声带弱点造成的。婉婉这个人直性子、急性子、没心没肺。她老公则常是驼着背，拖着鼻涕，不免有点熊。老王住过来以后，不止一次听到婉婉对老公开骂，一骂就是两三个钟头，声音从南头传到北头，从水库传到汽车站，从核桃树传到白薯地，而后宛转入云。可惜内容不能完全听清楚。老王觉得自己丧失了一个向人民学习、向生活学习的机会，不禁考虑到年龄对于耳膜的影响，产生了老年性忧郁感叹。

可巧的是一个厅局级著名油画家到这个村来采风。采风云云，也是改革开放时期的流行词语，它继承贯彻了毛泽东时代要文艺家“下生活”的思路与风习，又连续上了诗经与古人的到民间去查得失、摸民情的传统，还减少了毛泽东时代下生活改造思想的政策的压迫感，为文艺家不必太执着深入认真，不必吃苦摸爬滚打、为在改革开放时代的生活减压找到了出路。各路科处局部级别文联理事委员主席副主席，不妨蜻蜓点水，也不妨游乐徜徉，品尝点野菜山鸡，带走点特产绝活，就算人民性了一番，这样，既没有辜负延安“讲话”的谆谆与严正教导，也没有辜负新时代的宽松、舒适与和谐。

大画家在婉婉家吃了一顿香椿炒土鸡蛋、花椒芽炸小鱼（内无鱼，而是掺上面粉鸡蛋炸成鱼形）、干菜炖排骨、黏面豆馅饽饽与金黄的棒子糁粥，非常满意。而婉婉一听人家是画家，又长着极可爱极性感的蓬发与须髯，立马宣布此次用餐奉送，向人民的艺术家致敬。大画家来她家吃饭，是她的祖上坟头冒青烟的时运，是她的荣耀。画家一高兴，回城后给她画了一张小画寄来，还题上了“婉婉山屋”字样。婉婉无师自通，为画做了裱糊、配了镜框，又把“婉婉山屋”请人仿写放大，做了两个塑料灯光箱式广告牌，一个竖在家门口，一个立于路旁。

老王想起了他与维吾尔族大诗人铁衣甫江同去鄯善县农村的情景。

农民送给诗人好几颗白菜，老王感叹说："老铁真个是人民的诗人啊，吃上了人民的白菜。"

老铁为之喷饭。

伟大的祖国，你的文学艺术家所享受到的爱护宠幸抬举和不知所起的超常喜怒，真是，只此一家，异域难寻啊。

一传十十传百，婉婉山屋引来了许多游客，游客多了，就以婉婉家为中心向外扩散，带动了全村的旅游新兴产业。

来早了不如来巧了。正好区妇联开会，抓了婉婉的典型，她做了大会发言，被树成了勤劳致富标兵，得到了区旅游局一千元奖金、乡政府一件红外线餐具消毒柜、区妇联一件电洗碗机的奖励。

最重要的是，从此老王再也听不到婉婉开骂咏叹调了。打狗看主人，文明待客人，游客在此，游客掏钱，你这时候受了天大委屈也不能恶声恶语，不能面带怒纹，脸含凶相。凡是国人都明白，来了客（读切）不能吵架，不能打孩子，不能嗔鸡骂狗。婉婉变成了另一个人。婉婉换上了全新行头：旗袍、软皮夹克、牛仔裤与连衣裙，她也武装了男人与婆母，二位焕然一新。老王深深感慨，让农民挣上钱吧，她们知道怎么个美丽与享福法，自然走向文明高素质。婉婉做了美容，画了眉线，染了成绺的条发，戴上耳环。她穿着旗袍戴着耳环上房晒柿子干的麻利与别出心裁，是大杏子峪的一道新景。

有一次婉婉穿着时装在秋日阳光下进行屋顶作业，老王盯着看，他甚至觉得其享受与在电视荧光屏上看莎拉波娃打网球差不多。

老王与金胜强谈起了标兵婉婉，老王明确指出："你要是也想开展旅游，就必须把白超英接回来，你们俩必须复婚。你一个光棍，没有哪位城里人敢住你的家庭旅馆。解放前租房就是这样，男女光棍招租，没有人敢进住；承租，没有人敢将房租给你。这是中国文化。"

其实外国也是这样，你去西方国家，凡个体律师、医生、经纪人的会客室，都挂着经营人的全家福照片，证明有老有小有配偶的可靠性是普世价值。

小胡子唯唯。没出一个月，二人复婚成功，装修完毕，农家院一改，一大间饭厅，四间双人标间，两间三人间，还有一大间睡大炕。小胡子夫妇坚信，睡大炕的乐趣，永远不会被席梦思软垫所代替。金胜强毫不含糊地回敬老王，三四代、八九个人睡一个炕，是“咱们的文化”。

老王从中明白了生产力是决定性的因素、发展是硬道理、经济是基础、执政的中心课题是民生、要注意弘扬中华传统文化等有本国特色的马克思主义历史唯物主义、政治经济学的基本命题与当前已在我国占主流地位的一些大政方针的提法。

五

小胡子笑嘻嘻，为自己辟了一间办公室，接电话、接受预约、开票、收款，很有点农家乐旅游综合服务中心分部经理的味道。

村里的旅游事业直如雨后春笋。小胡子与白超英精益求精，先是把吸引过“育龄妇女”的卡拉 OK 机用到了旅客服务上，尤其是周末假日，从早到晚，金家门窗不断向外散发《爱就爱了》《大约在冬季》与《心太软》。“心太软”用粤语唱，老王横听竖听都是“心太懒”。

回到自己的农家屋，老王则是听苏联歌曲、陕北民歌与贝多芬、柴可夫斯基。老王老矣，当然。

与老王商议后，金胜强又添置了联想电脑，安装了 ADSL，不但能用游戏软件，而且能上网。

旅游使大杏子峪一日千里，城市的现代文明与技术设备向山村密集空降：首先是厕所与抽水马桶。头两年还是河滩上野草堆里树底下庄稼地里随便排泄，现在家家有被城里人叫作卫生设备的真家伙了。山村搞卫生设备还有个好处，土层比较薄，往下挖是“筛子地”，化粪池的底儿是天然交错垫起的石块，人体排泄物进去，自然走失于无形，无色无臭无味无物，生于有而归于无，连清理也用不着。而窗式空调、中央空调噌噌噌地往外冒，春兰、海信、奥克玛一直到东芝、松下、索尼，一一落户。家用电器呼啦啦到处都是。钱生物，物生钱，钱与物也推进着文明，不说脏话了，不打孩子了，不搞偷摸了，善哉！

没有比农民更精明的人了。人气一旺，立马雇人，不唯书，不唯上，只唯实。远自辽宁、内蒙古，近自河北省，大姑娘小厨子，都往这个村走。然后是养猪的放羊的往这边运活畜，培植蘑菇的送蘑菇，磨豆腐的一天两次豆腐，灌液化石油气的送气进村，土鸡蛋一筐筐运抵山村，各种山货干货鲜货，直到卖布鞋的卖草鞋的卖草帽的都往这儿跑。其乐也无涯，其致富也大大地有！

老王也看明白了，比起雪里送炭来，人们还是更喜欢锦上添花、烈火烹油、顺风顺水、喜上加喜，何其大吉大利！一时节，乡、区、市政府与有关各方面都来视察支援采风，领导一来，总会有所表示。交通局一次次修路改善路面，增添防护设施，安装太阳能采光路灯；园林局组织路旁的观赏林带、四季花草与山坡的植树绿化，电信局奉送了全村的免费无线上网，体委免费提供安装了健身设备，活动腰腿、仰卧起坐、臂力蹬力、角力比赛、快跑慢走……都闹了个不亦乐乎。农村里主要是孩子们过来摸摸动动，三十岁以上的成人根本不理会劳动不能代替体育的说教，没有人认为自己干了一天来还需要上器械努劲弯腰。倒是城里来的游客与上级领导，见到城市社区里的这些东西上山下乡，颇有几分满意与舒服，不免见健身器材而点头赞叹伟大祖国是如何一日千里，并从中论证确认了奥林匹克运动会上中国来举行的不容置疑性。

几项锦上添花中只有无线上网未能坚持久远。仅仅用了几个月，然后是不断故障，然后是自行消失。

金胜强通过旅游与一些城里人交了朋友，有人回城市后给他写来了感谢信，有人寄来了书画作品，有人邮来了包裹：茶叶、保温杯、纪念邮票、重大节庆纪念币、纪念章，还有人寄来了与他们夫妇女儿全家人合照的照片。小胡子开始在大厅里挂起书法与国画作品，文化气息也就不一样了。

“还是得侍候人，光侍候鸡呀猪呀鹿呀的，也能得益，但是只有人给你付现钱。只有人会记住你的好处，只有人会惦记你，只有人会对你有情有义……”

理论上这样说是很动人的。但是不久，小胡子又有了新思路。他不再是侍候人，而是侍候房屋。随着旅游的发展，越来越多的城里人对这个山村产生了兴趣，他们租购了农民承包的，由于环境保护的需要又不准耕作的部分土地，盖别墅房，盖旅游房，盖铺面房。上级或有不得胡乱“开发”“出售”山村土地的指示，第一，这个指示本身就不清不楚。第二，一不准许，就反而无法无天起来。为什么前面写到租购？因为不准出售，没有说不准租让，那么我不是买，是租。你承包三十年我就租购三十年，你承包七十年我就租购七十年，反正大趋势是城市化，是与城市的接轨。

小胡子们开始出租自己的房屋与土地，能够更方便地获得效益。政府虽然讲过不少控制土地使用、整顿小产权、不准盖独体平房别墅之类的话，其实这些事照旧发生不误。治理这样一个大国，而能做到令行禁止，太不容易了。

六

就在本村比较能干的人尖子们开始实行由经营旅游到经营房地产租赁田地过程中，小胡子与白超英又发生了大问题。

老王几个星期没有见到金胜强，小胡子说，由于小胡子给了一位雇工女服务员一些钱去购物，白超英有不同意见，二人口角起来，白超英向他下了狠手：用纳鞋底子的锥子作武器，一锥子捅到金胜强的屁股上了。锥子进到肉里好几厘米。金胜强受伤后报了警也叫了急救车，他先后在区医院住院八天，又在区上一个朋友那里住了几天，这才基本上脱离了生命危险，回到美丽的大杏子峪来了。

都知道，清官难断家务事，原因是家务事里有太多的难言之隐。关于持锥猛刺股的带几分先秦色彩的故事或者加上服务员买菜惹妒的带几分心理分析色彩的背景，不管它与事实有多少出入或没有多少出入，反正这回是小胡子与白超英离婚离定了。

离婚已成不可违背的天意。天意总是要显示教训几次才能被无知的人类所接受。“不二过”其实只是孔圣人对于颜回的幻想。马克思也论述过，历史上的重大事件都要出现两次。第一次是悲剧，第二次是喜剧——闹剧？

既来之则安之，既分之，则随其便。人们想起老辈人包括美丽圣洁的安娜·卡列尼娜，为一个离婚的纠葛闹得死去活来，天塌地陷，不免赞叹国人观念现代化、生活方式与时俱化之神速。也从而更加体会到为什么不论是英国的原首相撒切尔夫人还是美国的原国家安全顾问布热津斯基，都断定东欧的改革必败，而中国的改革最有可能成功了。

这种改革成功的例子首先表现在白超英身上。离婚后不过两个来月，她已经做了高高在上的黄金岭原支部书记黄大发的“填房”，填补了黄大发的老婆去世后的出缺。由于二人没有登记婚姻关系，白超英只能算是代理填房夫人。

黄大发六十九岁，一条腿有点瘸，在台上的时候很威风。五十多岁的时候，他与村委会主任闹出了很大的矛盾，村主任与大发缠斗死掐，直到将大发逮捕法办。大发开发了黄金岭的淘金梦旅游，拉扯了好几个企业、好几个部门，据说他还发明了一种收税退税的细小手段：将一部分明明经营在城区的小企业的厂址改到黄金岭来，由黄金岭的村委会代收地税，然后退给企业相当一部分，却也大大地改善了村委会的财政收入，增加了村干部的奖金与各种名目收入。黄大发被拘留收监了近一年的时间，最后宣布无罪释放。到底怎么回事，不仅老王说不明晰，全黄金岭村与大杏子峪的人民群众也没有谁能说得清楚。本来嘛，按说人民的眼睛是雪亮的，并不等于万能的，眼睛雪亮了一回却硬是说不明晰，近视眼远视眼沙眼白内障青光眼就更看不见什么了。

瘸书记出来后，他的对立面吓得不轻，一桩基层的政治角力，瘸者胜了，而且在瘸者蹲大狱期间其妻病逝。农民们认为这是由于二虎相争，村主任下手太狠所造成的冤孽。瘸书记出狱后十分平和，先办自己的婚事，用时尚的语言应该称作性伴侣之事，在他得到白超英这样的憨实强壮的性伴侣之后，他才嘿嘿一笑，放出一句话来：“君子报仇，十年不晚。”

而强壮的白超英也分享了黄大发的喜悦与威势。一次她骑着自行车轻松地下行，见到老王高兴地说：“我嫁给黄书记了。顿顿饭都是他的儿子给我先盛，他儿子不在，是老头子给我盛饭，先济我吃……我在黄金岭这回可享了福啦。”

白超英笑得十分灿烂。中华农村女性的务实与自尊精神让老王十分感动。

老王还得知，白超英原来在村口用木板竹板搭建了两间铺面房。可能那时她是不愿意参加有两个女服务员的旅游招待活动，她另起炉灶占据了村口地理位置的先机，抓起零售业，安装了照明电灯与装饰用满天星小灯泡，购买了货柜、货筐、货箱与公平秤，真像是那么回事。在商亭上她还公布了自己的手机电话号码，表明她与小胡子已经是各经营各的了。

白女士商亭离原来的家即与金胜强共同的家很近，现在她一高飞黄金岭，这儿的商务无法继续经营，她把自己的亭面租了出去，每年近万元的房租或者叫亭租自天而降，那里的风水好着呢。

小胡子对前妻的状况非常满意，他说，再怎么着我是男人，人家给我生儿育女，给我做饭洗衣，我不能没有良心。她过得好，我巴不得呢。她往前走得快，我给她鼓掌！

“你怎么样？”老王关心地问。

小胡子英俊地笑了。这个笑容使老王想起了网球巨星李娜的丈夫兼教练姜山先生，还有电影明星刘桦先生，他演过《没事偷着乐》《疯狂的石头》《迷失的情感》等。他们的共同特点是眼睛小、气场大、胡子神气、身体结实。当然，金胜强比那两位身量要小一圈。

至于奥地利御用音乐家约翰·斯特劳斯，他的潇洒与诚挚，再加极度用心、劳神的形象，仍然常常与小胡子的形象在欲睡未睡的时刻，在老王脑海里相互叠印、流转、激荡。老王想：是多瑙河更美丽呢，还是《蓝色的多瑙河》更迷人呢？为什么这里硬是没有一个作曲家写写紫李子峪的瀑布、山洪、河流与人工湖呢？它们没有那么蓝，它们是绿颜色的。

老王还想起了老友张贤亮的高论，他渐渐忙于银川西部影视城的商务了，他的影视城已经取得了旅游管理部门的“四星级”景点认证。他坚决否认自己辍了笔，他声称他的影视城商务活动是文学创作的立体化、现代化、数字化与后现代化，是立体文学。那么，小胡子金胜强的生活，就是类约翰·斯特劳斯的作曲的立体化了，伟大的人民，伟大的精力充沛的育龄男女，谁不在写自己的红黄蓝白黑的河的山的谷的湖的海的陆地的与沙漠的圆的与不圆的舞曲？

七

相当一段时期，小胡子上网成瘾，老王多次从小胡子家走过，都看到他在上网，他添置了扫描、摄像、受话、扬声等设备。他的“办公室”里老是有一股发热的电线与线包的轻微的煳味儿。煳味中还有几分香，是现代工业与信息文明的香气。

令老王没有想到的是，两个月后收到了小胡子的邀请：参加他的婚礼。他是这样说的：“我找着了一个媳妇，您来吧。”

一个媳妇？老王略有困惑。

被称为媳妇的人姓商，名红霞，大眼睛、双眼皮，这在大杏子峪是独一无二的，包括应征“外来”的湖南妹子赵丽华也不是双眼皮，而土生土长的山野人，据说是由于北方冬春的风沙太大，长不出双眼皮来。这是当年的广东作家孔杰生的高论。时间不短了，孔某移居到国外，听说前些年还回过北京。

商红霞眉毛做得很弯曲，眉线的色调是黑中透绿，使老王联想到新疆北部的维吾尔族姑娘喜欢用来描眉染脚指甲的奥斯曼草。小商的头发进行了条染，黑褐的基调中几缕隐隐约约的金黄，灯光照耀下时而显出炫目的光辉来。大杏子峪中出现了这样的女子形象，令人不能不想到中国的改革开放盛世，虽然老王知道全国政协委员、著名川剧作家魏明伦，曾经在一次正规的会议上提出缓称“盛”的主张，并获得了与会指导的一位尊敬的国务委员首肯。

可惜的是，商红霞的脸太方，颧骨偏高，有人说这是克夫的相。再有她自称四十五岁，比白超英还小一岁，但穿越过精心的美容，你仍然会感觉到她的沧桑，你不禁会问她哪儿来的那么多不祥的纹络？

小胡子说：“我在网上认识的她，她问我到底是干什么的，我说我是普通农民，她说她不信……然后她就来了，来了就不走了。她是山西人……”

“她说话可没有老陈醋味儿。”

“她是城市的人啊，她有城市户口啊……有一次坐我的‘的’车的是一对夫妇，也叫情侣，两个人拌嘴，女的说：‘我知道你从来没有真心对过我，你跟我来往就是为了让我从山西给你捎带宁化老陈醋……’”

然后他正色补充说：“人家商红霞可不是这样……我压根没有向人家要过醋！”

一提到醋，小胡子很郑重，有点天日昭昭，人神可鉴的立体文化感。

商女士的身材尤其是后背，其实与白超英相差不多。不，这里给人好感的不是青春与育龄，而是文化。婚宴上，她显得文静，说话前眨磨半天眼睛。她的普通话也显得标准化一些。为了祝贺小胡子的新欢二婚，老王赠送给了金胜强一个八音盒子。音盒购自维也纳，盒面上有漆制约翰·斯特劳斯雕像彩照。当老王向商红霞讲述小胡子如何如何聪明能干，而且长得像约翰·斯特劳斯的时候，商红霞才舒展愁眉笑了一回，说：“合着我还真抓着头彩了吗？”婚庆回来，老王说，这个金胜强，居然网恋成功了，现在的农村人真了不得。

老王妻子说：“我看他们长不了。”

老王听了很受打击，他没有想到老伴是这样的评论。人家刚结婚，哪有这样说的……他变得不自在起来。

“我听大杏子峪的人说了，他们谈不到结婚，没有登记。”妻说。

“那是另外的话。”

“白超英与瘸书记成了两口儿，也没有登记。他们明白着呢，有了一次婚姻失败的经验了，再发生问题怎么办？不如先生活一段再说。这叫什么来着？中国农民思想最解放了……”

“这叫见贤思齐……”

“不，这叫从善如流，与时俱进。”

妻平常里是不喜欢用这些政治熟语的，现在却从山村的日常生活中得到了时代新潮的启发，而又归结到祖宗的老话儿上去。老王大笑。

妻说，她觉得商红霞完全是另一路人，她这样热烈地追求金胜强，但是你会觉得她在这个喝酒吃肉的什么婚宴上更像是客人，脸上连笑容也很少。再强调一步，她更像是外人，或者洋一点的说法，她是陌生人。

“你太神经了。”老王表示异议，他还说：“我给八音盒的时候她也笑了呀。”

“半年之内，你就会看明白。”妻子喜欢预言一些事情，实现率相当高。

老王则但愿祝福他们二人过美满的生活，上苍保佑，平安幸福。上苍也会保佑白超英与瘸书记的。老王特别祝愿天下所有的中年女人幸福，因为中年女人的不幸率太高。中年的特点是离青年越来越远，离老年越来越近。中年而不怨天尤人、缺情少爱的人越来越少，她们并且常常从痛恨不像她们一样怕老的异性，发展到痛恨体制、社会与主流意识形态，她们的眼泪与毒火天天增加……倒是这个年头的农村人有了幸福感。而直到老王的姨妈那一代，还有祥林嫂式的悲剧在九百六十万平方公里的土地上循环上演，还有老王所写的《活动变人形》中的静珍那样的封建贞节观念的牺牲品令人落泪。有什么办法呢？历史的欠账太多了。

老王不无恐慌，值得同情的中年女子太多了点。更不安的是，现在时兴的是揭露开发与发展带来的破坏、失落、犯罪，现在时兴的是怀念周公、孔孟、弟子规与三字经，还要怀念蜡烛、牛拉犁、驴拉磨、人拉碌碡与手工纳鞋底子。而他竟然还在为改革开放唱喜歌。

此后老王几次到金胜强家去，看到的商红霞踏踏实实，寡言少语。一次她是在给庭院里的菜畦锄草，一次她在搭葡萄架与南瓜架，一次她在洗、晾、晒被褥。她总是在干活，这给老王以良好的印象。他坚信一切邪恶都是从懒惰开始的。商红霞还有一点与一般农民不同，她从来不向老王问什么问题，对老王这样一个城里人、有一大把年纪与阅历的人五人六儿，从不表示兴趣。这使老王觉得小商有几分高雅脱俗，但又有一点微微的失望，人家不向你提什么问题，你也就不好向人家提什么问题。用老王妻子的话，既然咱们不是派出所的民警来查户口，既然咱们没有人口普查的任务，就不能向人家问东问西。总之，小商的态度使老王感到了与之沟通的困难。而作为一个写作人，他本来是非常有兴趣与这位空降的小城女子闲谈交流的。

但是小商不能说对他们不够热情与尊敬。她的礼貌无可挑剔。她一口一个大叔大姨。不论金胜强在不在，她都主动地为他们沏茶倒水、让座陪坐，送鲜菜送鲜果干菜干果，从不让老王他们空手离去。他们双方四人也一起吃过几次饭，小商的炊艺不算太高，服务仍然十分周到。

王妻问老王：“你对小商的印象怎么样？”

“好。”

老王与王妻一起点了点头。

“可她好像有点心不在焉。”老王试探地说。

“好像是那样。”

半年过去了，小商还是这样。一年过去了，小商仍然是这样。老王对妻子指出，她所预言的“不超过半年”如何如何，已经不能成立了。王妻也承认自己确实有时候预言不那么准确。

老王转而称赞，小商这样的城里人，非常自律，人家到你这儿来，从来不会贼眉鼠眼、东张西望；人家与你说话，绝对不会问东问西，连蒙带诈；人家与你共餐，绝对不会飞短流长，是是非非。人家尊重你的隐私，无形中也保卫了自己的尊严。

王妻说：“行了行了，何必分析个那么多多……”

八

这年春天，离紫李子峪五公里的绿山湖上举行维吾尔族杂技演员阿迪力的达瓦兹（走大绳或走钢丝）表演，一下子招来了许多游客，他们正好把观看惊险奇绝的杂技与乡村旅游结合起来，先在大杏子峪住上一晚，次日再去观赏阿迪力的惊险表演。大杏子峪各家喜气洋洋，人民币一旦流转起来，敢情挣钱也并非那么艰难。红莲婉婉不知道听了谁个高人的主意，她竟然由吕二凤介绍从内蒙古的吕家村请来了一男一女唱小曲，一会儿是山西陈醋味儿的民歌，一会儿是内蒙古加晋北的“二人抬”，一会儿是河北落子。经人指点，红莲婉婉硬说是这些

她从来不向老王问什么问题！

小曲都是出自大杏子峪，并请市文联的作家题写了“大杏子峪民俗风情小曲”的招牌，一直发展到 CCTV 派人来拍了风光片，宣传了大杏子峪农家乐旅游，宣传了紫李子峪地貌，也重点介绍了先进人物红莲婉婉。然后，红莲婉婉在区妇联同志帮助教育下写了入党申请书。

在大杏子峪的旅游掀起新高潮的时候，老王一连几个星期没有见到金胜强，后来说是他在城关区购买了公寓楼房，与商红霞同在城关住了一阵子，过上了小来来的公寓生活。还说是商红霞在那里做股票投资。老王一听，不由皱起了眉头。对于老王这样的人来说，股票就是坑人，只有白痴才会去做。

老王庆幸，他并非对改革开放来者不拒，例如他绝对拒斥股票，这显得他既不算特别庸俗，也不算特别讨好，更不算特别右倾。

一听商某在做股票，老王立马深锁起眉头。

“我不能管呀，我们俩虽然生活在一起，她的就是她的，我的就是我的。我也不知道她打哪儿来的钱，我也不能过问她怎么用钱。这不，才十几天，她已经赔了个一塌糊涂。现在倒好了，她回来栽樱桃树来了。”

划线，挖坑，筛土，薄施底肥，栽树，盖土，踩实，提苗，大量灌水……给小胡子家带来了节日气氛。山区的樱桃砧木有的是，栽活两三年，再嫁接上名牌樱桃，老王已经预感到小胡子家的美妙远景。小胡子对于放弃了接待游客的高潮，去城里陪小商，毫无二话。他的观念很新，并不是唯收入论唯钱票论，根本不在乎一时一纸的得失盈亏。他注意享受爱情也注意享受生活。小胡子是一个会生活的人。

樱桃园。老王感谢小胡子正在构建樱桃园。樱桃园正在从契诃夫的话剧里来到他的身边，这有助于老王爱实际的生活，也有助于他怀念契诃夫，怀念那个萌萌的酸酸的青春时代。

……宛如晴天霹雳，一个月后小胡子告诉老王说，商红霞已经被公安部门逮捕。说是他与红霞在城关的新开张的肯特基炸鸡店吃辣味鸡翅并且喝一种称为“圣代”洋名词的红加仑加冰激凌饮料，来了四位民警，两位是本地的，两位来自商的家乡。说是商因为涉嫌参与诈骗团伙犯罪活动并潜逃，被通缉逮捕。金胜强试图问问原委，他被警告不要妨碍警务。

什么意思呢？到底是怎么了？金胜强给老王说了一些，说得不清不楚，老王是愈听愈糊涂。是不是金胜强本人也没有弄清呢？商不可能不打自招把一切早早地告诉他。要有那么坦白，何必潜逃？戴上手铐子以后她也没有时间向金说明一切。小胡子说，红霞临走只重复了几遍：“毁了，毁了，毁了……”

几个月后，小胡子到商的家乡去过一次，从商的娘家家属与当地政法部门那边，小胡子得到的信息是：一个犯罪团伙以商红霞名义与证件骗走了数百万块钱，分给了商红霞二十万。小胡子补充说，商红霞来他这儿的时候身上有个十七八万，他对此没有深追，也从不认为这个钱跟自己有什么关系。看来小胡子不是完全没有考虑，他说他很明确，商的钱归商，他的钱归他，在这里的生活，他们两个人都有贡献，有时候像朋友一样争着付账，互相也并不计较。

又过了两年，老王在CCTV12“社会与法”频道中，看了几件诈骗案例。其中有一个诈骗团伙，通过一个基本不知情的熟人，先去接近一个缺少知识又贪财的老妇，冒充银行电脑室主任，声称他可以通过他的职务权力与技术操作将此老妇的账户存款额凭空上调五倍。他先做了一个“实验”，让老妇存一个一千元的活期，他往里添了四千元存款，果然，再拿去一看一千无端膨胀了五倍，成了五千了。然后老妇财迷心窍，一家伙存进六十万元去，他拿走老妇存折，说是几天后将自动膨胀至三百万元。这样的哄小儿伎俩居然得手，如此这般，肉包子打狗有去无回，诈骗成功。不费吹灰之力。

而这样的团伙中都会有一个可能是真名真姓，也可能是一会儿一变的负责收取汇款与领出现金，然后立刻逃匿的角色。领钱的人并不知道钱是怎么来的，领出来的钱也主要不归他或她本人，他或她只是分成得利，其他一概不知。这大体上可能就是小商的写照。

与其说是愤怒，不如说是哭笑不得，不如说是难以置信，不如说是心寒彻骨，不如说是无比悲凉。一个这样伟大、这样历史悠久、文化博大精深、智慧光芒万丈、经验老到丰饶、精明得每个细胞都流油冒光、同时照样能够追求时尚、求新求变的民族，出现这样的比白痴还白痴、比脑残还脑残、比幼稚还幼稚、比愚蠢还愚蠢的人与事，而且这是真事，不是谣言，不是恶意诽谤，不是忽悠，夫复何言?

而且说下大天来，也许仅仅是老王个人的好恶，不足为据，老王绝对不认为商红霞是恶人，商红霞显然本来可以做好人，她的受骗上当之轻易，令人无法相信。

还有一个小心理，老王喜欢"商"这个姓，如他喜欢柳与邵、杨与廖、平与萧……不喜欢，他不喜欢王这个姓。

只能有一个解释，已经有一些低级犯罪分子得了手，他们的突然暴发之容易，超出了想象。

金胜强显示了自己的品德和水准。他一次又一次地与商家联系，光山西就跑了四趟。他宣布：一日夫妻百日恩，只要在双十以下，即退赃在十万元以下，判刑在十年以下，他就会，第一，用自己的积蓄帮助商红霞退清赃款，争取宽大处理；第二，他可以等待商红霞刑满出狱，从现在的四十七等到五十七。他解释说，时期再长，他就进六十了，他等不到那时候了。

老王称赞他有情有义、有理有法、有节有度。

小胡子的设想并没有实现。由于炒股票，商红霞的赃款，已经所余不多，加上各种情况各种说法，金胜强要掏三十多万才补得上窟窿，而商红霞的一兄一弟，说是都由于生活困难，无法提供援助。如此，商红霞判了十五年有期徒刑。判刑后，小胡子先后两次去探过监，给商红霞带过衣服与食品，还有一些中药。他与商红霞说明了一切，他得到了商红霞的理解与感激。老王相信小胡子说的完全真实，因为对于原配白超英也是这样的，他们俩固然是再次离异，动了家伙，有锥刺股之痛，实际上小胡子仍然帮助她盖了新房，人力财力，都有贡献。有什么法子呢？原来美得不行的白超英，二婚前期预备也没有成功。由于与瘸书记前妻留下的子女相处不好，白超英回大杏子峪来了。

又过了一些日子，老王与王妻到城关吃了一回肯特基，对那里卖的“圣代冷饮”印象深刻。光看广告图片，倒是花花绿绿，二十块钱一杯，价钱也还行。吃到嘴里的蓝加仑红加仑，老王实在不敢恭维。那个“圣代”（Sunday——周日）冰激凌，尤其令老王骇异，怎么是那样的惨白色？难道是放了石灰或者马牙石？而所谓果汁的鲜艳性、单一性，也令老王不敢相信。好在商红霞违法事件冲淡了对于饮品质量的关切。他们不停地想象着商红霞、小胡子，两人在那里吃吃喝喝，然后遭遇拘捕的情景，很像影片的情节与镜头，吃的、喝的、做的、受的、遇的，都有几分初级阶段的粗糙与可疑，有几分超前与滞后的相结合，有几分网恋时代的虚拟性与靠不住性、不确定性。网络与媒体时代，你一会儿成为超女，一会儿成为意见领袖，一会儿成为窃贼，一会儿成为时尚，一会儿成为身败名裂。

老王夫妇的情绪也不是很好。原因是购买圣代饮品时老王想闹清晰什么叫圣代，一再向服务小姐请教，服务小姐显出了蔑视与不耐烦的表情，好像他们二老是多么土鳖。而只是在吃得不舒服，欲呕未呕之后，老王忽然明白，那是英文星期日罢了，是美国威斯康星州最早制作并出售的一种冷食，约是水果冰激凌而已。怎么如今圣代起来？难道是神圣的代理人？神圣伟大的时代？这可真是英国作家奥威尔发明的所谓“语言腐败”了。

吾日三省吾身，老王此后反省了不止一次，为何他对行为腐败的至少是犯诈骗罪的商红霞毫无义愤，而对圣代的语言腐败如此上火？莫非他身上也沾染了“文革”情结？

老王高举起可疑的圣代红加仑杯，为商红霞的老实服刑与重新做人、弃暗投明而预祝干杯。

此后许多年，老王一听《蓝色多瑙河》圆舞曲就想起金胜强，一吃到水果冰激凌就想起商红霞，一见到锥子就想起白超英，而作为对上一篇写山村的小说的补充，我要加一句，老王一见到敌敌畏药瓶，就想起吕二凤，而一闻到运行着的拖拉机的柴油烟气，就想起赵丽华与杜铁栓的艰难的爱情。美不胜收的形形色色山村新生活啊。

九

不知道是什么原因，商红霞判刑收监以后，躁动的与浪漫的金胜强似乎变得安稳了不少。他集中精力一个是盖房，一个是整治果园。他居然有逆潮流而动的伟大与清纯。自从乡村旅游发达起来以后，这个村子的一大问题是果树撂荒。酸梨、核桃、板栗、柿子、山楂成熟的时候，根本腾不出人手去采摘。雇人去采吧，由于本村劳动力价格上升，山果的收入抵不上雇人采摘的工资支出。百分之九十的村民，干脆放弃，除了家门口采摘一点自用以外，随它烂到山里。更不必提一年到头的松土、施肥、嫁接，打药、剪枝、疏果、疏叶种种栽培管理了。

小胡子这个时候大搞樱桃园，使老王从他与约翰·斯特劳斯的相似性发展到他与契诃夫的名剧《樱桃园》的相似性。这使他对于小胡子的兴趣日益浓厚，而对于契诃夫的迷醉渐渐趋于平实。想当年，他年轻的时候，提起契诃夫来他当真是又想下跪又想号哭。文学与现实，俄罗斯与中华，剧场剧本与炊烟冉冉的村落，究竟哪一边更重要、更有魅力呢？契师傅的剧本是那样悲与美，小胡子的樱桃园哪里会有那种虚无缥缈与梦魂萦绕，最重要的是小胡子的樱桃园里没有契诃夫的塔妮亚或达妮亚啊。他有过商红霞，不能天长地久，只是偶然拥有。

然后等待着她的是铁窗生涯，等待着他的是渐行渐远的怀旧情绪。

老王抱怨自己真是没有出息啊。为什么他不会写剧本呢？他最早不是没有尝试过话剧剧本的写作啊。曹禺还接见过他这个梦想写剧本的小青年呢。他老王本来应该写一部小胡子的樱桃园加蓝色的圣代加仑的故事啊。

十

小胡子一静下心来，又赶上村委会班子换届，他立刻当选为村委会主任，百姓的说法叫作村长。却原来中国农民与其他各界人士一样，能够胜任许多不同的角色。他首先是大抓宣传，请动了国家、市、区、乡的媒体与媒体派驻记者，一时间闹得到处是对于大杏子峪的报道，国旅、青旅都开辟了组团到此地来的农家乐旅游。CCTV 的专题片甚至影响到了国外，他们这里收到了国外旅游团队与个人的来信。金胜强又与有关承包者经营者多次磋商，为村民争取了一些福利，例如某个区旅游局介绍来的承包商本年秋天给村民各家赠送了白面大米。他还争取了公共卫生局来这里修公厕，公厕修得堂皇光亮，但是长年上着大锁，不准使用。他明确地告诉大伙，修公厕不是为用，一用就又臊又臭了，公厕是为了拍电影电视、新闻摄影、广告摄影与艺术摄影，给高级领导、外国政要检查参观或偶尔使用而建设的。真是好好的人民啊，对此百分之百地理解同意支持。

老王为李劫夫作词作曲的二十世纪六十年代红歌《我们走在大路上》改了词，他唱道：

我们走在大路上，
我们的戏路（子）多么宽广，
抱起炸药炸翻碉堡，
招商引资盖上图章。

向前进，
高声唱，
饿过肚子饭菜更香，
向前进，
高声唱，
娶上媳妇充满阳光。

我们走在大路上，
我们的文化博大汪洋，
韬光养晦与时俱进，
东方不败创造辉煌！

“向前进，高声唱”云云，本不是李劫夫的词而是法捷耶娃的苏联歌曲《莫斯科你好》的词。由于这两首歌的曲调靠色，老王顺便将它也吸收进来了。

王妻说：“不要恶搞……”

老王说：“不是恶搞，是善搞！”老王说得十分认真，几乎流下泪来。

工作一忙，金胜强的血压噌噌噌地往上长。当老王得知他的收缩压已经临近了二百，而舒张压一直在一百上下徘徊的时候，义正词严地要求他看病、服药，而且是终身服药不得停止。老王根据自己的高血压症治疗经验，给小胡子不断地上课。小胡子拿不定主意，这时来了一位游客，给他大讲了一回通过节食降血压的原理。这位女游客声言，牛津大学的最新科研成果证明，目前人们的饭量，实为人体需要的五至七倍，各种疾病，都是——差不多都是来自过食。许多社会问题，也是由于过食而造成食品匮乏所引起的。如此这般，小胡子下定决心，从此早餐减半，午餐减三分之一，晚餐全减，改为吃一点蔬菜如一枚西红柿或一根胡萝卜。

老王自幼笃信科学医学，而绝对不相信任何传言八卦。他不论怎样痛心疾首，小胡子的生猛减食已经并正在付诸实施。而且，信不信由你，他说减食以后，他的血压已经降到122 / 88。

老王仍然耿耿于怀，他已经一大把年纪，小胡子对他毕恭毕敬，怎么会不理睬他的意见却轻易地听从一位天知道与牛津大学有什么关系的姐妹儿的忽悠。莫非这里也有弗洛伊德的显灵？

真是树欲静而风不止，就在小胡子一手抓樱桃园，一手抓村委会工作，第三只手还在惊人地抓节食降压正正经经、清清净净地生活的时候，他又落入了情网。

正是这位主张生猛减食的痛快女士。她是邻县的一位女主席科员，说是她供职广播局同时兼着县文联主席与县作协主席，虽说是两个主席，但她是不在那边上班也不管具体工作的，叫作主席而不驻会，所以她仍然只能算科员。还有，她并不是医护人员也不是卫生局干部，她的减肥减压并没有官方背景与学理支持。广播局科员、文联作协主席，更热衷的却是养生、临床治疗与保健指导，真是通才啊。早就听庄子说过了，道就是通，通就是道，有道而通之，无往而不胜。

如何从切磋减食降压发展到卿卿我我的，老王不详。她健谈、开放、外向，说是老公有了外遇，她坚持与他分手了。她说她已经独身生活了十几年，她现在是最后的机会了，她喜欢小胡子。

据说，他们二人发展顺利，已经在城关同居。

老王又跟着激动了一回，并随着称颂了一回中国人民正在创造新的历史新的故事新的欢喜。关键是城乡二元结构正在发生变化，三大差别正在消除，科长爱上了农民，农民拥抱上了科长。好啊！村里人也说道此事，羡慕者有之，称奇者有之，不解者有之，摇头者也有之。

这年入冬小胡子告诉老王，多半春节前他们就会去登记结婚。

一冬天老王等待小胡子的喜讯，计划好了要送的礼品礼金。没信。等冬天过去了，说是节食专家与原老公言归于好了，与小胡子拜拜了。小胡子微微一笑，仍然是胜利者的表情。

干脆说，金胜强走起了桃花运。不久，他带着一位不成功的、中途转业的女子举重运动员来见老王。一听是举重，老王倒吸了一口冷气，万一惹火了她，她一把抓举起金某人，再往地上一摔，岂不是骨节寸断？比一把锥子危险多了。

老王想起小胡子讲的他自己婴儿时期的故事。那时正赶上二十世纪的三年困难时期，他在出生一个月以后，过秤，只有五斤半，大家都说这个孩子保不住……中国农民的生命力、中华基因的抗逆能力真是无与伦比啊。

小胡子与原女子举重运动员相好了大半年，也是老王认为即将大功告成的时候，换了新的面孔。

干了一届，下一次民选，小胡子村长当不成了。不知道这件事与村民议论的他的花花时运有没有关系。他活得更加潇洒风流。

十一

在老王访问镇江的时候，听人们说起一个故事。美国女作家、诺贝尔文学奖得主赛珍珠，童年跟随传教士父亲住到了江苏省镇江市，她变成了自以为的中国通。后来她写的中国题材长篇小说《大地》，包含了对于中国革命中国共产党的负面的见解，曾经备受中国内地的舆论的抨击，以至于尼克松首次访华时想带她来而未果。但是，她本人晚年曾经给美国政要写信，她认为，中国人民在自己的悠久历史中经历了一切困难与考验，至今能够活下来的，乃是最优秀的人子。

从小胡子身上，老王也感慨，如果稍稍改善一下中国处境条件，如果他们身上的潜能潜质有所发挥，也许整个世界都会变一个样儿。

农村的旅游业越来越发达了。强中更有强中手：有的把农家乐的客房修到了山顶上，有的干脆修到了水边，甚至占用了河道的高地，让老王提心吊胆。自制的烤全羊转炉千奇百怪，不断改进。烤全羊的香辣热气覆盖了全村。从兄弟县区引进了低温养鳟鱼。然后是到处栽植新西兰品种的猕猴桃。转眼又是栽植麻核桃的高潮。麻核桃雅称文玩，各式花纹与凸凹变化，令人称奇，进入二十一世纪，中国人渐渐有了点钱以后，对文玩的兴趣突然高扬，最最理想的大文玩，说是价格已经达到了数十万元一对。这里本来吃香的是薄皮核桃、脆皮核桃、纸皮核桃。不同的叫法强调的是你拿过那枚核桃来，一磕一敲一咬就能去皮吃仁儿。而现在，一家伙被麻核桃扫荡了。家家接枝，户户引进，结了核桃以后每只上都使用专制的塑料卡具，人工干预麻核桃的生长过程与成型形状。这样下去，早晚有薄皮核桃稀缺过麻核桃的那一天。

最想不到的是红莲婉婉的发家史。她本来是农村旅游业的先行者、标兵，但是等到村里的精英们咂摸出了滋味，一个个都来闹旅游的时候，她开始渐显下风。有人文化比她高，在家里设立了家庭影院，准备了成百上千的 CD、VCD、DVD 和上网设备。有人本事比她强，做根雕、做泥人、做蝈蝈笼子与蛐蛐陶罐，一直发展到做人工瀑布与假山石，养荷花菊花兰花。有人原来是干部，人脉八方，生财有道。来他这儿的游客都是坐着大轿车的企业、机关、团体人员，他接待不下再视关系的亲疏远近选择性地分流转让给别家，其牛可知。

红莲婉婉不知怎么琢磨到小胡子当年请客的那条大花鲢上了。请者无意，豪兴偶来；吃者有心，刻意取经。她终于在水库边上开了一家活鱼饭馆，斗大的字写着氽花鲢、侉炖鱼、鱼头泡饼、黄鱼泡烤窝头……气势不凡，令人刮目。

这座水库里哪有那么多大鱼？好在红莲与她的乡亲们敢吹敢唬，她一边收鱼，一边弄两条活鱼大鱼放在馆子前面的洋灰水池里，一边降格以求，咔哧咔哧剁剁，化鱼为块块，加上葱姜蒜辣花椒大料孜然咖喱香草山蘑酱油料酒，不活的鱼也因极度烹调而复活了。只有一次，三位广东籍游客，指着鱼头的下瘪的眼珠向红莲婉婉大兴问罪之师。红莲婉婉毕竟在商品市场中混了些日月啦，以超级良好的笑容加装傻充愣的眼神再加幽默打岔的温馨度过了危机，带着广东食客到鱼池里挑拣，并且将被指出并非活鱼的菜肴免费赠送给了他们老三位。

“遇到歪顾客，你要舍得吃亏，这不，咱们的态度好的好名声传出去了，我不但卖活鱼、卖河虾，我明天就开始卖炸油饼儿啦。”

婉婉的话语与营销策略不很合乎逻辑，炸油饼儿与活鱼之间是什么关联也没有人听得清楚。然而，她做出了正确的决策。随着城市环境的讲究，沿街炸油饼油条的日益减少，而吃了一口婉婉这里的刚刚出锅的油条感动得热泪横流的老北京越来越多了。据说，在与科长的恋情无果而终以后，小胡子也跑到婉婉这里一口气吃了三张大油饼。老王问到小胡子的时候，金胜强坚决否认，但红莲坚守此说，说是千真万确。

人不可貌相。问题是窝窝囊囊的红莲丈夫却在吃好了大油饼，换上了的确良新衣以后传出了风流花事消息。红莲后院告急，前景难于预料。老王趁机贩卖他的廉价社会学原理：人类面临的两大问题，一个是吃不饱，一个是吃得太饱撑得慌。吃不饱会发生动乱、颠覆、恐怖、极端、分裂、愚昧、迷信，解决此类问题的要务是多供给一些食物。撑得难受情势就更复杂深刻，会出现吸毒、颓废、霸权主义、救世主意识、大规模杀伤性武器、世纪末感、昏天黑地、邪教、帮派、淫乱、肥胖、破坏环境、想入非非、灵魂出窍，以及更荒唐的愚蠢与迷信。

不管如何，让山野的农民吃得饱一点吧。伟大的中华民族，吃饱了才有几年？即使小胡子们小肚子鼓囊囊的需要节食了，不是还有几千万温饱线以下的同胞弟兄们吗？

……二〇一一年冬天，老王终于收到了小胡子的新婚请柬，从对方的名字上老王完全得不出什么概念或者形象来，她会是谁呢？

最新信息：与白超英过了一年的黄金岭原支部书记黄大发，声明说，“君子报仇，十年不晚”根本不是他说过的话。他说的话是“大人不记小人过”，是“团结在总书记和党中央的周围，构建和谐的黄金岭”。觉悟与生活质量，都在噌噌噌地往上拔呀，不服行吗？

附带一句，按照赛珍珠遗愿，她的遗体迁到了镇江（按照司徒雷登的遗愿，他的遗体也回到中国了），镇江的赛珍珠故居纪念馆，也已经向公众开放。

（二〇一二年）

明年我将衰老

我知道这一切都有你的心思，都有你的参与与祝愿，有你的微笑与泪痕，有你的直到最后仍然轻细与均匀的，那是平常的与从容矜持的呼吸。到了二〇一二这一个凶险与痛苦的年度的秋天，上庄·翠湖湿地，咱俩邻居的花园，黄栌的树叶正在渐渐变红，像涂染也像泡浸，赭红色逐渐伸延扩散，鲜艳却又凝重。它接受了一次比一次更走凉的风雨。所谓的红叶节已经从霜降开始。通往香山的高速公路你拥我挤，人们的普遍反映是人比叶多，看到的是密不透风的黑发头颅而不是绯红的圆叶。伟大的社稷可能还缺少某些元素，但是从来不乏热气腾腾与人声滔滔。

夏天时候我觉得距离清爽是那样难得的遥远。虽然有过“暑盛知秋近，天空照眼明”的诗句。这时候，你甚至觉得萧瑟与无奈正悄然却坚毅地袭来。好像有指挥也有列队，或者用我的一句老话，你垂下头，静静地迎接造物删节的出手不凡。你愿意体会类似印度教中的湿婆神——毁灭之神的伟大与崇高。冷酷是一种伟大的美。冷酷提炼了美的纯粹，美的墓碑是美的极致。冷酷有大美而不言。寂寞是最高阶的红火。走了就是走了，再不会回头与挥手，再不出声音，温柔的与庄严的。留恋已经进入全不留恋，担忧已经变成决绝了断。辞世就是不再停留，也就是仍然留下了一切美好。存在就是永垂而去。记住了一分钟就等于会有下一分钟。永恒的别离也就是永远的纪念与生动。出现就是永远。培养了两名世界大奖得主的教授给我发信，说："没有永远。"好的，没有本身，就是永远。有，变成没有，就是说，一时化为永远。有过就是永远，结尾就是开端，在伟大的无穷当中，直线就是圆周。与没有相较，我们就是无垠。

比起去年，充分长大的黄栌，出挑得那么得心应手，行云流水，疏密凭意。它已经有了自己的秋天的身姿，自信中不无年度的凄凉，寂静中又仍然有渐渐走失的火热。那临别的鲜艳与妩媚，能不令你颠倒苍茫，最终仍然是温柔地赞美？也可能只是因为你去了，我才顾得上端详秋天，端详它的身段，端详它的气息，端详它的韵味，有柔软也有刚健，如同六十年的拥抱与温存，你的何等柔软的脸庞，还有时下时停的雷雨，时有时无的星月，像六十年前一样丰满。

也许天假我以另外的七八十年。银杏与梧桐的叶子正在变得淡黄金黄，它们的挺拔、高贵与声誉，使秋天也同享了时节的从容与体面。秋天是诗，秋天是文学，秋天是回忆也是温习。秋天是大自然的临近交稿的写作。敲敲电脑，敲出满天星斗、满地落叶与满池白鱼。柿子树的高端已经几乎落尽了叶子，剩下了密密麻麻的黄金灯果。相信某一个月星暗淡的夜晚，枝头的小柿子会一齐放光，像突然点亮了的灯火通电启动。月季仍然开着差不多是最后的花朵，让人想起爱尔兰的民歌《夏天，最后一棵玫瑰》，它们的发达的正规树叶凋落了，新芽点染着少许的褐与红，仍然不合时宜地生发着萌动着，在越来越深重的秋季里做着早春的梦，哪怕它们很快就会停止在西风与雨夹雪里。芦苇依靠着湖岸，几次起风，吹跑了大部分白絮银花，我们都老了，渲染了它们的褐黄与柔韧。靠着芦苇的有送走了白絮的小巧的蒲公英。

比较软弱的是草坪，它们枯黄了或者正在枯黄着，它们掩盖着转瞬即逝的夏天的葱茏与奔忙，它们思念着涟漪无端的难言之隐。湿地多柳，女性丰盈的外观与脾气随和的垂柳，它们的长发仍然拂动着未了的深情。它们说，不，我们还没有走，我们还在，我们还在恋着你哄慰着你。你在哪里，我在哪里，你与我一起，我与你一起。

我喜欢你的命名：胜寒居。我更喜欢居前的开阔地。你比古人更健朗，他是高处不胜寒，你是高处不畏冷，不畏高。高只是一个事实，所以你不讳言也不退让。你在胜寒居上养了一只黄鼠和一只小羊，你在胜寒居的胜寒楼上吟诗赏月，那是一个刚刚开始的梦，一个尚未靠近的故事。

我说了未曾去过的外国，那旋转润滑的玻璃风门，那深夜的归来，那巧克力与杜松子酒的混合，那哭哑了嗓子并且敲断了鼓槌弹崩了吉他弦子的背景的痛苦。那同行的欢声笑语，是不是有几分亢奋？那从“文革”与“为纲”的苦斗中走出来的舞文弄墨的，其实是幸运的“狗男女”。见到了欧洲就像见到了一批盛装的，却也是半裸的、脱下了我们长久以来说不出口的某些遮掩的辣妹猛男，兴奋与惶惑同在，欲望与摇头共生。那各色各式的汽车与多棱的反光后镜，那五颜六色、刺鼻的与诱人的香水气味，那永远的置放在滚石（块冰）上的黄金泽色的苏格兰威士忌，那服务小姐的身材与短裙，那酒吧歌女的金发与长腿，还有为她伴奏的震耳欲聋的乐曲。

我觉得我的牙周已经被架子鼓震得酥松，我的龋齿正在因小号而疼痛，我的好牙正在随着萨克斯风而动情地脱落，我的耳朵开始跟随着提琴的上天入地的追寻与躲藏而渗血，它在赌咒？它在起誓？它意欲奔逃背叛？它意欲变成一只飞奔的豹子。我的眼睛已经因打击乐而紧闭，我的眼球已经因放肆的疯狂而疼痛。会不会爆炸？还是离开？我看到了深夜出行的王子，他从来都养尊处优、脱离人民、不知世事艰难，也满以为人生美好温暖，以为他带给世界的是爱与祝福。他碰到了类似柏林的墙，变成了墙上的浮雕古典，然后烧到盘子上，挖到木板上，凿到石头与玉上，印在明信片上，变成此行的唯一存贮。

我看到了我自己的仪礼，由你的吉他陪伴，唱着“归来、归来”的歌。我们小时候在一起踢过毽子，跳过“我们要求一个人”，划过白塔。后来你在欧洲，我在风是风火是火的大潮里。你的歌声太动情，你的服装太古板，你的肩膀太宽大，你的嘴唇太憨厚，不，我只能说不了，是闹，是诺，是聂，是南，是N与不同的“无意”即五笔字型“元音”重码的联结。是游乐场上的旋转秋千，翻滚过山，疯狂老鼠，水滑梯自由落船。我累，我疲倦，我快要听不见说话与睁不开眼，我有倦容又有得色。但是是你而不是我感到了晕眩。你改变了百叶窗的颜色。

从那一天我开始了百叶窗之思念。从那一天我下决心在我的新作里好好描画一下百叶窗。多么遗憾，我忘记了郭沫若译的《茵梦湖》和它的作者史托姆。我听到了赞美和声。感谢我上过的小学，它教会了我欧洲的旋律与中文的歌词：“老渔翁，驾扁舟……一箬笠，一清钩……”还有“百战将军得胜归”。我知道身上的重担，我没有理由不为那如火一样燃烧的众人的纯真与壮志所感动。没有理由不为世界而感动，有许多欢迎，有许多鼓掌，有许多好的建议与期许。我不喜欢太多的研讨、谋略、咋呼与歪着嘴装腔作势。虽然我也不拒绝枕戈待旦，至今我想着在黄栌旁入睡的时候身旁不妨放一件一万五千伏的静电防身器。因为这里至少有五户半夜进过披发鬼。在几乎等同于入睡的倦态中我保持的是阿尔卑斯山泉一样的清冷，品质、深情与才能同在。奇怪的是这一次我竟因了电影《爱情故事》的主题曲而感动莫名。

从那一天
我开始了
百叶窗之思念

我怎么会觉得多米米多通向的是米骚米骚拉骚多拉骚，即《爱情故事》与《二泉映月》相联通。感情就像旋律，它攀缘直上，顺流而下，起起落落，别具肺肠，像是抚弦的手指，艰难地前进，无望地滑落，终于大放悲声——这是家乡农民对于地方戏的评说专用语，虽说仍然归于寂寥。

有一段相声，我忘记了是马季还是牛群说的了，逗哏的人说他会用各种不同风味的曲调演唱同一首歌曲，捧哏的人说："你用河北梆子给我唱一首《我的太阳》吧。"逗哏者曰："唱——不——了——"相声戛然而止。其实，我就会用河北梆子唱"可爱的阳光，雨后充满辉煌……"我照样唱得天昏地暗，死去活来，爱比死更强，在意大利拿玻里民歌与河北大戏里，一个样。

是的，没有绯闻，真的没有。然而有过笑声，有过意大利通心粉与三色冰激凌，有过莱茵河游艇上的蓝天与骄阳。苦苦的咖啡。有一万五千里的距离，有七个小时的时差。这里也有一句诗：

"你的呼唤使我低下头来。就这样等待着须发变白。"

我可能有各式各样的不慎与失策、大意与匆忙，然而从来不轻薄，并视轻薄为卑劣与肮脏。

还有过最早的失眠，十五岁。我去看望你的彩排，你沉稳而无言，你跳着用瞿希贤的歌子伴奏的舞。都说你的特长不是舞蹈而是钢琴，然而那是全民歌舞的岁月，高歌猛进，起舞鸡鸣，你为什么有那么细白的皮肤？你对我有特别的笑容，我不相信你对别人也那样笑过。你如玉如兰，如雪如脂，如肖邦如舒曼，如白云如梨花瓣。还有红旗、红绸、聚光灯、锣鼓、管弦乐、腰鼓。我的幸福指数是百分之八百，你的笑容使幸福荡漾了。每一声鸟叫，每一滴春雨，每一个愿望，每个笑容都是恩典。在没有人问你幸福不幸福的时候，我们当真很幸福过。在你微笑的时候我好像闻见了你的香味，不是花朵，而是风雨春光倒影。

然而我失去了你，永远健康与矜持的最和善的你，比我心理素质稳定得多也强大得多的你。你的武器你的盔甲就是平常。你追求平常心早在平常心成为口头禅之前许久。对于你，一切剥夺至多不过是复原，用文物保护的语言就叫作修旧如旧，或者如故如往如昔。一切诡计都是游戏与疏通，都是庸人自扰与歪打正着，都是过家家很好玩。我乐得地回到我自己那里，回到原点。它不可伤害我而且扰乱我。我用俄语唱遥远，用英语唱情怀，用维吾尔语唱眼睛，用不言不语唱景仰墓园。一切恶意都是求之不得，都是解脱，免得被认为是自行推脱。是解脱而不是推脱，是被推脱所以是天赐的解脱。一切诽谤都可以顺坡下驴，放下就是天堂。一切事变与遭遇都是踏破铁鞋无觅处，得来全不费功夫。叫作正中下怀，好了拜拜。那哥们儿永远够不着。因为，压根儿我就没有跟那哥们儿玩儿。

我的一生就是靠对你的诉说而生活。我永远喜欢冬妮亚与奥丽亚，你误会了，不是她。有两个小时没有你的电话我就觉察出了艰难。你永远和我在一起。那些以为靠吓人可以讨生活的嘴脸，引起的只是莞尔。世上竟有这样的自我欣赏嘴脸的人，所向无敌。那好人的真诚与善意使你不住地点头与叹息。那可笑至极的小鱼小虾米的表演也会使你忍俊不禁。

我们常常晚饭以后在一起唱歌，不管它唱的是兰花花、森吉德马、抗日、伟人、夜来香、天涯歌女，也有满江红与舒伯特的故乡有老橡树。反正它们是我们的青年时期，后来我们大了，后来我们老了，后来你走了。我不希望今天再划分与涂染歌曲的颜色，除非有人想搞左的或者右的颜色革命。我从来没有想到会是这样，从来不相信这是真的。但是你午夜来了电话，操持说锅里焖的米饭已经够了火候，你说“熟了，熟了”，你的声音坚实而且清晰，和昨天一样，和许多年前一样。你说你很好，我知道。你说已经不可能了，我不相信。我坚信可能，还有可能。初恋时我的电话是41414，有一次我等了你七个小时。而我忘记了你的宿舍电话号码。我顽强地一次、两次、一百次给你拨电话。你说，让过去的就永远过去吧，而我过不去，从十八岁到八十岁。我睁开眼睛，周围是电饭锅里的米饭气息，是你的仍然的声音，使我平和，使我踏实。

生活就是这样，买米，淘米，洗菜，切菜，然后是各种无事生非与大言欺世。然后是永远的盎然与多情的人生，是对于愚蠢与装腔作势的忘记，是人的艰难一把把。然后是你最喜欢的我行我素与心头自有。然后是躺在病房里，ICU——重症监护室，不是ECU，不是洗车行驶定位器，也不是CEO——总经理或者行政总裁。美国总统候选人罗姆尼就被认定为CEO。你走得尊严而且平安。有各种管与线，机器，设备，然后拆除了这一切……我一次又一次地抚摸着的是铺天盖地的鲜花与舒曼的《童年》——梦幻曲。我亲了你的温柔与细软。那样的鲜花与那样的乐曲使我觉得人生就像一次抛砖引玉。是排练与演出，无须谢幕也不要鼓掌。

我凝视着多年前的开幕式上各界送来的大大小小许多个花篮的痕迹。这里没有火起来，这里仍然有美好的记忆，即使网球场上养起了山羊，滑雪场上种植了桃林，近百岁的老媪唱着喝着，一个开发不成的故事，一个仍然交还给山野的故事。

在山野，我们安歇。空山不空，夜鸟匆匆。你带给我们的人生的是永远的温存与丰满。

就在此时发现了旧稿，首写于一九七二年，那时我在“五·七”干校里深造，精益求精、红了再红、红了半天却是倒栽葱。攀登高峰。我恭恭敬敬地写下了无微不至的生活。虽然威权能够也已经给生活打下了刻骨的烙印，但毕竟是生活笑纳了又抛弃了夸张的自吹自擂、吹胡子瞪眼。强力也许能扭曲人心，但毕竟是人心坚忍了也融化了哪怕是最富杀伤力的连天炮火。

我们有过一九一九，一九二一，一九二七，一九三一……一九四九，一九五〇年代，我们也确实有过值得回味与纪念的一九六〇、一九六六，一九七〇年代。我们的生活不应该有空白，我们的文学不应该有空白，我们俩没有空白。高高的白杨树下维吾尔族姑娘边嗑瓜子边说闲言碎语。明渠里的清水至少仍然流淌在四十年前的文稿的东西南北、上下左右。我们俩用白酒擦拭煤油灯罩，把灯罩擦拭得比没有灯罩还透亮。我们躺在一间五平方米的房间的三点七平方米的土炕上。我说我们俩是“团结、紧张、严肃、活泼”，这是林彪提倡的“三八作风”当中的那八个字。这八个字令你笑翻了天，我们是最幸福的一对。虽然那时候不做“你幸福吗？”“不，我不姓符，我姓赵”的调查。我们都喜欢那只名叫花花的猫，它的智商情商都是院士级的。它与我们俩一起玩乒乓球。你还笑话我最贪婪的是“火权”，洋铁炉子，无烟煤，煤一烧就出现了红透了的炉壁，还有白灰，煤质差一点的则变成褐红色灰。煤灰延滞了与阻止了肆无忌惮的燃烧，却又保持了煤炭的温度，这就是自（我）封（闭）。一天以后，两天以后，据说还能够达到一周至半月以后，你打开火炉，你拨拉下煤灰，你加上新炭，十分钟后大火熊熊，火苗子带着风声，风势推动着火焰，热烈抚摸起你我的脸庞，我热爱这壮烈的却也是坚忍不拔、韬光养晦的煤与火种。冬火如花，冬火红鲜嫩。嫩得像一九五〇年的文工团的脸。我最喜欢掌握的是燃烧与自封的平衡，是不止不息与深藏不露的得心应手。

还有庄稼地、苹果园、大渠小渠、麦场、高轮车、情歌民歌、水磨、蜂箱、瓜地里的高埂，还有砍土镘与苫镰，这是我们的共同岁月，共同见证，共同经历，共同记忆，像垒城砖一样地垒起煤块。你爱这些，我爱这些，打从心眼里，倒像我们是在漫游崭新的天地，寻求崭新的经验。倒像我们是徐霞客，是格里弗，是哥伦布，是没有撞过墙也没有变成浮雕的王子与公主。如果你是白雪公主，我是七个小矮人吗？如果你是灰姑娘我可不是举行舞会的王子。而二〇一二对于我来说最惊人的最震撼的是当记忆不再被记忆，当往事已经如烟，当文稿已经尘封近四十年，当靠拢四十岁的当年作者已经计划着他的八十岁耄耋之纪元，当然，如果允许的话；就在这时，靠着变淡了的墨水与变黄变脆了的纸张的帮助，往事重新激活，往日重新出现，空白不再空白，生动永远生动，而美貌重新美貌，是你给了我这一切。

我还有一个化学的与商品的发现，纯蓝墨水经久颜色不变，蓝黑墨水，反而充满了沧桑感。

我们生活在剧变的时代，我们已经忘记或者被忘记。例如三十五年以前更不要说四五十年以前的旧事。我最欣赏的是江南人用普通话说“事情”的时候，情不会读成轻声，而是重重地读成事——情——，情是第二声。我们觉得今是而昨非，我们常常相信重今而轻昔才是最聪明最不伤心伤身伤气的选择。我们都听北京电视台《养生堂》的教训。养生会不会成为国学的核心价值？北大教授说，国学就是国将不国之学。然而昨天也曾经是当时的今天，也曾经无比生动无比真实无比切肤，无比激越无比倾注无比火热，昨天不可能被遗忘就像今天不可能被明天消除干净了无痕迹。是生活，是永远的生活。有稚嫩也是生活，有唐突也仍然是生活，有声嘶力竭也仍然是生活，被变形也仍然是广阔芜杂混浊而强硬的生活。稚嫩的唐突的声嘶力竭的生活同样可能是好小说、好的摇滚歌曲或者意大利歌剧罗曼斯咏叹。就像贫穷与苦难、悲惨与失落，对不起，乃至疾病与苦药水会是很好的文学一样。它们常常是比秀幸福骚快乐更好的小说。生活与记忆不可摧毁，直观与丰饶不可摧毁，何况贫穷与苦难当中仍然有勇敢的吟咏，失望与焦灼当中仍然会做出最动人的描摹，在墓碑前的伫立与面上的泪珠滚滚当中仍然有此生的甜蜜与感激。

谢谢你，一切。让我们假设它有回天之力雷霆之威来揉搓捏把生活，生活却更有力量来洗净它的力威，即使在它猛烈发作的时候，生活仍然显示着自己的不事慌张与无限情趣味、自己的亲切与温暖。生活从前是这样，现在还是这样。你从前是这样，现在还是这样。呵，勇敢的人！浮雕从前是这样，现在还是这样。有一切苦涩与昏乱，有一切抒情与佯狂，有一切兴会与体贴。

呵，我当然自觉自愿地接受你的教诲，另外的什么人称之为洗脑，当我以我的方式与思路平静地接受一切新奇的大话的同时，当被洗脑者成群结队地大笑起来或欢呼起来以后，谁知道后面是什么吗？

你不知道。谁还是不知道。他也不知道，谁都不知道。谁们的共同点是自以为是，以为世界是手中的橡皮泥。谁们不知道，如果谁想改变一切，一切就会改变谁；如果谁想改变人家，人家已经在改变谁；如果谁想消除，谁同样是在消除自己。一个凶犯在首次作案以后，他改变了被害者的生活与轨道，也改变了、毁坏了他自己。一个童男子首次做爱以后，他当然也就是做了自己。

而且四十年前的书写就像今天的书写一样，它仍然和着心跳，和着吐纳，带着笑靥，带着享受，带着哪怕是枷锁与重负，忍着冤枉，忍着粗暴，笑对标语口号，冷对胡言乱语，情生淳厚质朴，仍然充溢着阳光与林荫，充溢着日子的一切琐屑实存、指望梦幻，摆出姿势，发出美声。戴着重铐的时候我跳得那么好。没有放肆。我们一起拥抱，我们拥抱在一起，我们走进了时光隧道，如当初，如兹后，如三世佛，如永恒如无穷。

我们活得、记得、忆得十分真切，真切得像每平方米四角八分钱的住房。真切得像每斤九角六分的酱猪肉，像阔口瓶装的卤虾酱与翻扣在条肉上的霉干菜。真切得像一只落到树枝上的鸟在叫。真切得像我抚摸过的唯一的温暖。

时间，什么是时间，时间是什么？烟一样地飘散了。波纹一样地衰减、纤弱、安静、平息下来，不再有声响了。死一样地经过了哭号，经过了饮泣，经过了迎风伫立，经过了深深垂下的眼帘，忘却一样地失去了喜与悲、长与短、生与殁、有与无的区分了。时间仍然可能动人，时间仍然可能欢跃，时间仍然可能痛哭失声，痛定不再思痛。痛变为平静，平静不会轻易再变成痛，平静是痛与不痛的痊愈的伤口。请猜猜，伤口与什么词重码？太天才了！仓颉也有王永民。根据五笔型输入法，“伤口”等同于“作品”，它们具有同样的输入码：WTKK。

花朵枯萎了，也许有种子，种子也许发芽，长成小的、中的、大的、古的树。痛苦结尾了，有一抹微笑与宁馨。然后有一个符号，有一行字，有一点记载，然后电闪雷鸣，然后往事如狂，旧泪如注，然后凝结为作品，作品结了疤，你能不为作者而掉一滴滚烫的眼泪？语出《最宝贵的》。然后成为一片夹在笔记本里的树叶，一张照片，一个梦中的惦念与操持提醒，在若有若无之间，在若你若我之际。时间在等待相遇与相识，时间在等待知己与挚爱，等待抚摸与亲吻，时间在等待迷恋与融化，在等待阴阳二电激荡出雷鸣电闪。昨天与今天既相恋更相思，既苦涩又甜蜜。时间等待复活、审判、重温，像蓓蕾等待开放，像露水等待草籽，像钢琴等待击打，像礼花等待鲜艳的点火。二十世纪的生物学杂志报道，塔斯社列宁格勒讯：苏联科学院植物园的温室中出现了世界上最罕有的现象之一，一颗古代保留下来的莲子发了芽。这颗莲子是中国朋友送给他们的六颗种子之一。这些种子是在沈阳附近挖掘泥煤时发现的，这些种子已被保留了数千年。时间的精灵始终躲在我们的身畔，或者有突然的绚烂，或者有永久的谦和，以无声期待大的交响。或者只是轻轻地挠痒我们。它其实非常耐心，是幽默的悲壮。

沿路修起了许多路灯与扬声器，给灯火穿上树根的包装。你走了，留下了愿望，留下了施工的方式，留下了小木屋，启动阶段的投资。人生易老山难老，还在走，还在写，还在歌，还在山上。

然后是并非十分炎热的多雨的夏天。我以为我已经绝望，我以为我已经孤单与沉落。天亡我也，非“战”之罪。在新加坡我观赏过蓝天剧团演出的莫言的新编话剧《霸王别姬》。为什么到那么远的地方去看？它说，吕后爱的也是项羽，妹妹，你大胆地往前走！你在我这样的时候夺去我的另一个我。我喜欢过门《夜深沉》，我喜欢梅派唱腔“看大王，在帐中，和衣睡稳”，有一片青光……什么都没有，就有了战争，胜负、乌骓马与十面埋伏，还有更重要的：历史。

我以为此岁我可能抽筋或者呛水，可能供血不足，晕眩而且二目发黑。我想如果结束在海里也许并不比结束在ICU中更坏。当然，结束无好坏，大限无差别，无差、无等、无量、无觉、无恋栈。我每天十三点五十六分注视CCTV13新闻频道。我必须知道今天本水域的海水水温、浪高、水流（流读去声）。我已经告别了摄氏十四度敢于下水的年月。对于海水，污染与杂质的抱怨都是铺天盖地，但我还是游了下来。连毒害都不怕，连永别都没有击倒在地，没有惧红也没有畏黑，还怕不太过度的肮脏吗？我什么没见过？什么没经过？历经坎坷，幽幽一笑。我喜欢红柳与胡杨。我喜欢山口的巨叶玻璃树。我喜欢苦楝与古槐。我喜欢合欢。我喜欢礁石上的尖利的贝壳残片，割体如刀，血色仍然如黄昏的落日。

仍然是在蓝天与白云之下，是在风雨阴晴之中，是在浪花拱动下，沐浴着阳光与雾气，沐浴着海洋的潮汐与波涌、洁净与污秽，向往着那边，这边，旁边，忍受着海蜇与蚊虫，接受着为了大业而施予的年益扩大的交通管制，环顾着挺立的松柏、盘错的丁香、不遗余力的街头花卉、鸣蝉的白杨、栖鸟的梧桐、大朵的扶桑、想象中盛开一回的高山天女木兰和一大片无际的荷莲。如果不是横在头上的高压线，那莲湖就是天堂佛国极乐。去年你在那里留了影，仍然丰匀而且健康，沉着中有些微的忧愁与比忧愁更强大的忍耐与平顺。

你和我一起，走到哪里，你的床我的床边，你的枕我的枕旁，你的声音我的耳际，你的温良我的一切方向。你的目光护佑着我游水，我仍然是一条笨鱼，一块木片，一只傻游的鳖。我有这一面，小时候羡慕了游泳，就游它一辈子，走到哪里都带上泳帽、泳裤、泳镜。一米之后就是两米，十米以后是二十米，然后一百米、二百米，仍然有拙笨的与缓慢的一千，我还活着，我还游着，我还想着，我还动着。活着就是生命的满涨，就是举帆，就是划桨，就是热度与挤拥，就是乘风破浪，四肢的配合与梦里的远航，还能拳击，嘭嘭嘭，摇晃了一下，站得仍然笔直。哪怕紧接着是核磁共振的噪音，是叮叮、噗噗、当当、哒哒、咣咣、哧哧、嘚嘚、嘟嘟、嘻嘻、乒乒、乓乓、刷刷刷。是静脉上安装一个龙头，从龙头里不断滴注显像液体。是老与病的困扰，是我所致敬致哀致以沉默无语的医疗药剂科学。是或有的远方。一事无成两鬓白，多事有成两鬓照样不那么黑了，所差几何？必分轩轾。

然而我坚信我还活着，心在跳，只要没走就还活着，好好活着，只要过了地狱就是天国，只要过了分别就是相会，从前在一起，后来在一起，以后还是在一起。我仍然获得了蓬蓬勃勃的夏天，风、阳光、浓荫、暴雨、皮肤、沙、沫、潮与肌肉，胆固醇因曝光向维 D 演变，与咱们从前一样。而且因为你的不在而得到关心与同情，天地不仁，便更加无劳哭泣。过去是因为你的善待而得到友好，在与不在，你都在好好对待朋友、对待浅海滨。我去了三次，我喜欢踩上木栈道的感觉，也许光着脚丫子踩沙滩更好。去年与你同去的，沙砾、风、海鸥、傍晚，我期待月出，我期待，更加期待繁星。我爱月夜，但我也爱星天。从前在家乡七、八月的夜晚在庭院里纳凉的时候，我最爱看天上密密麻麻的繁星……这是巴金散文《繁星》里的文句，我会背诵的，不知道为什么，后来不止一个编辑给改成冰心新诗《繁星》（与《春水》），七十年前，我的国语（不叫语文）课本里有巴金的此文。

然而难得在海滨的夏天见到星月。云与雾，汽与灯光、霓虹、舰船上的照明，可能还有太多的游客与汽车使我一次次失望了。我许诺秋天再来，我没能来，我仍然忙碌着，根本不需要等待高潮的到来。有生活就有我的希望与热烈，就有我尚未履行的对于秋涛星月的约定。在秋与冬春，我与渤海互相想念。

你许诺了那瓶二锅头酒，你病中特意上山赠送给了老人家，我们素不相识。你在山野留下了友谊，你在山峰留下了酒香，你在朋友心里留下了永远的好意。

在我的记忆里已经有许多年没有在中秋夜看到团峦的美丽了。八月十五云遮月，正月十五雪打灯。头一天，月色尚好，我们一起吟唱苏东坡的《水调歌头》，第二天却是遍天的云霾。说的是去年。然后等到清爽到来，月色已经是后半夜的事了。已经许多年，我没有在深夜起床赏月，那时还在山村，深夜的清辉给了我们另一个世界，就像丁香花与紫罗兰给了我们另一种花事。

今年的天气很有意思，那么多阴雨，像拧干净了的衣巾，该晴的时候自然明朗绝尘。白云卷成鲸鱼，蓝天净成浩玉，这是展翅飞翔的最佳时机。一阵又一阵风，是洗濯也是擦拭，是含蓄也是抖擞，是清水也是明镜。今年的中秋月明如洗。这样的月夜里你数得清每一株庄稼与草，你看得清每一块坑洼与隆起，你摸得着每一枚豆粒大的石头，你看得清远方的山坡与松峰。你可以约会抱月的仙人与丢落棋子的老者，你可以孤独地走在山脚下，因为孤独而带几分得得，你已经被美女称为得得。我想守在你的碑前，你会悄悄地与我说闲话，不再是团结紧张严肃活泼，而是如诗如梦如歌如微风掠影。这时我听到了六十年前的那首歌曲，从前的从前，少壮的少壮，面对海洋的畅想，我们一起攀登分开了大西洋与印度洋的好望角的灯塔。我们看到了蓝鲸，我们看到了河马，我们看到了飞逐的象群，我们看到了猴子与鸵鸟的密集。河水在地上泛滥，女人生育了许多孩子，她们的皮肤像绸缎一样。她们浑圆、温热却又雄武。菜香蕉与木薯随时随地充饥。已经成立了共和国的前部落王室继续举行仪式。我听到了所有的情歌。那糯糯的声音，那哭号一样的表白，那重复一样的前行，那蓦然的停顿，那猝然的截止。

我多次与你说笑，我说我在梦中与一个黑皮肤的浑圆的柔道冠军争夺锦旗，你说我是以歪就歪不说真情。世界上有这样的男子吗？我的初恋是你。我的少年是你。我的颠沛流离是你。我的金婚是你。我的未有实现的钻石婚是你。你的唯一的对手是非洲冠军，是欧洲长跑，是俄罗斯与白俄罗斯网球手，是澳大利亚的鱼。我老了老了迷上了女子举重，期待着世界纪录打破者，举起，旋转，砰的一声，接在手里，或者粉碎在大地。我坚信你是我的女子举重手，我却够不上你的杠铃，也许我只是你的加上去就打破世界纪录的小铁片。请加上我。女权万岁！

世上有海，有风浪。海上有月和星星。我躺在海上入眠。阳光照得我睁不开眼，重复再重复的运作正好催盹。说海是起源，海是归结，海是摇篮，海是家园，海就是神祇。早春遇海，我们惺惺相惜。我只是怕你孤单。本来你可以不那么孤单。本来你可以与我相伴，就像星与月相伴，草与花相伴，沙与沫相伴，呼唤与回应相和，回忆与追思为伴。来啊！

月光是月亮的招手，星光是星星的眨眼，吹拂是风儿的抚摸。我欲乘风归去，我欲羽化登仙，我欲彩云追月，我欲登堂入室与你拥抱在一起。五百年前我在深山里参拜，日月精华，山川灵秀，草木生机，狐兔欢跃，安宁当中有星月的低语，吐纳当中有天地的慰安。世界是你的胜寒居。

你可晓得，明年我将衰老？

五年前，那次也是在海边，在山路上，在欧洲与非洲，在秋叶树下。一个温顺的女孩子问我：你有洛丽塔情绪吗？

我不知道她是不是真的想问我这个，因为那是一个午夜的节目，人们不大相信节目，已经有朋友打电话告诉我不要上传媒的当。“80后”“90后”告诉我说，传媒为了收视率有意识地渲染代沟与偏见，锯碗的戴眼镜，鸡蛋里挑骨头。我根本只是一笑。有沟无沟，有针尖对麦芒无麦芒对针尖，我仍然是我。宣布了什么命名了什么，谁红了谁白了，谁抄了谁没抄，全无意趣。我怜惜那些嘀嘀咕咕的宣布者，他们已经基本销声匿迹，像驶入海洋的纸船，像脱了线的纸鸢，像一声噩梦中的阴声冷笑，他们嘛也不懂，他们嘛也不会，他们嘛也没有。山里深秋，我感动于晴日清晨，复活过来的、头一晚上已经僵死过去的蝈蝈。它一醒就又叫唤起来了，然后第二天或者第三天还是悄悄汰去。我未能帮你。

我说，我不知道什么是洛丽塔，她给我解释是说什么老男与少女的钟情。

那怎么能问我？我糊涂了或者装作糊涂了。鲁迅说，他们粗暴了或者将要粗暴了。我已经度过了、提前度过了青年时代，中年时代，我已经清醒多了所以糊涂了或者装作糊涂了或者其实恰到好处难得。

果然，已经到了时候。你记住的已经太多太多。我赶上了无风三尺土，有雨一街泥的刚刚安装有轨电车的年代。我常常走过胡同拐弯处的一处小宅院，高墙上安着电网，有时候电网上栖息着麻雀，黑大门上红油漆书写着对联，忠厚传家久，诗书继世长。树上的蝉叫得正是死去活来。小院对面的略显寒碜的、油漆脱落的院门上的对联，对于我来说有更多的依恋与普适情怀：又是一年芳草绿，依然十里杏花红。草枯黄了，又绿了起来。花儿早就落地与被遗忘了，然后倏然满街满树满枝地绚烂与衰败。尤其是春天，这副对联，令我幸福又伤感地颤抖，像挂在电线杆上的一只不能放飞的风筝。赶上了飒飒的春雨与从斜对面吹过来的小风。已经是七八十届芳草与杏花了。

我也赶上了在老教授家里看到书法与诗，日日好春风里过，令人梅雨忆家乡。前两句我死活想不起来了，也许第二句是“似雪翻飞天昏黄”，是说北方故都的粗粝的春天。当然与“江南好，风景旧曾谙”不一样。一枝垂柳一枝桃是别样风景。那时候古城夏日的雨后到处飞蜻蜓，青蛙与刺猬会进入四合院，夜间到处飘飞着萤火虫，一只青蛙爬到我的小屋里，它的眼神使我相信它有博士学位。而初夏的古槐上吊着青虫，每到春天到处卖鸡雏。孱鸡是一个不好的名称，百姓争养的是油鸡，是进口品种。我是为了省钱才步行到六站以外的公园里的。那里的杨树会响会唱会讲故事。我一次次经过那个继世长的小红门，听到水声轰轰地响。凉爽与水声同在。从来没有见到它的门打开过，那里有不为人知的故事，是一个人老珠黄的美女，被金钱与威势所席卷。那个故事与故事的散落已经泯灭，那个故事还等待着我们的发现与转述辛酸。

经过迷茫，自以为是大明白，然后是《雾啊我的雾》，“二战”歌曲。然后是欲老未老，然后是不太敢于面对旧日的照片，然后大家都会静下来，我看到了我也看到了你，我们本来都在襁褓里。都说你有福相，从那时起。

有许多次我被离别，我不喜欢别离，离别的唯一价值是怀念聚首与期待下次重逢的欢喜。离别的美好是看到月亮以为你也在看月亮，同一个月亮。被离别时我常常深夜因呼唤而叫醒了自己，然后略略辗转。我呼唤的是你的名字。你有一个乳名，你不许我叫你。我们在春水与垂柳下见面，我们站在汉白玉桥下面，我们身旁有一壶一壶的茶水，一碟一碟瓜子。你闻到了水与鱼的气味、柳条与藤椅的气息。是一见钟情，那时候还没有忘记千里送京娘的流行歌曲。

醒来后的第一个感觉是我怎么已经活了那么久。我上了幼稚园、小学、初中、高中，当了第一名、干部、分子、队长，嘛跟嘛嘛……听取那么多赌咒发誓，说了太多的真话与不那么特别真实的话，费了那么多纸，三十岁的时候我蓦然心惊，原来如此。

这里有丽塔？洛塔？丽丽？塔塔？洛洛？不，不不，不不不，只要有你。我不想知道丽塔洛。

然后礼貌的女孩子问我，你有什么因为年老而产生的不那么舒服的感觉吗？例如记忆力的减退，例如体力的丧失……她果然很天真，她顺应了媒体的捉弄。

这果然是一个难以回答的问题，我说：是的。我为什么要说是的？

我的头发那一年远远没有全白，现在也没有。我还在登山抛球与游泳，我还在学俄文与英语歌曲，我还在奋键疾书，我还可以及时应对，一语中鹄。然而，我已经七十好几，我已经绝不年轻，我还有不错的肱二头肌、肱三头肌和胸肌，不比那些秀胸的国际政要差。后来我还从“好声音”那边学到了爱我如君，是说话也是唱歌，是诵读也是吟咏，像是大不列颠的梅花大鼓，像是欧洲的花小宝与籍薇。她就是阿黛尔：求求你不要忘记，我流下了眼泪。

我接受了媒体的套路与传播上的花式子。宁做一个易于上套的小傻子，不做一个麻木不仁却又怨气冲天的坏种，老辈人说比木头墩子多俩眼睛，可远远不止。

但我不想在摄像机前卖萌。

我岂可说不是的？世界是你们的，是他们的，是孩子们的，我早该隐退，谁让我还能连吃四五个狗不理包子，天津卫？

简单地说，在境外受过良好教育的女孩子问我，你不觉得你老了吗？我怎么敢说没有这回事。

我当然老了，岂止是老了，走了歇了去了别了如烟了西辞黄鹤楼了烟花三月下扬州了也是题中应有之义。潇洒走一回，潇洒老一回，是自然而然，是四时交替，昼夜有常。我也年轻过、万岁过，较过劲也开过花。你……你老过吗？

我回答：是的，也许是明年吧，明年我将衰老。

没有说出来的话：如果明年的衰老仍然不明显，那么就是明年的明年或明年的明年的明年衰老。衰老是肯定的，这不由我拍板，何时衰老我未敢过于肯定，这同样不听谁的批示：

这是多么快乐，
明年我将衰老，
这是多么平和，
今天仍然活着……

这是我最近十年说过的最好的话、最得得的话，明年我将衰老，今天仍然歌唱。她们偏偏删去了这话，从此我不再想搭理她们，虽然春节她们给我送过腊味。我不会原谅她们。我自行一次再一次地讲了这个故事，都说我的得得精彩，你删不动我，你摁不住咱。我在胜寒居里读老庄的书，有秋日的阳光灿烂，叫作虚室生白。我终于虚室了。

我看到了你，不是明年的衰老，而是今年的崆峒。位于甘肃省平凉市。这是一座早负盛名，却又常常被虚构成邪门歪道的山。它的样子太风格，它不像山而像狂人的愤怒雕塑。它太冒险、太高傲突兀，拔地而起，我行我素，压过了左邻右舍，不注意任何公关与上下联通、留有余地。空同不随和。悬崖峭壁，树木和道观，泾水和主峰，灌木和草丛，石阶，碑铭，牌坊，天梯，鹰，和山石合而为一的建筑与向往。天，天，天，云，云，云，与天合一，与云同存，再无困扰，再无因循。多么伟大的黄河流域！我在攀登，我在轻功，我在采摘，我看到了你……我看到了蝴蝶与鸟，我闻到的是针叶与阔叶的香气，我听到的是鸟声人声脚步声树叶唰拉拉。我这里有黄帝，有广成子，有衰老以前的肌肉，有不离不弃的生龙活虎，愿望、期待、回忆、梦、五颜六色、笑靥、构思策划，邀请函件，微信与善恶搞。有渐渐出场的喘气。当然不无咳嗽。本应该成为剑侠，本应该有仙人的超众。我将用七种语言为你唱挽歌转为赞美诗。我已经有了太极。即使明年我将衰老，现在仍是生动！明年我将离去，现在仍然在这里。你走了，你还是你，谁也伤不了你。我攀登，我仍然山石继世长。哒哒哒哒，我听到了自己的拾级而上的脚步，我像一只小鸟一样地飞上了山峰，登上了云朵，我绕着空同——崆峒飞翔了又是飞翔了。我仍然舍不得你，亲爱的。

我永远爱你。

（二〇一四年）

杏　语

你觉得头年夏天缺少了雨。理论上，专家们说，这个城市每年七、八两个月的降雨量应该占全年的降水量的百分之七十九。这个比例不怎么合理，但人们很少讨论纠正的途径。人究竟能纠正什么，不能纠正什么，这也是你越走得长越想不清楚的问题。世界气候在变暖吗？河南从前是热带，所以简称豫，豫者，人牵象之地也，说明河南从前多大象。还有河姆渡文化遗址，证明当年浙江那边也是热带，到处都是热带雨林。那么多的热带后来不热了，谁知道变暖了变凉了为什么变为什么不变？

然后秋天雨星寥寥。然后整整一冬天不下雪，大雪已经与童年同时离去，童年时期每年冬季你都堆雪人。雪到哪儿去了？雪到了她前年到了的地方。要不就是躲一些年再回来，现在它很遥远，当遥远接近于无限，时间也就变成了圆周、圆球，复活着她他他她，纪念着许多小说、诗、悔过书、考卷、通知单，化成无言的天空，有时有雾，有时晴朗，晴朗得令人怀疑为什么有人造谣生事，煽动雾霾。干杯！

冬天干燥得令人失去了对于春天的信心，无雪雨的冬天之后的春天还能是春天吗？一冬不水的五个月过去以后，鸟儿还会飞回、青草还会发芽、花儿还会开放、小河还会流奔吗？一个大男人经受不住一个星期的干渴失饮，一块城市的先天不足后天又失调的土地，能经受小半年的干旱吗？

随便你悲观、乐观、片面、全面、善良、刁恶、鸡汤、粪汁、取缔或者提倡……怎么思想怎么浇灌怎么念藏经还是喜歌、唱衰还是唱帅，三下五除二，三月二十二日，全市的杏花都开了。三天以后，白玉兰挂上一树又一树，五天以后，紫玉兰昂首挺项，后来居上，如火如荼。干脆就如茶也没有什么不好，老了老了吧，荨麻疹干脆念寻麻疹而不是“前”麻疹了，叶公好龙干脆念页公而不念射公了，邹领导念平声揍而不念周了，大家来个如火如茶岂不更好？有时候将错就错，有时候歪打正着，有时候以退为进。老天爷的特点也是约定俗成，抓大放小，一风吹，向前看，人艰不拆，有容乃大，容天下难容之事喽。

到了这个年龄，你终于坚定了对于杏花的体认。春天始于杏花。杏花开放像泼成的一大片一大片的水，杏花如湖如波如小小的泛滥。杏花开放使春天成了气候，使春天像忧郁与温柔一样地扩散。这是玉兰、迎春、刺梅、碧桃什么的做不到的。

所以你们早就喜欢杏花。你们移栽了不止一株杏花。你们当年总是在一起说，喀什噶尔的杏子比桃还大。与杏相比，桃太艳，梨太迟，海棠酸，樱桃太静，丁香也缺少规模优势。

时间有时候深文周纳，有时候网开八面，却又是按部就班。它们千篇一律，却又是毫厘不爽，该咋的咋的。雨水节气之后是惊蛰，惊蛰之后春分大大方方地来到了，她压根不为失雪、雾霾、在该冷的时候没有冷、在不该起尘土的时候扬起了土粉而不好意思。小渠与大渠里的流水仍然如银带闪闪。青草的繁盛仍然不减，虽然去年的枯草可能比往日更多，仍然压不住芳草的青翠年年、春色连连。不知道是不是由于大气污染，似乎今年的鸟儿也少了，你仍然在凌晨欲醒的时候听到了柔情活泼的鸟鸣，如果鸟儿没有来到树梢，至少是来到了你的心尖即梦的深处，啼啭得如此婉约生动，让你伤感得不好意思，世人不识余之戚，犹谓偷闲学少子！

十六岁的时候你可以给同桌的与非同桌的女生写信，你每个春天给自己出一本诗集，内部发行，只限女友。哪怕你计划自杀或者卧轨或者思想过人体炸弹的疯狂辉煌也还是青春。三十岁时候你声称你在战斗中负过伤，而且在重伤后向敌人甩出了手榴弹。四十岁时候你开始谦虚，讨好上司而且见了女士就笑美如莲……如今已经成熟，你，您，还酸馒头个什么劲儿呢？

树枝上的玉兰高举如炬，树冠上的杏花纷披如纱，连翘的小黄花如随心点染，海棠比它们矜持一点，桃李也跃跃欲试。榆叶梅的鲜丽略有突兀。梦中的鸟鸣使你想起了往事，你错过了太多的花开，包括花谢。花谢大美，花开揪心。盛开不过是开始，谢落才是美丽的完成与升华。你还能有多少遭芳华凋落呢，你哭了。

我们的生活有时候科学得要命，就像有时候荒唐得要命一样。春天，花儿始放始凋，小雨初降再降的时候，清明来了。这是到坟墓上献花的季节，这是怀念先人与亲爱的季节，这是钟情与诚挚的日子，这是深沉与低下头默哀的日子。这是悔恨与惋惜，不再悔恨也不再惋惜，默哀得愈多，你的生活的滋味就愈厚。也许你有理由为你的泪水自豪。这是春天的多情多思静谧却又不安的日子。

你开起了车。你的好友开起了宝马760，五年过去了，他住了医院，他可能是得了重症，他脸上长了斑点，你到了病房不敢与他相认。他说活到老就是要学到老，要学会安静地勇敢地死亡。谈起死亡来，他甚至有一点兴奋，就像五年前他谈起了他购买的宝马车，原装，他声称：我本来就是一个俗人嘛。

疾病与大限使你的这位朋友超越了凡俗。你可能讲述过书写过不知多少次光阴、生命、春天、劝君惜取少年时，你永远赶不上他的此时深深的痛苦中的幽默。他终生敏感、吹嘘、浮躁、自恋，所以他是好样儿的。

在高速公路的第一个出口你被告知出早了一个口，你开出去，见了第一个左面的路口就拐回来，你再上了路，白白交了五块钱。下一个也就是你应该出去的那个路口为交费已经排起了长龙，他想起了在豫地开车的经验，从洛阳到开封的收费口上写道，如果为交费而排起的队超过了二百米的话，应该立即打开道路，免费放行。这几句话像是男子汉豪壮的诗篇。只是不知道实行了没有。

证实了的是你自己陷入了停滞的车龙，为什么到这时候才想起了一切：第一，今天是清明前的一个周日，天又好，这时通往四郊的公路当然拥堵。第二，这里是四条道，一公里以后并成农村的小路一独条，独挑，再两公里后并上一个狭窄的石桥，从石桥下来是连续的拐弯，都是一条独路，桥后的路还有三公里，即使这些路都跑完了，进了墓地也会你堵着我我堵着你。你的车还能怎么走？

墓园这里是一个帝王的景区，人民过去是不可以到这里来的，所以这里的路很窄，现在人民都要来了。人民一拥，道路难通。而且今天没有雾霾。今天有点风，有少量的沙有少量的土却没有雾霾，这已经是阿弥陀佛、妙哉善哉了。

现在的四道快车线，走哪条？这里也有概率论的原理与法则。命运学就是概率论，所以说数学是上帝的学识。命运是公正的，这是大数定理。你抛硬币，抛了一万次，四千九百次是字儿朝上，五千一百次是幂儿朝上，它们的公正率是百分之九十九。一亿次的抛掷，公正率则可能是百分之九十九，或者更高。你看着现在是四条车道，有时

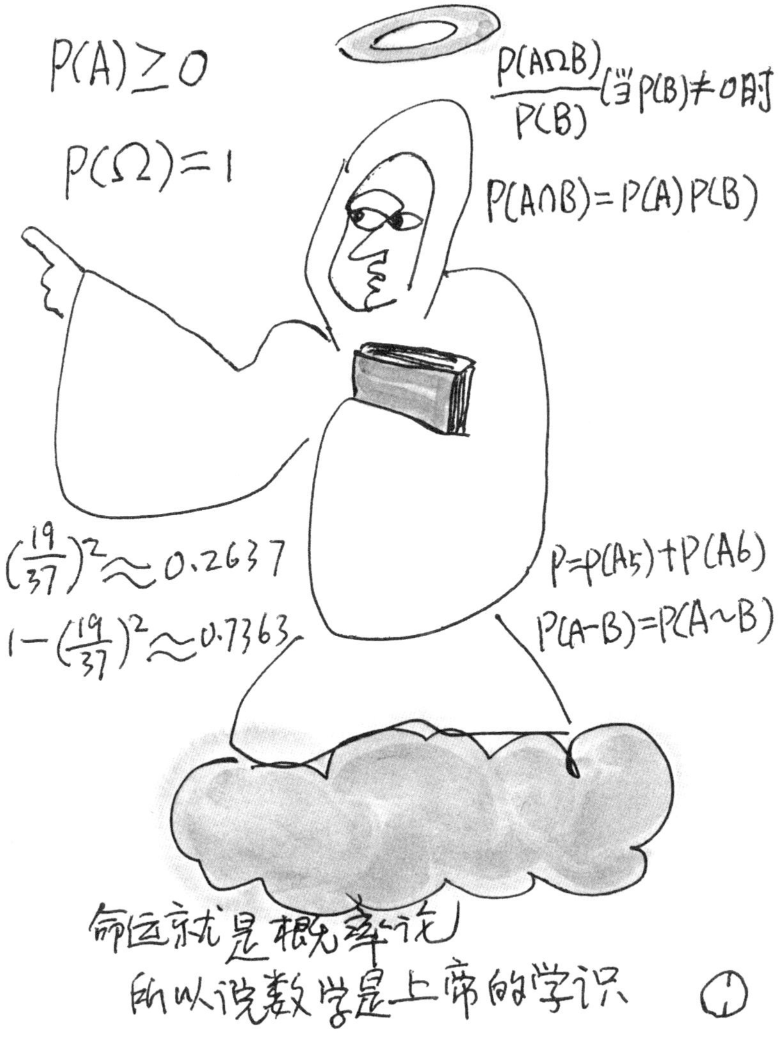
P(A)≥0
P(Ω)=1
P(AΩB)/P(B) (当P(B)≠0时
P(A∩B)=P(A)P(B)
(19/37)²≈0.2637
1−(19/37)²≈0.7363
P=P(A5)+P(A6)
P(A−B)=P(A~B)
命运就是概率论
所以说数学是上帝的学识

是最外的第四道慢，第四道的车主不安分了就往里撇，有时是三道二道显慢了，有时又是第一道一动不动。越是撇过来撇过去的车越是落到后面。而你已经老奸巨猾，老成持重，老马识途。你不会在堵车的当儿存在幻想羡慕他道老是折腾自己。你不费那个油那个劲儿那个细胞与心力手力，你知道放弃了幻想就不再痛苦不再愤青儿不再装腔作势乱打无定向横炮。也就不再怨天尤人，牢骚满腹憋出病长出什么来。你第一是苦笑，第二是苦笑，第三还是苦笑着。

堵成长龙后你睡着了至少一整分钟。你以为是一分或一加一、一加二分钟，突然你从驾驶仪表上看到，已经过去了两个半小时。你不能明确你是不是，不，你应该明确，你不可能是连续睡了一百五十分钟。你的感觉是在遭堵而且随遇而安以后，整整两个七十五分钟了，你才明白发生了什么事情。堵车，一篇法国小说描写的是高速公路的开车者们利用这段时间进行了公关、商务、政务、集会、结社、推销、调情、求偶、拉皮条与贩毒、寻找杀手的活动，各项业务绩效斐然。有一男一女已经进入做爱的准备按摩，脉搏、血压、肾上腺激素的分泌都已达标，就差勇敢地进入了……突然，交通畅通，唰唰唰，每个人都忘记了堵塞中正在进行的诸端好事，一切烟消云散，开车走人。它的启示真如僧侣的沙事，一个月用沙建筑最美的城郭与宫殿，用扫帚在十秒钟内把美妙清光。

不像有这样的得趣。不像有堵车期间与美女做爱的机会，中华的发展程度当然与法兰西不同步。更不像有交通突然畅通的可能。

你享受的仍然是春天，你边堵边欣赏。堵到极处是欣然，你有几分得心应语。道路两旁是含烟摆拂的垂柳，是早杏如浪花四溢。那早春的新绿穿过污染泄漏着春风春雨。那片片的繁花述说着季节的转瞬即逝。那毕竟没有被汽车尾气扫灭干净的鲜嫩气息艰难地赞美着花季的好景无常令人心碎。那愈行愈近了的青山并不干旱，它们仍然妩媚多情，它们好像在说“爱我吧，我是湿润的”。这天有点小风，天空多少显现了一些蓝的清洁。拥堵的车流跃然闹心，却也坚持着春季苏醒的兴奋与躁动。坐在正副驾驶位置上的青年男女隔着车窗玻璃仍然显示了韶光正好。人们春天的出行是为了对逝者的怀念，但也可能还是有人为了春游，为了与沉闷的冬天告别。是为了凭吊也为了赏心，生者与逝者将在清明前后相会，将在相会中饱尝生命的痛惜与大悲的奇妙。他们在怀念当中尽情抚摸，他们的哀恸当中渗透着刻骨铭心的珍惜。百感交集中你不忘强调节气是阴历与阳历的结合，清明是终极与此岸的际会。

半仰着头颅看着路边林带形成的拱形绿色凯旋门，众多的凯旋门连接重合起来成为长的洞穴。一切都深不见底远不及端。原来被堵塞也是一种欣赏，城市风光只有在堵车的时候才被留意也被微笑，美丽的郊区，绿色的穴顶通道，疾走与被困，这就是我们。

从早晨九点钟奋斗到下午三点钟，他驾车行走了百多米。至少有几十年了，他没有这样充裕地耐心地感受春天。他本来十分明白，知道这个季节的周末不可以驾车走向北部山区。他突然忘记了这一切被卷入车流应该是天意。他怀念着这一生的数十个春天，多数是与她在一起。幸福的人从来不接受伤害，与她一道他不怕水深火热，俄罗斯的“二战”歌曲唱的是“火里不会燃烧，水里也不会下沉”。回想一切他感觉到的是坎坷的幸福与甜蜜。

他终于醒悟，今天不必再坚持下去了。等待使你空前清醒，穷则变，变则通，通则久，其实也不会太久。你根本不应该这时来到这个地方，你本来不应该是空着手，你本来不应该当日就到达墓园。或者说，你本来就应该是明天再到达墓园，你虽然有自己的日程，你自幼有安排日程的习惯。世上还有另一种日程，例如与她的日程，你欲安排也安排不了。你早早地开始了你的扫墓之旅。从糊涂开始向明白过渡。现在你应该掉头打道回到你们共同的别居，你应该大量地准备好盛开着杏花的枝条，你可以明天凌晨五时前起床，再用你的剪枝剪子剪下杏的花枝，用微波炉打热一碗粥出发。剪子是你们一起买的，微波是你们一起建构起来的，粥的结构与你们当初一样。你要保证在晨六时前到达墓园，你要独自与她说话，这次就说说别居的杏树。那株大白杏结果进入了盛期，不但量大个儿大甜美，而且芬芳得令人沉醉。那株连续五年没有开花以致你们两人曾议论杏树分不分雄雌与这株树是不是得了不育症，今年粉红色花盛开，此树正在雄起。你可以与她共同回想你们植杏树与樱桃的情景。一起种树是人生的多么大的幸福。要保证七时十五分前告别墓园，在其他车辆涌来以前。凌晨而去，清晨而归，拥堵于我何有哉?

然后回到别居的时候约好或者是忘记了约没有约过的客人已经来到，他们耐心地平和地蹲在你的防盗门前。客人还带来了两位你所不识的客人，你们一起在社区的小小会所里吃了烤羊腿宫保鸡丁干烧鱼，你们喝了不少酒。喝到了你根本忘记了客人是怎样走掉的与你是怎样睡着的。

你梦到了许多花枝，似杏非杏，似花非花，似有雨有语非语非声。醒来时天已相当亮，你激动得发起了抖，原来一夜春雨，淅淅沥沥。大地因水渍而闪光。太阳从云层中飘然走出。清明时节的早晨是多么明亮，它彻底告别了郁闷与污浊的冬天。但是你耽误了杏花也耽误了出祭的时间表。莫非真的老了，你如今做任何事都缺少缜密与预见性、提前量、合理化、优选法。你本不是这样的人。

这时吓坏了你，你在自己的会客厅里看到了堆存在沙发桌上的杏花枝杈，它们灿烂光明地进入了你的家。早春杏花在你家中爆炸了，横七竖八，鲜活挺棱。你隔着玻璃窗向后花园望出去，你看到了杏树边支放着的铝合金人字梯。你起来，往外走，你发现了你的房门只锁了一道，没有锁第二道。

这是什么？是奇迹？是梦游？是醉趣？是你的你托了梦？是午夜你开开房门进入了花园？你还搬动了铝合金梯子？你从抽屉里找到了剪枝剪子，有条不紊地完成了为亲爱的逝者准备杏花的任务。这是危险的游戏，你可能绊倒在门前，你可能坠落到梯子下面，你可能被树枝扎到眼睛，你更可能四脚八叉到雨与泥里。你没有摔倒。然而，你一点也不记得了。你的心怦怦跳了起来。记忆与逻辑的失落使得人生、春天、杏树与墓园为之颤抖。没有了记忆与逻辑，你摸到了赤裸裸的生命、自我、思念、甜甜的苦。你面对的是生与死的交流，是醒与睡的共享，是不可能与或可能的神秘。当然，那就是她，她帮助你，她指引你的生活中发生了这午夜清明的杏花雨。

你摸了一下自己的头发，你大叫起来，有雨湿水迹，可怜的、可贵的、星星点点的雨。

我的人！你疯了，你疯狂地原地打转。我的杏！你摇着头大哭。

是冥冥中的怀念向草坪与杏园述说了自己的心思。是她与衪帮助你准备好了春天的花枝。小楼一夜听春雨，墓地明朝献杏花。杏花，春雨，墓园。你跪下了，你热泪如注。

早起三光，晚起三荒。你早早超越了交通堵塞。你到了你的你的墓前，你摆放供献了春光灿烂的杏花，杏花使坟墓生机勃勃，比什么花束花篮花盆都更单纯也更个性。杏枝饱含了你们俩的太多的快乐太多的话语。杏花使你们回到了青年时代。一切不但如昨日更如今日。你更觉得清明的天意与生机，墓园的永久与甜蜜，杏花的亲切与随和，在北方，杏花带来了她我你，激扬了春光春意。还有怀念的安详与辽阔。还有今晨花枝的永无查证的来历。你告诉说：“咱们的杏树。”你张开两臂，摆了一个当年她喜欢摆的新疆舞蹈的姿势。你在当天的拥堵形成以前，顺利地走了。带回去的，除了悲与伤的回忆，除了生与死的慨叹，还有充满杏花的春之语。你相信这一切杏语，大快乐，大悲悯，大欢喜，全无痕迹也全无道理。

（二〇一四年）

奇葩奇葩处处哀

一

生日与金婚的喜庆，结束时候沈卓然感到了微微的茫然：天下没有不散的筵席，也没有因为待会儿散就不快乐地自找别扭的喜庆。为之喜庆的是积累，是成绩，是路程漫漫，是越来越老喽，呜呼乐哉！其实呢，也是过往，告别，不复返，然而还顶得住。当初，从来没有想到过，也没有敢想象过，自己能与淑珍共庆五十年婚礼，那时候从来没有想到过，也没有敢想象，自己能健康地活到哪怕只是六十三岁更不要说七十四岁了。斯大林威震寰宇，才活了七十几。他难忘瘦弱多病的少年时代。如今，却已经度过那么多年头，清清楚楚，足斤足两，全部进入有去无回的历史。回忆仍然温暖缤纷哭哭笑笑，而永恒的极光，冷得灼人，亮得睁不开眼，略含几分酸楚。

没有想到自己能够有今天的光景，像真行啊似的。岁月的长河其实没有亏待他。他有了光景，然后缓缓的失落与深深的记住相互平衡，毕竟还是幸运。说来脸红，出现了一个恶心的说法：成功人士。孙中山活了五十九岁，李白六十一岁，安徽省马鞍山采石矶水中捞月仙去。苏东坡与马克思都是享年六十四岁多一点。王勃与李长吉则是仅仅二十多岁就拜别人世。恺撒大帝五十八，拿破仑五十一，秦始皇千古一帝四十九岁驾崩。英国军情N处的尼尔·伍德则是四十一岁驾鹤西去。与他们相比，他姓沈的算个啥，何德何能，至今还活得这样欢蹦乱跳？

他至少已经经历了不止一次狂欢与兴奋。歌曲如醉如痴，鼓掌腾云驾雾，口号动地惊天，彩旗霞光万道，集会沸腾燃烧，铁树开了花，哑巴说了话，奴隶挺起胸，恶霸伏了法，天翻身，地打滚，你还想干什么？

最近的一次兴奋是二十世纪八十年代，处处机会，在在成事，梦梦皆圆。卖瓜子创业，爆米花大亨，闯红灯成了经验，花钱送礼开绿灯。解放再解放，转变观念一拨拉就中，笑语恭喜发财，呼唤突破松绑，是欲望的满地，是转变的大言，是起飞的嘈杂，是机遇的俯拾，是中心与基本点的布局，是新局面出现，普天同庆、大快人心、喜上眉梢、奔走相告，又一个美好天真十载。

一辈子的重大经验就是别高兴过了头，乐极生悲，福兮祸之所伏。果然在劫难逃，又有人陷入了困惑与迷失，几乎重新拾起已经戒了二十一年的吸烟习惯，想买个意大利石楠木，或者厄瓜多尔轻木，或者百年铁树牌海柳烟嘴。

就像从前那样，不仅有香烟而且有烟斗，不仅有烟头而且有翠玉嘴烟袋，不但有马（莫）合烟而且有国粹内画鼻烟壶。

他对淑珍说：“你的好运使我这一生转危为安、转弱为强、否极泰来、笑到最后、笑得挺好。你的稳重救助了我的机敏高速。我们已经年逾古稀，我们有精神也有物质，有热情也有身体，有二代也有第三代，有级别职称也有真本事，更有人缘……”他底下还说了一些儿童不宜的话，淑珍笑骂说：“别缺德喽！”

你的好运
使我这一生转危为安
转弱为强 否极泰来
笑得最后 笑得挺好

他不愿意再往下想，不愿意再想后来的事。但是他坚信好有好报，坏有坏报，因果报应，绝对不爽。你可能不自觉，你可能至死糊涂蛋，解不开事儿，你没有怨天尤人的理由。物极必反，月盈则亏……在那个快乐的金婚加寿辰晚上你口出狂言，你得意扬扬，几乎是小人得志。你也有当上了暴发户的心态，甚至做出了九十大寿时候乘邮轮游历巴塞罗那、威尼斯与塞浦路斯的预告，你这就是得意忘形，是自取灭亡啊，难道不是？

是淑珍支持了你，陪伴了你，坚持了你，兴旺了你，发达了你。从一九五七到一九七八，二十多年，所有的磨难都因淑珍的存在而不再是磨难，那只是携手共艰危的稀罕经历，是小儿解闷的游戏，是打入冷宫自己过家家，是人生相濡以沫的甘美，是相依为命的温暖，是却道天凉好个秋，人不堪其忧，俺也不改其乐的坚强与爽利。苦乐在我，淑珍在我，夫复何求？

再也没有想到，金婚庆贺两年以后是淑珍的葬礼。不堪回首的生老病死，医院里的长队，手术室外的煎熬，病房的一夜一夜……这只可能是沈卓然的罪孽铸成。他近几年太猖狂。年轻时候他想当作家，当头一棒之后他明白了自己只是文学与艺术远未入室的庸才。中年以后突然来了机会，他被选拔到一个领导机关，他的文字能力与二十余年来的谦虚谨慎习惯使他深受好评与器重。芝麻开花节节高，转眼他就成了司局级学长。好景不长，他又遇到新沟坎，他开始沉默寡言，不求有功。却得到了此生从未有过的舞台，现在时兴叫平台的，他成了人五人六儿，他得了不是头彩也是二或者三名，虽然不是瞎猫碰上了死耗子，却也是绝对戏剧性的幸运出奇，他的柳暗花明足以让嫉妒他的老兄气恼下去。

二

在满坡松柏的山岭下，在刚刚启用的墓葬新区，他站在青石镌刻的墓碑前泪流满面。究竟是什么样的罪过罪孽罪恶，让他在这样一个老来志得意满的时刻失去了淑珍呢？

沈卓然想到的第一件事是“大跃进”时期山区下放劳动时候毁掉了一支体温计。

和童年时期半饥半饱的日子里一样，在农村他长针眼，他长疖子，他发烧，他拉肚子，还长口疮。得了病他去村口唯一的一位残疾人业余中医那里。他去了，大夫让他试体温。当着他的面，体温计从一个婴儿的肛门中拔出来，业余中医用自己的上衣下摆擦了一下体温计，递给了卓然而且要求他衔在口中，并且解释说，门窗漏风，室温太低，腋下试体温怕靠不住。卓然对这种说法不怎么信服，但又不宜于与农家医生做某种论辩探讨，听农民、学农民才是思想改造。才一犹豫，窗外有人叫唤，医生推门而出，冷风扑面而来，嘭的一声，医生关紧了房门。卓然看到土炕灶眼边放着一把轻声呻吟着的生铁水壶，便拿着温度计凑过去，用一点热水想冲洗一下温度计，就在一点点热水触及温度计的水银管的那一刹那，他听到了一声极轻微的啪啦，他的手一抖，毁了，他看到了温度计玻璃管的小小裂口。

这时医生回来了，看到了拿着温度计发呆的沈卓然，他什么也没有问，从沈卓然手里接过温度计，瞟了一眼，说了一句：“呵，坏了。”拉了一回室内仅有的三屉桌抽屉，找出了另一个黑乎乎的温度计，照直对着沈卓然的嘴巴送过去了。

沈卓然相信，哪怕医生对着原来的温度计的破口疑惑地看一眼，更不要说如果他提出任何疑问了，他一定会坦白自己的“罪行”做出赔偿而毫无隐瞒。问题是医生视为理所当然地在两秒钟内处理完了这一切，而且沈卓然乖乖地叼住了卫生状况更加可疑的另一支温度计，他无法张开自己的嘴……错误就这样铸成了。对一个山村农民、复员荣誉军人、另一个哑女子的丈夫、方圆几十公里唯一的医疗救助人士，他竟然做出了这样的事。他流下了羞愧的眼泪。

人最好不要有什么错，有了错赶快改，不然你可能错过时机。如果你十年二十年后再谈这个温度计的问题，第一，你可能已经无缘与他们相见；第二，你去谈了，像是你有神经病；第三，如果你对学长对组织对公众谈这件事，他们不会受理，说不定他们会觉得怪怪的。如果是新世纪当中，你会被认为是在干扰发展、改革、反腐、法治、金砖或者 G10 的“大方向”。

……他想到更久的以前，还是“国府”时期，他刚刚上初中，一位要求严格，而且喜欢标榜自己的大不列颠牛津音的高个子英文女教员遭到了班上几个上课打瞌睡、考试打小抄的同学的不满。这位老师是旗人，应该是个格格，修长身材，浓眉大眼，一脸自尊睥睨，使沈卓然倾倒。她名叫那蔚阗，为了她的姓名她与班上几个同学较起了劲。同学们称“蔚”为“卫”，她非得要人家读为“郁”，并给大家讲“蔚”的 wei 与 yu 两个读音的通用与区别，讲得有几个学生出声地打哈欠。为了“那蔚阗”的“阗”读什么，她也费了大劲，动了肝火。有几个男生痛恨这位风度不凡的女教师。几个学生策划制造机关暗器，要出出此位过分出色、从而惹起了本能的普遍反感仇恨的女教师的洋相。木秀于林，风必摧之。几个不守纪律、不爱学习、不讲卫生、穷困破烂的捣蛋鬼，不知不觉中对此位教师恨得刻骨。而且他们相信，面对这样一位风度高雅的女老师，全班至少是男生必定会苦大仇深，尽欲除之而后快。他们谁也不避讳，公然大吵大叫地切磋、设计、进行祸害老师的阴谋——更正确地说应该是阳谋活动。

问题在于，只上了两个多月的课，沈卓然已经获得了女教师的偏爱。他学得快，发音也好，他非常注意老师以之骄傲的牛津式发音、唇齿舌的位置与声带的音区，还有腔调与味道。老师多次在课堂上叫他起立诵读，给全班同学做榜样。学外文对别的孩子是灾难，是负担，对他们来说把“水”读成“窝特儿”是违背天理，把“老师”读作“提彻尔”是装丫挺的洋蒜，而卓然觉得学外语是别有天地，其乐无穷。而且孩子们从那蔚阗显摆牛津音的言论里本能地感到了她的崇洋媚外，是崇拜在中国贩卖鸦片，带头发动侵略压迫宰割残害古老中华的打着米字旗的老牌英帝国主义。

在一个贫困、饥饿、混乱、褴褛、獐头鼠目、孱弱伛偻、萎靡龌龊、斜视斗鸡眼、罗圈腿瘌痢头的时代，出来一个亭亭玉立、高高大大、自信自足、眉目端庄、一举手一投足都充满优雅和美丽的英语女教师，这简直是与时代为敌，与众生为仇，为社会所难容。她这是为了提醒他人的卑贱与不幸，为了污辱与压迫众生才出现在这个时间这个空间的一位异类。

偏偏这位异类喜欢与其他同学同样孱弱，但具有一种学习与上进精神的小小沈卓然，那老师的一再表扬使身体单薄、智商有余、胸怀大志的沈卓然也难以在班上立足了。当一堂新课全班同学没有几个人跟得上进度，当绝望的老师不得不再次叫起沈卓然做示范朗诵的时候，班上出现了嘘声与其他怪响，还有大荤大素的谩骂。人同此心，心同此理，全班男同学清晰地喊叫道：“操性劲儿你，自大多一点儿：臭！”

事隔多年，他已经想不起来几个坏家伙是怎样设计祸害那蔚阗老师的了，他们用了一个破搪瓷缸子，里头装上了红颜色水，他们似乎还找了一把破扫帚，还有一个字纸篓，还有一个橡皮筋，还有一个脏得不能再脏的板擦，用他们的说法是“我们有机关”……一天那老师来上课的时候，一推教室的门，板擦落到老师肩上，升起一股尘烟，呛得前排同学咳嗽，污水洒在老师背部，缸子落到地上叮叮当当，一把扫帚绊了老师一下，橡皮筋噔地一弹，还好，没有触及老师的身体。

而且发出了笑声，诡计的胜利打破了枯燥常规，调剂了表格化的千篇一律的课程生活，引起了惊喜，怒放了恶之花、坏之鬼，跳起了闹之舞。你无法不为之喝彩，你无法不为之一粲，哪怕紧接着是摇头与顿足。沈卓然也笑了十分之一秒，而且最要命的是，这十分之一秒，他的目光正好与那老师的痛苦不解狼狈的眼神相遇。

这都没有什么，最最离奇的是，最最感动卓然、激起卓然、麻木卓然的是在兹后的规模空前调查处理当中，几个坏小子一致指证，说是他沈卓然设计了制作了置办了行使了暗害教师的机关暗器的全部操控。这样离奇的说法让沈卓然骤然失去了辩解能力与愿望，他只有目瞪口呆，他干脆是失声，他的嘴唇乱动却连个“不不不”都说不出来。直到次日上午，好久以后他才恢复了说话发声的能力。其他的同学们也装傻充愣，哆哆嗦嗦，哼哼唧唧，吭吭哧哧，噫噫吁吁。他上了人生一课：有些时候，精彩源于荒谬，气势来自无耻，流畅基于谎言，荒谬绝伦远比实话实说强大有力。年满花甲以后他叹服的是，六十年了才明白：果然好人不知道坏人甚至是不太坏的人有多坏，而坏人也无法想象好人甚至是不太好的人有多好。

一九四九年以前，学校里没有书记，但是有校长、教务主任、训育主任与事务主任。校长带上三位主任与那老师来到他们的班上处理机关暗器事件，那老师面带沮丧，愤怒的情绪盖不过失望与惭愧，校长与三位主任气势汹汹，表示不查出是谁做的暗器机关，绝不罢休。

坏小子们指认祸害老师的原来是他，是老师的宠儿沈卓然，其他同学谁也不说话，是默认还是抗议，是劫持还是自愿，是无能还是无耻，沈卓然无法判断。他能判断的是自己没有辩诬的起码自卫能力，在颠倒是非的诬告面前，他只能是伏法或者干脆是伏非法。

明白了还是不明白？说不定他的外语成绩正是他受到全班同学厌恶的原因。用洋泾浜的发音读英语的学生，怎么容得下对于所谓牛津音的揣摩与模仿？揣摩与模仿牛津音的人不是汉奸、英奸，也一定是装大头蒜，是臭显摆，是不仁不义，是散德行，是决心与爱国爱家爱本省的孩子们为敌，是自绝于学校班级与同龄同窗，是人皆得而诛之、蔑之、灭之、收拾之的臭狗屎。

事后多年他想到，这还应该归咎于旧中国的男女生分校分班制度。那时候上小学，一、二、三、四年级男女混编，一上五年级叫作高小的，男生女生分家。中学就更不要说了，男生女生，性别隔离，要到上大学以后才有可能与异性同班上课。见到那蔚阗这样的自命不凡的女性，自卑自怜发育不良青春躁动已经开始遗精与自慰的十三四岁的男孩子怎么能不咬牙切齿，见到得宠的沈卓然怎么能不灭此朝食，怎么能吞下那一口鸟气！

沈卓然挨了校长一个耳光，明明白白，他此生有被诬陷的命！他怯懦，所以被诬陷，他习惯性遭诬陷，所以更怯懦。他的左耳朵一直听力不佳，直到六十岁右耳也开始听力减退，才渐渐平复了由于两耳听力不平衡引起的不平衡感与屈辱感。

在他接受体罚的时候他听到了那老师喊了一句话，那老师应该是说“不可能是沈卓然……”，她说着话流下了眼泪。

但是挨耳光的他只觉得两耳“嗡”的一声鸣响，一片片从内而起的嘈杂与混乱，还有他的痛不欲生的对于自己的怯懦的痛恨痛惜痛悔，已经埋葬了他，他完全无法听明白那蔚阗是在说什么。如果她是说“该打！这个没有良心的孩子”呢？

也许这件事与弄坏乡村医生的温度计的事性质不同。那件事是他对于他人的损害，他没有挺身而出，不，谈不到挺身而出，他没有起码的诚实与责任感。他是一个逃兵，他缺德！

而这件事他是被损害者，长大以后，在国家大搞改革开放以后，他渐渐从境外的价值观念当中参照到，至少是在欧美，被损害而没有勇气抗争的人会让人轻蔑到不齿的程度。

三

正好是在被冤屈被责打的那个晚上，沈卓然做了此生的第一次春梦。

被压抑的怯懦，转化为荒诞的性幻想，不知这一层弗洛伊德是不是发现了。

他似乎是在委屈地哭泣，他哭出了声音，感到他的眼皮上满是泪渍。他觉得一阵温暖，一阵柔软，他忽然明白他是伏身在那蔚阗老师的胸口上痛哭，老师紧紧地搂抱着他，拍抚着他的颈背，轻揉着他的腰眼，又摩挲着他的屁股，他像一只猴子攀缘树木一样地在女神一样的老师身体上爬上爬下。他又像一条光溜溜的水蛇一样地在女神的水域与水草当中穿来穿去。他也像一只自惭形秽的受了伤的小熊猫仔，在大猫的拥趸下减轻着疼痛与伤势，小心翼翼地伸开了腰腿。他在老师的怀抱里疗养、成长、沉醉、扩大、丰满、充实、热烈、渴望、雄起、爆炸，山洪决坝，泉水叮咚，天摇地颤，温热而又卑贱。

然而在快要醒来的时候他突然觉察，不是女神，不是象鼻神也不是神鱼，而且不是老师，更不是明晰的那蔚阗这个高大的女人，春梦中与他这个臭小子厮缠在一起的是巷口猪肉店的胖大的女店员，捏着割肉利刀，他鼻子里充溢着猪油的气息。他似乎想吐。

这是人生？这是成人礼？是神仙的醇酒也是傻小子的呕吐，是青春的销魂也是半大小子的流里流气，是飘飘然也是屁滚尿流，是美妇人也是挥动屠刀的“月半了一”（胖子），是不无大志的青年先锋也是猥猥琐琐的鼠辈孬包。那时候他和一帮臭小子同学，认为不应该用“胖子”之类的词儿形容异性，他们以白痴式的聪明用拆字法编造了“月半了一”密代码，流露了他们对于胖大女子的垂涎。

一首诗？一个梦？一次遗失？一个罪恶？一种龌龊？他为什么，竟是这样！

一些年过去了，中国是天翻地覆，历史从头开始。沈卓然听说那老师到了朝鲜前线，她参加了对于美军战俘营中中国人民志愿军与朝鲜人民军被俘人员的解释工作。在停战谈判的最后一个分歧上，双方协议，由印度部队接管号称联合国军的战俘营，由中朝方面派出人员前往说明解释，并在中朝美韩印几方面观察下由被俘人员自己挑选他们是愿意回到原属的中朝方面还是准备留到美韩方面另做道理。

……已经记不清是战后的哪一年哪个场合了，已经成为中学教师的多年以后，沈卓然见到了那老师，她更加风度翩翩，她穿着当时比凤毛麟角还凤毛麟角的欧洲出品外衣。他听到了老师讲述她在朝鲜的惊心动魄的经历，更多的是介绍在莫斯科硬碰硬反对苏修的得意之笔。尤其令人兴奋的是，沈卓然还见到了老师的体面的夫君，他与她在朝鲜相识，他们俩在战火纷飞中建立了终成连理的爱情婚姻，他们现在都是外事官员。他也报告老师，他小沈已经结婚，他的妻子是纯洁如玉、善良如羔羊的淑珍。在这次见面的时候，沈卓然说到了旧事，说到了他的被冤枉。那老师不等他起头便断然说，我当时就判定，是他们冤枉你，我由于校长的野蛮愤而辞职。沈卓然为之泪下，那老师却是哈哈大笑。这笑声似乎刺伤了一点点沈先生。

……他与淑珍谈起了他与那老师在这个场合的见面，他甚至谈到了他的冤案，然而他没有谈他挨了一个耳光，更没有谈他少年时期的见不得人的春梦，他将这一段回忆引导向忆苦思甜的正确方向，指出所谓“中华民国”的体罚恶制与品德教育完全失败。

这也是他对不起淑珍的一件事，他不诚实也不坦白，他这也是怯懦。他越来越明白了，为什么中国的圣贤对于勇敢的定义，首先不是敢于冒险、敢于斗争、敢于胜利、战胜对手，而是知耻，是指勇于战胜自己。

更怯懦的事在后面。一九六六年政治运动中那蔚阗的外交官夫君出了大事，被揭露出里通外国的罪行，他似乎已经成为革命的最危险的死敌。发牛津音的那蔚阗当然面貌可疑。她遭到激进少年的毒打，远比板擦与污水的洗礼升级得多。一天晚上受了伤的她不知怎么找到了住在远郊的沈卓然家，她要求在沈家躲一个晚上，她说否则那样斗下去她会丢命。

他可以找出一百个理由不接受那老师的暂避一时的要求，他与淑珍的房子总共只有十七平方米。他与淑珍的孩子已经八岁，已经上学。街道“小脚侦缉队”近在咫尺。革命的群众专政天网恢恢，目光如炬，覆盖如天幕。我们应该坚持两个相信，这是两条根本的原理，不应该躲避。坦白从宽，抗拒从严，抗拒革命就是反革命，当然，两条道路由你挑。我们要经风雨见世面。为人不做亏心事，不怕半夜鬼叫门。大风大浪并不可怕，人类社会就是在大风大浪中发展起来的。我们自己也并不平安。我们不知道明天会发生什么事情，我们确实帮不了你。如此这般，这个那个。他泥塑木雕，用一副死鱼眼睛看着那蔚阗，他这是此生的第二次失声、失魂。干脆只能说是神经官能性聋哑病发作。

……在那个时候到一个朋友家避风，这本身也是脑梗、智力短路！这正是企图引领一峰骆驼穿过针眼，这也是抓住一棵稻草支撑自己正在下沉的身体，结果当然是让稻草与自身同沉十公里深的海底。这是显然的强人所难，鸵鸟藏头闭目，实则是害人害己，骗人骗己。这是臆想狂，这是十足的颠倒与错乱。

沈卓然的泥塑木雕只用了两分半钟，那蔚阗胡乱地说着口齿不清的“对不起了”。他奇怪的是，虽然那老师比他年长近二十年，他并不认为这位高大上的女子的到来可能获得淑珍的同情与理解。而事实上，尽管没有同情与理解，而且明明看到小沈所抱的冷酷僵硬的态度，淑珍真诚地挽留了那蔚阗，前后十分钟。只有在淑珍真诚挽留的时候那老师的脸上显出了一点点血色，她从淑珍身上毕竟获得了些许的人情与温暖。

四

沈卓然与那蔚阗的故事本应到此为止，时过境迁，他不再为自己的少年奇冤与被扇耳光面红耳赤。他不再为自己的少年春梦羞赧低头。他不再为，他也并没有理由为自己没有能在困难的时刻帮助那老师而责备自己。

然而在淑珍的葬礼上出现了署名为那蔚阗与李济邦的鲜花花篮。是阿里巴巴快递服务送来的。这几十年，谁谁发生什么事都是正常的，但是女老师姓名的出现使沈卓然立即感觉到五味俱全，是他的少年时期的懦夫罪过贻害到淑珍。他的一生首先不是成功的一生，而是惭愧的一生、忏悔的一生，所以他没有资格与淑珍继续牵手行走下去。他害了淑珍啊。

与此同时，他也纳闷于李济邦的姓名是不是那蔚阒的原装丈夫，他忘记了，他记得那老师当年提到自己的先生的时候发了一个上声字的音，他可能姓李，是的，但也可能是姓古，姓郝，姓钮，姓管，姓仉，主要是第三声。他常常记住他人的姓氏的一二三四声，甚至记住一首诗句的音调，可能是咪、迷、米、密，但是记不住诗句，记不住人家的确切姓名。

姓氏为第四声的老师与她的第三声的夫君，甚至于没有留下自己的联络方式。他上百度与谷歌敲查二位的姓名，无内容显示。

我对不起淑珍，他在墓碑前流出了眼泪。

更加对不起的是他对淑珍一生的干扰。淑珍是新中国成立初期的归侨生，她原在印度尼西亚，由于新中国的号召力，她不顾父母的阻拦毅然在十六岁回到祖国。她的黧黑的皮肤，圆而大的黑眼睛，长睫毛，尤其是厚嘴唇、大嘴，带来了赤道的阳光、东南亚的风情与海外赤子的情怀，她也使北方的臭小子们为之神魂颠倒。她的好学、谦恭、礼貌、诚实、专注使她成为“三好学生”的标兵。一到十八岁，她就成了本校党组织的重点培养对象，而且她已经是新一届学生会主席的热门人选。

就在这个时候灾星出现了，灾星就是沈卓然，灾难就是沈卓然发出了给淑珍的信。

卓然曾经醉心于文学，成果是无。他唯一自信的是他给淑珍的信，他相信如果他把这些信保存下来，也许能够使他得到出版与招摇撞骗的机会。

至少，他的信是无法抗拒的，他的信是美丽的真诚，是人生的花色，是青春的强劲，是奇花异卉珍禽宝贝火种灵药，他的信会让任何一个女孩子甘愿献出自己。

一个崭新的时代的开始会是这样的，你相信我，我相信你，你相信所有的美好与光明，而以美好与光明的代表身份说话与做事的人相信你正在走向美好与光明。那时候每个人都认为你想干什么就可以干什么并且能够干得成什么。他们相信科学的发展会使去世的亲人复活。他们相信政治的发展会消除一切的差异与不平，全世界的男女老幼黑白棕黄红同吃一锅全家福，同饮一缸蒸馏水，同跳一曲欢乐舞，同写一部同读一部比荷马比屈原比莎士比亚比李白普希金雪莱拜伦所写都伟大百倍的伟大史诗的日子正在到来。那么，给一个刚满十八岁的高中女生写求爱的信，又能有什么可质疑的呢？

那是一个没有麻烦只有畅想的时代，那是一个没有怀疑只有相信的时代，那是一个没有背叛只有忠诚的时代，那是一个在自己这里只有爱情、在敌人那边只有仇恨的时代。

然而在那样一个美好的时代，一封封像花束一样芬芳，像夜莺的歌曲一样动听，像天空一样爽朗，像清泉一样纯净，像星光一样闪烁，像海潮一样汹涌的情书，给淑珍带来太多的扰乱了。

从此她的功课尤其是考试成绩每况愈下，她的睡眠状况日益恶化，她对于政治上进、党课学习、社会活动参与、学生会工作的积极性渐渐消退。

而在婚后，如果没有他，淑珍本来有更多的选择，更好的前途，更充实的人生。

然而淑珍不这样看，她说，在与他相好之后，她追求的是正常，是普通，是平平淡淡平平常常的日子，是生活，是一辈子的厮守，是永远的手拉着手，是一起看电视和看电影。呵，那拉着手看《斯大林格勒大血战》与《库班的哥萨克》的日子；那坐在一张小台子上点了木须肉与干烧鱼的日子；那烧热了灶火，在生铁锅里用葱花炝锅，有辣椒下锅引起惊天动地的喷嚏的黄昏；那乘着无轨电车走过路灯照耀下的寂寞的报刊亭与红绿旋转强劲发光的商场的时光；那几经煎熬，仍然永不分离，那进了被窝，沈卓然小声喊着林彪提出的口号“团结紧张严肃活泼”，逗得淑珍笑出了眼泪的夜晚；那两人同时唱起《森吉德玛》与《小河淌水》，互相纠正互相配合，有时还唱起《苏丽珂》与卢前作词、黄自作曲的《本事》二重唱的欢愉……多么幸福，多么值得，多么甘美！

他们一天天、一点点年纪大了，更加喜欢唱什么“当时年纪小”了。“为了寻找爱的归宿，我走遍整个国土”，“记得当时年纪小，我爱唱歌你爱笑”，“梦里花落知多少”，还有只有他们俩懂的暗语：关于旗手，关于电扇，关于火镰火石，关于山坡与森林，关于糯米填充的鸡肠子，关于学毛著就会立竿见影，关于列宁创办的《火星报》与托洛茨基创办的《真理报》，还有样板戏里的“谢谢妈”与《海港》中韩小强的咏叹调“我沾染了资产阶级的坏思想”。每当沈卓然说到“沾染了坏思想”的时候两个人就笑，坏思想一提乐翻天，贫贱夫妻百事欢，最最美好的时光他们是在最最狼狈的处境下创造与享用的。

有几次沈卓然轻描淡写地后悔当年对灾难中的那蔚阒老师的冷酷无情，称许当时陌生的淑珍对于他的老师的热情，他问：“为什么你的表现要比我好一百倍？”

“是吗？”淑珍全无感觉，“那只是常理啊，一个友人，一个教师，教过你，你还说过你喜欢她，你应该为她做点什么呀，做不了什么也还是要做点什么呀……难道能够是别的样子吗？”

那时沈卓然自以为懂得了政治，懂得了形势，懂得了处境，懂得了策略与手段，懂得了最新“两报一刊”社论；而淑珍什么都不懂，淑珍只懂得待客，懂得善良与文明的起码常识。他那个时期常常给淑珍讲解“两报一刊”的精神，淑珍听不进去，淑珍的逻辑与它们格格不入。

上苍给你多少快乐，就会同样给你多少悲伤；上苍给你多少痛楚，就会同样给你多少甘甜。没有比这更公道的了。

而恰恰是二十世纪九十年代他有点“小康”“中康”“巨康”了，他成了讲解古典文学与唐诗宋词的电视名嘴，动辄三万五万地进账之时，淑珍患了不治之症，原来他俩只有相濡以沫的贫贱之福，却没有芝麻开花节节高的发达时运。

我造成的，我造成的，沈卓然痛不欲生，他检讨自己的小人得志，他忏悔自己的胆小怕事，他承认自己的卑微渺小，他确有不敢成仁取义的犬儒主义、机会主义、实用主义、活命主义，他当不了胡志明也当不了切·格瓦拉，他对不起毛泽东也对不起淑珍应该更熟悉的她的出生地印度尼西亚共产党总书记艾地，艾地同志是被苏哈托军人集团处决的，后来马来西亚游击队的领导人陈平同志也失败了。是他罪愆妻室，干扰了东南亚，使他终于老年丧妻，天塌地陷，一步没顶！

我的心太“软”，港星唱起来听着似乎是“心太懒”，我的心太懒。我已经丧失了平平常常的快乐的基础。沈卓然弯下腰，给墓碑行礼，小风拂来，他听到了一声低语：“不必，不必，也许，或许……”他匍匐在地痛哭。

这是刚刚开发出来的一块墓园，背靠青山松柏，面对梯田式一层层一排排预留的墓穴，方圆百米，只有淑珍一个墓穴有了主人。这里有一种宽绰，有一种安详与平和，有一种业已完成的宁静与圆满，在这里你会听到微风传来的低语。

五

然而他睡不着觉，这也是报应。他至少说了五十二年的嘴：他具有惊人强大的睡眠能力，他一沾枕头就“着”，他可以利用五分钟打盹，他可以大会上、汽车上、起飞前起飞中起飞后持续打起呼噜，他一辈子没有吃过安定、舒乐安定、速可眠、眠尔通，他是愈睡愈精神，愈精神愈出活，愈出活愈能睡。他还忽悠说，养生的关键是睡眠，悠悠万事，唯睡为大。

尤其最最缺德的是他无意中折了一回当地一个大红人的面子。大红人，女，海归，企业家，慈善家，教育家，爱国党派的省级学长，省政协副主席。他得到荣幸去陪红人吃佳宁娜潮州菜馆，副主席滔滔不绝地讲述自己每天要做多少事，日理不够万机也有八千八百机，她说她一天只能睡四五个小时觉，可能说到这里她意识到了一直是自己女声独唱，便扫了一眼，看到沈卓然，觉察出他也是个频繁出镜者，便礼贤下士地说：“沈先生这样的知名人士，您还能睡什么觉哇！您说说，您一天能睡多少觉？”

沈卓然蔫蔫地答道：“九到十个小时……”

他看到，大红人的脸色立刻变了。

是他太不厚道了，他本来应该嘿嘿哼哼两下就过去了，不该诚心撅红里透紫的副主席呀。终于，他遭报应了。

在淑珍走了之后，他干脆在深夜大睁着眼睛，不睡，不醒，不哭，不笑，不思，不愁，不惊……什么都不，百不千不，他干脆感觉自己的并不存在，他已经感觉不到自己存在的必要，已经失去了存在的理由。回家晚了，他已经不需要给淑珍打电话。一个新的饭局，他已经没有淑珍可以商量去不去和如果去的话送什么礼物。遇到一个讨厌的人，他已经没有可能向淑珍说一句刻薄的话解恨出气。没有了淑珍的呼应、疑问、分担、惦念、抱怨和庆幸，他的活与不活究竟还有多少区别的必要？

沈卓然哪里去了？他似乎在问自己。沈卓然并没有随淑珍而去。沈卓然确是魂不守舍。色空空色，沈非沈，卓非卓，然不然。沈卓然不是沈卓然，没有淑珍陪伴，他怎么可能是姓沈的卓并然？也就没有必要怀疑自己不是沈卓然了。沈卓然变成了一片空白，家是空白，生活空白，口腹空白，阅读空白，言语空白，共享空白，睡眠空白，失眠其实也是空白，生命的痛苦还是空白。

睡不着他干脆集中精神想，比如说，我压根儿就没有出生，比如说淑珍就压根儿没有出生，比如说，这个入夜无眠的糟老头子，压根儿就不是我，这儿不可以是也没有理由是第一人称，而只是，最多是第二人称与第三人称。一切都会迎刃而解。“无我原非你，从他不解伊。肆行无碍凭来去，茫茫着甚悲愁喜？纷纷说甚亲疏密？”这是《红楼梦》，至于无碍与茫茫纷纷，也许还只是后话。

谁让他夸夸其谈地在电视讲坛上大讲元稹的“惟将终夜长开眼，报答平生未展眉”呢？谁又想得到，转眼到了“独坐悲君亦自悲”的当儿，而“百年”竟并没有“几多时”啊！

淑珍却是走得英勇。她早早留下了遗书。她得知难以挽回以后坚决要求停止某些无益的抢救器具操作，她表示并无遗憾与懊悔，她讲了对于此生特别是卓然的满意之情……她说她不惧怕任何新的经验，包括到另一个世界去。卓然最最不能忘记的是淑珍的遗容，那么安详，那么从容，那么平常得大气盎然！

是卓然对不起她呀，对不起，对不起，其实他仍然有不轨之梦，其实他仍然有看图片看电影而思有邪的可笑复可悲，虽然绝无什么不妥的行为，是感恩心涤荡了他的胡思乱想，其中包括对一个欧洲女歌手的特殊感觉……

他也曾吹嘘自己的健康，七十多岁了还能够连打几局网球，还能中速跑步八百米，还能吃一斤半肉片的涮羊肉，还能盛夏在深水海面上游泳一千七百米。因为他少年时代太弱，他尤其注意保护自己，他不敢尝试任何的不健康的癖好与方式。

这一切都随着淑珍的远去而一去不复返了。他的两腮开始凹陷，他的头发开始干枯脆落，他的膝盖动辄吃不上劲，他的口气日益浊恶，他的视力听力明显下降。莫非我也该走了？我是一个软弱的，明白地说，怯懦的人。“守着窗儿，独自怎生得黑？”李清照《声声慢》里这两句话，小时候他以为是李词人叹息自己长得太黑，明明说是独自怎生得黑嘛！为此，他与淑珍之间有多少调笑！后来知道是说独自怎样挨到天黑！他更愿意将“黑”解释为语助词，那就是说，守着窗户，好一个“守”字！孤孤单单一个人，怎么得了，怎么活下去噢！

果然，独自很难活下去。有些事情你一直认为是很远很远，凡是认为很远很远的事情都会突然变得很近很近，就在你的身上，就与你同桌同室同床同声同气。不，死神并不狞恶，死神并不穿黑色的道袍，死神也绝非冰冷，死神很活泼，很亲热，很——你甚至于可以说“祂”很随意，是你的老朋友。他向你调皮地一笑，眨眨眼，问道：“怎么样，哥们儿，还不过来？”然后向你张开了双臂。

然而老沈不甘心，他不相信自己已经行将就木，他还没有准备好立即随淑珍而去，他猛吃各种催眠中西药物，包括医生告诉他某种进口好药，是重要的学长同志也会服用的。

他仍然觉得自己没有睡着，其实事后证明他睡了好久。他二十三点躺下，四点过半醒过来，如果没睡着他不可能安静地连续躺卧五个半小时，且无辗转反侧。睡眠过程中他的耳边一直淅淅沥沥，他听着似雨又像耳语更像虫鸣的声音。人生是一种起伏扬抑的噪音。他一直想着“我仍然睡不着觉”“仍然我觉睡不着”，却突然张开了眼睛，看

死神很活泼很亲热

到了窗帘缝子中透过来的晨光，而且，最重要的是，耳中响起的不再是淅淅沥沥的声音，雨陡然停止，耳语突然远逝，鸣虫突然冻僵，而一种城市特有的类似轰隆轰隆的机械性金属性吵闹声响，接管了他的被睡眠的单调郁闷的呻吟延续。他的耳闻进行了彻底切换，他现在的醒证明了他的可能低效与无感觉，却仍然不容置疑的睡。

被入睡数次后他的身体状态略有改善，他吃了一次猪肉大葱饺子，他吃了一次打卤面，他吃了黄花鱼，就了一点泡高丽红参的药酒。

他腹痛如刀绞，他被诊断为急性胆囊炎，他做了急诊手术。由于是急诊手术，术前没有来得及倾泻胃肠，手术后便秘，前后五天没有排便，急急使用开塞露，乃至超量，一旦破门而出，犹如堤坝崩溃，四面喷薄而出，全身全床都是粪便。儿子刚从国外赶回，与他共战一宵，闹了个不亦乐乎，他甚至想到了生不如死的命题。值班护士可能熟悉这出戏，只慷慨地发给家属一卷卷卫生纸，绝不吝啬，人则远离他的病房，眼皮也不向此房间动一动。

但他还是感谢致敬于医护人员，疼痛，麻醉，手术，刀光之灾，血污，无微不至，使他从痛不欲生渐渐回阳，穿戴雪白的护士们用熟练的操作清洁着、处理着、拾掇着他的伤口和带伤的躯体的这一部分与那一部分，包括他自己也不喜欢多看一眼多摸一下的部分，使他渐渐康复，一天好似一天，她们是真正的救苦救难的天使。

出院不久，一位病友，一位年龄级别与待遇都比他高的新结识的伙伴来看望他，并且向他提出了再次建立自己生活的建议。简单地说，要给他介绍对象，告诉他立马就可以娶上一位资深的貌美护士长。这样，他主诉的一切苦处，失眠、失魂落魄、头沉头晕、孤独、惊悸、虚汗、脚心冰凉、食欲减退、给正在国外边工作边求学的独生子增添了太多的负担（四个月前刚为他的母亲赶回来一趟，这次又赶回来与他一道进行粪便大战）……都会迎刃而解。

“夫人去世了，你还活着，为了去世的夫人，你也必须好好活着。为了儿子，为了国家人民老天爷，哪怕是什么都不为，只因为你还没有死，你明明是大活人一个，你只能好好活着，你没有其他任何不同的选择……这里我要明确地告诉你，不论是谁，是多么孝顺的孩子，是朋友，是领导，是特级护理员，谁也代替不了老婆。老婆老婆，是生命的基石，是男人的保命稻草。因而……所以……必须……完全用不着……”口若悬河的病友说。

“毕竟现在不是唐宋元明清民国，五四运动已经过去九十年，而五四前一年鲁迅就发表了《我之节烈观》，就是在旧社会你也不存在不节不烈的问题……”厅长级病友对他掬诚以告，按此人的水平，不，说不定此公已经享受到副省级待遇。

厅长副省级友人往他手机里发送了一张彩照，这张彩照十分养眼，美与不美，俗与不俗，一抹夕阳，一捧残霞，一朵欲萎的鲜花令沈先生心痛，令沈先生心乱如麻，血压升高，失眠更失，不安更不。淑珍，淑珍，你怎么走了啊，你一走，我怎么全乱了套了啊！

六

这是一张稍长的瓜子脸，也许是葵花子？她长着一双有点像京剧坤角那样吊起来的丹凤眼，她有一种端庄，一种凝重，一种瘦削，她名叫连亦怜，十分的可爱与不俗。她说话的声音很小，话也不多，如怨如慕，如泣如诉。她常常低着头。她刚刚五十岁，比沈卓然小二十多岁。她的样子楚楚可怜，只有熟悉中国古典文学的人才懂得“怜”字在古诗中的地位，它比爱更古老，比爱更幽雅，比爱更男权却也充溢着男子的柔情与担当，甚至还有一点戏耍的心坎上的欢愉。怜就是保证，就是允诺，就是永远对得起女子的起码的男人的诚实与决心，是好好地吃，好好地咂滋味，是上海人吃大闸蟹。怜还是对宝贝，对宠爱，对弱者柔者美者的一百种义务，一百种照顾，一百种珍惜，一百种“阴秀软丝”（您可以去查英汉字典）。风月无边，美味无边，浪漫无边，恩爱万千。

沈卓然的说法，祖国认字的人对汉字深情如海。连亦怜，你找不到这样招人爱怜的女性芳名。连与怜同音不同字，本身就包含着一种纠结和期待，一种凄美和缠绵，一种上颚与舌头的性感，一种结合的暗示，一种如莲的喜悦。连就是合，合就是连。中间加上一个发音部位靠前的“亦”字，嘴张不太大，说起话来好像要流口水，亦就是溢，亦就是嬉戏，亦就是羁縻，亦就是枕边喁喁吁吁。连与亦与怜匹配得天造地设。哪怕只是为了发音学科研，为了文化爱国主义，为了品鉴汉语与姓名学，他也不能拒绝与她会个面。而且那个病友是要请他与她到家里便饭。

介绍说，亦怜是大专毕业专门学护理的医院护士长，她的先生病故，她有一个儿子，患慢性病，为照顾儿子她已于两年前提前退休，现在每月还有退休金三千多元的收入，享受社会医疗等保障，在银行有三万元左右的定期存款。她一直沉默寡言，埋头做事，从无是是非非。丈夫死了七年，不断有人给她介绍男友，她只有一个要求，对方必须有二百平方米以上的属于自家名下的住房。她很简单，很实在，完全靠得住。

沈卓然未以为意地一笑，他说：“我的住房建筑面积是一百九十八平方米，不够数啊。”

厅长从老沈的一笑中看出了一点轻蔑，他急着说：“不，这当然不是问题。第一，你的住房设计比较经济，房屋使用面积超过了百分之七十，足有一百四十平方米。第二，你有固定车位，你的车位占地三点五平方米。无论从哪个意义上说，你是十足老秤的二百平方米住房拥有者。”

厅长觉得老沈的表情仍然不够认真笃敬，他说：“你需要一个护士，医护人员对于你是无价的救星。她呢，女人嘛，五十了，女人五十在择偶上的处境等于男人的‘n+1/2n’，也就是说恰恰与七十五岁的男子匹配。天上地下，没有比阴阳调和更大的原则，阴阳和谐，才能齐家治国平天下长治久安。你不用说了，你是人五人六。她呢，大专生，退休金，无房户，她还能想些什么呢？还想要什么？学问？名声？级别？权力寻租？……”

第一次会面是在厅长家里。正是身为客人的连亦怜为厅长夫妇与他们的病友炒了几样菜，同样的西芹香干肉丝，同样的干烧鱼，同样的宫保鸡丁与同样的榨菜汤，你如同进了东兴楼或者听鹂馆。同样的焖米饭，软中劲道，米香绵绵，也使老沈赞叹不已。厅长说：“你教文学的不会不知道，当代一位著名的女作家说过，炊艺是通向家庭幸福的金光大道。”

沈卓然果然点了点头。

一周以后连亦怜住进了沈卓然家。本来，没有想到事情“发展”得这样快。

那是当年与淑珍恋爱的时候，那个夏天，他在公园里突然吻了淑珍的脸庞，淑珍说不，淑珍不高兴，淑珍能够说不，有说不的权利，也有不高兴的理由。那时候她向他异议的是：不该发展得这样快。发展问题，后来这成为他们夫妻俩的一个风情趣话。有时候办完了好事，在意态涎涎、情致飞飞之时，他会问她，他们两人发展得是快了还是慢了？发展呀发展，我的好人，如今天人相隔，发展烟消云散，笑语无踪无迹，夫复何言？

就在这个时候出现了连亦怜，对于七十六岁，被丧妻之痛已经压得如老杜之“老病巫山里”“老病已成翁”的老沈来说，她恍如天人，她就是从画面上走下来的巧姐，给庄哥洗衣做饭，给庄哥带来佳馔、清洁、整齐……给庄哥带来枕席之欢。枕席之欢，迷人的说法，传统文化万岁！她在本市没有住房，她是借住在亲戚家。堪怜，甚怜，好端端一个上品的、无懈可击的女子，竟然五十岁了连个正经住的地方都没有。他规规矩矩地说，她可以住在他家里，她可以拥有自己的房间，他不会随意去骚扰。

她没有说是也没有说不，没有点头也没有摇头，但是她没有走，不但给他做了他喜欢吃的手擀打卤面与黄瓜鸡丝粉条，还擦洗了他们房里的家具，扫净了犄角旮旯的尘灰，擦拭了并且摆正了墙上的挂钟照片书法与山水画，然后，不管沈卓然的劝阻，她跪在地上擦地板。一晚上只说了一句话：“今天晚上我儿子有人管。”

入夜，她给他铺好了被褥，她摆的是两个枕头、两床棉被，共用一张薄毯，两个依偎得那样近，不似新婚，胜似新婚，使沈卓然心神荡漾，脸颊绯红。他掐自己的耳朵，想证明这究竟是古稀老人的艳遇，还是少年臭小子的春梦。他有一些不安，他不但想到了淑珍也想到了那蔚阗，他还想到了有过一面之缘的欧洲女子。亦怜与她们各自的纯洁、优雅、活泼大异其趣。对于老沈来说，亦怜柔软如柳絮，空灵如云朵，光滑如丝锦，顺应如和得揉得恰到好处的面记儿，婉转如二胡曲。他最大的享受是大病之后发现自己仍然活着，仍然男子，仍然有气有力有欲有“坏”。同时，他从来没有过这样的失落心情，他感觉到的是色即是空，空即是色，他的感觉是什么都与当年一样，什么都已经今非昔比，他的好日子一去不返，受想行识，亦复如是。

他得到的是一百一的服务，是毫无瑕疵的第三产业的一丝不苟，是顾客即上帝的职场信条百分百遵守践行。然而她离他很远，她的眼神十分清醒。她的眼皮时而略略上翻，她似乎在内视，她一直在专注，在琢磨，她努力地保持在自己的世界里。她的动作是争取被动，像善于跳交际舞的陪舞舞伴，像风，像空气，像影之随形一样地围绕，完全无我无己，唯愿君得心应手。她几乎完全不出声音，她听任摆布，她轻如羽毛，她了无痕迹。同时，老沈分明发现，无论如何，爱咋的咋的，是她复活了沈某人，她挽救了沈，她带给沈新的生命。

发生了这一切以后，沈卓然更加疑惑，是发生了还是没有发生，当然不是与淑珍的酸甜苦辣的半个多世纪的日子，甚至也不是趴在那蔚阗身体上的春梦，也不是欧洲女子的风情万种……她给他带来的是尽善尽美的安排与敬业。完满的服务后面有一种悲哀的矜持。矜持的冷静中有一种遥远的尊严，一种艰难，一种带伤的坚忍。这在某种意义上更激发了沈卓然的渴望。因为他不能完全满足：他反省自己，君子求诸己，他的不满足也就是她的不满足，他老了，毕竟。他没有能燃烧起震荡起酣畅起迷醉起楚楚可怜的连亦怜，他气喘吁吁之中想着的是下一次，是他的有生之年，他仍然需要女人，却不仅是温顺与侍奉，他需要的是女人的生命之火，就像鱼需要水流，庄稼需要地气，他当然需要女人，因为他还活着。

而最最神秘之处是，从亦怜的某些动作、某些表情，特别是从她的微微摇头与嘴角的微微嘬动中，从某种隐蔽的私密的女人气息里，他想起了高大自如的那蔚阗老师来。这个感觉使他一惊。

他陡然一惊，陡然一想，这究竟是一种什么样的眼神呢？即使她是在做爱。

然后她去冲澡，她没有说话。

“你，好像，不喜欢说话……”

“发展早超过了说话了哟……”

七

从“灭亡”到“新生”，沈卓然的七十六岁的经验与巴金早期的两部长篇小说的标题吻合。他由衷地感激亦怜，感谢上苍，感谢淑珍的在天之灵护佑，感谢命运对于一个男人的恩赐，一个忠厚的有点才俊的不无怯懦的男人，离不开一个稳定的不慌不忙的哪怕是间谍一样的冷静的女子，离不开一种女性的容忍、沉静、节制、周到，医疗还有炊事。其实老沈也是喜欢吃的，他在淑珍去世以后几次反省自己的饕餮，他太喜欢参加公款宴请，从东坡肘子到牛排，从白斩鸡到炸乳鸽，从全家福到佛跳墙，从清蒸石斑鱼到葱烧海参，后来又从澳大利亚龙虾到泰国燕窝、鲍鱼、鱼翅、阳澄湖大闸蟹，他吃得太多太多，吃出不只一样毛病来了。吃多了有罪，他深信，在众生还远远没有温饱的时候。

他毕竟不能长在馆子里。他自己也会烧几样菜，做几样面食。口腹，身体，荷尔蒙，精神，话语，生活，一的一切，一切的一，在大势已去以后，后之后是尘埃落定，落在一个亦怜身上，天下定于一，老沈也定于一。他活着，过去靠的是淑珍，现在只能是靠亦怜。连亦怜，连亦连，怜亦怜，不怜亦怜，不连亦怜，不连亦是相连，连即怜即缘，缘即怜即连即黏即娴即绵。连吧连啊怜呀怜呀缘绵娴绵呀你呀你呀我呀我呀她呀她呀怎么能没有她呀！

连亦怜为他策划与执行了所有的保健项目，早晨，按摩与冲澡，喝凉开水八百克，牛奶、鸡蛋、肉松与香蕉、黑面包，降压降血脂药品。散步，太极拳。午餐后半个小时补钙……晚餐后的牛奶与长效白义耳阿司匹林。

连亦怜的到来改变了他家的气味，她立即添置了药用酒精与碘伏，酒精棉与碘伏棉，龙胆紫、红汞水、伤湿止痛膏药，创可贴与薰衣草精……听诊器、血压仪、一些急救药品也摆放在方便的地方。他叹息万物的沧桑多变，也感觉到了随时贴身的医疗保证。

她是美女、大厨、菲佣、老婆、保健员、护士、天使的完美集合。想到这里沈卓然想跳起来。

他接受了亦怜的儿子。儿子有一种官能的疾病，由于先天的某种元素缺失。他服用着昂贵的进口西药，和他妈妈一样的娴静文雅，当然是更加苍白与衰弱。他似笑非笑，似悲非悲，似存在非存在，似实体似影形。他绝对不惹人嫌恶。这样的二十岁的男孩，甚至于引起老沈的某种欢喜和佩服，这里头有境界也有克己。他想起淑珍的榜样。淑珍一辈子的最大特点是怕给别人添麻烦，她的第一信条是克己，其次是克己，第三仍然是克己。

啊，离得越久，越发现淑珍的非同凡响。她的非同凡响就是她的平淡与普通，她的高度的普通与平淡正是她的出类拔萃。她从来不计较不上心自己的私利，除了尊严。她从来不找任何人为自己办事，她认为每个人自己的事已经需要够多的努力与辛苦，尤其是她一辈子从不在人的背后说人的坏话，包括政治运动的检举揭发。别人说了她呢，她一筹莫展，她完全不懂得一个人为什么可以用绝对不友善的态度信口开河，编造传播，尽情诽谤，到头来把自己的卑劣暴露无遗。

“怎么会这样呢？”淑珍完全想不到也不明白这个世界上为什么会有无牵连无因果关系的恶意人种。她只需要常识，她只接受常识，谁也唬不了她，却极容易地唬住卓然。一个说法不符合常识，她也就不再放在心上，她也就感觉不到什么不快或者痛苦，她对沈卓然说：“有你呢。”她对其他人的表现干脆不以为意，视如无物。沈卓然受到了感动，便也说：“有你，这个世界是多么好啊。”

也许，只不过是无邪，只不过是不解，只不过是停止在某一条常规的线上。就像小学生看不懂高能物理的计算题，她和他怎么可能为答不上那关于为什么人生会有许多不良这一繁复的提问而苦恼呢？

只有感激。毕竟沈卓然是个善良的人。这一辈子他连一只鸡都没有宰过，他连一个麻雷子或者二踢脚也没有点燃过。他最多只吸了两口的香烟点响一挂小鞭。他最不愿意的是说他人的坏话，他相信向你说他人的坏话的人，见到他人一定说你的坏话。他相信他得到了上苍的怜惜，得到了淑珍的在天之灵的保佑，他在孤独了一年之后，一个女人，一个对于老年男子来说金不换的护士长与美食大厨家庭服务大师悄悄地走了进来，不但是美食，而且是美女，经得起看，经得起品尝与消化营养，年轻二十多岁，一声不响，服务周全，天衣无缝。她从早到晚不停地辛苦，勤勉过所有的家政服务员小时工。连亦怜说：“我恨活儿。”恨活儿？沈卓然听不懂这个俚语。两次这样说了之后，沈卓然才明白，见到该干的活儿却无人去做，亦怜感到的是恨与仇，只有通过劳动让此活儿从她视野里消失，她才感到愉快与安然。这是恨，也许更正确的说法是憾，古汉语中恨常通憾事，恨不相逢未嫁时，就是憾不相逢未嫁。后主的“人生长恨水长东”，苏轼的“长恨此身非我有，何时忘却营营”，长恨岂不就是长憾？

有了亦怜，不再自苦，不再恐惧，不再一味恨憾，不用再咀嚼寂寞的凄凉，不必再质疑活下去的理由。男人的理由是女人。

他带着亦怜与他的亲友见面。他把亦怜的照片发给国外的儿子，他得到了祝福，但也有人据说背后说他的不是，他正在兴奋中，他对负面的说法完全不介意。

他带着她旅行，为此雇了专人照顾她的病儿。带她去了杭州西湖，去了苏堤花港观鱼，乘画舫去了西溪湿地，到楼外楼吃了醋鱼与梅菜扣肉。带她去了长沙，去了橘子洲头，看了青年毛泽东的意气风发的半身像。去了西安，登了大雁塔，会了方丈法师。去了深圳，看了邓小平塑像，吃了粤式下午茶。去了武汉琴台，听了古琴曲《高山流水》，买了孝感麻糖，当然还看了长江大桥一桥二桥三桥、黄鹤楼与鹦鹉洲。他还与另外的一批朋友约定好，第二年春夏之交，他要与亦怜同游厦门、泉州、南京玄武湖、中山陵、苏锡常、河南南阳汉画像石、山西的隋塔、悬空寺与乔家大院、王家大院。

沈卓然准备好了一切手续，准备四月给淑珍做好清明节的祭祀以后，大约四月中旬办好两个人的婚姻登记，“五一”宴请两桌友人，举行规模适当的婚宴，重新建立自己的幸福生活。然后，走东南亚几个旅游胜地。

沈卓然完全想不到，这时连亦怜女士提出了一系列事宜。

八

连亦怜提出了以下几点。

第一　签订房屋赠予协定书，将沈卓然现住的一百九十八平方米公寓楼住室的产权证房主姓名更改为连—亦—怜。

第二　沈卓然现有的七十八万元人民币定期存款，全部转账到连亦怜的中国工商银行账户与银联卡上。

第三　目前有时过来照顾老沈的他的堂妹沈秀华，回自己的家，今后不再来此处。

第四　沈卓然的儿子提供法律文件，说明他在其父即沈卓然去世后，不会提出任何继承乃父任何财产的要求。

第五　沈卓然现在拥有的几件比较值钱的物品：钻戒两枚、玉石三颗、书画作品两件、金饰七件，全部赠予连亦怜所有。

几件事连亦怜讲得清晰明快，如数家珍，老沈乍一听，觉得很新鲜，很爽利，有几分幽默，他笑了，他想说："怎么那么逗呀……"但是连亦怜的认真，达到了感情的沉痛、坚决，达到了心态的稳重、条理，达到了逻辑的分明与铁定程度，使沈卓然倒吸一口冷气。她，这个金不换的家庭主妇，这个侍候他做到了无微不至的女子，怎么瞬间变得这样严密、肃穆、精悍、悲壮、深文周纳，干脆应该说是伟大，是运筹帷幄、决策战略的大将风范，是精雕细刻、滴水不漏的大匠谨严，是一句顶一句、出口成章、出口成法成令的权威口吻，是清楚干净、字字千钧的文气文风。继幽默感以后，老沈的反应是想鼓掌，想喊万岁……不但坏人不知道好人有多好，一般低下小的人子也绝对不知道高大上的人物有多高多大多上。好你个连亦怜呀，你真是刺刀见红、一针见血、翻天覆地、扭转乾坤的奇女子也！

"那就是说，我变成一个彻底的穷光蛋，您可以随时把我赶到街头桥洞下边……"

"不会的，您的好心，我会回报。我写保证书，拿到公证处。我这一辈子，什么罪都遭过……可从来没有说话不算数。再说，您还有活期存折，还有卡，还有现钱……"

"您是从一开始就这样计划的吗？难道，半年来的共同生活您还觉得我靠不住吗？"

"我可怜巴巴到这种程度，只想找一个好人主子，还能有什么计划？！您是局级，您有职称，您有房，您有头有脸，您什么都有，您不可能知道我什么都没有的困难我受的苦、我丢的人。没法说给您。‘饱汉不知饿汉饥’，饱汉不知道什么叫孤儿寡母的日子。我只有我自己，老沈哥，您不觉得我是值得您出大价钱的吗？”

半年过去了，两个人同床共枕，同杯共饮，出则同行，入则同室，她第一次叫了他一声哥，老沈感动得落了泪。连亦怜说：“到我们这个年纪了，当然更明白，经济才是基础，是含墒含肥的沃土，您能不明白这个吗？”

原来她还会这样说话，而且说话的自始至终，她的眼皮没有往上翻。她说话有自己的明确的思路，老沈越是觉得说法奇特，就越听起来言之成理，而且说得坦白老实，透明玻璃人一般。可能这样想的不止连亦怜一个人，这样清楚明白地说出来的，除了小怜，他还真没有听见过。

……两人的缘分就是这样告终的。沈卓然的拒绝是按照常识通理，他不能接受这种全面剥夺的方案，这甚至使他想起了土地改革中一种叫作“扫地出门”的对于没有重大恶行的地主的处理。

但是随着光阴逝去，卓然确实有时候也问自己，是不是他并非全然不可以答应她的条款。他应该多一点信心，对自己，对亦怜，对人类，对社会，对薄命的女子。舍不得孩子打不上狼！人活一辈子，房呀、钱呀、财产呀到底有什么用，活到他这个坎儿上，赠给一个自己确实喜欢的女人，让她感受一下人生世情的温暖，给她点正能量，这究竟有什么不好？人只能以善求善，以爱求爱，以信任求诚恳，以无私求奉献，以觉醒求幸福。怎么可能以设防求真诚，以自我保护求爱情，以斤斤计较求成全呢？人能活多久？人能和几个女子赤条条陶然忘机地搂在一起？如果到了这个份儿上还要步步为营、马其诺防线，活这么大岁数与再活下去还有什么劲？

真上了当，他也不是没有办法，他什么地位什么能量什么话语权？他何足挂齿？

从另一方面来想，她的自持，她的稳健，她的坦白，她的清楚，他摇摇头又点点头，他难以接受又不能不喝彩。她的向上翻眼与有时绝对不翻眼……他此生第一次碰到一个毫不装扮、一五一十地表达自己对于利益的关心的人。她的知者不言，言者不知，知者不博，博者不知，知者不辩，辩者不知，她的此处无声胜有声，她的喜怒不形于色，她的每临大事有静气……她的我有一定之规，如果她有机会，过去叫“条件”，现在叫“平台”了，上苍给她一个平台吧，她绝不是苟苟碌碌者。她至少可以当个副省长。

她绝对是一个好人，她讲究的是商业道德，提供样品和售前服务，一切都光明正大，不藏不掖。她只是没有学会修辞的技巧与曲折路径。她既没有艺术的含蓄也没有政客的豪言壮语。她未免直白赤裸。她不是阴谋家。如果她是谋略家，如果她懂得“将欲取之，必先予之”的道理，哪有婚姻登记前明目张胆地进行商业谈判的道理！先登记上，底下的一切根本不成问题。他儿子在美国，能管他多少事？他堂妹说不说也要回农村，人家一大家子人呢。她只管嫁给他，他还能跳蹬几年？多少中产以上的老男人，最后不是落在哪怕仅仅一个保姆手里？CCTV12 介绍过多少案例，子女再孝顺，起不了那个全天候陪伴侍候老爷子的保姆的作用，谁又能晓得孤独寂寞的老男人从保姆身上得到多少陪伴与慰安、体贴与抚摸，老而不死的局级待遇与正高职称拥有者啊，多少人最后把一切财产给了保姆而且引起了多少民事乃至刑事官司！

亦怜如果痛痛快快地嫁给卓然，她所要求的一切的一切，本来不会有任何问题，但是她为什么一定要明说，一定要竹筒倒豆子，干脆利索，直来直去，婚前就闹它个一股脑儿！她为什么这样明火执仗，急于求成，什么都摊到桌面上，违背了模糊数学、距离陌生、谦谦君子、点到为止的审美原则。这样一说，她不但当不了副省长，副科长也不够资格喽！

这个机会就这样失落。来如春梦，去似朝云。她最后的掏心窝子的言语，虽不铿铿，却也余音绕梁，落地有声！机已失，时不来，老沈呀老沈，惨矣哉！

九

在喜出望外的幸福感中，老沈已经带着亦怜与自己的所有至亲好友见了面，也向他们宣布了即将五一节举行婚礼的喜讯，特别是对于一位曾经共事过的老首长，他更是详尽地向他报告了他的丧偶后的状况。老首长曾经专门给了他一个电话，说是对连亦怜的印象颇佳，祝福他们。

好事告吹的结局令老沈不无狼狈，他只好再一一通知，他尽量轻描淡写，他说是对方面临了一些新情况、新困难，她可能需要远走他乡，她可能另有考虑，毕竟此事谁也不需要就和谁，这个那个，先不办了，吾老矣，不办也就不办了吧。他的亲友们都为之唏嘘，同时鼓励："像你这种情形，正是钻石王老五！没关系，再找一个吧，我们城市里，条件好的待婚的成年女性，太多了，我现在就可以给你说两三个……"

老沈哭笑不得。老年人的婚恋问题，好像还很有新趣。他的一个老同学，丧偶后曾经考虑过续弦，被两个孩子骂了个狗血喷头……从此失魂落魄，低头缩颈，形如槁木，心如死灰，就在今年五一，他老沈预定的续弦日子，此公心梗离世，咦！

月前他还与亦怜一起去看望过这个倒霉的老爹，他对老沈说悄悄话：“听说，对你的迅速再婚也有不好的反应……”唉，您说什么呢，现在对此公的反应是不是就好了呢？

只有对关系亲密，也是老沈最佩服其道德文章的老首长，老沈说了全部实情。老首长表示完全理解，也支持老沈的处理方式，他说搞得这样露骨，让“我们”即包括首长本人很难接受。市场经济市场经济，婚恋也彻底市场经济化了，这总是让人心里别扭。也许是小连碰到过什么特别的人、特别的事？也许她受过什么伤害和歪曲？一般地说，有点利益方面的务实考虑，倒也是正常的……老首长叹息。

不久，首长亲自向老沈介绍了一个知识型女性，“找个念书人吧”，首长摇摇头又点点头。起码不会与老沈谈商业条件吧？该人是首长的一位朋友的小妹妹，今年已经六十出头，是当年科技大学的高才生，有过一段辉煌的经历，结过婚，有个孩子。可惜的是她命途多舛，丈夫四十多岁正是各方看好的时候因交通事故亡故，一直是一人带着孩子，也还踏实，后来她的孩子移居国外，把老娘扔下，她有点受不了……如此这般，热心的朋友们为她张罗个老伴儿。

“她为什么不出国找她的孩子？”老沈嗫嚅着说，说了又觉得不合适。首长是好意，他又有与小连的事情在先，他并没有摆出一副为淑珍坚守的姿态，人家去不去国外找儿女，他打问得着吗？

幸亏首长没有听清楚，首长说了，听力渐差，最近的听力测验，结果是降了二百多个基点。沈卓然马上恭维说，凡是老年后听力下降的人，都是寿星。

老沈与知识型女性聂娟娟见了一面，她戴着眼镜，头发花白，脸有点大，眼小，但是极其有神。下巴颏上的一粒黑痣看上去不那么可爱，但是一说话，她的谈吐就令老沈倾倒。她自我介绍说，她在科技大学就读期间，是大学的“三好学生”，市里的“五好青年”，省里的“青年社会主义建设积极分子”。她的毕业成绩，所有课程均属优等，一门“良加”的也没有。可惜她毕业的时候赶上了政治运动，不是她的原因而是她哥哥的原因，她被分配到了边疆做教师，教非所学，学非所用，为此，她奋斗了二十年，终于调回本市，能够教她当年学的东西了。她的课程全校有名。改革开放后她获得过两次创新奖，一次郭沫若奖，一次严济慈奖，她还是全国妇联评出的“三八红旗手”。她在牛津大学量子科学讨论会上语惊四座，她在德国汉堡大学被提名为莱布尼兹奖候选人。就在国外开会的时候她的丈夫出了交通事故，三天后身亡，她受了刺激，在医院里住了三个月。她从此每况愈下，但是，她讲的课仍然轰动全校、全市、全省。

她是不是有点喜欢吹牛呢？沈卓然想。

沈卓然约女教授到街口的一个鹿港小馆吃饭，要了两碗馄饨，一条清蒸鲈鱼，一客牛肉河粉。餐馆名称像是台湾品牌，环境布置得小巧温馨。聂娟娟从一坐下便显得颇为不安，且一再劝告沈卓然少点一点菜，“就点您一个人的吧，我吃不了……”果然，想不到的是聂娟娟除了用筷子搛了三个小小的馄饨吃下去以外，任何其他东西不吃不喝，还说她已经一再说过，她的饭量就是这样。说是她从来不吃鱼，她从来不吃牛肉，吃了鱼与牛肉就会得肠胃炎。说是她的吃饭很讲究，不吃韭菜，不吃胡萝卜，不吃香菜与芹菜，不吃红皮洋种鸡蛋，不吃大葱，不吃荞面，不吃花椒，不吃凤爪与鸭掌鸭舌……说得沈卓然又敬又乱又疑惧。唯一的此次与聂教授的共用午餐实际上不怎么用午餐，使沈卓然产生出一系列语义学上的困扰来。许多东西不吃，这能叫作“讲究”吗？不可能饱的食量，能够叫“饭量”吗？这能叫作正常吗？“我就是这样”，当真“就是这样”吗？一个女性，学历很高，运气很糟，生活很孤独，这样的怪人为什么首长要介绍给他？但是与她说话确实很有趣，比与亦怜无话可说有趣，比突然听到亦怜赶尽杀绝的商务条件有趣。

与亦怜一起，他始终觉得不无陌生。而与娟娟一起，他脑中马上涌出了“奇葩”两个大字。她的奇奇怪怪的一切，使他大开眼界，学而后知不足，识而后知不识，天下之大，无奇不有，尤其是对女性，他自己真是太无知，太坐井观天了……就拿三个馄饨来说吧，第一，这是什么用意？她说她是一米六六身高，不矮呀，一顿午餐三个馄饨，是正常人饭量的八分之一，这里面有什么内涵或者背景，有什么动机什么暗示表白？难道这是一种克己？谦让？复礼？分寸？第二，这是不是一种特异功能？他这个年纪的人应该还记得，一九四八年中华民国的国统区报纸电台纷纷报道重庆女子杨妹九年来未曾进食的故事，马上各地都有细妹子跟进，纷纷声称自己从小不吃东西或基本上不吃东西。整个一个国统区，正过着民不聊生、食不果腹的日子，碰到了你不吃我也不用餐的大好梦境，全民为之轰动，连国民党当局也为之激动，组织了专家组去调查，据说调查结果是在杨妹肛门上发现了粪便，粪便化验中发现了粮食残渣，科学家们做出了不食少女杨妹实则进食的结论。同时人们不死心，有专家分析说，杨妹进食远远少于常人，本是不争的事实，此点对于食品匮乏的我国，仍然有很大的意义。设想一下，如果全国百姓自觉节省口粮菜肴三分之二或五分之四点二，粮食供应形势立马好转，匮乏立马转变为富庶，其乐何如哉！

莫非聂娟娟是当代中国的杨妹升级版？沈卓然更感觉有乐儿啦。唉，一辈子沈卓然过得太憋气，他应该接触更多的人，他应该接触自己完全不熟悉的女子，他应该一心去寻找奇葩，发现奇葩，研究奇葩，呵护奇葩。他当然不可能全无邪念，但他毕竟还有文明人的规则与道德意识，他不会做出不体面的事。人活着是为了知道，我知故我在，比我思故我在更靠谱。人应该识遍五颜六色，尤其要知道一点奇奇怪怪的葩华。你不是元首，你至少应该知道几个元首与他们的妻子女友，比如克林顿的绯闻与卡扎菲的女子卫队，杰克逊与他的女佣。你不是科技专家，你也应该知道牛顿、爱迪生、霍金和乔布斯。你不懂飞行航海，你也应该知道麦哲伦、哥伦布、戴维斯、麦克康奈尔。你不是杨妹，但是你已经听说了科学家的最新理念，人们的进食应该减少到三分之一，现在，一位一顿午餐只吃三个馄饨的量子物理学家、教授、女知识分子就与他坐在一起，侃侃而谈，娓娓动听，谈天说地，妙语如花，而且大致上是不吃不喝，反正她的不吃不喝不会给沈卓然带来任何损失，不会改变老沈的产权证与定期存款姓名，而只是带来节约俭省；她是空前的节能低耗减排型社会人士，何乐而不为呢？朋友，就是朋友罢了，而且，女性就是女性，他老沈可以不去抚摸聂娟娟的身体，他老沈可以不去与聂教授拥抱接吻、摩擦舐吮，他仍然感到了一种前所未有的愉快，一种舒适，一种补充，一种对于寂寞与孤独的排遣。即使是牛皮哄哄也仍然不失层次，不失素质。你好，杀猪捅屁股——门道独特的聂娟娟奇葩女士，什么时候我也听听量子物理学，听听十九世纪末二十世纪初物理学天空上的两朵乌云，欲穷千里目，更上一层楼，欲做高端人，先识女教授。我老沈的有生之年，有生之年攒劲噢！

十

聂娟娟很喜欢给老沈打电话，她的电话常常给沈先生以又惊、又喜、又乱、又疑、又晕、又累、又好玩的出其不意的感觉。夏天，她早晨五点四十分来了电话，很惊人。幸好，老沈的习惯接近农民，他五点三十分就起床了，十分钟后接到聂娟娟电话，他甚至觉得是天意，天不灭沈，一睁眼就热热闹闹忽悠上了。她在电话里大谈她的儿子，说他在硅谷取得了骄人的成绩，说是他被邀到比尔·盖茨私宅去做客，像我们的领导人的待遇一样。还有，她的儿子，一个电脑软件天才，被一个厚嘴唇的马来西亚女孩、一个嘴唇更加宽厚而且皮肤如黛黑绸缎的海地女孩、一个墨西哥裔拉丁女孩还有一个土生土长的美国加州一米八身高的女孩所同时追逐。聂娟娟大笑，说我儿子真有桃花运，“英特纳雄耐尔”就这样来实现。又有一次说是她儿子打算给她汇十万美元过来，被她严重制止。她说：“老沈，你想想，我要十万美元做什么？我一个人，我有十平方米的房子就够用了。我骨质疏松，我经常失眠，我喜欢唱歌，我不看电影，从小就不爱看，我现在每顿饭只吃四分之一两至半两粮食，我不吃红皮鸡蛋，只吃白皮，更不吃鸭蛋，我最多吃一个鹌鹑蛋，最好是吃半个。吃水饺我只吃一个，吃小笼包子我只吃三分之二个，吃馄饨我只吃一个半。上次是你请客，我不得不吃三个，吃太少了会让你失望。吃完了我差点撑死。我不喝牛奶，我不喝豆浆，我不喜欢豆子气味儿，我从来不吃冰棍更不吃冰激凌，我绝对不能吃梨也不吃榴莲，榴莲有一股鲜屎味……喜欢吃什么，我喜欢吃栗子，每次只吃三分之一粒，我也喜欢喝棒子面白薯粥，每次喝一调羹……”

又有一次，聂娟娟在电话里说：“我要请你吃饭，我们这边有一个淮扬菜馆，他们的狮子头我能一次吃掉五分之一。砂锅鱼头够我这样的人二十六个吃饱，你能不能找几个好朋友，一起来吃鱼头？淮扬菜的排骨黑里透红，咸里发甜……还有雪菜炒干丝。”这使老沈大惑不解，您吃得如此惊人的少，谁好意思让您请客？您推荐的菜要那么多人才能吃完，我上哪里找这么多食友去，其实若真是我的食友，最多仨人也就吃光了，您为什么要说够二十六个人用？看来，此言差矣，此言怎讲？谢谢了，您……

类似的话，再说一遍，老沈就感到了自己脑部的供血不足：热情、天真、寂寞、孤独，呦呦鹿鸣，食野之苹，我有嘉宾，鼓瑟吹笙，是渴望友谊还是虚张声势，是没话找话还是借题发挥……人是多么有趣的动物啊，女人更是多么有趣、多么神妙的物种啊。女人的话语，不似歌曲，胜似歌曲，不似魔咒，胜似魔咒；女人的旋律，不是后现代，远远后于后现代；女人的邀请，不是演戏，而已演戏；女人的大笑，谁知道是舒适还是苦大仇深？女人的哭泣，谁知道是怨怼还是高潮不期而至？

尤其是聂娟娟动不动讲一些物理学、电子学、遗传学、天文学、材料力学方面的术语，突然间演变成世界各大学的学术动态，演绎出英、法、德、俄语名词。她大笑着说莫斯科大学的一位教授给她写了求爱的信，她认为这纯粹是开玩笑，她相信全世界精神不正常的人数量超过精神正常的人的百分之五，越是所谓自由的欧美，精神病就越多。她问，您自由了，您由着自己的性子发展，您想怎么着就怎么着，您能不患精神分裂，您不撒癔症您想让谁谁撒癔症呢您？说到最后她又提起，她还接到了一个巴西原非洲裔黑人教授的示爱信，她说着说着大笑起来，笑得她在电话那边咳嗽，她的咳嗽似乎引发了哮喘，她在电话那头发出了牛吼和铁匠炉拉风箱的声音，呕呕的，呼呼的，似乎要把肠子呕出。老沈吓坏了，老沈知道，邓丽君在泰国就是这样哮喘病发作而过早地离去了的。

老沈对聂教授横生怜悯之心，邓丽君去世了，那么多歌迷为之悼念。如果是聂娟娟哮喘去世呢，头几天，也许谁也不会在意。这几天呢，刚刚有个人惦记她，就是同病相怜的沈卓然啊。

聂教授来了电话，老沈也得给人家去个电话。他去电话的时候聂教授更加兴奋，说的话更加广泛，漫无边际，天南海北，穆桂英杨家将，爱因斯坦相对论，杨振宁、翁帆、李政道、邓稼先、周啸天、伦琴、玛丽·居里、索尔·珀尔马特，也谈到了柳永与王实甫，龚自珍与聂绀弩，杨绛与钱锺书，台湾的钱穆。

聂娟娟说："您知道咱们省的诗人孙醒吧？本来北欧的院士告诉他，是他要得诺贝尔文学奖的，一不留神，让莫言得上了。反正他早晚会得的，也不是挪威的也不是丹麦的，反正人家都知道了，五年以后孙醒获奖。他是我小学同桌的同学！此外还有某某、某某某，近年都有获奖的希望。都告诉咱们了。"

聂娟娟是无所不知的奇才！

有一次他们在电话中谈起了"革命样板戏"，聂娟娟唱了一段《杜鹃山》里柯湘唱的"家住安源"，然后问："我唱得像不像杨春霞？"更想不到的是她接着唱了一段《海港》里方海珍的唱段"想起党眼明心亮"，她唱道："午夜里，钟声响，江风更紧……"使沈卓然大吃一惊，《海港》里的唱段没有几个人记得，如果不是聂娟娟学唱与提及，饰演方海珍的名角李丽芳的名字老沈早已经忘到了九霄云外。而且聂娟娟的嗓子是那样清亮干净甘甜，如村姑，如天籁，来自话筒的另一端。真是相闻恨晚呵！

凑趣的是老沈竟然能唱一段《海港》里沈小强的唱段："我沾染了资产阶级的坏思想（昂），轻视装卸工作不（乌）应（嗯哼）当，我不该（咳）辜负了先辈（嘿）的希（意）望（啊昂），我不该（咳），听信那吃人（嗯哼）的豺狼！"他一边唱，电话那边的聂娟娟一边笑，告诉他，不是沈小强，是韩小强，“你怎么非得把样板戏里的落后人物改成与自己一样的姓呢？”

“那一年，我把样板戏上人物自我检讨的唱词都学会了，除了韩小强，还有杜鹃山上的雷刚，他的轻举妄动害了好同志田大江，雷刚哭腔唱了一段，荡气回肠……”

他们两人聊得可真痛快。

然后他们又就一个问题争论了起来，聂娟娟问：“你记得样板戏《杜鹃山》当年正式公演的时候叫什么名称吗？”老沈说：“不记得有什么变化呀，一直叫‘杜鹃山’呀！”

“不对，正式作为样板戏演出的时候叫‘杜泉山’，那时候的人真有意思，可能是觉得‘杜鹃’太古雅也太悲伤，您当然懂啦，杜鹃就是子规，就是‘归不得也哥哥’，太苦啦……”老沈听到了电话那头的哭声。这次通话，历时一小时十四分钟。

“还有你知道最早，《杜鹃山》里的起义武装的头儿是谁吗？最早他不叫雷刚，他的名字要好玩得多，乌豆……”在一小时十四分钟电话撂下五秒钟以后，娟娟又拨来电话补充他们俩的记忆。

这是一种完全崭新的体验：神经质，不无卖弄，万事通，出色的记忆力，阴阳八卦，中外匪夷，文理贯通，古今攸同。二人的通话话题扫荡文史哲理化生亚非拉生旦净末丑，重视大事也重视细节：信息量、新知新名词与旧事旧说法。“旧学商量加邃密，新知培养转深沉”，虽不深刻专一，仍然狼奔豕突，自成一脉。东拉西扯，信口开河，江水滚滚，波浪哗啦。为艺术而艺术，不无炫耀，言迷茫便迷茫，顾影自怜。痛快淋漓中自怨自艾，一拍即合中其妙莫名，互相欣赏中彼此费解，你我吹嘘中左右为难。还有超越饮食男女，绝不谈情说爱，也不是柏拉图，未必是用概念的撞击取代器官的摩擦亲热。又不是刑场上的婚礼，没有准备喋血青史。不是林觉民的与妻诀别书。不是刘青锋、金观涛他们的“公开的情书”，述而不作，翻印必究。这里是一种混乱的、模糊的、跳跃的、打镲的、超越一切实务的安慰与享受，抚摸与滋养。如果说这也是一种老年人的爱情的话，这是无爱的爱情，这是行将消失的晚霞余晖。这是仍旧的落日照大旗，马鸣风萧萧。这是蒙头盖脸、天花乱坠、相激相荡、出神入化、谈笑风生、内容空洞、色即是空、空即是色的爱情，或绝对非爱情。玛丽莲·梦露没有这样的爱情，柳梦梅、张君瑞没有这样的爱情。罗密欧与朱丽叶，没有这样的爱情。安娜·卡列尼娜与卡门，也没有过这样的爱情。文学、戏剧、电影与连续剧中这样的爱情还没有出现过，因为它不是爱情。

老沈喜欢起聂娟娟来，没有柔情，没有肌肤的亲昵，没有私密与私处，连性器官与第二性征的想象神游意淫也没有。没有服务，没有温存，没有接触粘连，没有偾张与分泌。没有生活细节，没有炊艺、枕席、画眉、搔痒痒、捏肩揉颈，没有脸面、五官、嘴唇与躯体，更没有舌头。不是相濡以沫，没有沫，不濡，而是相悦于神瀰（北京话，意为吹牛、侃）瞎忽悠，相悦于言语的狂欢，试探寻觅，资讯重组，虚虚实实，连蒙带唬，冷饭重新热炒，热菜迅速冷冻，抡起纪念碑，扬起积淀的尘埃，记忆翻滚，旧事加温，年事推移，喜怒哀乐日益淡化却也就是日益醇厚发酵变酸变香变苦。不，又不全然是神瀰忽悠，是生活，是口腔与哮喘，是神经元与肺活量，是什么都记得，什么都生动，是八十岁重温十八岁的无限依依，是永远的泪痕与笑靥，是拥有过与告别了的一切，是“我们都年轻过”的温暖，是“我们都记不清了”的悲凉，是“我们都是倒霉蛋”的风流倜傥，是我们都是精英，都是才俊，终于都是废物垃圾的痛惜……是难辨的记忆，是或有的往日，是往事不堪回首，往事岂可忘记，往事仍然多情，往事尽在无酒的酒兴，无主题的主题，无共同的共同，无携手的携子之手、与子偕老当中，慢慢温习，慢慢远去。

而经验使我们彼此靠得紧紧的：不是一家，亲如一家，不是自己，犹如自己，这百十年，我们的共享的回忆太多、太多了。啊，爱情，共同的记忆，共同的叹息，共同的胡诌八侃，共同的再怎么赶也赶不上趟儿了的鲜活的生命。

原来，经验的凸凸凹凹、粗粗细细，经验的曲线与伸缩可以是性感的，质感与多汗、多味的。智慧、风格、谈吐、夸张的想象、信口的胡言，都是魅力，都是撩拨，都是力度冲动，都性感起来活活要你的命！谁想到过这个！古往今来的小说家、性学家、青春偶像与影视女星、毛片角色、娱乐记者……竟然还没有表现过这种体验！

有那么一点激动了，虽然老沈不过是老沈。

十一

忽然，他找不到聂娟娟了。

聂娟娟突然失联！

连续一星期又一天，老沈没有得到聂娟娟的电话，他打电话过去也屡屡被“现在无人接听，请稍后再拨”的软件自动提示所结束。

老沈急了，他不惜去打搅因身体欠佳已经卧床多日的老首长，要聂娟娟的地址，原来娟娟只给他留了电话却没有说地址。老首长问候他们来往的情况，老沈说她是一个很好的谈话伙伴，如此而已，还没有想下一步。首长听了很兴奋，十分钟后让老伴给他回了电话，告知了他聂娟娟的住址。

按照获得的地址，沈卓然花了一百六十二块钱，打出租车到了地儿，他大吃一惊，她的住处不但在远郊，而且她的房号说明，她住在一间小小的地下室里，在那里租房住的人，都是农民工。在农民工居住区，聂娟娟的住房也是最狭小最寒碜的。

沈卓然努力要求自己做到镇静，镇静，再镇静。他毕竟走向耄耋，又经历了与淑珍的生离死别，刚刚经历了与连亦怜的大起大落，他已经处变不惊，他无变可惊了。

他塌下心来做了力所能及的调查研究，还是毛主席说得对，没有调查研究，就没有发言权。对于聂娟娟，众说纷纭，莫衷一是，但也有共同点，同一个楼区的打工的邻居们，一致称她为卖晚报的老太太。卖晚报？是的，她每天下午三点半起，在一家清真涮羊肉馆子前卖晚报，据说能日进三十元到五十元。沈卓然一听，只觉头晕眼花。她，她不是教授吗？她不是有退休金吗？

“不，不是为钱，人家是玩儿，是解闷儿，老太太最愿意的就是直着脖子在那儿吆喝‘晚报嘞晚报嘞，又一个贪官坐监狱嘞！’叫什么来着？人家说，那是体验生活。人家说过，荷兰哲学家斯宾诺莎不也是这样吗？他倒是不卖晚报，他磨镜片。还有中东国家的一个大诗人，他的职业是理发师。”

了不起，农民工的素质也大大提高了。

都知道她是教书的，有的管她叫老师，这样称呼的多，有的管她叫教授，这样称呼的少。所有邻居包括一名管理人员，都说聂老太是个大好人，亲切朴素，与群众打成一片。她饭量小，这是真实的，没有人有不同看法。有一次一天她只吃了两个枣子加一小杯开水。有一次她买了一块烤白薯，吃了两天。还有就是她已经在这里居住了五年，这里的打工仔、打工妹、打工姨，随着雇主的变动搬来搬去，只有聂老师坚守在此地不变，有一位打工妹从这里已经三进三出啦，每次回来都看到聂老师、聂教授、聂老太，风光依然，头发日益白掉，声音仍然清脆爽朗。

聂老太为什么住到这里来了，其说不一。有的说，她原来有一套单位分的公寓单元房，近九十平方米，用不着，太孤单，卖了，于是到这个都市里的乡村、农民工的居住区落户，每月只花房租一千元。她与大家亲亲热热。有的说可能是她的孩子在国外遇到了什么麻烦事情，需要老娘的破产支援。有的说，她根本就没有孩子，或者孩子早已经在国外没了，不然五年当中，谁看到过她的孩子回来过一次？一套单元房的价款都给孩子了，起码三百五十万元，可邻居们不知道她的孩子是男是女，是男是女哪能完全不管老娘亲呢？美国人也不能这样呀！听说美国人虽然不知道“孝”字，倒也并不六亲不认。而且聂教授学问那么大，她的孩子，有不懂事的吗？还有，人家经常是不吃不喝呀，嚼裹不费呀，又能看家又不费养活，哪个孩子不欢迎这样的老爹老妈！

有人大胆提出，聂老太说话没有什么准头，她结过婚吗？她当真有过儿女吗？谁敢保证？立马有人出来说，他就敢保证，他与聂娟娟面子大，他在聂老太那里看到过老太太与自己的先生和孩子合影的照片，她男人穿着呢子大衣，人家牛着呢。人家儿子，长得又像妈又像爸，模样俊着呢。

那么现在聂老太哪里去了呢？管理人员告诉了医院的名称与方位，老太太病了，住医院了。

天色已晚，沈卓然一头雾水，提醒自己要考虑考虑。聂娟娟对他讲的话里至少有百分之七十或者更多是虚构的，她的邻居农民工们也都知道她说话没有准儿，同时他们一致认为她是大好人，他们更一致同情她，说她这样的有学问、善良、亲民的孤寡老人天上没有一个，地上没有第二个。他们中没有任何人认为她的谎话连篇是个什么问题。他们既不是人事科又不是派出所，何必非知道她的真实经历不可？邻居们还一致同意，她太命苦，她生活在城市，她上过大学，她教过大学，她又有组织又有户口，但是她命苦，比农村的打工人员还命苦。

沈卓然满意于自己的公关能力，他居然在与陌生人接触中得知了这么多情况。越知道得多他越糊涂，到底是怎么回事？有点离奇，有点找不着北。有点超出了他一辈子的生活经验与理解能力。他似乎又愿意有所惦记，有所牵挂。妻子天人相隔，儿子大洋相距，工作早已退休，讲课可有可无，朋友不少不多，话语可说可不说，会议可出席可不出席，死亡或早或迟，早也谈不上太早，因为他已经转眼八十，迟也不可能太迟，八十过了九十还能过吗？九十过了，九十五还能过吗？一百了，一百又当如何？不信你老小子能混上一百一！他已经刀枪不入，他已经胜负无别，他已经生死相接三百六十度，他已经在淑珍走后经历了小小艳遇，他已经搂紧过亦伶，进入过亦伶，最后只怕是无伶无连、无亦无义、无情可言……呜呼哀哉。

那么，现在有这样一个奇葩让他惦念，这是多么幸福，这样才不至于弄成个不可承受之轻。

那么聂娟娟呢？聂娟娟是谁不是谁？有意还是无意说谎，与他有什么关系？同是天涯沦落人，相逢何必曾相识？何必相知？怎么可能相知相识？知与识何必一一核对？何必求真求实求是？人生本来嘛也不知，你又对人家娟娟说了多少真实呢？你说了你弄坏温度计的事了吗？你说了你梦中爬到了那老师的身上去了吗？你说过“文革”中你对那老师的冷酷无情了吗？命运是真实的吗？遭遇是真实的吗？《郑风》“女曰鸡鸣，士曰昧旦。子兴视夜，明星有烂。将翱将翔，弋凫与雁”是真实的吗？韶乐与《东方红》是相知相和的吗？《离骚》与《古拉格群岛》是真实的吗？唐明皇、杨贵妃、白乐天的《长恨歌》与“埃及艳后”的故事是真实的吗？吴妈碰上了阿Q，瞎猫碰上了死耗子，沈卓然遭遇了聂娟娟，就不能演绎出崔莺莺、杜丽娘、林黛玉、爱玛·包法利夫人们的惊天动地的爱情来吗？

如此这般，已经是十七点了，沈卓然想起了自己没有吃午餐，他找了一个小馆子，叫上了娟娟的几个邻居，要了两份馅饼、两盘扬州炒饭、每人一碗雪菜肉丝汤面，还有一盘凉拌鸡毛菜一盘麻婆豆腐一个牛腩锅仔，一起吃饭，更加确信了“人民”对于聂娟娟的肯定与赞扬是可以信赖的。人民，只有人民，才是动力，才是标准，才是幸福，才是依据。

一位十七八岁的男孩子说：“我带您去看老太太吧。”

终于找到了六人一间的病房，护士不让老沈进病房，说是女性病房天黑后不准男性人员探视，老沈不得不拿出电视明星的派头，说明自己是在电视上讲过白居易和苏东坡的老师，偏偏整个医院，没有一个医生护士勤杂工人有闲心收看什么诗词歌赋讲座。老沈还强调，自己找到这个病房很不容易，一个单程的“的”费就是多少多少，护士立即予以驳斥，您为什么不早一个小时来？老沈无言以对。

这时有一个女中学生，是前来陪病人妈妈的，认出了沈卓然，表达了对他的敬意，帮助沈老师向院方讲情，费了九牛二虎之力，老沈总算进了屋。

与电话里滔滔不绝的聂娟娟判若两人，她无言，她基本上闭着眼睛，对老沈的到来反应麻木迟钝。对什么病的询问也不回答。老沈看到了她的一条腿被吊起来，询问是不是摔了跤，造成骨折，聂娟娟蝇子一样地哼哼着回答“有，可能是”。

老沈自然也就凉了。他坐了十分钟，只是枯坐而已。

他告辞，“嗯”，聂娟娟对他的告辞回答得比较痛快，似是卸掉了一个负担。他沈卓然来得毕竟太冒失了。如果是英国人，绝对不可能当这样的不速之客。中国文化，没有受到邀请而自来的客人却也可能是颇受欢迎引起意外的惊喜的人，他沈卓然仍然不是。显然，他的到来给娟娟带来的是尴尬，如果不是痛苦，是打击，如果不是毁灭的话。

他向后退着告别，像日本人觐见天皇完事，从陛下那儿退出来的时候一样。他看到了娟娟的嘴在动，他连忙走了过去，他告诉娟娟，他的听力与他的老首长一样，正在急剧地下降，他因之没有听到她方才说的话。但是，她没有再重复自己的话，沈卓然看到的是娟娟的一滴眼泪。他的感觉是，娟娟也许真的快要走到生命的尽头了。

晚年巴金，喜欢用“生命的尽头”这个短语，沈卓然是从巴金那里学来这个相对婉转一些的说法的。

十二

一个月后，沈卓然接到了娟娟的一封信，可能是由于投递地址写得不清不全，可能是由于老沈住的这个小区物业管理混乱，也可能是由于电邮与手机短信微信的发达使邮政大大受挫，他用了这么长时间收到郊区寄过来的一封平信。

信上只写了八个字“谢谢你对不起再见”。

娟娟还在信纸上画了一只可爱的小兔子。为什么是小兔子呢？她属兔，还是她受了美国“花花公子”腰带标志图案的启发？

他询问手机的语音助手，软件用中英两种语言提示说：“对不起，没有这个电话号码。”

应该是，电话撤了。

他去找老首长，老首长已经病危，不能说话，不能交流互动。他问老嫂子，老嫂子说是不知道这么个聂老师。上次传达聂女士的住址？早忘了。问别人，别人更不知道。他想再去一次老地方，最终并没有去。历史上的事往往重复两次，第一次是虚惊，是诈乎，第二次是真是没救了。第一次是狼来了？没有来。第二次是没人理？真来了。现在他与聂娟娟当真失联了。他想找好友，找阅历多见识广的朋友一起谈谈娟娟，他憋了太多的话。他已经约好了饭局，临时改了主意，没有经过本人同意，他不应该任意谈论一位女性与他的私人交往，与他的私人通话，他不是也绝对不应该是斯诺登，他不是 CIA 美国中央情报局，也不是 SIS 英国的军情六处。同样，他不可能去审干，也不会为此主办双规。他可以与娟娟谈话，可以不谈话，但是他不应该透露娟娟与他谈了什么。他尤其不可以找上朋友，找上能人一起来分析聂娟娟教授的虚实长短心态动机悲喜与隐痛。他最最痛恨的一种男人就是与某个女人发生了一些来往，八字还没有一撇，就拿出去说事，乃至于去卖弄自己在女生方面调情方面的成功。有的人甚至于拿出某个女人的动情的信给一帮只想猎艳的狗男人看，这样的男人狗彘不如，这样的男人应该毫不犹豫地割舌去势。

……想不到有这样的节奏与频率，娟娟的信才收到三天，一位已经告老的原人事干部大姐来找沈卓然，开门见山，要给老沈介绍对象。

老沈略显犹疑。大姐痛批道：

“你以为你是谁？你不是浙江文化名人章克标，百岁征婚。你不是唐朝武则天时期出生的名将郭子仪，或者东汉年间的长沙太守张仲景，八十得子。机不可失，时不再来，你还等什么？中国能有今天的发展，一靠政策，二靠机遇，你的问题，不需要政策，关键是看你自己抓没抓紧机遇。机遇不抓，等于什么也没有。今天的事今天做，咱们等不到明天！上面不是没有说过，要有紧迫感，要有计划有追求有日程有时限！人生绝对不可以往后拖！万事万物，赶前不赶后，这是我的信条，你打一下五笔字型试试，‘赶前不赶后’，打出来竟然是‘干部素质’四个字，绝了，哈哈哈哈咿乎呀乎唉……”

这位人事部主任，只是在退下来以后，才发挥了她作为长期接受“二人转”熏陶的东北人的口才，她讲得还真好，不服不行。

与聂娟娟确切失联后三十九天，沈卓然家里来了新女友，吕媛。吕媛身高一米七，块头很足，笑声爽朗，见第一面，她就说：“只要在穿衣镜前一照，我就想起‘中国劳动人民还有过去那一副奴隶相么？没有了，他们做了主人了’。谁的文章？对，《介绍一个合作社》，毛泽东，一九五八年六月，发表于《红旗》杂志创刊号上，写于四月十五日，在广东执的笔。”

人与人是怎样的不同！淑珍是清水河。那蔚阗是云朵。连亦怜是家用智能电器。聂娟娟是一路神仙、一路无路可走的散仙鬼魂天才妖狐不幸的人。而吕媛像一部大吨位 L 系叉车，人、头与脸、胳臂、屁股、言语、气势、肺活量都是大号的。

吕媛原来是省直机关的理论教员，专讲马列主义基础与毛泽东思想概论，后来也讲过邓小平理论与“三个代表”重要思想，科学发展观的年代她退休了。但干了几十年，退下来，她仍然坚持天天看央视的《新闻联播》《东方时空》《焦点访谈》，坚持认真阅读《人民日报》第一版与理论版，坚持看《人民日报·海外版》的《〈望海楼〉时评》与《光明日报》强有力的《光明论坛》。

吕媛可能猜到了沈卓然的反应了，她说：“他们本来要介绍给我一位有名的将军的，我想了想，我毕竟不太熟悉军事，听说您是一位学问家，我愿意与您结交共处。”她看了看沈卓然这一百九十八平方米，她说："以后，你们家的粗活重活，蹬梯爬高，买菜买面，都可以交给我。"她的豪爽、痛快、义气、认同乃至轻信，溢于言表。沈卓然不由得给她鼓了鼓掌，啪啪啪。

初次见面，老沈略略一惊，他没有与这样雄伟的女性共处一堂过，虽然他本人，成人以后，尤其是改革开放以后，由于贪吃，由于后来的养尊处优，其实也并不算矮小瘦弱。吕媛一米七，老沈一米七一。吕媛七十五公斤，老沈七十六公斤。吕媛有房，一百二十平方米，老沈一百九十八平方米。吕媛的退休金每月七千二百元，老沈的退休金每月八千三百元。当然，老沈有稿费与演讲费，问题是吕媛也有。如此这般，当然老沈略胜一筹，却仍然感到了吕媛的某种强势。加上她的自信、她的嗓门、她的畅快与阳光，甚至她的姓名让老沈想起著名的《后汉书》中所记载的马援来。老沈觉得吕媛不是善茬儿。

她向老沈自我介绍，五年前她检查出了癌细胞，她进行了五次化疗，她奄奄一息，受够了罪，她的体重只剩下了三十九公斤。她女儿做主把她搬到了深山里，她喝完全不一样的水，吃不一样的粮食，吃山上的灵芝，她连墓穴与骨灰盒都为自己准备好了，她的前夫来与她永诀，结果，她好了，她战胜了癌变，她女儿救了她的命。她不但为自己重新赢得了生命与健康，她也为她就诊的省肿瘤医院赢得了卫生厅的大奖，院长已经提升为副厅级干部，当选了省人大常委。她本人去年参加了老年时装队、老年乒乓球队、老年国际标准舞蹈队，她被评为全国"抗癌英雄"。为此，她首先感谢她的女儿，是女儿鼓励了她，告诉她不要退缩，勇往直前。而且，从二十世纪八十年代，由于她的前夫的"不老实"，她与他离异以后，她一切靠女儿，与女儿相依为命。抗癌的成功使她有信心重建爱情婚姻家庭，生命在我，生活在我，幸福在我，在我的女儿。她现在一切的一切都听她女儿的。

老沈不能不赞美她的胸怀坦荡、她的透底阳光，她本来可以不说自己生病的情况，至少这一般来说不会有利于她与老沈的关系的进一步发展，但是她对生活是从最最正面的角度来思考的，抗癌英雄与战斗英雄劳动英雄一样，是她的无上光荣，她太棒了。

于是老沈请她们母女俩一起吃云南饭，显然，女儿认为他老沈合乎标准，饭后第二天，吕媛打了一个电话，不等老沈确认，打了个"的"，就带着随身物品住进了老沈的家。

老沈的家从此变成了吕媛的家，吕的声音更洪亮，吕的主意更多样，吕购买各种过去老沈从来没有问津过的小食品小商品，从不商量，也不跟沈卓然要钱，或等着老沈掏钱，她自己有着大把大把的票子。日本带把茶壶、眼镜架、印度象鼻佛像、马来西亚胡椒糖、广西长寿乡香猪腊肉，把老沈闹得眼花缭乱，欲罢不能，欲停无术，了不起啊，她是真不把自己当外人呀。

吕媛如果晚生二十年，她也许会成为体育举国体制的另一项成果，她应该去从事女子拳击，乓、乓、乓，击倒世界女子拳击冠军米娅·圣约翰。

而现在她的冠军性格表现在她的指点江山上，她一会儿抨击省报的一篇报道标题不通，一会儿讥笑省电视台著名主持人读的别字……电视台名主持人将"士大夫"读成"shidafu"，而吕媛认为应该读作"shidaifu"，问题在于那个字多音。老沈拿出汉语字典来，说明"大"在这里读成"da"或者"dai"，都是允许的，只有在"大夫"当医生讲的时候，才只能将"大夫"读作"daifu"。结果他遭到了吕媛的痛击，吕媛跺着脚说："老天爷呀，原来你也念不准这个字！"

"'现汉'是国家语文委编纂的，你总得听国家语文委的呀！"

"国家语文委的乌龙多了，这些年他们改了多少字的读法写法了，屁！”

老沈受惊。他的这一百九十八平方米的房里，还没有出现过这样雷霆万钧的语势。

同时老沈也渐渐感到了吕女士的“二”与“糙”。洗完碗筷，厨房是一地水迹。冲完沐浴，卫生间到处水汪汪。打开抽屉，拿完东西，关上抽屉，仍然留上一道缝。“你再多一毫克的力气就可以把抽屉关得严丝合缝了，为什么偏偏硬是不肯关好呢？”

吕媛仰天大笑，她说：“这就是俺的风格啊，想俺吕媛，仰不愧于天，俯不怍于人，俺对得起你！俺女儿说了，沈伯伯是好人，妈妈你可以嫁给他！”

“可我没说要娶你呀，你女儿做你的主，也罢，你女儿并不能做我的主呀……再说，我也没有见过你这样的女人呀……”话已经说出来了，但是分贝不由自主地降下来了，吕媛根本没有听到老沈说话。最后，五天之后，老沈向吕媛摊牌：不希望“发展”得太快。他总算尝到发展过快不便的滋味了。

老沈终于受不了吕媛的喧宾夺主了。他决定说出自己的话。他说感谢她与她的女儿对他的肯定，然而他自己并没有想好。他说与她见面自然是可以的，请她们母女吃饭也可以，但是，“我并没有邀请您搬进我家。我没有觉得感情到了那一步。您的主动使我感觉到的是被动。三天来，您与我同床共枕，我没有激情也没有要与您拥抱亲热的感觉，对不起。是的是的，您并没有打呼噜，您在床上也没有打嗝放屁，我说的不是那个。我只是说，也可能是由于我老了，老伴去世了，近三年不断地有朋友介绍我结识一些女性友人，都很好，都可爱，都有长处……但是我觉得是我自己把自己搞得很累很紧张，我相当疲倦，我已经不行了……”

吕媛的脸色变了，她说：“我知道，就是那个小娘们儿的祸害！她是害人精呀，她是诈骗犯啊，她是艾滋病啊，你带她去查一查，我保证是阳性反应啊！”

十三

此话的出处在于，就是那天上午，连亦怜来了。

连亦怜说：“我只是从您这儿一过，顺便跟您说一句话。我看到您这里有一位姐姐，我更踏实啦，您！您也甭惦记，我很好。我下礼拜二结婚，您知道咱们省的房地产大王李二虎吧，不，不是他，是他爹。他爹八十六，两米二的个子，得了中风，口眼歪斜。可是他喜欢我，他需要我，他拉着我的手不松开。李二虎给了我一处房子，还有一百万块钱。我不是坏人，我从来没有想欺诈谁，欺诈李二虎与欺诈您一样，没门儿！货卖与识家，物有所值。您是好人，您没有蒙过我，我也没糊弄过您。您知道吗，咱们这种岁数的婚姻，有多少欺诈，多少骗局，多少黑暗！一个老家伙，借了别人的房子假装他的房产，幸亏叫我查出来了，我没有上他的当。还有一个，拿假的银行储蓄存单给我看，我一看号就知道是假的了，我没有说破，不要逼得狗急跳墙，现在坏人不少，我们孤儿寡母不是坏人们的个儿……”

她讲了一点自己的故事。她是旗人。她妈妈是一位后来成了上流人物的格格的非婚生女。她太祖姥姥临去世的时候看出了一九四九年后国家的变化，她的遗嘱是她的女儿即亦怜的姥姥必须找一个根正苗红的共产党员夫君，否则谁也不嫁。她的姥姥于是一直拖到三十二岁才结的婚，但是她二十九岁时与一个人好过，生下了她妈妈，却因为不符合太姥姥提的条件忍痛中断了这个婚事，把生下来的孩子即她的妈妈扔到了深山里。

几经周折，她与妈妈考证出了自己的身世，她们找到了姥姥，她没有想到姥姥冷酷无情而且振振有词，姥姥咬牙切齿地说："我对你没有母女的感情，也没有母女的关系，我的感情早已经被摧毁得一干二净了，这不是我个人的事，这是历史，这是沧桑，这是大时代的小小悲哀，不值一提。而且，我没有钱。你不要以为我当了外交官就有钱，不，没钱。我不能给你钱，你们出身于劳动人民的家庭，这就是我给你们的最大贡献、最好的礼物。我无情，我无情，我早就无情了，我的丈夫，贫农出身，老八路，外交官，又怎么样？运动一开始就斗垮了，他自杀了，我找谁去？你们踏踏实实，你们健健康康，你们到底还想要什么？"

……连亦怜说，她的要求很纯正，无非就是生存的保证，无非是生存权，无非是让儿子得到护理和有限的治疗。她儿子的疾病就是贫困造成的，她本来还生过一个孩子，因为供应匮乏得了更重的病，死了。她说沈是高等人，沈是大知识分子，沈是讲文明理想爱情道德的人，她对不起沈，她是讲穿衣吃饭尤其要命的是住房的人。"我很下等，我低层次，但是我不害人，我从来不说假话，我只求满足我与有病的儿子的生存需求"。

沈卓然掉了泪，这使吕媛大发雷霆。连亦怜走后，沈卓然才想，也许她姥姥就是他所不能忘怀的那蔚阗？能是这么巧吗？世界能是这样小吗？转来转去，像一头毛驴子，它转不出五尺见方的磨坊。

他暗自抱怨吕媛，您究竟是谁？您吃的哪一门子醋？您又优越个啥？他下了决心，当晚与吕媛摊牌。

吕媛听了他的话又羞又怒，她说道：

"和我在一起，哪个老朋友不说是你占尽了便宜？我本来是要与将军，不，是中将，再过若干年就是上将，我本来是要当上将军夫人的。总共咱们国家有多少上将，你知道吗？我舍了他跟了你，我哪一点配不上你……”

沈卓然后悔自己刚才说话太直白，对于女性，他的话打击太大，太伤人，他低头嗫嚅：“您处处绰绰有余，您远远胜过我，不是说配不上，只是说俺配不上您，俺孱弱，俺不行，俺从小就怯懦，俺上对不起父母领导，下对不起子女群众，如今尤其对不起女朋友。俺没有什么希望，可别耽误了您……这几天您花了好多钱，我这里预备了八千块钱，您带上，八就是发，我祝福您！”

吕媛当然没有要沈卓然的钱，她拂袖摔门而去。

一周之后，吕媛给沈卓然来了电话，态度平和文雅，她缓缓地说：“没事。买卖不成仁义在。我只是关心您，我没有任何其他的目的，但是我不放心您，毕竟咱们有咱们的缘分。您去一趟医院吧，我认识一位主任大夫，看您的病一定有把握，您有中度的抑郁症，您是性冷淡，您的内分泌有问题，您已经不男不女啦，您需要补一补……”

沈卓然唯唯诺诺，不住地称是，他相信吕媛打了整一周的腹稿，心里至少讲了二十次，把这几句话说出来才能活下去。正像连亦怜把财产视为生存的保证一样，吕媛的生存前提是把要说的话必须说出来，尤其要把他“已经不男不女”这个关键句刺刀见红地展现出来，这话说出来有多解气！舒服！他则诚恳地向吕媛表示，完全正确，他就是有抑郁症和性冷淡，他有问题，他不健康，他早就暴露了缺陷，他感谢她的关怀，他需要她的介绍，下周他准备星夜起床，排队去挂专家号，他准备购买高丽参、虫草、枸杞、鹿茸、鹿鞭、蛤蚧、鹿血、干桂圆、肉苁蓉……

他多么希望把自己补成原子弹啊！他这最后一句表决心的话没能

说出来。他不能再说伤害女性的话了，一个男子如果连续说伤害女性的话，那个被伤害的女性，应该有权利使用冷兵器杀死他。

十四

吕媛的名字就此别过，其实吕媛挺好。女人都是奇葩，吕是力量型葩。连是周密型葩。聂是才智型葩。那老师是贵族型葩。淑珍则不仅是葩，淑珍是根，是树，是枝，是叶，它提供荫庇，提供硕果，提供氧气，提供生命的范本。没有奇葩，这个世界将会窒息。没有奇葩，一切是何等的乏味，生命将会是何等的干枯和重复，人的定义将会是何等的单调与空洞：一种两条腿的，需要吃东西，并把食物变化为黄褐色软棍状恶臭物质的，生下来就注定了要嗝儿屁着凉灰飞烟灭的动物！

与女性奇葩相比，男人，臭小子，臭男人，头脑简单、自我中心、贪婪拙笨、粗野凶霸、好勇斗狠、自以为是、侵略扩张、无情无义，有时候又是拘拘谨谨、鼠目寸光、哆哆嗦嗦、呆呆木木，有什么好！男人最多知道个一三得三，三八二十四，女人却知道三三十三点，六六二百五，七七巧没个够。男人只知道云沉了下雨，雨下了出小苗，女人却知道有没有云，天上都能下鲜花，下馅饼，下神仙也下玉面狐狸精与她的情人牛魔王！

那么，他上学时候已经不能释怀的那老师，究竟后来这几十年怎么过的呢？老沈设想了无数版本，升一级再升一级。如果她当真就是连亦怜的姥姥呢？没落的贵族、垂死的优雅、空荡的羽毛、渐失的体面、或有的机遇、必需的灾祸、少女的失身、无情的了断、恐惧与毁灭、手段与谋略、拐点与难点、坚忍与厚颜、顽强与美丽、阴冷与克制……为什么老沈，不，小沈要想起她来呢？为什么对她念念于心？一日为师，终生为母。一日入梦，梦中的情人。她如果还活着，也已经年近人瑞，俱往矣，我们曾经年轻过、活过，只是当时已惘然。她应该已经，不然是即将安息、极乐，她应该早已平静，她应该早已神佛，安息吧，可爱与可怜的那老师和她的女儿，或者是不被接受不被承认的女儿，还应有她的不被承认、不被接受的女儿的女儿，与他睡了几觉的，不一定是她的外孙女，其实是不是外孙女并没有必要弄清楚，是就是非，非也是是，有也是没有，没有也是有的人生奇葩们啊，我爱你，我爱你们，我不配爱你！

渔阳鼙鼓动地来，源源奇葩动地来，黄尘清水三山下，更变奇葩如走马。奇生奇，葩生葩，奇葩还将扣响沈卓然的家门。

……

一个自称三十九岁的女孩子，穿着浅色套头衣与咸菜色瘦腿裤，梳着男孩子式的三七分发型，扭动完美的苗条身躯，背着一个大书包，一见沈卓然就用恰到好处的湘妹子口音说："沈兄，我是送货上门来了！"

她开出一系列名单，张书记、李领导、周秘书、王主任、赵校长、邢老师、冶局长、郅先生、徐总经理、邵台长、衣制片人、于经理、劳作家……她的手机上显现着他们的电话，他们都是沈卓然最信得过的好友，但是她不希望由他们来介绍。介绍？笑话！谁介绍过芳汀与珂赛特给冉阿让？谁介绍了茶花女给阿尔弗莱德？又有谁介绍过契诃夫的"带小狗的女人"给德米特里·德米特里耶维奇·古罗夫，在至今多事的克里米亚的雅尔塔镇？

"就是王宝钏的彩球，也比如今的介绍更火爆！"她发挥说。

"我觉得我到您这儿来，不用介绍。"她无比自信、先锋、潇洒。

"我听过您的讲课'……茂陵刘郎秋风客……三十六宫土花碧……忆君清泪如铅水……'您讲得太好了。我更喜欢听您讲李商隐，'红楼隔雨相望冷’与‘从来系日乏长绳’……”

新出现的，对于卓然来说全然是少女型、新潮型、“70后”型又是洞庭湖型的乐水珊，她的比奇葩更奇葩的启动方式取得了很大的成功。她证明了自己，她畅谈李长吉与李义山，正中沈卓然的中脘穴。正在迅速衰老的沈卓然立刻感觉良好了起来，他的脸上出现了甜美的笑容，他的双目开始放光，他的嘴角变得柔和轻快，他的咳嗽马上停止，他的眉头立即舒展，他又加上了自己的体会，他说：

“隔与冷是李商隐笔下的雨的特点，这与其说是由于雨不如说是由于他的心情。而他的心情平心而论，与其说是由于他的遭遇，由于他在牛与李的党争之中站错了队，不如说是由于他的脆弱，脆弱的另一面是敏感，敏感的成果则是艺术，艺术透露了脆弱却又治疗着脆弱，因为有诗词的美，语言的美，悲哀的美。消灭对于美的感觉比消灭一支部队还难。一个人，即使是老死的时候，垂死的时候，如果想到他应该死得绝美，死就不那么可怕了，他就开始战胜死亡了。美成为抚摸也成为解释，成为旋律也成为节奏，成为小心翼翼也成为浩浩荡荡，成为弱懦也成为骄傲。你难以摧毁一个诗人的心，你难以摧毁一首诗的结构与构思，你甚至于摧毁不了一个句子。三军夺帅易，匹夫夺志难，夺美夺诗更难，原来的黄鹤楼早已坍塌毁灭，有崔颢与李白的诗黄鹤楼就永垂不朽！人们对于美的感觉更个人也更隐蔽……”

奇葩自称名乐水珊。她强调说，她是湖南人，湖南人被称为湖南骡子，她有自己的牌理，从来坚持做她自己。她喜欢老年人，她这二十年接近够了浅薄、暴躁、愚蠢、幼稚，来如阵风，去似一个出溜屁的小伙子。她觉得老头远胜臭小子。她觉着老人就是一首诗，老人就是文化，就是传统，就是内涵，就是古器的光辉，就是惊人的苏格拉底脸上的皱纹，好古敏求。三下五除二，干脆说，她愿意成为沈卓然的伴侣，老人就是马克思的络腮胡须。她愿意爱沈老师，服侍沈老师，爱抚沈老师，陪伴沈老师，直到明天，直到明天的明天，直到终极，直到另一个世界……她没有任何要求，她没有任何计划，她没有任何条件，只是在沈老师得便的时候希望与他老谈谈唐诗宋词……

“张书记、李领导、周秘书、王主任……您给他们打打电话，他们都了解我，他们说我爱学习，有智慧，有前途……没什么，我辜负了他们的厚望，我现在的单位是大元文化发展公司，我们的董事长是于书记的儿子……挣够了钱，我有兴趣的是研究中国古典文学。我没有经济问题、作风问题、纪律问题、和谐问题……各种各样的黄色、白色、黑色段子，我不看也不转。这又有什么奇怪的呢？有各种各样的人，有的人即使带着身份证和介绍信，即使有您的老领导给你打电话，他仍然可能是坑害你的骗子。有的人即使与您同床共枕一百天一千天一万天，您仍然可能摸不着她的底细。有的人即使您把他选成了高官英模，您仍然想不到此后哪一天他会原形毕露，成为一条断了脊梁骨的癞皮狗……有的人，就像辣椒一样灼热，像阳光一样光亮，像珠玉一样圆润，像李白一样性情，像我一样天真直率清明痴迷。”

如此这般，乐水珊当天就住到了沈卓然家，就与沈卓然睡在了同一张床上。当然，她睡得晚了一些，她上床的时候沈卓然已经鼾声大作，虽然并没有什么其他亲热，老沈这个晚上仍然睡得分外踏实与喜上眉梢。乐水珊好像轻轻拍了拍老沈的脑门，摸了摸睡眠中流出了些许口水的老头子，又轻推了沈卓然一下。沈卓然感觉到了，他抱歉于自己的鼾声，又幸福于少女的手掌轻抚轻摸轻推如天使。蒙眬中他觉得乐水珊的手相当粗糙，这是劳动人民的手。当然，安琪儿再次降临喽！老沈幸福得呻吟了一声，眼角沁出泪珠，就像重温少年时期春梦。尽管幸福满意得欲死欲瘫欲飞欲散欲随风飘去，沈卓然并没有振奋张目雄起。经过了一番超强度历练，特别是经过了聂娟娟教授的非人间的非此岸的超度点燃与提升引领，再经过吕媛的临床诊断与义正词严的黄牌警告，沈卓然一年前已经不灵了。该有的老化退化反应，三高三低，硬化弱化，增生脱落，他哪样也不缺少。他失去了不用伟哥，胜似伟哥的豪迈了。人生易老，光阴无情，门前河水尚能西？休将白发唱黄鸡！诗词是救不了您的啊！

十五

安琪儿的降临果然带来了新气息。乐水珊嘴里哼哼着英文歌曲，嚼着日本纳豆，拨拉着莫扎特巧克力球，有时甚至是嚼着槟榔，唱着曾因汉奸罪长期服刑的湖南老乡黎锦光作曲的《采槟榔》，不停地拨着听着写着最新款的 S5 三星手机。虽然看不见与小乐通话通信的对方，也听不清时不时飘到老沈耳朵里的小乐的话句，但是家里出现了杂货店加电话间加小吃店加文化站加卡拉 OK 歌厅包间的混合气息。而小乐与手机在一起时的表情，嗔怒、喜笑、逗趣、欣然、嗲娇、摇头、翻眼、吐舌、错齿、噘嘴、挥手、转身、鬼脸，像在演戏，像在考电影学院的表演班，像在走舞步，像后现代的有中国特色的东方芭蕾，给老沈家带来了无数新一代的生活、动感、气息。

也带来了完全不同的生活习惯。铺天盖地的零食休闲食，各种各样的半制成品，速冻饺子、包子、馄饨、元宵、汤圆、肉夹馍、咸鱼夹烧饼、三明治、比萨、馒头、火烧、速食面条、米线、河粉、肠粉，还有各种的豆、各种的球、各种的片、各种的脯、各种的脆、各种的颜色、各种的味。老沈的家一下子就欢实起来了。

老沈家里有一架国产星海牌钢琴，原来是小孙子学琴时用过，那永不复返的黄金时代，那时家好月圆，三代人团聚一堂，其乐融融。然后，它沉默着成为沈家盛世的纪念。小乐的到来使之时或响出两声《少女的祈祷》《致爱丽丝》，后者由于成为太多的人的手机彩铃，已经使国人的听觉器官饱和膨胀欲呕。老沈懂得有些成功给真正的艺术带来多么无解的灾难，就像百分之百地大获全胜会给帝王、将军、学者、作家、斗士、宗教领袖、奥林匹克冠军带来奇祸一样。他走到正在弹琴的小乐那里，向她摆摆手，示意她停止她的节奏不精准，琴键发声也已经失常多年，而小品曲本来精彩，因精彩而普及到令人难以忍受的催吐弹奏。

乐水珊果然很乖，吐了一下舌头，停弹，关上钢琴盖，抱歉地向老沈乖巧地一笑，站起，走开。

老沈想起了儿子儿媳在，孙子在，尤其是淑珍在他身旁的幸福时光，泪眼婆娑。不，他已经得不到多少真正的幸福了，太阳落山明朝还会爬上来，花儿谢了明年还是一样地开，我的青春一去不回来。孙儿当年的钢琴无论弹得多么混乱无序，他得到的是天伦的快活，是幼儿的朝气蓬勃，是祖孙三代的连续与整体感。小乐呢，她弹得哪怕能直追郎朗，他得到的却是好景不再的永远的失落唏嘘。失落了的熨帖是泼出去的水，找不回来喽，您老！

他渐渐发现了一点蹊跷。小乐做饭马马虎虎，速食半成品，微波打一打，开水泡两泡，给他端了过来。她自己想吃尝两口，不想吃干脆只给自己的炊事成果一个美好的笑容；然后把剩饭倒入专门的厨余垃圾袋，她在垃圾分类方面做得很先进科学，潮。

小乐每晚最快乐的事情就是打发他上床入眠，给他倒一杯开水，给他放好纸巾，给他整理好被褥与枕头枕巾，不厌其烦地帮他吃完降血压血脂与补钙补维生素 E 的保健药物，相当殷勤地推荐他吃一到两片马来酸咪达唑仑俗名多美康片，说明这种药如何先进，如何她听说过，许多他们敬爱的首长与大师，人大代表与政协委员，书记与主任都吃这种药。

有时候老沈本来没有想吃安眠药，看到小乐那天使般的笑容，听到那入情入理、温柔敦厚的语句，轻柔磁性、如抚如击的声音，感受到了乐水珊的人气人息人温人和人力人意，他觉得小乐劝他服用的不是化学药片，而是关怀，是仁义，是温柔，是二十一世纪的科学与人文前景，是生命的安慰与将息，是男人的干枯最需要的滋润与浇灌的露与雨。

在他服用多美康的一刹那，他好似看到了小乐的一种调皮与得计的表情，这个表情使他微微地不舒服了一下。他在乐水珊的注视下闭上了眼睛。

凌晨四点未半的时候他醒了过来，他想起了一个词，叫作“控制”，“精神控制”。他觉得自己吃了一颗苍蝇。他发现小乐睡得十分克己，只占用了两米宽的双人床的一条边缘，他不能不明晰，这个年龄比自己的独生子还小一岁的孩子，其实离他很远。

从此他断然拒绝了睡前服用多美康。他有意无意地注意起小乐的生活规律。他逐渐发现，正是在他一般情况下入睡的晚十点半钟以后，小乐的真正生命活跃了起来。各种电话绵延不断。他隐隐约约地听到她那里讲的话与生意有关。她有时讲英语，她有时讲的应该是西班牙语，她有时讲广东话与闽南话。她会不会是间谍？他打了一个激灵。

他甚至于一天假装想吃药了，假装早早地入睡了。然后他悄悄起来，走近小乐打电话的那间书房，他听到了各种商业用语。有趣的是，虽然他多次提醒小乐电话应该优先使用声音质量信号优良而收费低廉的座机，小乐非常“自觉”，她坚持只用她自己名下的手机三星 S5。

一周以后，他得出结论，当然，不用心怀侥幸，事实如此，事实无情。小乐到他这儿来的目的是寻找一室写字间加半室临时住房，她是一个胸怀大志的犟骡型湘妹子，其实，成为当下中国的成功人士的外部条件，她是一点点也没拥有。但是她具有常人没有的智力与决心，敢于采取常人不会采取的手段，走与众不同之路，她的目标是成为中国信息产业与文化产业的巨鳄巨星。沈卓然不能不为她的精彩绝伦而鼓掌叫好，沈卓然不能不为她的狡诈与自己的想入非非而老泪纵横，惭愧无地。

他沈卓然在发妻死后，做的是引狼入室、引狐入室，哪怕是引葩入室、引仙入室，转眼间发展到招商引资、招标融资、自由行、众奇葩百花齐放、登堂入室的地步了。他彻骨地悲痛起来。

“……无边落木萧萧下，不尽长江滚滚来。万里悲秋常作客，百年多病独登台……”这是老杜的诗。多么贴切啊，只消稍动几个字：“无边落木萧萧下，不尽奇葩滚滚来。万事悲摧犹忆旧，百年期至叹何来？”

他还想把开头两句“风急天高猿啸哀，渚清沙白鸟飞回”改成“雾重天低悲厚霾，山荒猿走鸟无回”，最终还是放弃了这消极的话语。他接受孔孟的教导，要把握的是：乐而不淫、怨而不怒、哀而不伤。

次日，他裁下一张十六开宣纸，用京东网售的自来水毛笔将他前面胡写胡改的四句诗写了下来，约了乐水珊到附近一家湘菜馆吃剁椒鱼头、炒干豆角和吉首酸肉，还请小乐同酌了两杯湘泉厂出的“酒鬼”酒。他与乐水珊聊了一回画家黄永玉与他构思“酒鬼”包装的经过。他拿出他胡改的诗页说是送给水珊做纪念。小乐只惶惑了半分钟，说话也有点走神，她立即回过神来，表示感激沈卓然老师对她的创业维艰的支持，她明天九时半以前一定离开沈家。她还掏出八张百元钞票，

他甚至于一天想吃药了
假装早早地入睡了

表示这是她对八九天来在沈家的挑费（京津冀方言，指家庭日常开支）的小小感谢。

产生了极大的争执，双方互不相让，也就是双方互让，绝对不妥协。老沈急了，急不择话，说：“你还干了那么多活，你还花钱给我买安眠药，你还侍候了我，你还自费买了那么多糖豆儿……”

第二天早上，八点刚过，乐水珊不听阻拦，清扫干净了沈家以后，撤退得干干净净。次日，沈卓然收到水珊邮汇来的八百元汇票。这事使沈卓然心乱如麻，全身刺痒疼痛，后背上出现了许多疙瘩，只觉腰背的皮肤已经不长在自己身上，只觉后背扣上了一个疙里疙瘩的牛皮革盾牌。盾牌上金属浮雕一样的疙瘩们，几乎失去了对于他的手指搔动的感觉，只有疙瘩内部的一股火烧火燎在困扰着他。

十六

开头，沈卓然以为自己患的是荨麻疹，过去，他很得意，别人读不出“荨”字的正音，说成什么“寻麻疹”，而他读成“前麻疹”，很有些上过大学，读过中文系，知道“茴”字有不止一种写法的优越感。但不久前，国家语言文字工作委员会以一不做二不休的气概决定，干脆以国家的名义宣布将错就错、约定俗成，“荨”干脆不念“前”，而念“寻、旬、循、巡、殉、荀”了，他差点没晕倒。

他以为是荨麻或前麻疹，他以为是吃剁椒鱼头吃的，他以为湘菜太辣，不适合他这种老年人，就像生气勃勃的创业大干型不到四十岁的湘妹子不应该使他色令智昏一样。有女如荼，静女其姝，湘女奇葩，衰男其误，他怎么丢人丢到了这步田地！

他还有点低烧，他去看了急诊，急诊大夫只有内科的，病人自述说自己由于吃辛辣菜肴得了荨麻疹，还似乎有小的感冒，他过去也患过这种病，他的皮肤属于过敏型，他需要开脱敏药、助消化药与中成药“连花清瘟胶囊”。他甚至于没有让医生看他的后背。由于他的年龄的增值作用与他的小有社会地位，医生对他百依百顺，稀里糊涂把他打发回家了，回家后他的后背后腰变成硬甲了。

又三天后确认是病毒性带状疱疹，长在背上，正是典型的民间所言“缠腰龙”，北方名龙，南方称蛇，毒蛇缠腰，疼痛钻心，不能入睡，不能咀嚼，不能咳嗽，不能行动，连医生都说，发现得太晚了，他的反应超出了常人。

这也是奇葩。缠腰龙是病毒疾病的奇葩，他的主观主义、自以为是、不懂（医学）装懂，也是老头子的奇葩！

甚至在他病得求死不得、求生不能的状态下，仍然有新老友人同事领导老乡亲戚来找他这个钻石王老五提亲。提出的对象有退休的驻外女参赞，有专练软功的获得过巴黎杂技奖的老杂技演员，有说话尖刻的涉嫌口头异见人士，有混血儿，有老年间劳模附传媒报道资料。他几乎是哭着求饶，他说他要登报声明，年老体衰，谢绝黄昏爱恋，他准备写血书拒绝任何关心，他的血书数据化摄像后，准备在微博上发布。

还有当年做讲座时结交的电视台一位好友，邀请他参加电视相亲节目《为爱向前冲》与《我们约会吧》。关于他的种种传闻，已经使他在公众中树立了风流时尚的形象。当然，与他的经验相比，约会吧，太保守，往前冲吧，太夸张。如果爱，就住过来吧，这才是他的经验，未免放肆。其实，住过来就住过来，连“吧”字都根本不需要。伟大祖国，已经何等进步了啊！只有几个海外华人，还对伟大的步子嫌慢呢。

“缠腰龙”干了他一年，他搞得精疲力竭，身心俱疲。他又搞得若有所得，精神世界进入了新的制高点。在急剧衰老的混乱过程中，他记得有一次自己似是收到了那蔚阗的讣告。他哭了一场，却在事后再找不到讣告了。他仍然坚信他的对于收到讣告的印象是确凿的、合乎逻辑的、认真的、靠得住的。那么聂娟娟呢？她的讣告会不会寄给他？

他做了决定，不但委托儿子，而且委托本单位的老干部处，在他沈卓然死后，不要忘记给连亦怜女士、聂娟娟女士、吕媛女士、乐水珊女士发送讣告。

他给各朵奇葩定了位，连亦怜是画中人，聂娟娟是神仙，吕媛是英雄，乐水珊是先锋前卫。还有那蔚阗是骊山圣母、老母，梨山老母，要不就是瑶池的王母。

在思考“荨麻疹”与“前麻疹”的过程中，他谴责自己，吕媛对语文委的不敬，他也不是没有过。关键是，他们都老了，他们常常活在昨天，他们习惯了怎么念怎么写，可别人不是这样的习惯了。这也是“无可奈何花落去，似曾相识燕……”归来还是没来？

他给连亦怜写了一封信，询问她是否可能正是那蔚阗老母的外孙女，还有是不是她的外婆于近日离世，她外婆的治丧人员是否给他发了讣告。他没有得到回答，但是他的感觉是，他已经洞察了一切。

在他与淑珍结婚五十八年，淑珍逝世六年的时候，他到了淑珍墓上，他惊异于死神的运转效率，原来刚刚开发出来的大片备用空地，转眼间满堂满座地成为过世者们的集合家园。沈卓然费了老大的劲才找到淑珍的墓，其实五个月前他还来过。五个月后不但增加了墓主墓碑，而且改变了道路格局，以增容扩用。沈卓然痛哭流涕。他说：

“我不是坏人，我绝对不会做对不起你的事。在你的有生之年，我有男人的纯生理反应，我有过一闪而过的念头，而已。但是我从来没有过认真的对于女人的深入体贴与关注，我从来没有用私密的、密不可分的眼光向着哪位动人的女子讨答案。

“但是要了解人生，不能不了解女人，不能不多了解一点女性。我不能怨她们，她们都有她们的理由，她们都有她们的精彩，她们也都有着太多的痛苦与想说而完全没有说出的话。她们的问题永远无解，与女权主义，与后现代完全无关。她们都是耀眼的奇葩，她们是对生命的奖赏，是给所有男性的热情的拥抱与响亮的耳光。她们也可能有刺、有毒、有假。她们都有自己的可爱。同时，除了你，再不会有什么奇葩与我枝结连理。

“无论如何，她们是干净的，比男人更好些。她们也更注意洗涤，手、身体、脸与下体与情感，她们的干净使我看到了历史的进化，我并不悲观。

“但是她们当然不属于我。不是她们对不起我，是我对不起她们。我已经成型，已经定影，已经保持得太久太久，已经充满了排异排他性，已经没有接受新的生命元素的可能。我这种平庸的、羸弱的、渐渐衰老的、生活在昨天的孬种，无法适应源源而来的奇葩们的纷呈异彩，异彩就是冲击与推进。我的生命正在靠近尽头，我已经无力接受新的奇葩的拥抱与贴紧。

“我仍然感谢上苍，感谢淑珍的平常心的无法战胜的力量。弱水三千，我只求其一瓢。奇葩三百，我珍重其缘分之一次。感谢晚年俺与绚丽奇葩们不平凡的邂逅，使我老而弥喜、弥丰、弥奇、弥色。感谢她们让我了解了更多的生命的奇妙与人生的滋味，特别是女性们的百态千姿，啊，每一个女子不分老幼，个个皆是风情万种，套路千般！多么丰富啊，我亲爱的奇葩们！也感谢当初给了我奇思妙想的那老师，没有圣母的领路，哪有此后的幸福！

“请允许我用男人的名义向所有的女性奇葩道歉与忏悔。敬礼，奇葩们！何必言原谅，用不着太瞧得起我们就够了。我们其实不配接受你们的美丽与温存，细心与关爱。我们迟钝，我们自私，我们粗糙，我们自以为是，就像我明明患的是带状疱疹，而偏偏自以为是荨麻疹一样，还以为众人皆浊而我独清，众人皆误而我读音正确得很！我耽误了自己，我伤害了旁人，是我无面目对江东姐妹，无颜面对天下奇葩。而没有了奇葩，臭小子们有多么恶心多么贫乏，呸！

“世上有好人与坏人，有粗人有细人，有聪明人有傻人，有善良人与狞恶人，尤其有一种最最煞风景的人，叫作无趣的男人！上苍保佑我们与无趣者们距离远些再远些，上苍尤其要护佑女人们永远与无趣的他们脱离接触！

“生活万岁！爱情万岁！妇女万岁！奇葩万岁！奇葩奇葩我爱你！我怎么搞的硬是配不上你……”

他俯倒在淑珍的墓碑前了，天旋地转之中他感觉他见到了淑珍，接着拉住淑珍的手。在淑珍走后，他多次盼望与她梦中相逢，莫非他已经进入了好梦？一切都与六年前一样，与十六年前一样，与永远的青年时代一样。

他知道淑珍已经与他天人相隔，同时他分明觉到，淑珍的手仍然那样温暖、柔和、亲切。他们俩笑嘻嘻地一同说：

“很有意思。”

他笑着，笑着，渐渐拉着淑珍的手飘浮而起。

（二〇一五年）

仉 仉

那年他二十三岁。那个礼拜天刮起了大风，但是天晴朗得爱死人，因为是深秋，或者更正确地说，是初冬，那天立冬。柳条刮得大把大把地歪来倒去，死去活来，难以自持。杨树上的黄叶纷纷飘扬，摇荡起舞。他决定要顶风去大湖公园。人生能在空明澄静的状态下游几回湖水、石桥、大公园和入冬的风？他悄然觉得，再没有几天树木会变得光秃秃、瘦棱棱，一片茫然。然后是连续五个月的冬的萧条与沉寂，除非有朋友带他去羊汤店，那里的汤锅，永远是繁花似锦、如火如荼。

后来他知道，慌慌张张的是他，不是落叶。立冬一个月了，树叶仍然没有落光。

那天早晨已经醒过来，时间过早，勉强自己再睡下去。渐渐他看到了炕上的自己变成了一个人头，金色的，欧罗巴型，只有头。既不恐怖，也不忧伤，而且他想到了一个雄浑的名字：约翰·克利斯朵夫。

人头变成了一本形状不太确定的书，不确定的一本或一些本。梦见了或者没有梦见，只是事后才想：可能？或者应该？看见还是不可能看见？

做了还是只是想着做了？虚？实？真？假？羞惭？无愧？

不，不是说那个人头砍自约翰·克利斯朵夫，也与书作者罗曼·罗兰无关，他后来长久想不明白为什么别的孩子只知道王二小、李逵、关公还有陈世美，而他会想起来一个其实也是极其模糊的约翰·克利斯朵夫，姓不姓，名不名，谁不谁。是他起床以后才明白了罗曼·罗兰。“赞美幸福，也要赞美痛苦”，法国大作家这样说过吗？想起罗曼·罗兰，这位实在不像“老革命”的二十三的老革命激动得喘不过气来。在金色而且模糊的头颅缓缓颤动的时候，他清醒地觉得自己是重新睡着了。如果他清醒，他不可能看到一个美丽头颅的旋转。如果他睡了，他不可能掂量头颅变书的真实性，也不会有能力判断自己的眨眼，乃是处于睡与非睡、醒与非醒的边界线上。少年时代他常常睡不好，他挣扎于红缨枪和文学、月光与青纱帐、地瓜与大黄米地头。

他知道他很早就是儿童团员了，并不明确自己是党员，也羞愧于自己寒碜的木头枪上没有拴红缨穗。

五年前被选拔上外国语大学以后，村支书给他开介绍信，让他填了一张表格，上面赫然写着李文财，一九四四年入党。他觉得“财”字不好，临时更名李文采。他喜欢这个采字，这个字有几分文学。过了很久，他才明白自己是十三岁零三个月的时候入的党。他记不太清楚了，他到底是哪一年生的，也说不太好。他生活在老解放区，日本没投降，他家乡就解放了，他没见过国民党，他成天参加共产党的会议和学习，唱共产党的歌儿，只是他不会扭秧歌舞。

外国语！你该死的外国语！可能是村支部发现了他炕头上摆着几大本以洋人名氏命名的厚书，想到了应该培养他做外交官。他们村历史上出过一个大官，代表清朝皇帝到琉球国封王，他抬着一块匾，上写“如朕亲临”，他代表的是大清皇帝。大官的后代是恶霸，已经判处了死刑，应该是就地正法。恶霸家里有外国文学书的译本，没有人读，他读，一接触就如醉如痴如喝了糊涂汤。

渐渐地看到了炕上的
自己变成了一个人头，
金色的，欧罗巴型，只有头。①

到城市上外语学院后，他发不出卷舌音，看到别人嘚嘚儿的哆嗦舌尖儿他哭了。更发不出小舌音，他练习得作呕，据说只有呕吐的时候他的发声才是对的。他始终不会发没有辅音的元音 U 和 I。幸亏他有个少年入党、抗日战争时期的老革命的身份，他没有等毕业就调到了党委工作。

他从小迷上了外国文学，在他们那里远近百公里，再没有第二号。是外国的，是文学的，他就迷，他看一本迷一本，即使还没有开始读，他已经崇拜得五迷三道，泪眼蒙眬。他的感觉是外国文学能够催人生，能够催人死，能够催人勃起也能够给他一个透心儿凉。他觉得他就是约翰·克利斯朵夫。与约翰·克利斯朵夫一样，早早地就有双亲为他寻找女性的身体，逼着他十七岁娶了媳妇。读了《复活》他想来想去他绝对就是聂赫留朵夫公爵，如果不严加管束，他无法设想他这一辈子可能糟践多少身穿洁白连衣裙的卡捷琳娜——玛丝洛娃。如果没有文学，一个个臭小子该有多么硬邦邦地丑恶，多少花一样的女孩会被他们玷污蹂躏刺穿。他读了点雨果，一会儿觉得他是从小偷变成圣徒的冉阿让，一会儿觉得是呆板凶恶的警察杀（沙）威。因为他读《悲惨世界》的感想竟然是：当杀威毕竟比当冉阿让痛快出火得多。他甚至想到，人生一世，没有比做好人更窝囊的事。他为自己的肮脏乖僻无地自容。然后在《红与黑》里他是于连，一干干娘儿俩。在《双城记》中，他是草菅人命的侯爵，也是被迫害成精神病的医生曼奈特，动不动他钉鞋，他吓得喊出了声。还有时时结绳记下阶级的也是全家的血海深仇的德法奇夫人，叫作苦大仇深啊，他更是德法奇夫人准备着灭门的仇家。然而，读了法捷耶夫《青年近卫军》以后，他惊骇地发现，奥列格、邱列宁、邬丽娅和刘巴，自己哪个也不是……然后他发现，他连《少年维特之烦恼》里的维特也做不到，不是做不到因失恋而向自己的太阳穴上砰的一枪，而是他没有恋，没有恋则欲失不能；却有一个能够屏蔽与压倒他，却实在引不起他多少激情的大媳妇。结婚的收获是加深了对于黄皮肤与肉气味的认知。没有恋就没有一切，连“烦恼”“惆怅”“彷徨”与“辗转”也未曾拥有。干脆说他找不到自己应有的苦闷、伤痛、忧郁。我亲爱的高雅的温柔的少妇影子般的忧愁啊，您在哪里？他负面的经验只有长疖子的痛与长针眼的胀，与轻度痔疮。

其实他爱的不是哪一本外国文学书与书里的哪一个人，他渐渐明白，他爱的是外国文学书籍的气息，是嗅觉，尤其是封面与封底、油墨与纸。新华书店里的外国文学书籍有一种特殊的激活鼻孔的神秘元素。当然与羊汤铺、火烧店、豆腐脑挑子、酒缸的气味不同。那时候没有酒吧，只有酒缸。进门就看到了一个或者一排大缸，用提子打散白酒，缸边上有两三张桌子，光秃秃的木椅子，卖一点咸鱼、豆干、五香蚕豆。关键在于，外国文学与中国文学的气味也不相同，巴尔扎克《人间喜剧》的油墨、封面与纸张，绝对与《家》《春》《秋》《骆驼祥子》不同，与《唐诗三百首》《古文观止》更不一样。甚至于，西欧北美作家的书也与苏联图书气味有微妙的差别，别人不知道，仉仉知道。

欧洲文学书，翻译过来气味与它的人物一样强烈，像酒非酒，像“四合一”香皂，像龙涎香，像强奸犯也像火枪手，像拳击的猛烈，也不无多毛的老娘儿们腋下腺体味儿。

调入院党委得到工资，他用当时的天价三元多钱购买了一本精装厚笔记册，册子里有绘画插图与作家名言。我吃的是草，挤出的是奶——鲁迅。这世界要是没有爱情，它在我们心中还会有什么意义！这就如一盏没有亮光的走马灯——歌德。他在上面题了字：文采心波。他开始了自己的文学写作生涯。他信笔由缰，磕磕碰碰，东拉西扯，咕咕哝哝，诗诗文文……这个时候，神秘的神祇来造访了。

她名叫仉仉，开始他以为是叫唧唧。她梳着男生式小分头，同学们说那是卓娅·科斯莫杰扬斯卡娅式的发型。她面孔白皙，大眼睛目光炯炯。她的形象既有女生的机敏叫作鬼机灵，又有男生的清爽叫作英俊峭拔。她是新生，两个月后就当了学生会主席。她的女而男的魅力无与伦比。她的父母据说是极特殊的人物，虽然那时候谁也不在意谁的父母是谁。有一位学生会的文体部长父亲是著名的本地军统头子。

是她到校党委来办事的时候说李文采的办公室里有外国文学的气息，先说到味儿，后找到了书架上的梅里美小说译本《卡尔曼》与《高龙巴》。仉仉告诉李文采，卡尔曼在歌剧里普遍译作“卡门”。

说起对于外国文学气味的体认，仉仉声音低柔而又凶猛，婉转而又憨厚。李文采从来没有听到过这样的兼具男生与女生伟力的嗓音。

李文采代表学校党委去参加学生会那一年举办的“‘和平与友谊’诗歌演唱朗诵会”。头一个节目是俄语系同学的小合唱《喀秋莎》。第二个节目就是仉仉朗诵与歌唱德语民歌《勿忘我》：

Blau blüht ein Blümlein
Das heiβt Vergissmeinnicht
……

德语唱完了她用汉语朗诵：

有种花叫作勿忘我，
开满了蓝色的花朵。
你呀朋友，请把它佩戴于身，

愿你能当真，牢记赠花的我。
有什么法子，鲜花总要凋谢，
美梦也会，一个一个地破灭，
只有爱情，我们俩相依相爱，
永远如初，永远是那样真切。

仉仉上台，聚光灯打开，她的脸孔光洁纯净，她绷着令你想起卓娅就义的脸。满脸的严肃仍然驱不尽笑靥里的善良天真，她的亭亭玉立使李文采心怦怦乱跳。开口出声了，满溢的热烈，些许的嘶哑，毫无保护的孩子般的纯真，面对法西斯野兽毫不惧怕……她唱了德文，她朗诵了中文，她的小蓝花，她的卓娅，她的德意志民歌，她的心声，诉说得好苦、好甜、好梦幻、好云彩，好大的西北风啊。她的声音是低语也是呐喊，是喁喁也是忽忽，是大火也是微风。李文采一阵子自以为听到关于她的窃窃私语：她是学俄语的啊，她怎么会讲这么好的德语？除非她幼年是生活在德国，她是从德国回来的？西德？民主德国？或者是社会主义阵营绝对不承认主权属于西德的西柏林？不知为什么，像一阵阴风，李文采想，如果她是从西柏林来的，她会不会是美国中央情报局与西德阿登纳总理联合派来的间谍？晕，晕，晕……李文采晕过去了。

临床诊断是房性心动过缓与疑似心脏神经官能征。

然后李文采陷入了前所未有的痛苦。他的生活，他的经历，他的处境身份与他的对于文学尤其是外国文学的糊里巴涂的迷恋，他的已经三年未见的勤劳泼辣胴体通黄的媳妇与他的平生第一次晕眩，他对于仉仉的各方面的全然不同的印象，已经将他撕成好几瓣。第一，仉仉是不是西方的间谍？第二，他是不是有着强烈的奸淫仉仉的动机？

这两个问题让他万分痛苦，此生的第一次认真的痛苦。

他们的家乡管商鞅受到的车裂之刑叫作“大卸八块”。他认定的是，他正在大卸八块，也许是十六块……他不知道是哪儿错了环儿，是脱臼也是裂缝，是爆胎也是滑扣，他已经是一个叛徒：他是父母的、妻子的、文学的、家乡的、八路军的、儿童团的、党支部与学院党委的、革命的、外语的、学生会的与约翰·克利斯朵夫的叛徒。

他在那个刮大风的礼拜天，在金色头颅带来的不安中，怀着对于春夏秋季节的恋恋不舍，慌慌乱乱地去到了大湖公园。其实是小小的湖。小湖里翻滚着大浪，他想起鲁滨孙、哥伦布与麦哲伦的航海。大浪使他走在公园的石径上，也感觉到了地表的起伏。夕阳使桥洞明暗庄严分明峻厉。西风使头发与柳条一样地不胜灵感，不胜胡思乱想，以及四季风雨、喜怒悲欢。寒冷与衣衫褴褛使青春年华屈辱莫名。游人瑟缩着零零散散，树叶不知道何方是归宿。李文采想了想是不是应该跳到波浪翻滚的湖水里去，那就更是彻头彻尾的叛变了。他在波涛的大浪边一坐坐了五个小时，直到公园管理人员将他驱逐。

他回到自己的单身汉双人宿舍，同舍人这天没有回来，他构思了一番，他写了一夜，一不做二不休，他虽然没有提名字，他在高级笔记本上写了一封给仉仉的信，他相信这封信的汹涌超过了大湖里的波浪，大浪没过了元代的石桥。他写得比歌德也比福楼拜还比泰戈尔好。

第二天一早，他去邮局挂号寄出了笔记本，给仉仉。回来，他到医务室，他的体温四十一摄氏度。

三天后，他又给仉仉发了一封长信，深责自己是一个叛徒。他连署名的勇气也在最后一分钟失去了。他画了一只兔子。

开始露馅的无非是他购买的大量外国文学书籍。他在朗诵会上的突然晕趴也令领导好生奇怪。大家一致认为他是忘了本，他自己也坚信自己是忘了本。他的家乡再也不会出他这样的人，他的同事里再也没有这样的人，约翰·克利斯朵夫也不是他这样的人。总之，他每况愈下，他频频在组织生活会上被“帮助”。而到了后来大的政治运动闹起来，他犯了更大的病、更大的错误、更大的糊里巴涂。他接受了所有令人涕泪横流的帮助。他的检讨发言胜过了托尔斯泰的自省忏悔。

糊涂的是，他事后无法分辨是不是在“帮助会”上他交代过，说他卑鄙地想着要奸淫仉仉……太恐怖也太惊人。更惊人的是，他可能不可能，硬是检举了仉仉的间谍嫌疑。

那些年的许多事都忘记了……后来，后来，在好多个后来以后，他见人只知道背诵：

房间很深，两扇窗户又正对着一条夹在高楼之间的小巷子，这时房里便已经光线晦暗……

他受到了留党察看两年处分。他的家乡、他的组织、他的老革命经历与他的媳妇救了他。他的媳妇已经担任村里的妇女队长。李文采一摊糊涂糨糊，媳妇小葱拌豆腐，一清二白。媳妇在最困难的时期来到城市，不容分说地接管了对于李文采的路线掌管与命运决断，然后一切走上了正轨：“出人，出（或不出）书，走正路。”

从外国文学的毒害一直发展到他的名字，见多识广的同事认为他改名文采是别有用心，是为四川的恶霸地主刘文彩翻案。改名的事是他检讨中自己交代的。但是他一直没有交代他把自己的文学创作本本寄给了仉仉。他为此心如煎熬。不是他不老实，而是他怕给仉仉找麻烦。

这完全不合逻辑，如果仉仉有什么麻烦，还用问吗？是他给仉仉找上的。而后来，他却想，他没有用自己的创作笔记本加害仉仉。这个逻辑就像是说他没有杀人，因为，他已杀过了。

政治运动也扑向了仉仉，文采看见了大字报对仉仉的讨伐。党委机关的各种层级会议与文件已经与他无缘，他担心仉仉的命运，他无处可以打听，他干着急。

媳妇做主，他写下了对仉仉的揭发，他认识到仉仉与他谈的关于外国文学的香气（原话是气味，揭露时他给改成了香气）的话，是为了腐蚀他、蜕变他，是代表帝国主义与国民党反动派来争夺他的。

对，媳妇帮助他想出了一个伟大的说法：仉仉客观上是来自西柏林黑窝子的间谍。

最后，他算是过了关，明确了他属于“人民内部矛盾”，他幸福得涕泪横流。

……

五十多年过去了，快一个甲子。他的孪生龙凤胎一儿一女，都已经事业有成，生儿育女，收入颇丰。他媳妇“文革”结束以后也饱享了小康的人生之乐与儿孙绕膝天伦之乐，只是年前开始出现了间歇性脑软化，发展极快，一年后已经基本上进入迟钝状态。

李文采“文革”结束后到一个国有工厂当了一回党委副书记，光荣离休。他随女儿自费旅游去了趟维也纳，参观了当年两个阵营交换被俘间谍，并且常常进行外汇黑市与毒品交易的古德如甫咖啡馆，小小的咖啡馆在一区米西巷一号。然后是凯文登大街，那条街很宽大，卖最新款的银器与路易·威登箱包的专卖店吸引了许多游客。而巴宝莉专卖店的橱窗里悬挂着的西服，牛气冲天，每件衣服申明，版权所有，只做此一件。商品和男女游人，都散发出高级香料与特级防腐剂的气息。他在那里伫立了二十多分钟，想不清楚他这一生的经历到底是怎么回事。他觉得有点乱。莫非他又要犯晕眩病？他扶着墙，闭了会儿眼睛。

除了维也纳，他还去了在那里拍摄了莫扎特家乡萨尔茨堡与山城因斯布鲁克。敢情奥地利的湖泊比他的家乡还多。

只是在老同学的聚会上，他看到了当年外语学院同班同学中的科学院院士、博士生导师、驻外大使、公使、参赞、合资企业董事长、局长级干部，还有一位是政治新星的父亲。他略显黯然地说一句："我是一事无成两鬓白啊。"然后所有的同学都来说服他，让他认识到他是全中国最最幸福的一个。他苦笑着。在聚会结束的时候，他承认，其实他挺好，平安，健康，阖家团圆。离休老干部，上上下下，都冲着他"送温暖"。

这一年他已经七十九岁。刚离休的那年他天天坐着公交车去爬山，带着行军壶去山泉打长命仙水。后来改成了遛湖、喂鱼又喂鸥。后来改成小区散步、买包子。后来改成拄着藤杖挪动。

这个礼拜天刮起大风，但是天晴朗得爱死人，因为是深秋，或者更正确地说，是初冬，今天立冬。柳条刮得大把大把地横在了空中。杨树上的黄叶纷纷飘扬起舞。他悄然觉得，再没有几天树木就会变得光秃秃、瘦棱棱，一片茫然。

这天早晨欲醒未醒的时候，他梦中看到的是一张老式胶木唱片，放到微波炉里加热，怕过于干燥，他往微波炉里加了一调羹水。

全都放下了。在那次聚会上，老同学们最后说他笑得真诚、纯朴、沧桑。"人可以用一生，打造一个真诚、纯朴、沧桑的笑容。"同学们说他的此话可以进电视节目"名人名言"。他大笑起来，一直笑出了眼泪。

他决心在大风起兮云飞扬的时刻去大湖公园。他记得年轻时候曾经在初冬冒着大风去过大湖公园。他穿上了西式格子呢大衣，是唯一的那次奥地利之游时候购的境外之物。戴上本市卖烤白薯小贩常戴的灰蓝毛线软帽子，围上紫色鄂尔多斯羊绒围巾，拄上藤杖。他来到当年来过的湖边，张望着，想念着，冷却着，叹息着，更空洞地笑着。慢慢地，笑容使他感到了满足。

后来仉仉怎么样了呢？他竟然一无所知。与他关系不错的学院图书馆馆长张老师告诉他，仉仉自杀喽。另一名俄语助教告诉他，仉仉可能被送去“教养”了。直到“文革”结束，原来的党委书记弥留之际，在ICU急救病房，插着鼻饲橡皮管子的书记告诉他仉仉退学了。退学？当一个政治运动像疾风暴雨一样地扑过来的时候，谁能幸免？谁能无祸？谁能退学从而置身事外？他不信，书记说不出话了。

新的世纪，李文采又一次来到了湖边，一个强壮的汉子走到他身边，斜着眼盯视着他，他奇怪。然后过来了一组中外老小人员，显然不是普通人，他一眼看到了一位白发老妇人，她仍然窈窕风致，也仍然目光如炬，他从来没有见过这样强大的老妇的目光。她穿着一件藏蓝色羊绒高领上衣，蓝与绿格间杂着黄色细道道的毛料裙子。她目不转睛地看着李文采。李文采突然想起了自己的一生，都来过了，慢慢地去着。

她说：“对不起，请原谅，您是李先生吗？”

她把本应轻声发音的“吗”字说得非常重，和惊叹“我的妈呀”时候的“妈”字一样。李文采知道，这样说话，是海外华人普通话，英语叫作“满大人”的。

他们互相问答了些什么，后来也就忘记了。他两眼发直，觉得世界上只剩下了两个人，聚在一起，相距十万八千里：

房间很深，两扇窗户又正对着一条夹在高楼之间的小巷子，这时房里便已经光线晦暗……

她似乎回答：“我一直保留着您的笔记本。”然后她说：

其实他听到的，只是他自己的心跳声。

然后他们共同说了一句：“史托姆，《茵梦湖》。”

他们说话的声音很小，他是看着她的口型这样感觉到她的说话的。她应该也是。

他清楚地听到的是她说：“我在胡苏姆，住了三十年……”

他说出了三个字：“对不起。”

仉仉问：“什么？”她为什么完全不解？

别的忘却了，都忘却了，他似乎读过一篇散文《忘却的魅力》，人好比一台电脑，它必须释放太多的信息，它每隔几年需要格式化那么一两回，要不死机。他勉勉强强上了一回网，查到了施笃姆、茵梦湖，当时的译者郭沫若、如今的译者杨武能教授，如今的史托姆译作施笃姆……胡苏姆是特奥多尔·施笃姆的故乡。

其后一年多的时间一事无成的李文采脑子里只剩下了仉仉一个人。她飘然而来，她陡然而去，她寂然而息，她凝然而至。她唱着《勿忘我》，她应和着《茵梦湖》。她就是梦中的人头，她就是微波炉里打热了的唱片，她就是外国文学的该死与神奇。胡苏姆是史托姆的故乡。他虽然笨，但是知道。这一切根本不像是真的。但是他并没有这样大的想象力，有想象力的话，他早就飞黄腾达达达了。“我达达的马蹄，是美丽的错误”，那是台湾背景郑愁予先生的著名诗句。

他经常自言自语，此次邂逅以后，孩子们不止一次听他念叨：“当然没有，我从来没有说过，也没有非礼。”孩子吓坏了，不知道他得了什么病，怎样出现了吓人的呓语。

两年以后，他收到一封德语来信，是仉仉的女儿写来的，说她的妈妈病故了。根据妈妈的遗嘱，把一本笔记寄到中华人民共和国的一所外国语大学，希望李先生能收到这本笔记。另外还附了一本小册子，是妈妈写作的一本德语书。

他给仉仉的女儿回了信，想了解更多一些事。女儿只能提供：据她所知，妈妈是二十世纪五十年代末期从香港移民到英国，又在英国结识了德国汉学家汉斯教授，迁居德国来的。在女儿出生后，妈妈与汉斯离婚，此后没有再结婚。除了两年前她与妈妈在大湖公园见到李先生，还有此次妈妈病危时谈到要她把笔记本邮寄给李先生以外，妈妈没有谈到过李先生。

李文采纳闷，为什么她们在大风中游大湖其实是小湖有那样的规格气势，他相信那个盯着他看的壮汉是本地警卫人员。他想写封信去问，又觉不妥，便没有问。他想，可能是女儿和女婿有什么特殊身份，也许仍然是由于仉仉的父母，仉仉的父母究竟是什么天神天星呢？

撕开层层包裹，李文采看到了自己当年胡写八写的笔记与文学“创作”，他兴奋，觉得火烫，又觉得遥远可羞，甚至无聊。一位在出版界混了点模样的老同学劝他将之整理出版，并且论证这样的书请作协分会领导作序，弄好了可以卖五万册，他约莫可以获得十五万元报酬。他拒绝，朋友说服，再拒绝，再说服……终于被说服，而且收了一万元预付订金。

然后是治疗牙周炎，然后是媳妇辞世，悲痛欲绝。李文采说，媳妇是他命运里的贵人，媳妇使他逢凶化吉，遇难呈祥。谁能想到，人生就是这样，白驹过隙，不到时候，要多远有多远，到时候，要多快就多快。然后是春节直到元宵节，然后是慢阻肺。最后，他感慨万千地，却又是漠然无所谓地焚香沐浴、理发梳头，泡了一杯据说是真实可靠绝非赝品的大红袍，呷了两口，李文采打开电脑，打开半个多世纪前的笔记本，想开始重拾他为之付出了不知多少代价的文学梦。二十的好梦八十圆，他自嘲说，他笑得傻帽而又无赖，沉稳而又满足。他发现了自己的幽默感，时至八十四岁，他毕竟开始产生了幽默感。如果多一点幽默与游戏精神，也许早就有一点文学成就了。他哼了一声。

……他发现，笔记本上原有字迹已经消失殆尽。天啊，人们常常在不可能再做的时候，才准备停当。

有的说是原来的保存人，即仉仉女士，花了很大力量，将笔记本放到少氧、无光照、恒温、恒湿的条件下，她是用日耳曼人的认真来保护这本笔记的……保存至今。寄到他这里以后，他没有着意保护，很快字迹就氧化淡出。

有的说，五十余年无人问津的文字稿，能留到今天已经千难万难了，您不立刻输入电子版复制保存，您还想干什么呢?

有人说此时无形胜有形，此时无字胜有文，此时仙逝胜坚持。正是他文采，写出了巨著大作，永垂不朽。

孩子则说，略略费点劲，其实能看见字。是爸爸的白内障与青光眼造成了当前困难，他应该立即做无创纳米磁石吸附手术，然后开始他的文学大业。他的小舅子则摇摇头，说姐姐才走，姐夫和一位外籍女人闹得这样不明不白……

据说李文采后来一个人悄悄地哭了一场。不一定是真的。他将订金一万元退还给了出版社倒是不假。他在二〇一二年十一月十一号又由孩子帮助网购了一大批外国文学书，包括七大本《追忆似水年华》

和《施笃姆小说精选》。后者的一篇小说题为《苹果熟了的时候》，李文采常常对书陷入沉思：“‘苹果熟了的时候’？这不是朝鲜影片的片名吗？它怎么成了施笃姆的名篇？”

他陷入这样的深思，一连几个月，却没有掀动笔记本纸页一次。他想着的是，怎么样去阅读仉仉的德语小册子，那可不像仉仉女儿的信样平顺简易。仉仉的书他独自完全读不懂。他不想找任何人帮忙翻译，翻译就是宰杀，他想起了当年上外国语课时听过的一句怪话。

又过了两年，长寿的他病瘫在床，不能说话。孩子们在他此生唯一的“文学创作”笔记本上看到了他复得后写下的一句话：“其实挺好。”而这时再看他年轻时候写下的字，一个字也没有了。

他的字写在有作家名言的背景页上，名言说什么“不必要摆放悲哀的安琪儿”。悲哀的天使？儿女们眨一眨眼。

那时的油墨还不错，到现在插画呀、名言呀都能看清，但是墨水不好。“唉，俺们爹也有两下子，他一定经历了不少的事儿。”孩子总结说。

（二〇一五年）

我愿意乘风登上蓝色的月亮

一

我愿意乘风登上蓝色的月亮，
回望地球上人类有多么匆忙。
也想化为歌声穿过青草树木，
与蝴蝶般盛开花朵共鸣感想。
而后化作满天云霞滴滴雨珠，
湿润孱弱的小苗干涸的土壤。
谁能想到却变成奔跑的野兔，
追赶你勇敢的猎人猎犬猎枪？

我不知道说什么好。前四句有点感觉，而后两句意味与情感已经接不上了，最后两句简直是狗尾续貂。但是我不能这样对她说。

她是这里新任的领导，地位排在副市长之二，好劲。我是历经艰辛终于担任了作协分会主席的报告文学写作人。文人相轻，同行冤家，当个破作协分会的主席，同行们与网民们恨不得生吃你的一百多斤。见了㞞人压不住火，被反体制的时尚搅动起来的小哥儿们不敢反别的体制，不会去反他住家所在地的派出所与居委会，连文联都不敢反，可敢反作协与红十字会分会。主席了，我就算处级干部。在我们这种小地方，人们只承认行政级别。级别是硬通货，哪儿都能折算、兑换与经营。没有行政级别，您就是穷光蛋。她作为这里的政坛新星，则代表市领导来会见与招待我吃饭。

但是更重要的是，她是我的老相识。她自己说，可不是我说，她有今天，和我有很大关系。她一见面就说："老周，我应该感谢你。"这证明她是一个感恩图报的人。此话到此为止，赶紧咽下。我摇头摆手，意思是早已忘到九霄云外，何足挂齿。我必须识相，不要忘乎所以，从感激到厌恶，有时候只是三秒钟的事儿。

尤其可爱的是，她拿来了她的诗稿清样，第一篇是《我愿意乘风登上蓝色的月亮》，她的笔名是"蓝月"。天啊，怎么会是这样？蓝月亮，这明明是一种液态洗涤剂的品牌，经常在 CCTV 的广告里看到的。

是她太天真了？是我太低俗了？盛极必衰乃是天道。我的对于蓝月的感觉已经被商品传播公益广告文体的装酸弄醋侵蚀调戏殆尽。公众已经读惯了这样的文体：

文明是蓝图也是分享，
保险是温暖也是希望，
美丽是责任也是贡献，
痰吐与谈吐同样恰当！

亲切、美好、故人情深之中，我有几分空茫的叹息。吁！

二

十五年了。她给我的第一个印象是像个田径运动员，修长的臂与

十五年了
她给我的第一个印象
像个田径运动员

腿，面孔红里透黑，皮肤仍然细嫩光滑纯洁。脸圆，眼睛圆，手攥紧的时候拳头显得也是圆球样的劲道和蓬勃。也许与女子中长跑相比，她更应该投身女子轻量级拳击。

她穿着雪白的、带蓝色斑纹的蝙蝠衫，乳白的灯笼裤，一半是无拘束的青春，一半是山寨的怯土；一半是女权与女运动员的无畏——简直是高高在上、东方不败，一半是准“二儿”的怔忡愣磕；一半是白花花的大胆，她甚至让我想起农村的孝服丧服，一半是从远方刮过来的清风明澈。

那时她是后桑葚村的民办小学教师。民办小学，说明她得到的一切待遇都低于有正式编制的同工种人员。啊，编制，体制，你是多么丰饶美丽迷人！

高等学校本科毕业，应聘做了民校教师，莫非她有什么短处例如口吃，或者在校期间有所谓的不检点？要不就是得罪了哪位大佬？我心里闪过一丝阴影。

后桑葚村，从火车站还要坐三个多小时的环山公路汽车，经过山重重，水溅溅，路弯弯，屁股硌得生痛了才看到它的仙境模样。

它位于万花山脚下碧蓝溪河边，分流出来一道溪沟，从西北到东南，水波跳跃着歌唱着迅速地流淌。高低落差很大，除了结冰的季节，昼夜都有稀溜哗啦的声响。农民的房舍，修在水流两岸。全村都建筑在地无三尺平的坡地上，俯视过去，房顶们错落参差，谁跟谁也不在同一个平面上。奇异的是，明明一个百十来户的小村，却保留了自己厚实的土城墙，说不定这里曾经是古战场，离后桑葚村二十公里处有一块大平青石，传说是穆桂英的点将台。说这里是土墙吧，却有一个气势不凡的城门洞子，城门洞子内缘是此地少见的拱形磨砖对缝结构，钉着七七四十九个大铜钉的大门则早已不知去向何方。一进“城”，是高高搭起的戏台，“大跃进”中据说地方戏名伶——错了，应该叫著名表演艺术家筱铃铛，在这个戏台上唱过《红娘》。红娘是反封建的英雄，到了新中国，特别吃得开，就差报名“铁姑娘战斗队”了。从戏台上眺望全村，十五年前，依稀可以看到歌颂“三面红旗”的标语。此种字迹已经斑驳，更鲜艳的横幅则是“时间就是金钱，效率就是生命”……久违了，后桑葚的搏战与金鼓，还有几个朝代的悠远与安然。

后桑葚的一大特点是建筑材料用了大量石头。据说根据阴阳五行的传统文化，发达的地方石材只用于坟墓，是土木而不是石头才具有呼吸与渗透的活性，才适合为生活而居住。这儿偏僻穷困，就地取材，民屋也是石头垒墙，做得好的是漂亮大方的虎皮墙，做得差的则是七扭八歪的石头上糊上麦秸黄泥的厚墙，这种不规则的七扭八歪恰恰具有一种奇异的现代风格。

我到后桑葚村来的目的是逃脱我们市里的文人的明争暗斗。为了争个什么“代表”“委员”当，满嘴高雅的“公知”“公信”“道义担当”与“批判精神”的写作人龇牙咧嘴，互相掐到那种程度，我只能远走高飞，暂避一时。我也相信想信，“心远地自偏”以后，将能“悠然见南山”，将至少维护片刻自我的心灵纯洁与自我救赎。

到后桑葚的第二天碰巧听到白巧儿老师给学生讲故事，《卖火柴的小女孩》，把安徒生请到了咱村，连同邻村前桑葚与山顶上的白仙姑庙村，三个自然村的孩子在听白巧儿讲：

“她想给自己暖和一下……”人们说。谁也不知道她曾经看到过多么美丽的东西，她曾经多么幸福……

眼泪从没有洗干净的众小脸上流下。山村的孩子们惊呆了，那么遥远却又是那么亲近，那么梦幻却又那么真实。这里的亲近的真实是一个切肤的“穷”字。

听了白巧儿的故事二十分钟，她的声音我一连几年忘记不了，她的声音有一种内涵，有一种弹性、糯性，温柔却又劲道，小心翼翼却又杀伐决断。我觉得我在升腾，我在醉迷。这本身就是传说，就是童话。人生不过几十年，几十年中难得有几次醉迷的享受。我惊奇也赞叹，一个贫穷的或者说刚刚开始脱离贫穷的山村怎么会出现了安徒生。流水叮叮淙淙，话语清清明明，故事凄凄美美，讲述热热冷冷，口音标准得像是出自北京的中央广播，那时候这儿还没电视。

如诗如梦，如舞如歌，如泣如诉，如全不可能的幻想。尤其是女教师的声音，它的温柔强大使我回想起母亲的手指、往事、童年、萤火虫，那人对人对虫讲客气的年代。一个朴素的小山沟，一道厚厚的老城墙，一个上圆下方的圈门，一个单纯健康、满脸阳光与献身的城市或乡村女孩子，她在这里讲了“白雪公主”，讲了“目连救母”，讲了“孔融让梨”，讲了“渔夫和金鱼的故事”，还有“六千里寻母”……这本身就是最美的传说。

“您……是满族，是旗人吧？”我问。

“您怎么知道？您怎么什么都知道？”

“您说话特别礼貌、和气，您的那个声调就透着吉祥……再说，您姓白……”

大喜。一下子拉近距离，一见如故。我们就这样相识，我们谈了两天。时间虽然短，我知道了她的许多事迹，她有一个不幸的童年，四岁时候她死去了母亲，后来继母与父亲对她不感兴趣。她濡染在阅读里，从书里得到了她渴望的爱。她从初中就住了学校。高中一年级时她的父亲自杀。她的父亲出过两本诗集，父亲对她讲过，其实他的诗好过李白、徐志摩、普希金、艾略特。她父亲回答记者采访的时候说，他四十岁以后准备学习瑞典语，他要自己翻译自己的诗，他五十岁时要获得世界文学大奖。大学时期，她交了一个男友，一次说到自己的父亲，她介绍了这些情况后男友说她父亲是白痴自大狂，她伤心地离开了他。她报名做山村民办小学教师，开始时只是为了逃脱她的深受伤害的初恋记忆。但是她确实爱上了山村、土城、孩子们。尤其是她喜欢这个村名，后桑葚。她从小爱吃桑葚，爱吃紫桑葚，更爱吃乳白色的桑葚。因为这个村名，她毫不犹豫、兴高采烈地选择了这里。她果然吃美了桑葚。

“我爱吃紫桑葚，更爱吃白桑葚”，她的这个说法让我马上想到巴金的《海行杂记》中的《繁星》一文，巴金年轻时写道：“我爱月夜，但我也爱星天……”这篇散文曾经选入小学高年级的课文里。许多人却硬是不知道，每当我提到巴金的《繁星》，他们就纠正我说，是冰心的新诗。

爱吃桑葚的白巧儿一年给孩子们有时候也包括家长们，讲上百个中外知名的美好故事。山村的农家，于是知道哥本哈根的美人鱼雕像，知道《百喻经》中的《瞎子摸象》，知道庄子讲的挥动巨斧、砍落鼻子头上抹着的白的垩土，知道类似的威廉·退尔，知道了灌园叟晚逢仙女，也知道了阿拉伯大臣的女儿谢赫拉萨德用连续的故事讲说克服了哈里发的凶恶杀机、挽救了众姐妹的生命。这不是奇迹吗？

……也知道了她的苦恼，村民们都关心她的终身大事，村民们担心，她在这个狭小的圈子内找不到合适的郎君，最后只能走掉了事。

“也有人说我是傻子，是弱智……”她小声说，她的话声中不无轻微的疑问。

傻和弱智还可能是由于她的临时住所，那不是房屋，而是看瓜护秋的农人的“窝棚”，是石头堆积起的一个大“馒头”，外表更像坟墓，里面她有一只皮箱，有半导体收音机，有录放机，还有她自己做的用厚粗布包起来的草垫子，“这就是我的床！”她二儿二儿地说。

在我离开山村的时候，白老师带着几个孩子相送。在我回头张望的刹那间，我看到了她的一个奇异的笑容，我确然觉得笑容中有无奈，甚至有凄苦，有被遗忘的荒凉。我不敢再想她的白衣服，没有办法，我们的古老文化不接受茫茫大白。我努力去相信这仅仅是我自己莫名其妙。这个莫名其妙变成了我内心的动力压力，还有点隐私的酸楚。我要好好写一篇关于白巧儿这个民校老师的文字，我要让她摆脱凄苦与孤单，摆脱那失去了天良的弱智评论，我要让温暖的种子开放出好颜好状的蓬勃鲜花。

三

回到城市，我奋笔疾书，我写下了关于民校教师白巧儿的长篇报道《播种者姑娘》，写作中我数次落泪。我一连几夜梦中听到了她的非凡的声音，她的讲说比嗷嗷叫的千篇一律的朗诵好得多。我受到白巧儿的感动，更受到自己的感动，原来你写出了一个纯洁的好人的时候你自己也变得比没有写此篇作品的时候更加美好了，你提升一个你笔下的人物的精神境界的时候，恰恰是你自己的美好、善良、智慧的高扬与光耀。一个写作人，这时候有多么幸福！

没有想到这篇报道取得了大的反响，报纸收到了上百封读者来信，高层领导同志做了重要批示，教育行政部门与教育工会组织全国教育工作者阅读“学习”，我获得了报告文学年度奖与当年的好新闻奖。次年，省电视台播放了有后桑葚村与白巧儿的生活工作背景视频的我的作品朗诵。

有人还说是我的作品推动了后来民办小学教师待遇问题的解决，我谦虚，我还不敢这样宣布。

也是次年，我当选为作协分会副主席。

白巧儿来信说，不但她已经有了“编制”，而且我的报道使她收到了从帕米尔高原的边防到深圳特区的商家巨擘发出的数十封愿意与她“交朋友”的附有英俊挺拔照片的火热的信。

两年半后，收到了白巧儿的婚礼请柬，她的丈夫是县人大副主任，请柬的双喜字与牡丹花图案显得俗气，但白巧儿手写的几个字纯真得出奇，她写道：“您是我命运中的贵人。”“贵”字洇湿了，我相信她写到这里时落下了泪水。

恰逢组织与宣传部门约我谈话，谈我的工作安排问题，我参加不了她的婚礼，给她寄去一套海峡对岸出品的床具，我写道：“是你帮助了我，你不仅在后桑葚播种了爱与文明，你也在我的命运中播撒下吉祥的甘露。一个好人、福星，带来的是一方好运，正像一个坏种、恶煞，带来的是一势乖戾冤仇。”届时我又拨通了她的电话，向她与她的那一半，说了许多美好热烈的祝福话，这里叫作“喜歌儿”的。

实话实说，文字生涯中遇到一个先进模范，是几辈子修来的机遇，它是社会之福、地域之福、报刊之福、宣传文艺教育部门与团体之福、本人之福，这是报道者即写作者几代人修来的福缘福分。以福祈福，以福造福，正能裂变，福福无穷！

又过了五年，白巧儿三十三岁，她调任县妇联主席。她来信说她很矛盾也很不安，她觉得自己的前景很看好，但是更加值得珍惜的东西是在后桑葚。她说她婚后就已经是常常往县里跑了，每年的寒假与暑假，她都不在，五一、十一、春节假期，她也多在县里。她觉得对不起孩子们。她常常在梦中回到她的学校。

我回信说，她已经在山村工作了十一年，再说，她已经结婚五年，早该与先生团圆，我还以老辈的亲切直言不讳地对她说，她该考虑下一代的事儿了。

她回信说，听了我的话，她好受得多。临别的时候，她给后桑葚小学买了上百本书。听到此话，我寄给他们小学三十多本书，其中两本是我写的。后桑葚村渐渐小有名气了，在省的新闻节目里，它每年都有几次报道，也上过央视“你幸福吗”的专题采访报道。

四

又过了十年，也就是二〇〇九年，白巧儿已经是省会城市分管文教工作的副市长了。当我毕恭毕敬地接受副市长的接见，并向她致敬致贺的时候，她哈哈大笑，她说：“没多大意思，谁让俺是无知少女呢，稀里糊涂就上来了。”

“无知少女？”我大惑不解。

“您不知道？无党派、知识分子、少数民族、女人，提拔得快呗。”

“当然，能往上提我还有一个优点……”她做了一个干杯的手势。

她设宴给我接风，有老板鱼，有鸭舌鸭掌，有卤水什锦，有瑶台翡翠（是一种海鲜贝类的特殊制作）。她一再与我碰杯干杯，我几近天旋地转了。她的一套套的词儿也令我刮目相待：“数字出干部，干部出数字”，“系统有核心、核心有系统”，“压力是动力、阻力是助力”，“接待出生产力、喝酒出公信力”，“背景最重要、德才作参考”，这大概是官经，还有商经：“投资、回报、商机、预付、报价、长线、短线、牛市、崩盘、套牢、飘红、执行力、模式复制”……真能干呀！问题在于发掘：

发掘，才能出人才乃至于出天才，如果十年以后她当了国家部长，比如教育部长、卫生部长、民政部长或者全国妇联副主席，那也丝毫不足为奇。希望在于下一代，我的眼睛湿润了。

她拿出了她独生子的照片给我看，我要全家福，我希望能见到她的老公，她心不在焉。

第二天我参加省城读书节活动，开幕式上举行了根据白市长（在我国，除了部队，对于副职人员的称呼一律免去“副”字，听着多么舒坦）的倡议编写的《我爱家乡的三十一个理由》一书发行仪式。白巧儿代表市政府两次讲话，她把讲故事的亲切与温柔，官员的正气与有板有眼，字正腔圆，诚恳随意，“旗人”同胞的谦恭与多礼，蒸蒸日上、前途看好干部的自信自如……都结合在一起。她不拿讲稿，不用套话，不带官腔，符合最高最新精神，顺流而上，入情入理，官听了官点头，民听了民喝彩，文人听了赞赏文采，老干听了首肯其观点，海归听了佩服她紧跟时代。已经许多年了，我没有在任何县市听到过这样精彩的即席发言。许多年来，连宣布开会，宣布请哪个领导或代表讲话，讲完话表示刚才的讲话很重要……一直到宣布请起立请坐下直到散会，都是死死地念千篇一律的稿子上的“主持词”。

但是，她的讲话声腔里有一种圆熟、练达、自信，于无意中流露了高高在上……已经不是那个有独特的音响效果的女孩儿了。

我相信，再不要听那些唱衰家乡与祖国的狗屁段子了，希望在于少年中国，希望在于青春，希望在于文化教育，希望在于白巧儿她们。无怪乎省里的朋友们念叨，说是她即将更上一层楼，可能要调到省里担任职务。再想想她四十多岁的黄金年华，我怎能不为之雀跃呢？

同时我感觉到了她正式讲话的调门与单独相处或者共同吃饭饮酒时候说话的调门确有不同。场合不同，关系不同，几套语码。官员并非每一分钟都是官员，这是能放能收吗？这里有几个白巧儿吗？她还是后桑葚的播种者姑娘吗？

她接待我的时候有市府的一位副秘书长、一位接待办的科长，还有一位省城作协的党组副书记经常陪同，他们的点头哈腰满脸堆笑的样子，让我有点别扭。事物都不是简单的，然而权力是需要敬畏与抬轿的。我不是愤青儿，我懂。

次日她给了我她的诗集清样《我愿意乘风登上蓝色的月亮》，省人民出版社即将出版她的诗集，要我写个序。她什么时候成了诗人？我略感忐忑。

临分手时她送了我两盒茶干、两包大枣、两包香肠，还有两瓶本地出产、自称有三百年酿造历史的白酒。据说当年老一辈领导人夸奖过这个牌子的酒，可惜如今好酒如云，广告如花，信息如海，这个酒日益冷落，白副市长有“冠盖满京华，斯酒独憔悴”之不平。临别时风华正茂的女市长谆谆嘱咐我要写文章谈谈此地的酒，表现了她爱市如身的责任感。

此次会面，她既是故人情长，又是出于公心，既是谈笑风生，又是从心所欲不逾矩，如此得体，如此成熟，如此潇洒，俺知道绝非易事。女隔三日，刮目相待，人大十八变，越变越雄辩。历史搭上了高速列车，人人都在创造历史、创造自己。

要言不烦，她找了一个机会体己地告诉我，说我即将满六十岁，退下来后还有漫长的光阴，应该考虑考虑“后事”。她指出的路子是找省里的部门活动一下，争取明年换届时挂上一个市政协副主席，我就是副地师级干部了，一辈子都不一样了。说得我感激却又闹心不已。

临走时候我劝了她一句：“还是少喝点更好些。”她感激地捏了一下我的手。

……次年元宵节刚过，我在本城请几位老同学吃羊肉泡馍。本来“羊肉泡”是个大众饭，小铺子里、摊档上都可以吃到，边说话边撕馍边舐嘴唇，很方便的。由于近年旅游大发展，土特小吃，成了旅游看点卖点，再贴上千百年地域文化源远流长的标签，到处夸张造势，牵强附会，换场地，添背景，编造故事，挂凡尔赛宫式的大吊灯，摆洋不洋土不土的餐具器皿，菜单也印得如结婚请柬，加上上菜时的巧为解说宣传，发放广告彩页……种种泡沫服务，一下子价格上升了好几倍，搞得变成了专宰外地游客的奢侈大餐，而本地人少有问津的吃食了。我是因为为老友庆生，也为自己又有新作获奖，才闹腾了这么一下的。

就在我们吃喝得喊叫得最最红火之时，从里面雅间里出来一组客人，高雅富足，踌躇意满地走过我的身边，“老周！”我听到了分外亲切的召唤。

无意中在本乡本土遇到贵客，其乐何如！省城的白市长与我那样亲热，也是个体面事情。我心潮高涨，乐情荡漾。五分钟后，有一束百合花与马蹄莲配六朵玫瑰送到我手里，四十分钟后，我去结账，被告知已由雅间贵客结讫。

感动我的是“漂亮”二字，对于白巧儿，除了漂亮，还是“漂亮”，就是“漂亮”，硬是“漂亮”。瞧瞧人家，两千多块钱的饭钱与两三百块钱的花束事小，瞧瞧人家是怎样办事的：那出手，那风姿，那利索，那飘然而来、杳然而去、无迹无踪的身影格调……漂亮得令你醉迷，漂亮得像童话，你连感谢的话都没有地方可说。而她的美意永在身边，她的荣光罩严了你。人家果然是当市长的命，与臭鱼烂虾神经兮兮的穷酸文人们大异其趣！

回想自己该写的都还没有动手，辜负了故知新星领导的信任提拔。我不敢怠慢，秉笔含泪，激越疾书，给本省的文学刊物写了饮省城酒的散文，把刊物寄给了白市长，未有回复，我也自知此文改变不了此品牌酒的颓势。文学刊物发行量日益萎缩，我的一篇小文有什么用？无怪乎我们作协分会的党组书记调到劳动局当副局长，他跟摸彩摸到了大奖一样欣喜若狂，请我与所有的副主席与党组成员足撮了一顿。倒是酒厂来信要详细地址，说要给我送两箱样品酒。我想，大概是市长小妹把拙文转给了他们。我没接茬。我不好意思。

我写了《我愿意乘风登上蓝色的月亮》的序，没有多谈她的诗，倒是回顾了在后桑葚村与“诗人”的相遇，我仍然强调她的播种的光辉。感慨系之。

没有回音。也没有见到此诗集的出版。也没有听到她再高升或者再调动的消息。自古讲“相府如潭，侯门似海”，相信她走在新的高阶起点上。

我识相一点，能当上地级作协分会主席就已经是祖坟冒青烟啦……不要去烦人了吧。

五

二〇一三年，我又被邀去省会参加读书节活动了。我已经六十大几，渐觉耳背眼花，说话重复，时而脑筋短路，说着说着会忘记了自己在说什么，而一些最最普及的名人人名，乔治·华盛顿、哥白尼、赫胥黎、伏尔泰……最近我多次卡壳忘记。我将此次的省城之行，视为自己的告别演出。

在省城当我问到白巧儿副市长的时候，接待的人互相看了一眼，说是“我们也不太清楚”，我的心咯噔了一家伙。

零零星星，蛛丝马迹。人们小心翼翼地透露给我说，白巧儿的老公，因为早早就患有严重的糖尿病，一直半休在家，两人的关系似不融洽。白巧儿到省城工作后，当然把老公也接了来，随后，老公的弟弟与弟媳也到了省城，到与他们哥哥相识的一家企业混生活。如此这般，年初小叔子与媳妇打起了离婚官司，为分割财产闹了个不亦乐乎。在法院，媳妇咬定，嫂子是大官，给了小叔子一套房产，还给了多少多少万元的现金、多少多少万元的股票，她全部要求按婚后财产收入归夫妇二人共有的原则分享。此事在网上曝出来了。

“真的吗？”我问，心乱了，如同吃了一只苍蝇，仍然不敢相信。“这怎么可能？怎么可能？不可能！不可能！”我的内心里山呼海啸，心、耳、思肉搏成了一团。

不，我并不是由于自己写了她，从而长了行市而为她事后的种种变故感到关切，三十年河东，三十年河西，小二十年后失足落水也算沧桑之一景。这也是报告文学，更是小说与诗歌的资源。我并不需要因为发生了某些尚无结论的说法而尴尬而晦气，我本来可以振振有词地说，当时有当时的情况，现在有现在的情况，写而不察未必会比用而不察更输理。但我还是觉得自己挨了窝心一脚，我当真要喊：“天地不仁，以万物为刍狗！”我失去了成为著名作家与兹后青云连上的理由，我失去了为那样美丽陶醉得令人迷惑的感觉，我推动了山村、童话、土城上空的月亮。我的失落感当然不是为了自己的俗务。

“网上贴了四五天，小地方指名道姓地一传，早已就满城风雨。后来屏蔽了一回，一屏蔽，各种爆料就更多了。”

谁都是欲言又止，大致的说法是：她的老公原来在县里就是“能人”，有些积蓄，后来倒腾了一下，有所发达膨胀，现在难以确定其合法性或非法性，事出有因，查无实据，上边也未必顾得上查他，比他问题大的人多了去了。这是第一种说法，认为白巧儿基本上没有太多责任。

第二种，是说她老公与这里的商企权贵家庭关系很深，尤其是老公善于与二、三等的准红二代、准富二代交往，帮这个批地，帮那个批指标，起到了最需要起而他人无法起的作用。老公、小叔子、小叔子媳妇，都以市长家属的名义揽过事受过礼要过回报，也都用各种办法让市长嫂子去通过关节办过事儿。她本来一个“无知少女”，权力有限，问题是市里的几个关键人物对她印象特好，她确实是一个讨人喜欢的女子。

第三种，顺着第二种说法发展下去，就传出了她与本市一位权势满满的大佬有染的佳话丑闻。有男有女有关系有趣味盎然，形势大好，春色满园，底下的话可想而知。

再分析一下，戏后有戏，说是表面上看是小叔子夫妻打离婚，其实是老公导演的一场情节戏情景戏，时至今日，在网上把白巧儿臭了个三魂出窍、六魂涅槃，小叔子夫妇并未离婚，据说此年情人节人们看到了小叔子给妻子送了二十九朵玫瑰。倒是把白市长逼上了绝路，老公算是秀了秀自己的道行，出了一口鸟气。也有人痛斥此种说法不合逻辑，两口子之间不管有啥问题，维护共同形象，必然是利益与智慧的交汇点。

而最最要命的事件发生了，当通俗的也是最易普及的严重杀伤性爆料甚嚣尘上之时，在春天万物的发情期，白巧儿上演了一回“自杀未遂”的陈旧拙笨戏码。她吃了一瓶安眠药。

浑蛋透顶啊，你怎么会是这样，你你你……

自杀未遂，此事确然发生，没有争议。属于新知识新概念领域的争论是，她的自杀是什么性质：畏罪？堕落、蜕化变质后的自责？网谣杀人？畏谣言与舆论如阮玲玉？背叛社会主义事业、为我们的体制与统战政策抹黑，还是完全无能力负责的抑郁症？——它是用脑过度、精神紧张、体力劳累所引起的一种机体功能失调疾病，现在美国城市的抑郁症患者占城市人口的百分之四十以上。赵匡胤、林肯、罗斯福、丘吉尔、林彪、姬鹏飞、凡·高、海明威、徐迟、许立群、崔永元……都有抑郁症。何况白巧儿的家族病史上就有板上钉钉的抑郁铁案。再加上个区区白巧儿，又有何妨碍呢?

多数市民与本市干部都不能接受这最后的说法，人们说，西医本来就不适合中国国情，西人亡我之心不死，忧郁中华之心未死，奇谈怪论更是为了给不良男女打掩护。孔孟老庄都教导我们，君子坦荡荡，无欲则刚，至人无梦，游刃有余，善摄生者无死地；为人不做亏心事，半夜不怕鬼叫门；一瓶唑吡坦，已经不打自招了她的贪腐……

很遗憾，无法了解得再多，我难以释然的一点是，这里似乎有我造的孽。我的笔毁了她，高高抬起，突然跌下。当然她必须对自己负责，但是如果我不写那篇高调的报道呢?我惶惑了。我恨白巧儿，更恨我自己。天上地下，怎么会这样快?完全无法相信。我唯一能做的是，给省城朋友留下了我的手机号与地址，还留下了一张字条，托他们转交。我写道：

> 白巧儿同志你好：请与我联系。永远不会忘记在后桑葚的日子，什么都不会太迟，美好在昨天也在明天，重要的是今天的勇敢面对与跨越……请接受我的惦念与祝福，保重，保重，再保重!

六

又一年多过去了，我得不到白巧儿任何消息。梦里，我见到了她，听到了她讲故事的独有的声音。而且，不好意思，我亲吻了她。她的泪水落到了我鼻尖上。我的泪水，落到了她额头上。

我痛心，我也期待。我惦记，我也顿足。我愤怒，我也撕心裂肺。我完全丧失了信息来源也就是完全无法做出判断，又不能死乞白赖地打问，对一个有问题的人你怎么这样钟情，你老糊涂了还是老变了态？

却对她仍然充满担忧，并且愿意为她祈祷上苍。

这是什么？一天半夜睡梦中我喊了起来。

鼠疫？霍乱？埃博拉？化武？冤孽？自取灭亡？

痛心疾首！

该死！

这怎么可能？

痛心疾首！

这是怎么发生的？

告诉我，我不信，我不明白，我不接受！

七

又一年过去了，二〇一五年除夕晚上从我的手机微信的“朋友圈”中看到了几张彩图，是雪景，我蓦然心动，若有所惊。初冬的第一次大雪？

头一张照片是一条山里的公路，公路的一个侧面是白雪，另一个侧面是黑色柏油路的本色，一侧向阳雪薄，一侧背阴雪厚。公路拐着一个大弯，两端都通向远方。来处去处都还那么遥远。大路多雪的靠近河谷一侧安装了讲究的护栏，改革了，开放了，发展了。护栏下边的流水却并没有冻结，似乎听得到一点水声。山脚下有蜿蜒而上的电线杆，几道电线像是空中五线谱。好熟悉的地方，好疏朗的空间！

另一张照片是白茫茫大地真干净，是雪的丘陵，是雪的海洋，是雪的波涛，是雪的原野。一片空无，千山鸟绝，万径人灭，无笠无翁，无人钓雪。是肃穆更是纯净，是归零更是无穷。天上有一轮奇怪的蓝月亮。我觉得我要扑向跪向这巨大的清静庄严，于无声处，略略神秘。我暗感恐惧，觉得大雪积堆来自天外，蓝色月光只可能是来自梦寐，也像梦寐一样催人泪下。有冬季的落尽了树叶的光净刺人的枝杈，是几株橡树，山区农民喜欢称之为玻璃树，松鼠最喜欢找玻璃树爬，摘集贮存橡子过冬。经过寒风冰雪的删节，它们的枝杈仍然密密麻麻，仍然潇洒、尖厉而且简洁。靠下面是一截断墙，凸凸凹凹，歪歪扭扭，戴着雪帽子，在雪地上留下了紧张庄严的黑影。

蹊跷，震慑，这不是真的，究竟是有还是没有这个微信照片呢？我掐了掐耳朵，又捏了一下涌泉穴。

三星手机为节约电力动辄灰屏，我更看不清楚，额角上沁出汗珠。拼上老眼昏花，渐渐看到了右上角的轻纱般的薄云，云边是明净的蓝色的月亮。这才想起，怎么月亮不是橙黄而是淡蓝？是果真有这般样的月色还是经过电脑的人为操作？信息时代的伤脑筋处是什么都能做得出来。你难分虚实，你难分固有与制作。我疑惑着。然后费了好大劲，把图片横过来，用拇指和食指不断扩大，一二三四，我瞎騃騃找出了丰厚的白雪中的一些黑点。天上的黑点应该是几只乌鸦。我感到了一点冷风，我听到了风声与乌鸦的哇、哇、哇，渐飞渐远。地上的黑点呢？多么洁白的雪原，也总会被玷污的吗？

啊，终于发现了，这又一张图片就是久违了的后桑葚村啊！我看到了老墙圈门上的厚雪，看到了戏台与茂密的新屋顶。是摄影还是绘画？白与白之间，有那么多对比，有远近、厚薄、明暗、疏密、温寒、繁荣与荒僻、往日与后来……

还有全新学校校舍，小小的却是方正棱角的操场。我似乎看到了校园里的旗杆与五星红旗，看到了安装不久的篮球架子。看到了当年的身影，我仿佛听到了白巧儿讲《卖火柴的小女孩》的余音绕梁。我想起了我的成名作《播种者姑娘》，我想起她的没有来得及出版的诗集，标题是“我愿意乘风登上蓝色的月亮”。大雪，雪大，雪落无声。

尤其是，我在最后一张图片上的右角，发现了那个白巧儿当年住过的石头堆积起来的“窝棚”，像坟墓，像鸟巢，像加泰罗尼亚的天才建筑家高迪的纪念建筑，它下陷了，它几乎全部埋在大雪里。

我跳将起来，我赶快查微信的发主，署名是“BZZGN”，什么是“BZZGN”呢？来信息者的电话号标明是“私人号码”。那么难道我的叫通别人的手机必然会显示的电话号，是公用号码吗？这里也有英语词汇的影响，以“私”加密，无孔不入。

而 BZZGN，莫非是“播种者姑娘”？

我幻想着，我期待着，我愿望着，我感动着、心跳着，我糊涂得要活要死。我赶紧点击“赞”与“评论”，出现了“拒收”字样，是隶书。这是什么型号的后乔布斯手机呢，我还从来不知道任何手机有向来信方显示“拒收”隶书字样的功能。中国的设计师，快快设计出有强大拒收功能的手机来吧，拒收救国，拒收救世，拒收救人！

播种者小姑娘，播种的人，糊涂人，不堪回首的人，那么容易失落的美好与青春啊，播撒良种的，抑或是病毒吞噬奄奄一息的姑娘啊，你在哪儿？

（二〇一五年）

女　神

一

在我年轻的时候，认为最美好的地方是陆地上波光摇曳、喁喁软语的湖泊。而全世界最美丽的湖水当然只能是北海公园太液池：金鳌玉蝀、琼岛春阴、藏式白塔、永安与陟山石桥、蓬莱、瀛洲、方丈仙山、漪澜堂、五爪树、流苏树、小小游船，如诗如画，如“让我们荡起双桨”“看我们的辫子迎风摆”，如——不仅是如，它就是我少年时代观止醉止的天堂。我那时候想的是，北京为什么好？因为北京有北海公园。

那时候北海远没有太多的游客，特别是老年游客，那时候除了国民党谁都不老，或许是等不到老就死光了。而现在到处都是老人，首先是我自己，我已经真的有点老啦。现在一进公园，成百上千的老人在那里玩我们这儿独有的太极柔力球，曲曲弯弯，黏黏糊糊，样子似网球也像羽毛球，我们的老人玩起来得心应手，绕指缠身，小德或者小威，李宗伟或者林丹，见到这样的游戏说不准会晕倒在地。

从前我很年轻，见到的到处都是年轻。北海属于青年。我们在北海公园组织团日，新民主主义青年团的团员们合唱“年轻人，火热的心”、“听吧，战斗的号角发出警报，穿好军装，拿起武器”，朗诵艾青、马雅可夫斯基、闻捷，还有土耳其革命作家希克梅特与智利诗人聂鲁达、巴西诗人亚玛多。后来才知道了苏联的特瓦尔陀夫斯基与叶甫图申科。

八年后出现了另一个长大了、受到锻炼了的王某。度过了约与“七七事变”到“二战”结束同样长时间，我与新疆乌鲁木齐—伊犁公路上迎面呼啸而来的三台海子——赛里木湖撞了个正着。后来我计算了好久，才确知赛里木湖面积大约是北海太液池面积的一万倍。我追求在我的小说新作里对二者水域之比宣示一个精准的说法。我的生活、狠心、视野与承受包容能力以万倍规模扩充。一九六五年四月迎面驶来的赛里木湖使到新疆刚刚一年的王某蓦地一惊，大喜过望，为新的辽阔天地而自傲，为新的困难提供的新可能而欢呼。海拔两千多米，人烟稀少，见得着的只有两三户哈萨克族牧民毡房和个把护林人的俄罗斯式刷漆木屋。在满山的云杉林与挡雪挡畜栅栏下面，一个蓝得使人落泪、大得使人尥蹶、静得使人朦胧、空得使人羽化而登仙至少是鱼化而入水的高山咸水大湖，它正在改变王某的生活与世界观，改变当时习惯于羞羞答答地自谦为城市“小”资产阶级的一个叽叽喳喳的甜里带酸的鸟儿，改变斯人的神经末梢感觉与梦。

然后许多的并不像王写到诗里去的“日子”的日子过去了，王已经不再吸烟，王写作发表了许多字儿与许多篇页，王羞愧万分地无地自容地拥有了一串头衔，也引起了一些闲言碎语，王三十七年前已被高级领导称为“老作家”。但那个时候王的浓密的头发当中一根白的也没有。后来该匆匆的当然匆匆，该迟迟的依然迟迟。后来王比较正常地过日子了，一九九六年盛夏初秋，出访德国马克思出生地特里尔并在大学讲演后，访奥地利维也纳参加论坛前，来瑞士联邦，途中小憩，到了日内瓦湖边。

日内瓦湖在法国和本地这边叫作莱芒湖。它的面积五百八十平方公里，它四面是阿尔卑斯山系丘陵。来自德国莱茵河，去向法国，海拔三百七十二米，但是它的一千英尺还多的水深是赛里木湖水深的数倍。最主要的，它是欧洲瑞、法、德三国的湖，它周边是一系列美丽精致的小镇，它水面上是黑色白色的天鹅与它们的孩子灰不溜秋的丑小鸭。它尤其是著名的国际大都市日内瓦的湖，日内瓦有联合国的二十几个机构在此，还有“一战”后国际联盟用过的万国宫，一九五四年初登世界舞台的中华人民共和国总理周恩来与莫洛托夫、杜勒斯、艾登、范文同、南日……在这里举行了日内瓦会议，总理宴请过卓别林。在另侧的湖畔，有爱因斯坦、埃德加·斯诺的故居与好几个卓别林雕像。这里还云集了最好的手表品牌劳力士、IWC能工巧匠，化妆品蒂芳妮、巴黎恋人、尚天猫香水与瑞士莲巧克力的气味与湖水的清凉微腥气息。它是人、湖、欧洲、地球故事的大满贯。

而赛里木湖是天湖天和，是抓到手里就排列好了的“清一色”与“一条龙”。是雪山与枞树林、野苹果与哈熊，它是中国新疆北部的一条主要国家公路的湖。二十世纪末它才引进了鳟鱼。最近，它的旅游活动才发动与发达起来了。开发赛里木湖的说法使一些关心环境的人忧心忡忡。

二

那是一个迷人的下午，美好得让你昏昏欲睡。早晨我与妻沉浸在“她是瑞士？”“她是诺富特伯尔尼展览会酒店？”的把摸不定的微醺里。

好像在一次倒凤颠鸾的酣畅以后不敢相信自己的好运。吃完了半生不熟的煎蛋和冷牛奶泡干果与果干以后，我们晕晕乎乎到了瑞士首都伯尔尼附近天崩地裂的“响泉”。那断然的山势，愤然的流水，凛然的浪涛、雷霆，毅然的出击与威严宣告……我们禁不住需要寻求一个答案：它是不是中立却绝不温柔？加上它的世界驰名的军刀，它很阳刚。它为法王路易十六提供的雇佣军卫队，全部尽职战死。

午饭后到达洛桑。是不是一座懒洋洋的城市？呵，今天星期六，著名的奥林匹克博物馆静谧悄悄，锁闭严严。有雕塑，它们健康、青春、竞技、狂飙而且性感；而洛桑市民却是轻柔的与无声的。几个少年在博物馆前玩蹦床与滑轮。他们像青蛙、像鸟、像猿，像奏鸣曲与回旋曲。城市是太静了。我们那里从来没有这样安静的城市，我们生活在一个吵吵闹闹的地方。我意识到美妙得意的欧洲之旅前自己忘记了与那位热心干练的世界公民作家大姐取得联系。本来，洛桑是韩素音女士常住的地方，她的永久通信地址是在洛桑。她不止一次受到周恩来总理的接见，直到周总理去了，一切变了，她对故国的祝福不变。

这样我们就提早告别寂寂洛桑，到达著名的日内瓦，它的名称充满了历史，到这里以后我又想起了随总理来参加那次旷日持久的会谈的张闻天、王稼祥、李克农，还有法国后来换来的戴高乐派富尔与美国代团长史密斯。我在这里的日程多出了一个多小时空闲。难得浮生半日，而且是闲在神话般的日内瓦。晚饭后在这里，有一项官方庆祝演出要参加，现在正好也只能在日内瓦湖边闲逛。我们将有足够的虚静，无主题地享受城市与湖的端庄清秀。

我在游人大长椅上缓缓坐下。我在湖西南面看着对岸方方正正、大大方方的六层楼房，还有纷纷国旗、市旗、州旗。他们很喜欢自己的正方形红底白十字架国旗。与旗一样多的是游艇、快艇与帆船。还有那夸张的直射云天一百四十米的人造喷泉。因大压力而直喷上去的钢筋式水柱似乎分开了几个节点，似乎是你顶着我、我顶着他地接力攀登。而当水从最高处坠落下来的时候，被湖面的风吹成一角狭长的扇面，与钢筋形成一个三角形斜塔。距湖不远的另一把游客椅上坐着一位身穿灰色短外衣的老妇人，她的衣服与背影使我觉得雅致与亲切。她面对湖水，只是在脸部转动的时候，时而让我看到她的左半或者右半个脸庞。她的清秀与文静，我是说素养，令我惊叹。她右手拿着一个淡黄色飞盘，想起来就把飞盘旋转抛掷出去，一条哈士奇——西伯利亚雪橇犬，飞跃追跟，不等飞盘落下，跃起从空中叼盘飞奔归来。抛起的物品，从升高到下降，有一刹那是停留在空中的。我觉得有趣。犬很潇洒，人很老到，湖很安宁，动作若实若虚，盘子若圆若扁，两次抛出时间相隔或急迫或徐缓，旋转若均匀若突然颠簸打破，飞行路线或直或曲，飞行速度快快慢慢，狗嘴若凶猛若轻松适意，一切都是不固定也不准确的。我陶醉在盘子飞行所形成的线条里。我等待着每一次抛出与每一次反转，我始终非早即迟，非快即慢，不是等得发急就是没有等到集中起注意力来已经被飞盘甩过去了，乃至忘记了本来要看的是什么。

后来我自己也不理解为什么我的全部注意力集中在灰衣妇人与她的飞盘与雪橇犬而不是被称为世界奇观的高高的喷泉上。差不多一个小时。温暖的阳光照得我发困发呆。我坚信幸福使人呆困或者是呆困给人幸福。到达瑞士已经超过二十四小时，没有好好地听响泉，没有好好地吃热狗，没有好好看青年男女的蹦床翻腾，没有好好看山水与世界著名都市。我没有想清楚为什么这里是确凿的日内瓦而绝对不会是平壤或者张家口，其实平壤的大同江面也有更热闹的会唱歌跳舞的一组喷泉。我只是看着灰色套装、女人、一条同样身材上佳的好狗，湖水对我这个远道而来的中国客人给予安慰的催眠。

隐约中我戴上了罗马帝国恺撒大帝军团的帽盔，金属的反光令我晕眩。我已经无法判断是不是继续披挂上恺撒军团的铠甲。我是不是要睡着了呢？我是不是瞬间深沉堕入了梦乡？六十岁以后我已经有了瞬间入梦的福气，新疆农民告诉我，老马就是这样睡的，进入梦乡，几秒钟后回到现实。出国旅行，对于我最重要的就是睡眠，年过六十，你想不清是不是旅行是为了好好睡眠，或者是睡眠好是为了旅行。我必须承认到达苏黎世或者巴黎、因斯布鲁克或者西西里，我首要重视的不是参观谈话而是睡眠。游客不会缺少饮食与见闻、趣味与抱怨，我们也日益不缺少美元与瑞士法郎，还有与西方朋友的意识形态切磋。我们缺觉。我爱睡眠，我更爱半睡半醒，出入于睡眠与清醒间的那两个大厅的过道与抻拉门，一分钟往返五十次。我要溶化，我要溶化，就在这儿，我溶化了。

我一下子矮了下来。我一下子膨胀了老大老高。我在干什么，我在飞翔，我在升起，我在寻找，我在迎接。我如龙如蛇如电。我接到了，我抓住了，不，是我咬住了一枚淡黄色的，也许是淡绿淡紫或者淡红色的飞盘，过渡着转移着舞蹈着挥洒着消散着。我欢蹦乱跳地跑到了主人腿边，我成功得像飞马脖子上的一缕鬃毛，我快乐得像一组肥皂泡，我幸福得像森林与湖畔会说话的风，我流畅得像怀素和尚的狂草运笔，像乐队指挥上下翻腾而且点点戳戳的木棒，我自由得像小提琴曲音符，我强烈得像少年男女的拥抱与出入。真好笑，我做了一个多么古怪的梦，我坚信我是少有的小说人，你做一个这样的梦试试，如男，如女，如神，如狗，如龙蛇鱼兔，如云烟水雾。现在的号称作家的中外人士当中，有谁有能力获得一个类似的文学主体？我的特点是梦里保持着虚构的清醒与思维，而在清醒的主体意识中随时可以跳进

我在飞翔　我在升起

我在迎接　我在寻找

①

梦的河流与星空，哪怕深渊。

那么有希望回到二十年前的蝴蝶躯壳里。二十来年过去了，我找到了雨点般多的故事，像德国民歌《罗瑞莱》中唱的。然后我醒了过来，我想我也许没有成功。这时有几名瑞士人打着“藏独”“雪山狮子”旗吵吵闹闹，大呼小叫，从身旁走过。他们并不是藏族人，他们也不太像瑞士本地人，他们是为了抗议晚间的集会而来到这边的。我莫名其妙地站立了起来，看到灰衣、飞盘与狗，正在离去。我看到了它们的主人，那个个子不高的女子的脸孔，她有一张东方女人的脸，她的眼窝不像多数欧洲人那样深邃与拉长。她眼睛不大，但左右两只眼拉开了一点距离，她双目的布局舒展、开阔而且英武，她的目光却是谦和与内敛的。她的下巴微带嘲弄地稍稍翘起，她的身材无与伦比。她走过我轻盈如云朵，没等我回过神来她已经走远，但是我确信，她走过我时飞快地看了我一眼。而且，她认得我。

我相信，如遭电光石火，心头一闪，没有任何理由地，因此是绝对地，没有根据即无厘头地，因此是无条件与不需要举证地相信：她就是你。

三

前提是这篇作品中的我当真是“我”的一半多，而“她”是“你”的一多半。所以我愿意称这部作品是非虚构（non-fiction）小说，说不定我们的同胞宁愿将它视作报告文学。不在意文学的人更在意文体。

非虚构，也就是说六十年前我的体重五十三公斤，每天读诗和写诗，大段背诵契诃夫戏剧《樱桃园》中安妮亚与《万尼亚舅舅》中万尼亚的台词，读巴尔扎克《人间喜剧》动辄失魂落魄到深夜，仍然不明白他老人家为什么将“悲剧”命名“喜剧”。用五角钱一张炭质唱片听柴可夫斯基与司美塔那的时候关闭所有电灯，并为此受到党组织生活会议上的批评帮助。后来沉迷于文学写作，疯疯傻傻，造成了作为干部如今被鬼迷心窍地称为仕途的彻底负面影响。然后我体会了许多大作家的内心焦灼，连担任过夏伯阳的政委的富尔曼诺夫也在日记上说，他写夏伯阳的书快要完成时，自己可能成功而誉满全球的念头令他发疯。我不明白这样的“一本书主义”议论怎么可能不受到粉碎性批判。他们的回忆录令我潸然泪下……很快我的一篇作品引起轰动，远在牛气冲天的自我期待之前。

一九五七年春，两个月前我在最辉煌的文学刊物上读到了半个世纪后日内瓦湖边突然想念起来的你的小说。你写得熟练大气、举重若轻、得心应手，优雅然而不免——说不清为什么，我觉察到了你心灵上的一点似乎可以叫作高处不胜寒的憔悴。你写一个假日，写假日休息与个人家庭生活的被剥夺，写本来可以不剥夺的人的一点小小的愿望的任意失落，写一对夫妻和另一对小夫妻。另一对小夫妻好像是此对夫妻身后的影子，这影子逐渐缩小和黯淡。你显然很熟悉高大上生活、高大上机关单位、高大上口号与道理，还有高大上冲浪中的渺小悲欢，如一艘巨轮边的巨浪中跌跌撞撞的小鱼。你文气浩然，信手拈来，胸有成竹，琳琅满目。你的小说人物渺小卑微，亲切如烧饼油条、女人发卡手绢、买烤白薯找回的零钱。喜欢它们却又为之鼻酸。

我也喜欢你的另一篇小说与你对于朗诵诗的见解，五十多年前你已经反对与抨击那种嗷嗷地叫喊的千篇一律、装腔作势的朗诵腔调。而后，这种腔调延伸发展，甚至在我出席七十余年前上过的小学母校秋季开学典礼的时候，我从小学生的讲话中，不仅听到了陈词滥调的大人腔八股腔，也听到了嗷嗷叫的朗诵调。

而后过了差不多一年，我的一九五六年秋天发表，其实是春天写就的习作一石激起千层浪，突然引起了惊喜、注意与如临大敌的恐怖。习惯中出现了不习惯，于是有人惊喜莫名，无法习惯那些绝对不应习惯的冒头，于是痛感作者“作”大发了，其灭亡不可避免，自身予以保持距离的声讨、落井下石以获保全乃题中必有之义。突然，峰回路转，东风浩荡，云过天青，转危为安，声如洪钟，歌如潮涌，旗如篝火，合唱齐唱法国号双簧管铙钹齐鸣地共颂“双百”时代隆重降临。

党的机关报纸用一个版刊登了为本人习作与编辑问题召集的座谈会上的全部发言。小小的王某名字出现在大号字副标题里。发言谦虚谨慎善良，不愧是一名小老地下党员和久受教育栽培的青年工作干部，庶几能背诵毛主席《反对自由主义》与刘少奇的《论共产党员的修养》多数段落。第二天我就收到了你的信，那时候人民的邮政服务是多么细腻而且高效啊。我曾把人民的邮递员错误地称为旧社会习用的“邮差”，立即受到了编辑部的帮助改正。历史篇章每一页都在从头开始。

这里要说的是字迹，那时候还不会用“书法”这个双字词，我甚至莫名其妙地疏离“书法”云云，我觉得书法是对于创造力、求新意识、生命力的残酷消磨。我相信的是汉字加专制主义将被民主与拼音文字取代的“进步”观念，这是吕叔湘教授所主张的。我最同情的是被乃父折磨写小楷的贾宝玉。但是你的信封与信笺上的字迹立刻使我爱不释手、如醉如痴，一时间亲切、秀丽、文雅、高傲、自信、清丽、英杰、老练、行云、流水、春花、秋叶、春雨、冬雪、飞燕……各种美名美称美感纷至沓来，我怔在了那里。

你是行书。没有方格却方方正正整齐准确如写在格子里。偶尔突破一下格子束缚，仍然维护着规矩与如皇家近卫军的行伍。它是出格与入格的天然结合。你维护着每一个字的形状，然后充分发挥每个字的方与不方、平衡与不平衡，明显的方块形状与搞不成形状的参差与异态和失态，法度与恣肆。你的笔画与结构雄浑有力，我相信你的手力握千斤，我相信你写字的时候脸上流露着笑容，同时嘴角透露了几分自觉得天独厚的得意。你时而抹出几笔比较粗壮的强健的捺，丰满滋润，而收笔状振奋人心，如骑士“皮靴”，威武温柔典雅。有时也有粗壮的一横。与其说是粗壮不如说是饱满，或者是强悍的温热还有多情多思的赶紧哦。冷与热，方与圆，柔与刚，捆绑与舒畅自由，不逊与平平常常，随随便便与一丝不苟，都流露——不，洋溢出来了。

我为你的并非书法作品的书法所折服，我为你的绝非炫耀的毛笔字的绽放而兴奋，我拿着你的书信快乐地在房间里转圈，我向前走，向后退，向左转又提起了一个脚尖，我觉得自己已经被邀参加北京饭店要不就是克里姆林宫的舞会。我轻轻地旱地拔葱跳了一下……多米骚、米骚多，我得到了这样一封信，有这样的书写润泽我指点我抚摸我与敲击我，写了什么已经是不重要的了。形式会不会有时候超过了内容呢？因为它是有意味的形式。我那时不懂美学原理，然而那时候我为了美愿意献出生命，我的捅娄子的作品，追求的仍然是“为赋新词强说愁”的孩子气的美的梦想。我沉迷于李商隐与王尔德、安徒生与汤显祖、普希金与保尔·艾吕雅不是偶然。

那时候你三十七岁，我二十二岁零七个月。

你的生活可以说是前紧后松。十七岁结婚与革命。十八岁到达延安，研究鲁迅，写作文学。而后步入领导的高层，从事文秘。三十二岁离开了火热的高层文秘岗位。三十四岁彻底回到家庭，三十六岁又发表了一些作品。三十七岁仍然英姿勃发。然后，你以一去不返的不存在的方式静静地，仍然是热烈地存在着。你永远的三十二至三十七岁。你的写信成为你的真正的清雅与执着。你的孩子郎郎对我说，他可能将来给我一封你写的书信。可以吗？

四

为我的小说《组织部新来的青年人》的修改问题召集座谈会，我的印象是一九五七年七月初的一个周六，那时的周六不是假日。最妙的是开完座谈会我赶到北京饭店门前，报名参加了一次周日旅游。从北京饭店门口出发，用一辆捷克造的所谓“无头”大公交客车，把游客拉到香山，住在香山饭店，也许不叫香山饭店而是叫什么旅店？客栈？更不像了。反正那时的香山游客住所不是后来贝聿铭先生设计修建的现在的著名饭店，而是一套已经颇有历史的中式建筑，平房大院，绿色为主的油漆门窗，包括木质门窗与纱门纱窗。院子在香山脚下，一进院子，仍然有油漆味道，同时更美好的是周围的树木花草的夏季的葱郁的芳香。彼时我与芳结婚已经四个月，《组织部新来的青年人》的发表，我是在太原发现的。那时她还在太原工学院（现太原理工大学）读电机，我到太原去看望她，临走时在火车站所在的五一广场边一个小店吃木须肉并且喝了一杯汾酒。饭后走出来，发现一个邮亭里摆放着新出版的《人民文学》杂志一九五六年九月号，杂志的小说篇目里排第二位，但是仍然是用黑体字突出表现着“组织部新来的青年人”标题与“王蒙”的姓名。我激动地把情况告诉了芳，但是考虑到当时没有带零钱，再说，一回北京，我肯定会得到不止一本赠刊，我竟然没有舍得在太原花六七毛钱买上一本有本人“大作”的新期刊。

开完座谈会到达了香山饭店，吃的饭号称西餐，虽然西得并不地道。饭后有一杯红茶，煎的鸡蛋是一面加热，两片无滋无味的面包，如此而已。仍然兴奋不已，想想自己居然花了二三十块旅游香山，我飘飘然，而且有一种弄不好会搞成脱离无产阶级下场的警觉。果然，七月份已经敲响了“反右”的战鼓，然后再没有这样的布尔乔亚、小布尔乔亚式的香山旅游了，直到四分之一个世纪之后，中国发生了全面的改革开放。

遗憾的不在于自费旅游甫始即止，我甚至于事后回想起来有些得意，我赶上了一次一闪即逝的城市旅游。我甚至将之比拟作阿·托尔斯泰所写的《苦难的历程》的开头，它描写了一九一七年夏天克里米亚海滨的一批中上层人士的醉生梦死，历史的严峻与雄伟都是小布尔乔亚们做梦也梦不到的。也许小托尔斯泰的作品不是这样写的？那么，仅仅是我所记下的。人们谈论的历史，也许更多的是自己的记忆。

我的遗憾是这个所谓饭店或旅舍号称的游泳池说是坏了，而我当时受父亲与毛主席的影响认为游泳比天还大。我带去了泳裤，那时候还没有男生戴泳帽，更没有人知道嘛叫泳镜。一九五七年香山游没有游成泳，是一个失落。

再一个失落或事迹是赶上了大雷雨。我硬性地打起伞来与芳游山，暴雨如注，雷电追身，只是后来，才知道了这种天气里游山的危险，纯是作死。我应该感谢上苍，使我最最早地体会到了旅游的骄傲，夏天的向往，天气的无常，期待的未必实现，转瞬即逝的新鲜经验，危险的电闪雷鸣，追求的乐趣与不过尔尔，还有作而未殆。

这就是青春，小小王某的与大大共和国的青春，还有对此次青春的告别，还有旅游结束后即收到了你的信。

还有此后每次去香山我都想找出一九五七年旅游时住过的地方，找不着，我没有成功，我的每一次访旧差不多都以失败告终。亲友们指出我缺少必要的方向感。也许，初中时我的地理课成绩相对比较不好，平常生活中也不善认路。但是访旧的失败恐怕不是旅人的方向感不善所能说明的。

五

烈烈：我无法把要说的话全写在纸上。

我希望你能感到我与我们对你的始终如一的亲切与关怀。

去年冬与今年春，我曾一再打听轰轰的地址，我想能给远离故乡的少年人一点帮助，哪怕只是精神上的也好，但是未蒙答复。

无论如何，要健康地活着，努力学习，不要被回忆所窒息。

做一个真正刚强的人是不容易得很，但也是可能的。你年纪轻，希望你能像春天一样——它从不将泥泞苦寒的过去（冬）留在自己美丽的土地上，而却使处处开遍了鲜花。

匆匆，语不从心，祝健康、进步

署名

娘娘与二姑全祝福你。五月十号

感谢你的儿子给我提供了这封一九八五年信的照片。你的习惯是状语后边应该用“地”的地方仍然用“的”，而“年轻”，你的习惯是写为“年青”。我年轻时候也是这样的，那时候团员一开会就唱“年青人，火热的心”，不是年“轻”人，正字是有一个发展过程的。

这是一封在二〇一六年只能算作是三十一年前的信。收信人是你的侄子，一个侄子叫“轰轰”，一个侄子叫“烈烈”，颇为不俗，有趣也有气势，还有时代特点。那是一个气势夺人的时代。我还看到了你的其他信件，看多了，我感觉到你的字迹如风过草地、鸟飞松林，如浮雕挂毯、湖面涟漪，如花坛芳菲、星光灿烂。也许更恰当的比喻是拉赫曼尼罗夫的《练声曲》，用大提琴演奏起来，从容与平静中包含了那么多情感的挣扎，你挣扎得那样高雅与尊贵。我摇头、点头、拭目与轻轻地叹息。我欣赏而且沉醉，温润而且满足。

至于你给王某俺写的信，是一九五七年，是上面这封信再上溯二十八年所写，也是在计划实现全面小康、消除贫困的二〇二〇年的六十三年前的一封信。那封信应该是在我当时所在单位上级机关的文书档案里，一九五八年前一年的政治运动扫尾中，它应该是被上缴了的吧。你的信让我看见了一张纸上的虚拟太液池，那里的水波要多整齐就有多整齐，要多随意就有多随意，要多美丽就有多自然的美丽。

给我的信大致如下：

王蒙同志：

从报上看到你的发言记录，我很失望。你本来应该把话讲清讲透的，而现在你的发言是多么平和，多么客观，又是多么令人不愉快地老练啊。

我家的电话是×××××。

敬礼！

署名

那个时候的电话是五位数字。那个年代家里装电话是高级干部、革命资历与地位、权力与级别的象征，一般人有多少阿堵物也是不可能在家中安装得了的。我为之平添了几分敬畏。我从北京市东四区团委机关拨通了你的电话，我听到了你的流利、熟谙、成竹在握的气韵与语气，与我设想的革命家、老干部、知识分子、大姐的质素完全一致。我说："BW同志吗？我是王蒙。我收到了您的信……"我才一自报家门，听筒里传来了爽朗响亮的大笑声息，像振响了一个铜钟，叮叮当当，乒乒乓乓喝喝。你清清楚楚地说："王蒙同志呀，现在已经找不到像我这样多事的人啦，哈哈哈，咯咯咯。"当然，我便无话可说，无需要检讨，无必要解释，没有什么可以"说明"。虽然兹后发生的事情"说明"，你比比你年轻十四岁的俺更年轻。你是多么年轻啊！

不妨一提的还有：后来看到的三十一年前字迹，写得略有潦草，不难想象的洗澡礼、风雨雷电、社教五敢五气五反三不畏之后，比六十年前那次记忆中的字迹消瘦了、挺拔了，墨也不无窘迫，同时字迹的骨感十分奇绝，如梅如竹如峰如铁。就是说，一九五七年写给俺的那封信，圆润，饱满，酣畅，是你年方三十六的葱茏岁月，美丽年华，肉感与骨感鲜活，如枝如叶如郁金香如玫瑰。那时候你写小说也写评论，那年春天你心情看来不错。如苏联《祖国进行曲》："我们没有见过别的国家，可以这样自由呼吸！"

动荡，稀奇，大潮大浪，大开大阖，天旋地转，高歌猛进，俺们的一辈子超过旁人几辈子，俺们亮相与旋转赶上了冰上芭蕾、公主王子，超越花样游泳。终于静下来。终于来到瑞士日内瓦湖边，于是观看着与狗一起玩飞盘的妇人，想起你。资本主义的优雅女人闲散到这种程度，这是令中国同胞发疯的啊！

联想不合逻辑，所以它是纯正联想，不是电脑品牌。也罢。此后连续几天梦见了你与我的信——书法。此生到了六十多岁才品尝出了书法夺魂的昏迷。梦中，你的毛笔字组合如海面，如鱼跃，如花落遍地，如雨挟冰雹遍打千亩苜蓿田。我在一九六八年，迷失在新疆伊犁一眼望不到头的苜蓿地里了，如舰艇沉浮于太平洋面，大雨倾盆，雷电满天，然后雨停，彩虹当空，前后只用了十三分钟，我已经振聋发聩，醍醐灌顶，生而再生，死而复生，找到了亲爱的维吾尔民族村落袅袅炊烟。我于是难忘你的书法与性格。有梦未圆，有字醇厚强劲。

还有一次听一首小号演奏拉丁情歌，一声一断，一长一短，如鸟鸣，如漫步，如词牌《声声慢》，如敲响五更梆子。我想起的是你的书法，行楷。如果是萨克斯风演奏，出来的就应该是龙蛇草书。

这期间也几次打探过你，问到一些老文艺家革命人。他们明明白白多少回答过我一些言语，总是觉得语焉不详，口齿不清，欲说还休，说了等于没有说。也许他们说过，但是从中我没有找到应有的感觉。

你到底是谁呢？

六

就是说，我其实始终没有见过你。

我曾经想象你的形象，当时想到了的是影片《红色娘子军》里祝希娟扮演的吴琼花，后来变成“样板戏”以后更名为吴清华，也想到了东北抗日联军英雄赵一曼。此后中国的革命女权主义，拒绝将女性喻为花朵。我也想到过丁玲和萧红，直到秋瑾直到花木兰、梁红玉。差不多一个甲子以后在网上才看到大姐你的照片，有一种不同寻常的清爽、清纯、大方，尤其是本色，我行我素，道法自然，要多快乐你就有多快乐，要多忧愁你就有多忧愁，然后忘记忧愁，如信所言，像春天，洗去冬天窒息记忆，只知道到处鲜花开放。再说还是那样傲气十足与随随便便。

我想象你应该住在北京东总布胡同一带一个四合院里。那一带居住过一些VIP文艺人士，邵荃麟、严文井、萧殷、臧克家、黄秋耘。你的丈夫ZD是具有延安经历的大艺术家，设计了中华人民共和国国徽，他应该是文艺一级，每月工资三百块钱以上，用现在的感觉来说，几乎是月进五万到十万元人民币。他应该住四合院，他需要超大型画案与画室。国务院总理与北京市长不会忽略。你如果不是文艺二级，那么至少是行政十一级即局级。那时候不要说局级，就是处级也是响当当红火火，曰：物以稀为贵。那时候官员与专家数量估计是当今的许多分之一。他们应该有很好的收入与福利待遇，买得起或分得上私人住宅。而那时的四合院只能卖个几千块钱。你的四合院院落有一百六十平方米，砌着方砖，一条雨廊，靠正房种着四株海棠。都说周总理喜欢海棠，还喜欢马蹄莲。那么你家也应该有室内花盆里养着的马蹄莲。还有一株龙爪槐的吧，像天然的绿伞。而在西厢房前，有一簇细细竹林，那是你的书房，当然，你的书房并不是潇湘馆。书架上有《史记》《李太白集》《苏辛词》，还有托尔斯泰、契诃夫、巴尔扎克、莎士比亚和不知道为什么被许多老解放区的女作家钟爱的法国作家梅里美。例如菡子、萧殷老师对我说过，她特别喜欢写过卡尔曼（卡门）与高龙巴的梅里美。而我当初，不太受得了梅里美写的生离死别、动辄人命关天的强烈与暴力的故事。

后来我知道了，你真正住过的是大雅宝胡同甲二号，中央美院宿舍，画《开国大典》的董希文住在你们的后院。

解放初你是政务院（后改称“国务院”）工作人员，或者称之为周恩来总理身边机要秘书。更早在东北解放区为四野的军政领导做过文秘。原来如此，怪道你的字有一种力度，有一种内功，有一种稳定与大气。一个人写的字能够影响他或她的命运，或者是命运影响着书法，此前我还以为类似的说法未免夸张。你出生在江苏常州，我以为你出身名门，但是你的孩子郎郎说未必，如果很早很早名门过，后来显然也是已经败落。郎郎还说，建国初的二三十年，谁也不愿意回溯自己的非无产阶级上辈，回顾的话必须狗血喷头骂一顿，除非是代代贫雇农，计划安排在忆苦会上流泪控诉。这当然是真的，那时候绝对没有哪个本身其实流里痞气的作家频频卖弄说自己的父尤其是姆妈有贵族风度。如一位异议了好久又回来领退休金的才女所说，某作家的特点是“心比天高，身为下贱”。

父亲看到了女儿的书法天才与秀美伶俐，全力支持女儿读书育才。十七岁上为你订了大户儿郎的亲，你逃婚从家乡来到苏州，被正在筹备的电影厂招到了演员培训班。而这时的未来大画家ZD关在反省院洗脑。一位地下党的XY同志被捕后，据称是为了迷惑敌人供出了并非党员的ZD，使ZD完成了在国民党监狱里深刻革命化的心路历程。同时在地下党的操持下，你为ZD作保，赢得了ZD的自由与爱情，你们双双去延安，开始了革命加文艺不凡生涯。

终于在我们通电话的五十九年以后看到了手机发来的你的更多一批照片：这样的大气，骄傲自信而又平和淡雅，更主要是端庄。肩宽，脸庞舒展。你的鼻子与嘴唇完美纯正，利索干净，神州第一，无懈可击。穿一件白色棉布套头衫。略偏方形的脸孔，带一点点五角形或六角形的热烈与坚强的轮廓，下巴端正圆润完满。你的嘴唇尤其是下唇温湿而且多情，略略地凸出。你的眼角已经略显沧桑，而你的嘴唇纯真如少女。天生丽质、自然分开同时饱含解放区女干部的质朴与高尚简洁的发型，恰到好处。你的眉毛与眼睛离得近，两边的瞳孔离得远。你的眼眶轮廓在国人当中看是相当深陷的，只有江南人与异族面孔才有这样的立体感。你的形象使我立即想起了历史故事中的窅娘，那是南唐后主大词人李煜的嫔妃。窅字读“咬”作深远解，我觉得它与另外两个同音字“杳”和“窈”可以互文，说的是一个人的眼睛眍瞜进去，眼窝子深，组词有窅眇、窅冥、窅然等。据说窅娘是混血儿，所以眼睛和中原人不太一样。

一个人两眼瞳孔的距离也会给我深刻的印象，太近了立刻让我想起“鼠目寸光”的成语，太远了当然也忒像猛兽猛禽。你的两只眼睛是充分拉开了距离的，目光坚定，对不起，有一点较劲，可以想象你具有坚强的性格。你的目光还有一种深邃的思想范儿，肯定读过柏拉图与笛卡儿、《道德经》与《周易》。你会有自己的想法，有自己的倔强。即使从一幅照片上也可以断定你执着在自己的思想里，从不东张西望、贼眉鼠眼，像有些自卑而且犹疑不定的小人。同时你注视着一切，把一切收入眼底，第一是眼里不掺沙子，第二是不目空一切自恋自吹自我表白不已。我知道，有的人看得见乃至看得清自己，更看得见也看得清世界。另外的人或者只看着机会，只看着世界的瑕疵，只看着自己的美妙与背诵能力，只看着他人即是地狱。

你的嘴角微微显露笑意，如果不是悲苦，肯定是一种成熟与审慎的决绝。你敢作敢当，敢哭敢笑敢说。你全身透露着一种随遇而安的高贵，你就是你，用后来深圳青年女作家刘西鸿的小说题目代为表述，叫作“你不可改变我”。

照片上有你的丈夫和你们的六个孩子，后半生，你的主要任务是养育子女，辅佐丈夫，退职为民，不知道是不是真的自得其乐。

七

二十一世纪第二个十年，在我收到你给我的唯一一封信的五十八年以后，我去到你的故乡，除了与各地同一个模子出来的新建高楼大

你的嘴角微微显露笑意，
如果不是悲苦，肯定
是一种成熟与审慎的决绝。

厦以外，我惊叹于那里的世界最高的佛塔，成为海洋的竹林与太湖湿地溪河旁的民居。水畔人家，黑瓦白墙，木栏纸窗，水腥光影，树丛花摇，杜鹃青蒿，男女老幼，黄泥螺、煎鱼与炸臭豆腐。我可以想象你的家必定是在水边，仰观佛塔，近指渔船，养鱼捞虾，种菜烤茶，猫猫狗狗，竹藤木器，陶瓷银铜的餐饮酒具。

我还想象有一次你拿着数角钱上坡岸杂货店去打酱油，你摔了一跤，你找不到零钱了，你吓得不敢回家，突然一阵大雨，滑到水边，你湿了衣服更湿了鞋，妈妈在床上因病躺卧，爸爸忙于镇上公务，危险中你明白了要活就要挣扎，从此你变了，你强势了。

又想，这不是你的故事而是我的软弱，五岁一上小学，听到老师讲故事，就是一个孩子死了亲妈，只有继母，买酱油丢了一毛钱，找钱掉到河里，淹死后变成萤火虫，提着小灯笼，寻找他本来无权丢失的一毛钱。我相信我的早早追求革命与此故事有关，我不能忍受压迫与威胁。不忍之心就是再不让这样可怜的萤火虫出现。

何况那本来就是个风起云涌、搏击翱翔的时代。一个小镇上的美丽天才少女逃婚、恋爱、革命、延安、鲁艺、东北、野战军、司令部与政治部，受到极大信任，走近过别人无法想象的领导层，熟识一大批包括林彪司令的解放区解放军党政军文艺高级干部与专家——虽然只是他们“身边工作人员”之一，仍然拥有许多优越性与优越感与别人不可能有的可能性；在延安整风的“抢救运动”中，你因为丈夫遭到怀疑而与如日中天的文艺领导人大吵大争，你揭露那位揭发丈夫的XY“同志”正是当年在白区出卖过丈夫的坏人……而你居然没有造成抗拒运动、自找麻烦的恶果，你胜利了。

想象这些是不那么困难的，它符合历史逻辑、人民革命翻身逻辑。革命的魅力之一是它的戏剧性与浪漫性、强烈性与剧变性、青春性与正义性，以及毫无疑义的巨大风险。冒险才有崇高伟大与献身勇敢。就连一生与革命没有一毛钱关系的契诃夫，在他的最后一篇小说《新娘》里，也写了一个幸福的待婚少女，终于婚前出逃，去参加革命。

难以想象的是这样一个革命的天之骄子，这样一个本应是法国遭受火刑的圣女贞德式、俄罗斯虚无党人苏菲娅式、革命之鹰罗莎·卢森堡式的准英雄，在凯歌花雨的一九五二年，在你的三十二岁美妙年华，你的命运发生了非被动的截然变化。

当然记得，那一年全国进行了共产党员全面登记。战争、胜利、飞速发展，带来狂喜也带来混乱。战争年代来不及做什么手续与档案保存：谁谁是共产党员，谁谁不是，谁谁是被搞错，谁谁没有差失但手续全无，谁谁干脆是冒牌货，全乱套了。地下共产党员发展，也不可能有正规记录。党员登记中显示了许多花絮，有人趁机争取更老的资格，虚报了自己的入党年月。有人趁机虚报了入党介绍人，将一个在战争中牺牲了的大人物的名字塞进去提高身价。有的与他人比较党龄、介绍人……并要求更高的级别与职位。深层打入了敌特圈子，却已经找不到当年与他联系的秘密工作领导人，宁死不能说，电视剧的说法叫作“誓言无声”，他们只能享受敌特应得的镇压，被枪决了也绝对不说出真相。当然更多的人是借此回忆了自己的革命历史，回忆了当年的艰难与危险、初心与宏愿，重温了入党誓词与《国际歌》，还有老解放区出版的绿中泛黄草制纸张印刷的党章党纲与七次代表大会文件《论联合政府》与《论党》汇编。

你在这个节点上做出了惊人宣告，你清晰地对组长说：“我还没有入党。”

组长哈哈大笑，像你这样从事周总理身边机要工作的要员，怎么会这样说话？

“你当然是党员，你是中共中央领导认定的中国共产党员。谁不知道你是延安来的、毛主席那边来的，你快快登记就是了。”

“我不是党员怎么登记呢？”

“我说同志，你这是在说什么，你从白区千难万险来到延安，你的爱人是地下党员，是著名美术专家与领导人，他经受了生死考验，你们到了东北民主联军后来是第四野战军总部，你们经历了枪林弹雨。总理、邓大姐、林彪、陈云、定一、周扬、丁玲、陈学昭都那么信任你——你与周扬大吵大闹，结果周扬同志听了你的，你以为我不知道吗？你这是在说什么呀，你的工作兢兢业业，你对党对革命忠贞不贰，你严守纪律，严于律己，你光明正大，纯洁真诚，我的好同志哟，你怎么了啊？”

“组长，主任同志，我只是说我没有入党，我不是党员而已。我没有写过入党申请书，没有谁介绍过我入党，没有开过支部会举手通过，没有上级组织批准，没有任何人与我谈过入党的事情，我没有介绍人，没有党龄，没有组织关系，没有填写过任何党员登记表格……”

然后支部书记、组织委员还有一位党委委员都知道了这件事，他们开始是笑，后来却皱起了眉头。先后与你谈话，指出战争期间有难免的工作粗疏与忽略，认为没有及早为你“解决”好党员身份的事是不妥当的，是工作中的缺点，但是本人不应该“闹情绪”，因为这一类事情不足为奇，而解决起来十分容易，可以补一份入党申请书，时间可以往早一点计算，例如可以写为一九四六年或者更早一些入党，组织上可以追认，你在六年前乃至十年前无疑已经确切加入了中国共产党。

你说，十年前没有写入党申请书是因为觉得自己条件不够，许多对于党员的要求你距离尚远。

“那就从现在起计算党龄也可以。”四位领导异口同声这样说。

“现在我反省，我觉得我自己远远不够，我不是李大钊，我不是方志敏，我不是罗莎·卢森堡，我不是卓娅·阿纳托利耶芙娜·科斯莫杰米扬斯卡娅，就是说我仍然达不到党员条件……”

“你，你，你这是什么意思呢？”几位领导，一位上唇打哆嗦，一位红了脸，一位开始口吃，一位急得跺脚……

“党员应该是保尔·柯察金、捷尔任斯基、季米特洛夫、瞿秋白、方志敏、王孝和、刘胡兰、董存瑞。我不够。我只知道说实话，就是说我说的都是真的。”

“真话并不等于真理。”

“真话，总要比假话离真理更靠近一点点吧？是不是呢？”

为之震惊。甚至认为你患了某种强迫观念的病症，就是说或许是疯病。精神科专家说，有一种病人揪住旁人探讨，让旁人同意他的判定：二加二不可能等于四，只能是等于五。

……后果是显而易见的。你只能是离开那个光荣的前途不可限量的工作岗位。到一所大学教了一段文学，每次讲课都会爆棚，讲法捷耶夫的《青年近卫军》，讲完了与全体同学一起高唱苏联共产主义青年团团歌：

向前去，迎接黎明，同志们去斗争，
我们用枪弹刺刀去开辟新前程，
青春的大旗高举起……
我们是工农的儿女，是青年近卫军！

你讲鲁迅的《祝福》，讲到并无恶意的柳嫂以到了阴司也会被阎王老子锯成两段分给祥林嫂的两个丈夫的话恐吓折磨摧残祥林嫂的时候，你问："这是为什么？"全班同学大喊："愚蠢！浑蛋！打倒迷信野蛮！救救祥林嫂！"

后来，一说是由于生病，一说是由于对丈夫的厚爱与支持，一说是由于丈夫与一个又一个的子女占用你的时间太多，而你又愿意为相夫教子而努力，一说是由于文学越来越难于讲授，而你的讲课内容似乎不无瑕疵，还有一说是由于你想写一部长篇小说，最后一说是你受到了一个极不讨人喜欢、由于吸烟过多牙齿发黑而又自以为是到极点的讨厌鬼的骚扰。你喜欢你的家，你对自己很清醒，而家里的财政状况富富有余，你宁愿操持家务，自由自在地写自己的故事，不打算再过疯狂的加班加点的上班族日子。你的小说《假日》里已经透露了这边厢的某种信息。听明白了吧，你不但离开了高级领导机关，你一年半后也离开了任教的岗位，你还原为白丁——家庭主妇。

许多年后，只有一次说起此事，"难道有什么原因？"你说，"我不想以假乱真，我想多支持ZD，我想好好看护孩子，我是六个孩子的母亲啊，我喜欢做饭与擦玻璃。你不在意让污渍一道道的玻璃变成全然的光明与透亮吗？为什么越是简单得如同一加二等于三，明白得如同吃饭喝水一样的事情，你们越是觉得捉摸不透呢？"

你光明、透亮、清晰，过分的正常、常态，所以你太奇怪了。

八

陪伴你的，我想，有一台大喇叭像盛开的花朵一样的老式留声机。是东洋造还是德国造，想不起来了。你有相当多的黑胶木唱片。你有上海百代公司制作的老戏曲唱片。

例如一放先念一声"百代公司特请梅兰芳老板演唱《霸王别姬》"

的那张比起苏联唱片来沉甸甸的戏片：

看大王在帐中和衣睡稳，我这里出帐外且散愁情。

轻移步走向前荒郊站定，猛抬头见碧落月色清明。

看，云敛晴空，冰轮乍涌，好一派清秋光景。

唉！月色虽好，只是四野俱是悲愁之声，令人可惨！

可恨秦王无道，兵戈四起，使那些无罪黎民远别爹娘，抛妻弃子，怎的叫人不恨！

正是：千古英雄争何事，赢得沙场战骨寒。

我看到了一九六五年十一月十三日，你写的一片纸头，一张公文纸的背面，蝇头小字，而且不是常写的行楷，而是行草。它的内容竟是梅派京剧《霸王别姬》中虞美人最脍炙人口的唱与白词句。你写得狂放中透露着冷凝，如晚秋夜风吹过已经白头的芦苇塘，如带霜矢车菊略显零散地瑟缩在牧草丛中，如被惊动的鱼儿先后从水中跃起。它更使我想起一九六〇年困难时期为了改善机关伙食，前往内蒙古草原打黄羊即蒙古羚的情景，我们坐着吉普车追逐黄羊，黄羊奔跑着跳跃着，逃离着自由着与最后终于跌倒了受伤了的情势。罪恶的王某人，你理应承受报应，跌跌撞撞，有时候是头破血流，有时候是躺着中屎，有时候是半夜哭醒而白天欢喜幽默如二林：卓别林与侯宝林。五笔字型告诉我们，“卓别林”hkss 三字与“战栗”重码，而“侯宝林”的前三个码 wns 能够构建的短语是“全军覆灭”。从仓颉造字到王永民发明五笔字型输入法，汉字包含着一些未曾泄露的天机，随着电脑文字输入软件程序的发展，天机开始渐渐泄露。

“在我们都长大以后，妈妈的空闲时间多了，据说她曾经找梅伯伯的传人学过戏，她还常在家中一个人唱、念。她有事无事喜欢坐在沙发上练习手指。她嘴里念念有词说着只有她自己才懂的话，‘蝶姿吐蕊’什么什么的。说过她最喜欢《霸王别姬》中的一个做派，虞姬也就是词牌里所讲的虞美人唱‘猛抬头，见碧落，月色清明’的时候，两手的莲花指向上一指，叫作‘小莺双飞’。

“有时候妈妈一个人‘扮演’所有的角色。像这片纸头写的，本来在‘看大王’开唱以前，有项羽士兵的一声叫板：‘苦哇’，是妈妈自己喊出来的。只有一次我进门的时候听到了妈妈独唱，她发现了我，很不高兴。妈妈是一个心直口快的人，她好像未经世事，烂漫天真。是她先对我讲的京剧动作与唱腔什么的，可就是不准我们听到她的自演自唱。自演自唱京剧，这是她此生早年唯一的机密。如果是今天聪慧得浑身流油的小小子小丫头，他们看到妈妈，肯定会说她‘二’喽。”

郎郎如是告诉我。

“‘文革’中这片纸头被抄走了，红卫兵说是纸头上面都是看也看不懂的小字，估计是中央情报局或者克格勃间谍的密电码。红卫兵从《红灯记》这出戏里学到了‘密电码’，他们没有与日本宪兵队做斗争的机会，只能用这些知识武装来找我们的麻烦。‘文革’后小纸头居然完璧归赵，虽然揉得皱皱巴巴。”

……我的眼前出现了你且唱且做的片段，你，不，当然是虞美人她，走出应该称作司令部的营帐，她且散愁情，她两手翻转，美丽的莲花指指向中天明月。你叹息自己做不好那些身段与手势，比较起唱来，做、念、打对于一个没有受过科班训练的人，更加生疏艰难。你当然喜欢道白，比唱歌还歌唱，比深情还情深，比辛苦还苦辛。或许你也庆幸，除了书法、革命、公务、家务、支持老公与养育下一代，你还有属于自己的京剧、唱机、唱片、老师。梅兰芳的念白美得你如醉如痴，有时候是泪下如雨，一个青衫说话，可以那样摄人心魂，动人情意。你突然明白了，为什么旦角的叫板总是：

“苦哇！”

三十三岁以前，“苦哇”的声响令你觉得略略怪异与可笑，三十四岁以后，你终于明白了戏剧的“苦哇”叹息是怎样有力的总括与庄严。

也有幸看到了你的日记片段：

“是不是京剧有点像茅台？可怕处在于你会醉上他（它）。一个花脸，一个旦角，两个角儿一台戏，演出了千军万马，十面埋伏，生离死别，惊天动地。

“然而你仍然有单调和寂寞，烦躁和厌倦，虽然你相信生活。爱才期待，待才焦躁，躁才癫狂，狂才文艺，艺才更加没完没了地咀嚼起孤独与寂寞。爱情、革命、出走、诗与小说、真理与牺牲，还有最神圣最悲壮的东西莫过于自我批评。流泪了，看到自己不够，不够，还是远远不够的呀。

“不够，是平凡的，平凡，是真实的，经历伟大，你获得的是平凡。经历苦辛，你获得的是甘甜。经历风暴，你获得的是宁馨。经历厮杀，你进入了和解的中年。同情了理解了所有的虞姬、杨玉环、苏三、窦娥……一直到扈三娘与潘金莲、蔡文姬与李清照，你接近了气定神闲。

“然后回到了‘猛抬头，见碧落，月色清明’，对不起，我为什么愧惭万般！

“我很满意，我生活在溪河河畔，我逃亡到太湖湿地近边，我找到了革命家艺术家设计家丈夫，我去到革命圣地延安，我去到东北解放区，张家口、哈尔滨、沈阳。天翻地覆的血战中我没有旁观，我来到北京革命的领导核心机关，我写作，我机要，我更能年纪轻轻地回到自家，快快乐乐地回到平凡。人之一生，谁能这样完整俱全？什么时候都是我行我素，实现着自己的而不是他人的心愿！

“然而我还是时有对于虞美人与杨贵妃的相怜。薄命红颜、生死相许、恩宠赏赐、刀光剑影、唱腔做派、水袖翩翩。

“我不应该喜欢京剧。他（它）让人上瘾。前朝过往，老旧的精雕细刻的荷花缸里孕育出彩蝶翠鸟玫瑰喷泉，痴痴的中国人，敲锣砸鼓，拼死拼活，哭喊声腔流淌在我们的血管里。”

还有：

“杨贵妃为什么那样痛苦？

“我不能赞扬《贵妃醉酒》。把悲剧写出了几分轻薄。

“从醉酒里看出轻薄的人呀呀呜，从轻薄里看出悲哀的人才是真正的戏迷情种。

“杨贵妃、虞美人，都那儿冰轮啊、皓月啊、清明啊地唱月亮。无怪乎上海的左翼青年作家倡议中国作家再不写月亮。”

有一本手抄的常州名菜谱：“天目湖鱼头”“苏堤春晓”“红袖添香”“珍珠皮冻”“椒叶凤爪”“芝麻鱼排”“花果粉盅”“常州糟扣肉”，你在首页上题字：“做好饭，让人们都爱吃吃好。”你又写了一句：“要艰苦朴素，不要贪图口腹。”你是在与自己、与生活转腰子吗？转腰子是不是可以变成一个戏曲舞蹈的动作程式呢？转腰子就是“乌龙绞柱”呀。你写的是正楷。你写下了美丽锦绣的菜名，也有选择地写下了烹调的要领凡例。

“小资产阶级也迫切于革命，然而不敢当真去革命。鲁迅早看出来了。而且中国的小资产阶级极容易匍匐在封建文化面前。

“人生不怕有重复，人生必须有重复，人生必须厌恶重复，人生必须有对于不重复的陌生与恐惧感。

“好一似嫦娥下九重……嫦娥下了九重以后怎么样呢？嫦娥会不会

遭遇、受得了受不了一场抢救运动呢？我们就比洁净更洁净啦。”

悄悄唱京戏一节，令我感受蚀骨。我期待着。我幻想着，我梦寐以求，我想欣赏你这位大姐的《霸王别姬》与《贵妃醉酒》。最后在梦中见到了。你扮起来是多么像梅兰芳啊，脸型像梅，气质是你自己。你还操琴拉出了荡气回肠的过门《夜深沉》，五更，鼓角声悲壮，三峡，星河影动摇。惊慌与沉痛，气概与衰亡，英雄与昏乱，战争与爱情，使我改变了对于京胡的深邃表现力质疑的想法。

然后，是我王蒙在梦中高喊了一声“苦哇！”从后台反射出回声，化作千军万马的叫苦连天。楚军土崩瓦解，汉军阴谋诡计。你袅袅婷婷、仪态万端地唱起了“看大王，和衣睡稳”，步伐沉重从容，手指巧妙温柔秀丽。舞剑然后夺剑自刎，忠贞如情神女仙。青衣唱工与武旦刀马旦的做工，武功舞蹈交融一起。梦中鼓掌喝彩，醒后完全忽略了被我的眼泪浸湿了的枕头。我以为我是在日内瓦，然而不是，亦非首都北京，是在江苏无锡。无锡的太湖令我想起范蠡与西施。从虞姬、杨玉环到西施，中国美女还有红线、貂蝉、王昭君与赵飞燕。谁能与你相比拟？

王蒙老矣，尚仙游否？

九

我想念，我坚信，我保证，变相退职以后的你不仅独自唱过京戏也一准唱过《卡门》中的《哈巴涅拉》、《蝴蝶夫人》中的《啊，明朗的一天》、《茶花女》中的薇奥列塔咏叹调《永别了，过去的梦》，还有在《祝酒歌》之后面临阿尔弗雷德的示爱含泪唱起的“不可能，不可能……”

我相信你也画过画。中国的传统是书画同源，而且令人感动的是，你的字笔力刚健，又是行云流水般地水到渠成。你是一个有劲道的人。但是没有画家常有的哆里哆嗦画字造型设计的痕迹。画过老虎，想来是受到了廖承志母亲何香凝的影响，后来不画虎了，画石竹与梅花，临摹过徐悲鸿的马。当然，你更加沉醉的是立陶宛出生的俄罗斯风景画家列维坦，临摹过列维坦的《白桦林》《三月》《杂草丛生的池塘》，你更喜爱列维坦画的云朵、海浪与从彼得堡看到的芬兰湾。动不动凝视列维坦画册上的《弗拉基米尔之路》，想象着沙俄时期被流放到西伯利亚的知识分子。你有几张油画，不成熟，但是充满了人生与革命的感情与解悟。

我相信你会喜欢花四宝的梅花大鼓《探晴雯》《黛玉悲秋》，尤其是《钗头凤》，你在一张小纸上写下了《钗头凤》的陆氏原词与唐琬作答。唐词的“难难难、瞒瞒瞒”，六个字直冲云天又颓然落下。令人心碎。

我知道，你也同样热情地高唱《兄妹开荒》与《夫妻识字》，更何论陕北安塞的带血带泪的“信天游”！没有中国革命能有几个人知道信天游与眉户戏？没有信天游与眉户戏中国革命怎么可能那么快就取得了胜利？

> 你妈妈打你和你哥哥我说，
> 为什么你就把洋烟那喝？

因为不能爱不能自由而喝了鸦片——洋烟的少男少女多了去了，不革命行吗（毛泽东）？被囚禁在雷峰塔下的白素贞多了去了，不革命行吗？

不懂得从陕北民歌中寻找中国革命密码的人全是废物！中国革命是中外历史上破天荒的人民艺术节！

你是艺术的天才？不，不是才的范畴。你无意于实现自我，表演风头，夸张煽动，怪声喝彩。你只是聊以自慰，无师自通。丈夫是大画家，孩子一共六个，最大的是女儿乔乔，姓你的姓，不知道是不是出自大乔小乔的典故。下面五个儿子。大儿子郎郎，后来给了人，不再叫郎郎了。看来你好喜欢“郎郎”这个名字，便再接再厉把第三个孩子坚持继续命名郎郎。第四个孩子大伟，他是在百万雄师过大江那一天，即一九四九年四月二十二日出生的，同时那时你正在读《大卫·科波菲尔》，你给此子命名“大卫”，后来上学时老师说此名太洋气，还有此名像什么基督教徒，便又大又伟起来了。第五个孩子寥寥。第六个是沛沛，后来也送出去了。

他们当中出现了真正的作家，不止一个。你已经是一个伟大的母亲，你为孩子们操劳一生。笑着，含着泪，一切都看得明明白白，无所求，无所待，无所忧，更无所悲哀。包括在儿子郎郎判处了死刑的时候。

我梦到了你晚年的客厅，三十多平方米宽大，大横幅上是你写的两个隶书大字：“平凡”。

不平凡行吗？

也许并没有擅长那么多样儿，琴棋书画戏歌诗，也不需要如前文写的那样光芒四射，“和其光，同其尘”（老子的话，是说收敛光芒，接好地气），其实你是平凡的与内敛的。喜欢文学与京剧，写过诗歌与小说，自己唱两嗓子“冰轮乍涌”“嫦娥离月宫”。自然而然或神妙奇绝地“退职回家”以后，更是全心全意地相夫教子，做饭卫生（清扫），白菜豆腐，红烧鲤鱼，窝头咸菜，稀粥糕饼，童装少年装中山装华达呢卡叽（其）布，纽扣拉锁。一去二三里，烟村四五家，ABCD，毛主席万岁，多吃菜少喝酒，作文、大字、广播操。你的天才沉潜于平凡，你的平凡使天才更上一层楼。“常德乃足，复归于朴”。不但超凡入圣，而且超圣归凡。你是最文化的家庭妇女，最革命的母亲，最慈祥的老革命，最会做家务的女作家与从不臭美的、不知何谓装腔作势的教授。五个儿子，一个女儿，一个老革命与艺术大家、工艺美术学院院长的丈夫，奉献给他们，就是奉献给社会祖国人类包括并未加入也谦卑地确实承认自己不够条件却仍然围绕着跟随着的领导我们事业的核心力量——中国共产党。你于心平安，不平静的时候用小嗓叫一声“苦哇”，也就是了。

当然，你有时也惦记着更上一层楼的人生。

十

和赓同志：

……你的感情与对生活的信赖，以今天的风气来比较，太古典了。

你受过那么多的苦——还能保持这样完美的心境，真令人钦佩。

你年将古稀，还保持了十七八岁青年初恋时的精神风貌。你钟情、痴情，如果不是为了革命事业，你准会殉情。所以你没有做“烈男”，但做了“节男”。

亲爱的朋友，你是幸福的。在生活中，你有事业，你信赖这事业的伟大与永恒的意义，因此你全力以赴地干，越累越有劲，总是高高兴兴，像一个在严师面前的优等生。在生活中，你有爱情，你对过去的信赖，使爱情在回忆中永存。你不孤独与寂寞，因为，在精神世界中，你的爱人一步也没有离开你！

我是少见寡闻的人，我确实未曾看到或听到还有更胜过你这样：对生活既认真又洒脱的人！

现在的年轻一代，可能不易明白你的这种感情了，可能必须经过翻译才可以略懂一二了。真的，就好比，大家都买一把塑料花，讲究一点的，还给塑料花洒上香水呢！而你却要（做）幽谷蕙兰，甚至你只是在记忆中感到那芬芳！……

这是“文革”结束后你给好友谢和赓写的信。谢一直是周总理直接联系的党的情报兼统战工作者，谢是现代的李左车，有过各种神奇的经历，他生于二十世纪的一九一二年，二十一岁入了党，再进入民众抗日同盟军，当过冯玉祥与吉鸿昌的秘书，然后跟随白崇禧，成为白的亲信。不知怎么搞成的，他又在一九四二年被国民政府派到美国留学，把工作任务与对象延伸到美利坚合众国。后被美国当局逮捕，经周总理营救回到本国，担任早在旧中国已经销量极大也是我钟爱的《世界知识》杂志编辑。不久划为右派，搞到黑龙江劳动，一九六七年“文革”开始后又被捕……一再受到周总理的营救。

他的爱妻王莹，是演员和作家，一九七四年死于被迫害。兹后谢独自生活了三十二年，二〇〇六年去世。

看照片，谢身心健壮，乐观阳光，大侠型硬汉。说是他家里挂着王莹的肖像油画，王去世后，客人来了，谢说：“王莹只能从画里向你们挥手了。”悲情埋藏在豁达之中。

而王莹更是侠义与才艺的巨星。她当过童养媳，两次吞吐鸦片自杀，可以说是对旧社会苦大仇深。后来巧遇美国女作家赛珍珠，在赛的帮助下上了学，而且在一九三一年十六岁时参加了中国共产党，比谢和赓入党还早两年。她四次被捕。她的戏剧电影演出大为成功。她去日本留过学，去美国白宫用英语演出过《放下你的鞭子》，得到了罗斯福总统的观看。

一九三九年十月，徐悲鸿为演《放下你的鞭子》的王莹作油画《中华女杰王莹》。后来在国际大学举办包含此画的个展，泰戈尔亲为揭幕并致欢迎词。

一九四六年，王莹用两年多时间写下长篇小说《宝姑》，引起热烈反响。

一九七〇年她被“文革”迫害陷于全身瘫痪，四年后在狱中悲惨去世。

现在，在故乡芜湖镜湖三面临水的烟雨墩上，竖立着“洁白的明星”王莹的雕像。

我们的你，谢和赓的好友，信上写到王莹去世后谢先生的情况。幽谷蕙兰，记忆中的芬芳，也像是写自己。

那是一个翻天覆地的时代，英雄辈出、仰天长啸、呼风唤雨、光彩炫目、百折千回、九死未悔、刑场婚礼、狱中诗吟、粉身碎骨、血沃中原。只提一提那些姓名、那时的阵容，就令你敬佩悦服，感动无边。这样的革命运动中，尤其是身受更多压迫的女性，其斗争、其激情、其坚忍、其忠贞，更是绚丽夺目。法国大革命时期被雨果颂为“比男人更伟大”的米歇尔；德国共产党的创建者、第二国际的左翼领导人罗莎·卢森堡，被列宁称为革命之鹰；辛亥革命中的鉴湖女侠秋瑾；被梁启超介绍进来的贵族出身的俄国民粹派女革命家苏菲·利沃夫娜·佩罗夫斯卡娅，还有向警予、杨开慧、刘胡兰……加强了革命的正义性神圣性人情味与感召力。在这样的风流人物当中，有一个你，我现在说出名字来吧，我的非虚构小说或者你们一定叫“报告文学”也行——《女神》，取材于艺术家张仃的夫人陈布文。陈大姐她开局勇烈、闯荡关山、文武战地、急流渡缓、笔墨春秋、经事多端、高处低处、胜暖胜寒、气吞山河、返璞平安、龙飞凤舞、烙饼炒蛋、伟大忠勇、自在平凡。端的另一派同一宗景色是也。

你的朋友提一提也令人肃然起敬。革命的文艺大家们你已经是一网打尽。还有一些倒霉蛋儿，例如号称见过罗曼·罗兰的李又然先生，我在一九五六年中国作协理事会扩大会议上见过他的挨斗场面；“反右”以后狼狈万状，孤家寡人，贫病交加，一事无成，穷愁潦倒地死去。唯一安慰是得到了你的照拂。

那么再请读读你的三儿子寥寥的诗，写这首诗的时候诗人还没有满二十岁。

我怀着怨毒 / 来到了这 / 充满各种精灵的 / 原野
手里握着一把 / 有 / 一粒子弹的 / 手枪对着虚伪 / 我抬起了手
心在说 / 留着它吧 / 没有它 / 将没有真实
对着残忍 / 我抬起了手
心在说 / 留着它吧 / 这愤怒的 / 复仇！
对着卑鄙 / 我抬起了手
心在说 / 留着它吧 / 这个和高尚 / 同时登台的小丑
…………
手枪 / 划过了一切罪恶 / 没有射击

不，/ 不行！！ / 既然我不能 / 与任何 / 社会的渣滓 / 同居 / 又不能 / 将它们 / 统统枪毙

那我 / 只好 / 灭绝心中 / 识别善恶的灵气

我又抬起了 / 手枪的嘴 / 对准那只 / 天空一般洁净的 / 小鸟 / 趁着心没有发抖

我 / 射击 / 了 / 烟消云散

怀着 / 仅有着 / 凄然的心 / 拥抱着 / 万般邪恶 / 我跳上 / 通向生活的马车

在 / 子弹的洞穿下 / 粉碎在尘土中的 / 是 / 我的 / 希望！

我至今弄不清这是一首啥意思的诗，但是，我哭了。

十一

这确实是一首诗，是三儿子寥寥的，也像是你的，非常像。诗继承着上一代英雄豪杰的气象，但面临的已经是不同的风景。如果你说你看不懂，那我也看不懂，诗人自己很可能同样说不清。神圣的冲动使他激昂却又惶惑，强烈而又无奈地燃烧，沉痛而又火爆。我凝视着，我惊叹，我难过，我不能不想到诗人的母亲，你的诗情培育了六个孩子，你的诗情写就了具有高度书法艺术价值的一篇又一篇公文。旧社会这样的公文称作“等因奉此”，公文里离不开“等因奉此”的套话。新社会的公文则是充满“基本、结合、深入、贯彻”即“基结深贯”。现代史说，“基结深贯”硬是将“等因奉此”打趴下了。

“平凡，平凡，平凡。”你对我说。

你的诗情清洗了许多童装尿布床单毛巾，当急于干燥而把湿件搭

在“炽笼”——炉火上的时候，你吸吮着肥皂与布匹加染料加婴儿屎尿污渍的气味，脑子里蹦出来一首又一首关于希望与失望、理想与不想、伟大与平凡、烈火与灰烬，最后是和解与安详的诗意。

你的诗意化成了去毒火的心里美萝卜、润喉清肺的鸭梨、下稀饭的榨菜肉丝、好消化的米粥与挂面汤、爆腌与老腌小细黄瓜，还有时不时弄上点的高邮双黄咸鸭蛋。你的诗意更化成了对于厕所尤其是对于被男人立式小便经常弄脏的马桶边的清洁，对于一个又一个孩子的肛门与小鸡鸡私处的清洗。你相信庄子和禅宗的理论，道与禅，无处不有处处有，包括庄说“屎溺”，禅说“干屎橛”。你甚至想早晚要写一篇关于屎屁屁的散文诗，直到后来，你才明白自己已经用真实的人生努力写毕了也写出了至少是自己满意的与众不同的诗篇了。

你的诗心陪着你度过了一个又一个夜晚，这个孩子咳嗽，那个孩子发烧，第三个孩子麻疹，第四个孩子泻肚，另一个摔坏了腿，还有一个后背上长出了红点与脓包。你仍然背诵你的《满庭芳》与《苏幕遮》。孩子生病的特点是晚上病症加重，夜十二点，抱着孩子哼哼柴可夫斯基的钢琴套曲《雪橇·十一月》《葡萄仙子》，还有你自己幼儿时唱过的歌：“母牛母牛谢谢你，新鲜奶子天天挤，奶子又白又芬芳，我们喝了身体强。”再往下就是“小小姑娘……卖花卖花声声唱”了。后者来自一个美国民歌，在中国曾经流行，后来又到了朝鲜，经变奏后成为金日成创作的三大歌剧之一《卖花姑娘》的主题曲。在没有其他电影可看的时候，《卖花姑娘》《金姬和银姬的命运》加上阿尔巴尼亚影片《第八个是铜像》使你们的孩子涕泪滂沱。

孩子仍然不睡，哭着，喘着气，蹬着腿，哭的声音令世界低下头来，他的委屈预示他可以成为一个大文学家或者艺术家或者革命家或者哲学家或者发明家，小孩子的啜泣让人立即想发动一场革命。孩子们在幼儿时代太软弱、太无奈、太压抑也太寂寞，他们需要成长奋斗坚强孔武大轰大嗡立德立功立言，手刃阶级敌人。长大以后需要发挥与奔跑跳跃。他们要圆掉他们的上一代人两代人三五代人以及所有祖先挣扎一生血战一生绞尽脑汁一生却没有实现的梦想。你的诗进行在正在生病的孩子身上，你的梦进行在正在生病的孩子身上，你的甜和苦，你的文采和风流，你的浪漫与坚忍统统向孩子身上倾注浇灌，然而前提是他们先要退烧、止咳、消炎、排脓、通便种种，然后长出放出文化与艺术，品德与聪慧之花。他们的父亲还没有回来，高级领导人找他布置任务。或者是回来得很晚刚刚睡下。他是能者多劳，任重道远，你是？你称自己是火头军，是孩子他爹后勤支援团队头领，是专职家庭妇女、街道妇女，身兼同志、妻子、文友、母亲、厨师、护士与保姆勤务员还有作家、书法家、革命者的女人。你是女人，不能不正视，字写得再好也不能不承认。没有办法的寻觅，二十多年的摸爬滚打，你知道母亲的最大安慰，最具现实可能的事业是把一切伟大的慈爱献给孩子，把希望的拼图与接力棒交给孩子。希望在于孩子，遗爱在于孩子。活下去，为了你的我的他的与她的孩子。女人，还有比母爱更伟大的吗？

十二

你午夜抱着病儿出门，个别时候可以雇到三轮车，多数时候必须走路，自己咳嗽起来了，咳嗽得比可能是受了凉造成上呼吸道感染的孩子还厉害。你一阵岔了气，一会儿是左小腹一会儿是右胸腔发生阵痛与抽搐。你很满足，你知道对不起孩子的母亲该死，尽心爱孩子的母亲死而无憾。你知道跌跌撞撞，你一定要走到医院，挂一个急诊两角，开好药，最多七角钱左右。然而你出门时没有能找到钱，你不忍心惊动老公，你砸碎了专门存贮硬币的一个瓷质猪形扑满，从里边拿出了许多五分的但主要是一分的硬币。你在药房缴费的时候让缴费处的出纳小姑娘大叫一声："我不要，我不要……"你耐心地，实际上觉得自己是有点恶毒地给缴费处出纳讲："根据我国法律，您无权拒收任何种类的人民币，否则我可以扭送您去派出所。"

你觉得你要写一首诗、一则微型小说。深夜与黎明，患病与治疗，母亲与儿子，医生与出纳，常州、苏州、延安、哈尔滨、锦州与北京，作家与机要员，老党员与非党员，写诗与揩屁屁。最后万象归一，结穴于许多一分钱的硬币。

在终于抱回孩子而且孩子终于稳稳地睡踏实了以后，你睡不着了，当然。你此时就会背诵郭沫若的《女神》：

> 姊妹们，新造的葡萄酒浆 / 不能盛在那旧了的皮囊
>
> 为容受你们的新热、新光 / 我要去创造个新鲜的太阳！

想到孩子你就笑了。孩子就是新升起的太阳。尿布，就是五彩云霞。排队挂号就诊划价缴费领取到的药水，就是葡萄酒浆。

你想起了每个孩子学走路的情景，延安出生的大女儿一周岁了还不会走，你想起阳光、蛋黄、钙与维生素 D 的缺乏，你为女儿心痛。只过了三天，女儿站在地上，忽然自己挪动一步，女儿怔在了那里，女儿又小心翼翼地挪动了另一只脚，看看你忽然迟疑，停了一下，紧接着，她走起来了，然后跑起来了，跑得飞快，母亲连忙在后面跟。"你在前面走，我在后面跟"，这是旧中国一首流行歌词，说的是一个少女与一个小流氓，现在则是一个女儿与她的平凡伟大的母亲。女儿

腿一绊摔倒在地上，哭起来，母亲跑了过去，这就是诗啊，这就是画啊，这就是电影和戏剧啊，难道不是吗？然后是一个儿子在床上前滚翻与后滚翻，滚到了地上，他想给地凿一口井。然后是另一个儿子突然大喊："妈妈真好！"然后是你轻声哼哼着一首北欧民歌哄孩子睡觉，想不到的是另一个表面上看已经睡着的孩子和着你的哼腔呼应着唱了起来。"在森林和原野是多么逍遥"，你觉得是一场童声合唱团的演唱，孩子和母亲，母亲和孩子，这就是哭与笑，这就是歌与诗，这就是戏，这就是天籁天伦天机天韵，这就是革命的追求，革命首先不是为了自己，而是为了孩子。

而你的另一个儿子是著名的郎郎。他是中央美术学院文学沙龙"太阳纵队"的活跃分子，他为自己的"纵队"杂志设计过封面上的两个大红字："自由"。加上他说过一些被认为对江青不敬的话语，从一九六八年被通缉，他跑到了杭州后被抓捕"归案"。一九七〇年"一打三反"的高潮中被判处死刑，受到周总理保护，一九七一年后正式地货真价实地坐了六年监狱。类似的没有执行处决的死刑犯还有文化部门的老领导周巍峙与老革命歌唱家王昆的儿子周七月。被执行了的是遇罗克。

而伟大的母亲非常镇静，你见到的事太多了。你懂得了见怪不怪的必须。你也知道了郎郎的同案犯郭路生——食指的名诗：《相信未来》。

我要用手指那涌向天边的排浪 / 我要用手撑那托住太阳的大海

摇曳着曙光那支温暖漂亮的笔杆 / 用孩子的笔体写下：相信未来

母亲认识也喜欢自己孩子的诗友，喜欢他的诗，对爱诗的儿子说：

“年轻人的诗，更好。”

又说：“读你们的诗，比我自己写还好。”

说这话的时候你流出了眼泪，你想到了些什么呢？相信未来，当然那就是相信儿子与女儿，相信下一代。如果下一代之一竟要被枪决呢？是的，归根结底，人的一生能有多少追求？能铁定实现多少目标？你能更换一个太阳？挖深或者填浅一个湖泊？又能有多少不走形而令你绝对地满足与舒心？反过来说，既然你做不到求而时得之、梦而屡圆之、射而频中之、想而皆成之……那么，你究竟能有多少理由和心思可以无愧地大胆地去不满足、不快乐、不如意与哭天抹泪呢？

“我是快乐的”，后来你多次这样说与这样写。当邻居、朋友和亲人向你索取书法作品的时候，你写了许多横幅与条幅、斗方与扇面、信笺与丝绢：生疏一点的人，你写“快乐”二字；熟一点的人，你写“其乐无穷”；亲近一些的人，你写“我快乐”“我是快乐的”“当然，我非常快乐”，还有你编的一个词，叫作“快乐无它”。

改革开放以后你给自己当年的一个“闺蜜”，后来移居境外嫁了洋人的白发苍苍的老妪，写下了“快乐必孩皮”五个大字，解释后三个字说，就是“Be happy”嘛。

孩子们愿意为母亲的快乐向历史纪念厅做证。他们愿意提供的证据是：第一，她至死也有着清亮的喉咙与平稳自信的嗓音。第二，她临了也还长着基本黑油油的头发。中医认为，头发的不良状态是血热风燥、脾虚胃湿的表现，而用脑过度、心事重重、烦闷懊恼，都会明显影响头发的营养供应，使头发像干旱贫瘠造成的树叶与枯草，过早过多地脱落。第三，她写了那么多表达快乐心情的书法作品。

你绝非凡俗，因为你自自然然选择了平凡。你绝非消沉，因为你超前实现了淡定悠然，而且从不秀清高。你回到家庭，你的家就是革命与艺术的细胞，你回到了你们八个人那里。还有那么多友人，他们都爱你，连没有与你见过面的蒙子也迷上了你。没有人算计你，你从不设防挖堑。

你只听自己的一个友人说到过，儿子可能已经判处了死刑，你没有掉一滴眼泪。后来提到的这一天，从早晨你坐到一个房角，一直坐到了晚上。一个朋友在晚上九点五十分风急火燎地来到你这里，告诉了你周总理“留下活口”的批示，说明郎郎留下了一条命。半晌，长长地叹了一口气，你说了一句“好想去日内瓦，看看周总理住过的地方”。朋友认为是你受了刺激，语无伦次。入夜洗脸时发现了眼角的血。次日眼科医生看了，医生给你讲解了眼睑出血、结膜出血、角膜（内）出血、眼眶出血、视网膜出血等情况的区分与治疗。你惭愧于以本来与眼科病理没有什么关系的麻烦，打搅了中规中矩的专业眼科医生，那是一个除了医生与城市环卫工人，几乎谁都不务正业的时代。刘晓庆头一次上镜，演的就是环卫工人，影片的名称是：《同志，感谢你》。

后来在梦里、梦话里，你说过不止一次：

“我要去日内瓦。”

你还写下了正楷：

“想去日内瓦。”

十三

也许最能证明你英明的是一九五二年的退职。或者根本不算退职？你并没有办理正式退职手续，例如领取退职金。你回了家了，不上班了，不领工资也不参加全体教职工大会了。大学的人事处记载了你的“离职”，然后风平浪静，此生无事。

你已经被俗人认为是退出了体制，退出了社会，没有了“单位”，没有了领导，你已经成为游离的离子。你毕竟是人人皆知的老革命。你自己并没有多少孤独更没有沦落的感觉。然而，想不到的是，从此“反右派”“反右倾”“三反五反”“社教”“无产阶级文化大革命”种种政治运动没有人找你的事。鸡飞狗跳的政治运动爆炸火热的时候你的身份仅剩下了“家庭妇女”四个字，那个时候的运动积极分子包括最蛮横的红卫兵，根本不认为家庭妇女是社会一员，更没有哪个红卫兵知道你不凡的历史，知道你的历史的革命人都被打倒了，住在“牛棚”里，狼狈不堪，千疮百孔，皮开肉绽，自顾不暇。

就是说，你十余年前已经为各种运动尤其是“文革”做好了准备，你早就已经充满了“电”，充实了预应能与预应力，了却生前身后事，不求中外古今名。你最喜爱的词人是辛弃疾，你早就会背诵“了却君王天下事，赢得生前身后名，可怜白发生”。

早在“文革”以前你与一个朋友讨论，朋友说你的稀里糊涂退职是不“革命”了。

你哈哈大笑，声如铜钟。你说：

“是吗？”

你给朋友讲起了自己十一岁小学五年级时背诵下来的孟子“君子三乐”说：

> 君子有三乐，而王天下不与存焉。父母俱存，兄弟无故，一乐也；仰不愧于天，俯不怍于人，二乐也；得天下英才而教育之，三乐也。君子有三乐，而王天下者不与存焉。

你释义，第一乐是天伦之乐，固然你自己的父母不在了，你子女的父亲与你这个母亲健在人间，谁也没被枪毙，当然是天伦之乐。不愧不怍，你更是满心快活。你教育的子女侄甥，也是英才的一部分，孩子们志在天下。孟子在这一节两次强调“王天下”不属于君子之乐，说明孟子强调君子首先是常人，快乐是常态。

是个大好人，只是脾气有点怪，朋友们都这样说。怪的表现是你过于常人常态，才而有常，常而不猛、不变、不戾、不暴，不亦怪乎？

你便一笑，说：“以常为怪，以怪为常，不亦怪乎？”于是朋友们大笑，好像鲁迅的咸亨酒店里听到了孔乙己的转文。

或许是国民党的反省院起了某种作用，你的夫君ZD后来选择了技术性比较强的美术设计，他见过毕加索，他曾经想搞一点美术上的现代派，后来在延安被同志们帮助后就不搞了。当然，他一直对革命忠心耿耿。此后数十年，ZD与一位台湾作家见面，他们说起过曼德拉，说是曼在南非的监狱里服刑二十七年，出狱后洗尽一切浮躁，只留下了宽恕与爱心。你听后大怒，你说不能为各种歧视与残暴背书。丈夫说，去过比勒陀利亚桌子山下的监狱，那里有许多石头，监狱管理人员没事就让曼德拉他们将石头搬来搬去，以度过漫长的岁月。然后，ZD说，从前是美国中央情报局帮助南非种族主义政府，逮捕了曼德拉，而结束了种族隔离以后是美国总统克林顿来到南非，造访了上述监狱，俯身进入了曼德拉当年坐过的狭小的单人牢房。

“文革”中ZD被莫名其妙的所谓红卫兵揪斗殴打，你全不躲避，冲向前去。你与所谓的天知道来历的红卫兵们辩论，你大喊大叫，声色俱厉。你说“上面”有明确指示，最高领导圈阅过，绝对不允许对ZD动手动脚。红卫兵们喊“打倒ZD”的时候，你干脆大喊“ZD万岁”。你以必死的精神准备与杂牌红卫兵们拼命，你大骂红卫兵们是假革命真破坏，你大讲井冈山与长征、遵义与延安的故事，你居然从气势上压倒了杂七杂八的“红卫兵”。最妙的是，在你讲了“上面”的指示以后十一个小时，最高方面的保护ZD的指示硬是照你讲的样子传达下来了。

“文革”中基本平安无事。纸头上的涉嫌间谍暗号的“别姬”唱词与道白，拿走后并无下文，混乱的定义之一是有头无尾，劫难的定义之一是无端之祸与无逻辑的侥幸并存。而你毕竟只是主妇家庭，丁白一妇，你在纷纷革命从而人人被革命的时代，创造了老左翼知识分子硬是没有从革命同路人变成革命对象变成三反分子的奇迹。“文革”时对于老革命的说法是，革命动力要学会充当革命的对象，而且要欢迎小将们革自己的命。

那么，你也只能是跟随着沾上了一点“文革”的光，你兴致勃勃地学唱过“都有一颗红亮的心”“痛说革命家史”“家住安源”“垒起七星灶”“面对着，公字闸，往事历历如潮涌”。较劲的是，你怎么想也想不通，觉得李铁梅唱的“红亮”二字不通，过去，只有形容声音的“洪亮”一说，也有鲜红、绯红、阳红、淡红、暗红之类，还有嘹亮、敞亮、锃亮、麻麻亮等词，岂有“红亮”之理。

找谁讨论去呢？

十四

而你却要幽谷蕙兰，甚至你只是在记忆中感到那芬芳！

这是你对己对人的永远的颂歌。

后来国家形势终于发生巨变。你应该是十分高兴的，但是你杳无声息。巨变的那一年你五十六岁，当然不老。也许你已经染恙，心力交瘁。也许时过境迁，此时的文艺界与你已经互感生疏。也许你已经饱经世事，你不想轻易地放弃已经形成的生活轨道。正如学界昆仑钱锺书诗云：

弈棋转烛事多端，饮水差知等暖寒。
如膜妄心应褪净，夜来无梦过邯郸。

只是你给子侄们的信里仍然充满热情，苦口婆心，激励劝慰，慈母针线，良师温情。不，你不是昆仑，你是一个平凡的女人。

也许你对廉价的幻想早已通透无惊。也许你对成群结队的欢呼早已放弃。也许你虽然欢迎政策路线上的大变动，却仍然对某些人性、文性、官性、商性、艺性、男性、女性、幼稚性、老迈性、狡猾性、盲目性、肤浅性、跟风性并不放心。不，你不应该是这样，你不会是这样，人只能做自己确实想做也该做的事情，人有可能多考虑几步几米几十几百米乃至几年几十年，考虑一百年已属难能，更像是“不能”，如果通透到望远千年，最佳选择是不要活下去。

但是小说的构思 ABC 仍然使小说人坚信，一九七八年十二月二十二日三中全会闭幕后，有过几次快乐的高潮。一次是与老公、孩子们一起听诗歌朗诵音乐会，与王昆、郭兰英、常香玉她们都见了面。一次是你们家庭成员的诗文交流与评比，你对每个“作品”都做了认真的评点，然后全体去西四摊档吃卤煮火烧。一次是老公得到了 XO 洋酒、轩尼诗与人头马，就着天目湖鳙鱼——鲢胖头在砂锅里炖出令人销魂的鲜肉与乳汁白汤，全家吃得如此快乐。吃完，你自语：“还能怎么之（着）呢？”

李白的话是“人生得意须尽欢”，已经尽欢了，夫复何求？

更有一次是一九八四年，就是党的十二届三次中央全会通过“关于经济体制改革的决定”那一年秋后，你邀来了爱好京剧的十几个朋友，到你们的樱桃沟农村别墅来。锣鼓点一响，京胡京二胡一拉，看大戏了，气氛热乎的程度超过了娶媳妇与孩子过满月。你奇怪，为什么曾经将京剧当成腐朽与停滞的符号，为什么曾经听到胡琴响就想扔过一个手榴弹去……接着想，那么，会不会有激烈的青年听到他们院子里的唱大戏的热闹，顺手抛过一批破片式、钢珠式、闪光式、烟雾式、瓦斯式手雷来呢?

终于与京剧和解了，成了好友。也要与手榴弹手雷和核子武器和解的，好离好散，各得其所，靠的是生旦净丑，靠的是敲锣打鼓、月琴三弦大阮中阮还加一个笙，如果你学程派戏的话。

包括著名的梅派程派传人与操琴能手，与他们一起唱《凤还巢》《甘露寺》《四郎探母》《荒山泪》与《乌盆记》，你邀请了中国戏曲学院的教授来指导，一起在高唱低吟喊开了吊足了嗓子以后吃涮羊肉。佐料是你配制的，朋友们都反映是赛过了“东来顺”。你们的平均年龄是七十一岁，当时你是六十三岁。朋友们都是老革命、高级干部或者高级知识分子，其中一半是丧偶独身。

谈起京剧来不那么愧罪有加了，你露了一手，让赶巧在家的两个孩子也听到了你的唱与白。《霸王别姬》，西皮小开门牌，打引子：

明灭蟾光，金风里，鼓角凄凉。

定场诗：

忆自从征入战场，不知历尽几星霜。何年得遂还乡愿，兵气销为日月光。

……孩子们过去对于《霸王别姬》，知道的欣赏的只有过门《夜深沉》与南梆子唱段“看大王，在帐中，和衣睡稳”。这次才明白了虞姬的上场是怎样的光彩夺目，百感交集。

京剧雅集以后，你兴奋了一个多月，笑声连着笑声，题字接着题字，你甚至得便就把孩子们组成合唱队，你拿上一根木棍，指挥他们唱歌。然后你笑得喘不过气来。你说：“我够本儿了，在延安，在东北前线，在国务院，在甲二号，在樱桃沟，尤其是在你们当中，明年，我带你们去日内瓦玩玩……你们知道日内瓦吗？”

……小说人常常犯的一个毛病是把眼睛睁大，盯着望着找着打量着，思索着想象着追究着询问着。更应该拷问追求的其实不是别人，而是自己。远了不必说，就是从一九八三年王蒙担任《人民文学》主编时起，如果认真寻找，一定能找得到布文大姐的。是的，我没有停止寻找，但是当我得到了答复你是谁谁谁的夫人的时候却找不到任何感觉。彼时小说人似乎麻痹了对于“夫人”二字的理解与感觉，听到了等于没有听到。小说人可以多多少少地归咎于你的老友对于我的打问的冷淡态度。但更重要的是小说人那时正值青云直上，芝麻开花节节噌噌高呀高的时期。小说人宣布过，有三个词他不感兴趣：一个是鳞次栉比，一个是天麻麻亮，一个是芝麻开花节节高。太俗了，甚至觉得肉麻。小说人的妄语终于遭到了报应，那个时期，他天麻麻亮就起床忙这忙那，鳞次栉比的街道他坐着皇冠车来来往往，尤其是他岂止是芝麻开花，他简直是二踢脚叮当乒乓，炸巴着往上蹿。你还能掩饰吗？你还能自命清高纯洁吗？你还能酸甜可口地秀文采与灵感、纯洁与秀气吗？

本来在二十世纪八十年代可以不费多少力气地找到你的。

什么都有可能，例如找到了，却没能见着，我想象，那时候你未必愿意见我。

那時候你未必愿意见我①

十五

“我预备每十页作一函寄给你，时间不定，去年我也给郎郎写过，但寄了两次便中断了——我年过花甲，尚如此浮动无恒，自己颇失望……

“我想十页之中，以三分之二忆昔……照顾你的保姆叫李素英，她比我大几岁。卅四五的样子，却是一个在押犯。那时，有一种向监狱里找保姆的办法。她们多半为了做媒人谎骗，或虐待儿媳等（入狱）。监狱中人认为，放她们出来当保姆，不会有问题——我们根本一点也没考虑这点，至今我也未清楚她犯的什么过失。她一直跟我们，从沈阳到北京，五十二年，她儿子结婚，才接她回去，她一直叫我陈先生。

“其时我们都是积极分子，因为全国得到解放，新中国欣欣向荣，万事俱兴。真有一天做两天的事，每天一早上班，到家时，已在晚上八点以后。

“我是手工顶无能的，但我必须为孩子们服务。于是只有创新……首先我用大红绒布，给你做了一个‘小红帽’，你脸很白，戴了小红帽，确像童话中人。

“大伟婴儿时期是一个恬静愉悦的孩子，不哈哈大笑，也从未哭喊闹人。他总在默察沉思，高兴时舞动两手，笑着学语。上班时，他安静地举起小手说‘再见’。晚上回来见面时，也是笑一笑便自己去玩。当时，他才三岁！

“其实，有关文艺界活动，差不多全有爸爸。只不过，他总坐在后边一角，他不愿上什么镜头。最近，爸爸给西苑饭店画的一张壁画——《群仙聚会》，已上墙装制完毕了。

“……诸葛亮在《空城计》戏目中，摇着鹅毛扇，在城楼上唱道：

‘我本是，卧龙岗，散淡的人……’听到这句子，令人心酸。他为国为民出了山……历史不因英雄美人而留情。

“……‘悟已往之不谏，知来者之可追；实迷途其未远，觉今是而昨非。……倚南窗以寄傲，审容膝之易安。园日涉以成趣，门虽设而常关。’”

这是你给你的第四个孩子大伟的信。你的写作非常认真、诚挚，实在还有点天真，你的回忆富有稚趣。你纯。

一点悲观与消极吗？作为个人的选择，你是说到做到，你从没有蝇营狗苟的丑态，你从没有口是心非的尴尬，你从没有苦苦声辩，自我维护，此地无银一微两。我见过这样的伟大人士，例如他或她要写几本书来声称自己不吃荤腥，自己是素食主义，偶尔吃一星半点的肉是多么无奈，是中了奸计，还说是自己明明吃素却屡屡被攻击为肉食者鄙，世道人心何等险恶！

其实世界上许多人素食，谁也用不着哭着闹着表达素食的决绝。

还有人是一面大快朵颐一面提倡素食。

表白达到过分的程度，也可能是管丈母娘叫大嫂子——没话找话。

当然，可以说你太个性了。这样的个性是付出了代价的，肯于付出代价的选择，值得尊敬。

一九八五年，那次京剧雅集的次年，你增添了过去没有的一种静谧与微笑。你原来没有胖过，这回开始明显地消瘦，脸色似乎也有点苍白。你的丈夫一次次问你：“怎么了你？”孩子们一个又一个地问：“您是怎么了？”“怎么了呢？”“妈妈，您？”“是不是有一点不舒服……”

你只是摇摇头。

八月回了一趟家乡，找到从当年逃婚后没有再见过的父母双亲之墓，献了花圈，鞠了躬。你的花圈署名是“不孝女陈布文”，鞠躬之前你低头静默了十多分钟，眼里含着泪水。后来你笑了一下。当地领导请你吃饭，你以患病为由谢绝。你还叹息，像是自己对自己说话，你在念叨：“那时候常说苦战三年，改变面貌啊，苦战了九个三年，变得有限。现在是真的旧貌换新颜了，我找不着北了呢。”

就这样告别了故家故乡与童年。

一九八五年十一月，多数非“高尚住宅区”还没有开始供暖，一天突然下起了大雪，而就在这个早来的大雪纷飞的傍晚，家人们回来，找不到你了。

那时候还没有现在的小型的手机，开始有颇似军用通信器材的“大哥大”无线电话了，只有老板们才会用。天黑以后你满身雪花回到了家，你一身寒气，一脸绯红，非常兴奋。你说是步行回到家里来的。你说好久没有见过这样的大雪了，你以为北京再也不会像建国初期那样下老大的雪了。你灵机一动乘无轨电车去了景山。你说这是你当“火头军”以来头一回“擅离职守”。你说漫天雪花里疾走让人想起战争与革命的年代。你说下着雪上山，让你懂得了另一个世界。你说你这次才想起来早该好好看看景山。你说对不起景山、故宫、北京。嘀咕说北京真好。你说人真奇怪，到了许多地方，又离开了许多地方，却没有好好地看一看记一记想一想。你说在景山飞快地爬上了每一个亭子，身轻如燕，步健如飞。你喜欢公园大门附近的绮望楼，你喜欢沿山路修建的亭子：富览、辑芳、万春、观妙，还有一个东山脚下的亭子，名称忘记了（王按，那应该是东面的圆顶周赏亭）。

你说景山公园里原来有那么多松柏。你说在万春亭上看从神武门开始的故宫宫殿原来有那么周正展样，布置得让你想呼口号。你说看着伟大的地方，住起来不一定舒适，不，你觉得并不舒适。不舒适也罢，你看得五体投地，想好好地哭一场。你说你最高兴的是没太费力到达了景山的巅峰，想看的都看到了。

你说你最怕的是北京盖了太多的高楼大厦，高楼大厦会遮蔽掉北京——有了高楼，却没了北京，你怕……你问自己为什么在新面貌渐渐替换了老面貌的时候你会想念老面貌呢。你说这也是生活在别处。你感到安慰，紫禁城一带毕竟没有让盖高楼。景山若只如初见？初见在哪儿？今天吗？在景山万春亭，你看到了北海白塔和这座白塔左后方悄然隐退着的阜成门白塔寺，它与北海公园的藏式白塔同一类型。其实妙应寺（俗称白塔寺）塔高五十一米，而北海白塔只有不到三十六米高，但是妙应寺塔悄然隐退。你看到了鼓楼钟楼和解放后盖起的部队领导机关的大楼。看到了东交民巷当年列强拥有治外法权的地区的欧式建筑。你说你太高兴了，北京永远不被遮蔽。

你说兴奋的是你看到了漫天乌鸦，也有麻雀，你以为曾经在“大跃进”中被赶尽杀绝的鸟儿喜欢景山和团城、柏树和桦树，喜欢戾气渐消的老紫禁城。你轻轻地说：“乌鸦只要少叫几声就会变得非常可爱……”

连续几天你通宵未眠。你一下子老了十岁。所有的家人朋友都催促你去医院，你不去。孩子们说你这是需要启蒙，你应该知道人类医学科学的重要性有效性不可或缺性。你说，没有谁比你自己更了解自己。比如一盏灯，油已将尽；比如一支蜡，捻子已经烧到自身；比如火柴，已经烧到取火的食指。不要送医院，你说得斩钉截铁。你愿意安安静静在家，在亲人身边走。然后你说了一句：“我对我的一生满意，没有冤屈，没有懊悔，没有遗憾。”

你苦笑着说，你明白，到时候了，你将像立冬后的树叶一样地凋落。你说你大雪天去登景山，就是为了告别。送君千里，终须一别。

你的手抖着，写下了最后的书法作品：

“让我自由自在地凋落吧！”

你的笔有些颤抖，你的字哆哆嗦嗦，这不足为奇。而你的字稚拙得出奇，你好像回到了十岁以前学书阶段。

你对家人说：“我的一生过得很好。我没有不好。我只是想去一趟日内瓦，看看当年周恩来总理开会的地方。”

老公对她的日内瓦云云有点怕，她的言语——神经运动似乎不太寻常，要不就是年轻时候写小说“坐”下了病，虽然过去也听她说过日内瓦，但是神态与现在完全不同。老公还是不住地点头：“我们要去日内瓦。”老公向她做了悲情的允诺与庄严保证，老艺术家留学时候当真去过的。

一九八五年，十二月八日。你整个生病期间从来没有回答过家人关于哪里不舒服的提问，见到家人，皮包骨的你仍然显出一点点矜持的笑容，安慰他们。你说了许多次：“我满意。我已经满意了。我快要看到毕加索和周恩来……”

ZD即张仃老师确实见过毕加索，就像李又然见过罗曼·罗兰一样，然而，ZD见毕加索，是在法国，不是日内瓦。不是你混淆了瑞士与法兰西，是艺术不在乎国界，名湖也不在乎。然后你大声地喘气，你已经昏迷，然后你走了，带着笑容。

此际，我正准备着以嘉宾身份去纽约参加国际笔会第四十八届年会，三个月后，我就任中华人民共和国文化部部长。

十六

……在我为如何结束此作而绞尽脑汁的时候出现了两件事，它们极大地帮助了亦真亦幻的浪漫曲收官。一个是大名鼎鼎的学界昆仑身边的学界隐逸，以清且高闻名于国内外的杨绛老师以一百零五岁高龄辞世。在回忆与致敬她的高风亮节的同时也出现了疑忌交加的杂音，并且祸延锺书大师。

求静名偏盛，欲潜话益多。隐名名岂隐，无意意何夺？

今古通中外，扶摇自巍峨。此生终了后，几许泪婆娑。

第二件事更切近一点。网上再次出现了著名党员学者于光远大女儿于小红具名与授权发布的文章《白花丁香树》，怀念她的三十三岁自杀的母亲孙历生。是的，孙是王蒙的同乡同班同学隔壁邻居。拙作《蝴蝶》里的角色海云，颇有取材于孙处。《蝴蝶》开端写到一辆苏制嘎斯69行进中轧过了乌鲁木齐吐鲁番公路上的一朵小白花，取材于写作前一年一九七九年秋初，我重返新疆，与大诗人铁衣甫江一同坐车去鄯善时所见。而文中为过早从枝头落下的树叶而写的抒情独白，被其时武汉大学教授章子仲盛赞并命名为“落叶诔”的文字，令我至今动情。

要紧的是事隔许多年，姐姐王洒告诉我：一九六七年，孙历生自杀前数小时，她站立在西四北小绒线胡同自家门口，紧贴我家大门，不停地看看天又看看地。天地不仁，刍狗万物。她不再说话，当天回去，自杀。我非常重视这个细节，痛惜没有将它写到《蝴蝶》里。孙自杀的时候我已去了新疆。我是幸运的，我完全没有碰到过类似的事情。我最后一次见孙历生是即将动身去新疆的时候，也是假日在家门口与她巧遇。她说了她碰到的一件事情，她去救火却被疑放火；还说那事令人“心冷”。那事作为素材，我用在与《蝴蝶》同期的中篇小说《布礼》里了。

于小红的文章说是我妹妹与她母亲孙历生是同班同学，错了。是我本人与她是同班同学，是俺与孙历生一样年轻，而现时我的年龄是她离世时年龄的两倍半。在历生还上小学的一九四五年，我跳班考入中学，令小红甥女觉得我有多么成熟。孙历生在班上有几次与老师较劲，噘着嘴被罚站，她的大眼睛令人难忘，而我们的同乡个个眼睛都那么细小。红颜受宠，红颜也颇有性情；红颜薄命，她太不幸了。

都是些有灵气的女子。相比之下，你过得还好，其实相当好。

有两种珍惜。一种是因为珍惜什么都不放弃，一种是因为珍惜，什么都不要。而都不放弃的终于丧失了所有，都不要的却还勉强过得去。

在瑞士旅行的时候我为什么会那样确凿地想起你来？当知道你生命的最后时刻会突然提起日内瓦，我几乎叫出声。

我是一九九六年首次去的日内瓦，其时你已经仙逝十一个年头。

到现在为止，我只知道一个瑞士作家迪伦·马特，他写了《贵妇还乡》与《法官和他的刽子手》。

我见过这个人，一九八五年西柏林——那时两德没有统一——地平线艺术节上，我听到过他朗诵日本作家井上靖小说的德语译文。一面朗诵他一面抱怨不知道为什么要朗诵一个日本人的作品。这很不礼貌，会让原作者感到尴尬……幸好坐火车数日来到西柏林的井上先生听不懂德语。

贵妇用大价钱收买杀手杀了一个人，那个人可能不算绅士，但是罪不至死，贵妇的钱多，就打动了不止一个人去杀另一个人。

唉。

有许多出色的女子，有所成就，同时，有的强调冤屈，强调复仇，自恋自怜，愁肠百结；有的强调清高，强调高高在上，强调自己避俗人唯恐不及，仍然躺着中枪；有的强调他人即是地狱，却硬是躲不开可厌的他人。其实很简单，如果你爱一个人，你可能愿意为他写一本书。如果你嫌恶他，你说一个“不”字难道还不够吗？更好的方法是连“不”也不要说。滔滔不绝地说自己，写自己，描绘自己，这样的做法能够表现出超拔与清纯吗？

陕北信天游：“青杨柳树十八根椽，出门容易回家难。羊肚子手巾三道道蓝，咱们见面容易拉话话难。”

“日内瓦清水白天鹅，解（读改）不下来也见不着。”这是俺的洋信天游。从首都机场起飞，到苏黎世，LX197，代码瑞航与国航共享，十来个小时。

十七

写布文老师，这是我五十九年前的一个约定，它立项已经太久太久。

二十年前在日内瓦的那一天，虽然一直有“藏独”活动干扰，纪念两国建交晚会还是胜利举行了。演出开始后，“藏独”们跳到舞台上闹哄了一家伙，被警察带走，吓坏了来自我国的少年杂技演员，她们吓哭了。

为了写好这篇非虚构小说或者咱们这里更容易接受的说法叫作所谓报告文学，二〇一六年，我申请、获准，专门自费去瑞士游历了一次。我想着的是重写日内瓦湖湖畔的风景与氛围。我希望我能重新看到一个妇人一个飞盘一条哈士奇狗，之类。

我失败了。其实旅游空前成功。在苏黎世看到了被歌德赞叹的莱茵瀑布；在卢塞恩看到被海明威称为世界上最悲伤的石头的纪念路易十六瑞士卫队的狮浮雕纪念碑，应该叫作纪念山；在因特拉肯看到了世上最洁白最清纯的欧洲之巅的少女峰，纯洁的少女峰如诗如梦如仙，从此矗立在我的心里，像你；在沃薇参观了刚刚开放的卓别林故居。我围绕着日内瓦湖，搭乘欧宝汽车也搭乘神话般的黄金线路火车跑了三天，我刻意观察着寻找着寂寞的与热闹的，法国的与瑞士的，浩渺的与清晰的，湖鸥、鸳鸯、黑白天鹅，卓别林与爱因斯坦的河与湖。我得到了许多感想与图画，除去二十年前的场景与对你的忽然想念。

不，没有了那一刻日内瓦的中立的遐想与闲适，那一刻的疲倦与自得、睡眠与不眠，那一刻的谜一样的邂逅与无端想念，那一刻的一种已经延误与失落了大半生的精神记忆的激动与盘旋。我终于发现，已经失去了，五十九年前的来信。二十年前的日内瓦强烈思念。

一个年代，一个陌生亲人，几篇文字，一封短信，一次电话中的笑声，一生的念念不忘……时间没有消磨，而是在加强你的魅力。失望与不成功比情投意合、心想事成更会获得诗神缪斯的宠幸。人生中没有得到的，正是文学中苦苦经营着的。无价的精神资源得自失去了本应珍惜的所有。最期待的狂欢是失去的一切复活在文学艺术中。文学是人类的复活节日。复活，从而更加确认了也战胜了失去。文学的力量是使得没有对应办法的无可奈何花落去，生成了似曾相识燕归来的感动。

比起个人的一九九六年朦胧记忆，二〇一六年、世界的联合国的、瑞士联邦（八百万人口，二十六个州）并法兰西共和国共有的日内瓦湖，太清晰了。

回不到几十年前，梦醒了老头儿有点伤感有点受挫，却也只能更加豁达笑眯眯。如同二〇〇八年参与当时 CCTV9 现时 CCTV News 英语对谈，十二月二十六日播出，当主持人田薇问我“It sounds so optimistic（你很乐观嘛）……”的时候，回答：“What else I could choose？（难道可以选择别的吗？）”那次我“混入”纪念十一届三中全会的特别节目，这个节目的嘉宾包括吴建民、龙永图、何振梁、王蒙。吴老何老千古。

为了写好《女神》，读了些京剧书籍，爱上了梨园谚语：

“一哭二笑三念白。”

“一台无二戏。”

“戏要三分生……”

往事不会重现，往事永远活鲜。

（二〇一六年）

附录一

我要告诉你奇葩们的故事

去年国庆节假期的一个大风天，从东南门去到与我的青年时代密切相关联的颐和园。六十二年前，当我动笔《青春万岁》的时候，十九岁的小王蒙就那么钟情于颐和园了，那时候还没有见过黄河长江、泰山昆仑，更不要说大西洋与阿尔卑斯山了。

东南门进去就是十七孔桥。看着波涛汹涌，石桥山丘，长廊庭院，漫天落叶，回首往事，若有所思。因为我刚刚接到一个老友的电话，两三年我们通一次电话，电话的时机与电话里讲的内容完全无厘头。我们都老了。“我们都老了”几个字让我十分感动。这句话最早打动我是看曹禺的话剧《雷雨》，侍萍辨认出她女儿打工的这一家的主人竟是周朴园的时候，她这样说。

一回来写了短篇小说《仉仉》，把大风中的十七孔桥与老友的电话联结起来了。生活中的ABCD，本来是无厘头无关联的，但是某种情绪弥漫开来，就出现了小说的冲动，而且是深深的感动。小说家有时候像魔术师一样，从空中抓来了一只鸟、两副扑克牌，然后从大衣下面端出一玻璃缸金鱼。

于是捕捉土洋男女、城乡老少、高低贵贱的林林总总。弃我去者，昨日沧桑不可留，慰我心者，今日故事何烦忧，长风万里送秋叶，对此可以讲春秋！从抗日的儿童团红缨枪，一直讲到了德国的胡苏姆与奥地利的咖啡馆。你能不享受吗?

意犹未尽，写了另一个短篇小说《我愿意乘风登上蓝色的月亮》，这个故事已经贮存了三年，这个故事与史托姆著、郭沫若译的《茵梦湖》没有一毛钱的关系。但是《仉仉》扯出了《茵梦湖》与《勿忘我》，她们又生出了新的当下罗曼斯。

紧紧接着的第二篇小说感慨了入山出山、清浊沧桑、萍水相逢、永远惦记。却原来，小说是惦记也是祝福，是叹息也是顿足，是不能说，不好说，想说，干脆不想说的那么多，那么多。多情最是小说笔，枉为人间泪千行!

进入新年，说的是二〇一五年，一发而不可收，再写了近五万字的中篇小说《奇葩奇葩处处哀》，抒写了一个男子，尤其是与之有缘的六个奇女子。

如果说写前两个短篇时候我时而还沉浸在虚实相间、感觉印象、文字跳舞的《闷与狂》式微妙里，那么新中篇我一下子开放给了俗世。我早就积累了这方面素材:老年丧偶，好心人关心介绍，谈情论友，谈婚论嫁，形形色色，可叹可爱可哭。久久不想写，是因为太容易写成家长里短肥皂剧。俺不是那种写手也!

一旦敲键，就一点也不肥皂了。素材一开始，不无喜剧因素，颇有奇异的幽默感。这把年纪，已经可以叫作“落在时代后边”了，尤其落在当今女性的心思后边。本来无门径，书写便相知！一旦敲响了电脑键盘，一些荒谬，一些世俗，一些呆痴，一些缘木求鱼南辕北辙直至匪夷所思，一些俗意盎然的情节，随着小说的材文学的手悲悯的心，立马不再仅仅是泡沫，不再仅仅是卑微，不再仅仅是奇闻八卦家长里短，而是无限的人生命运的叹息，无数的悲欢离合的撩拨，无数的失望与希望的变奏，无数的自有其理的常态与变态，温馨与寂寞，手段与挣扎，尤其是女性彩图，以及青中老的过渡，生老病死的忧伤，爱情的缤纷色彩与一往情深，还有永远的善良万岁。我且写且加深，触动了空间、时间、性别三元素的纠结激荡，旋转开了个人、历史、命运的万花筒。

何况还有正在飞速地变化着、瓦解着、形成着、晒晾着与寻觅着的众生风景，载汝以形，苦汝以生，激荡与凝结汝以老，总结升华完成敬礼汝以死。能不拍案惊奇、太息掩涕？

俗人亦有雅念。搞笑不无哀怨。吃惊更生难舍。敲键奏响新曲。为奇葩立传，为男女尤其是女一恸，为生民抒情怀，写尽人生百态，其乐何如！长着一双俗眼，看到的只能是鸡毛蒜皮、洋相丑态。其实，没等着你发歪判决，你已经受到人家的审判。你的眼光清明了些，你注意了茅屋土炕、人间烟火、爱憎情仇、悲欢离合。进一步，你描述了生活的高高低低、坑坑洼洼、苦苦甜甜。再攀缘一番，发现了你我他她，主要是她们的不同凡响、风情万种、灵秀千般、心曲可通、伎俩可恕。你透露了天机，勾画了世态，靠拢了透彻与包容，学会了宽恕与理解，展示了新鲜与发见。你充满了大觉悟与大悲悯。

两个短篇、一个中篇，耄耋之年同时写就，二〇一五年春天同时发表。三篇小说新作，三个男人与他们目光中八个罕见的奇葩女子。这究竟是耄耋还是“冒泡儿”呢？吟道：“皓首穷经经更明，青春作赋赋犹浓。”还有“忧患春秋心浩渺，情思未减少年时！”春天，赶得恁巧，三篇新作同时在京沪三个刊物都是第四期上与读者见面，俺年富力强时也没这样的纪录唷！能不于心戚戚？于意洋洋？于文哒哒？于思邈邈？

《杏语》写的是杏花，是初春，是清明，是飒飒的小雨、雾霾，是墓地，是天与人、生与死，是梦游与祭奠。而且，《杏语》写作于《闷与狂》激情书写之中，它是《闷与狂》的突然转弯与小憩，是长篇大潮中冲起的另一个小小石子，是一朵水花，是又一个混合着喜悦与伤痛的诗的春天。王某何幸，心有戚戚焉，然后是乃有新作焉。我还得感谢，就是在去年清明期间，女儿给我讲了她的一个梦游故事。尚能梦游的小说有福了。

感谢编者与读者，感谢你们！

（二〇一五年）

附录二

怀念与夙愿

写起小说来兴致勃勃，忆起往事来心潮涌涌，追起老底来有还下陈年老账的解脱和安慰，抒起情来好像年轻了六十岁，较真起来像查账本，幻想起来像梦像仙神，终于写了念念不忘的陈姐。难写，因为知之太少；必须写，因为刻骨铭心，还因为我深感她的与众不同、超凡脱俗。写这样的小说是对我自身的严重挑战。小说里还有一个人物就是俺个人，就叫王蒙，除了写《女神》，哪儿还能找得着这样的高龄少年的书写来情绪？

这样的小说的要劲在于非虚构得在在心动，虚构得明白真挚，牵挂得难舍难分，思忖得不露痕迹，没有小说的纂劲编劲，更没有纪实的报章气。唯愿结实得天马行空，自由得老老实实，轻盈得泰山磐石，板上钉钉，肋上插刃。感谢上苍，我仍然在尝试着新的追求，我在“成长到死”——这四个字趸自文友毕淑敏。

后来我看到了陈姐“文革”中给其夫张仃大师的信，她称呼夫君为“拜兄”，有意思。她写道：“……给予了远比九九八十一难更多的锻炼……我们应当快乐健康，站得高高的，不只在智能上，而且在体质上，而且在情绪上，都大大的不同……”

她写道：“回过头来看看，不是有好几次差点失足落井吗！坏事真是好事，对于呆子来说，百试百验。”

还有：“有月亮了，如稀薄的花色点在生宣上……我们明白了，她本不想出来，然而她得给我把信捎到，这么带病而出……于是我就对她说，请她转告我的孩子，我们极好，说不久咱们一定欢聚了。”

还有：“数风流人物还看今朝，我的孩子们是何等纯朴高逸啊。”

这是布文在“文革”中写的信，其时她与丈夫、孩子各在一方，她的文字里有坚强，有渐趋老练，有自信，有乐观，有月光清雅，更有纯朴高逸。多么难能！

她该有多积极正向！她从未消极委顿，她绝无颓丧虚无，而她的选择又那样出人意料乃至匪夷所思。她无愧于己于人于伟大的历史。

北京话里神是神仙，口语上更是与众不同、出人意表，即神奇之意。

多么幸福啊，我能在有生之年再次怀念一心献身的老一辈革命者，并且为轰轰烈烈地开端、历尽历史风雨、坚守初衷、纯洁无瑕却在俗人眼中终于未成正果的一些革命的知识分子营造一个小小的纪念碑，还要为历史从心里树一个大大的丰碑。

> 我为自己建立了一座非人工的纪念碑，
> 在人们走向那儿的路径上，青草不再生长，
> 它抬起那颗不肯屈服的头颅，
> 高耸在亚历山大的纪念石柱之上。
> 不，我不会完全死亡……

我想起了普希金的诗《纪念碑》。

（二〇一七年）